dtv

Eine Bombe explodiert in Triest – nur bekommt es niemand mit. Die Polizei erscheint erst Stunden später. Dann wird im Konsulat eines kleinen osteuropäischen Landes eine Frau fast zu Tode geprügelt – doch keiner scheint das Opfer zu vermissen ...
Alte Bekannte stecken hinter den Verbrechen, mit denen es Proteo Laurenti bei seinem fünften Fall zu tun bekommt. Aber diesmal wollen die Feinde aus früheren Tagen vor allem eins: den Tod des Commissario. Denn der ist ihnen einmal zu oft bei ihren schmutzigen Geschäften in die Quere gekommen.
»Heinichens Commissario Proteo Laurenti wirkt in Triest und löst seine Fälle brummelnd-bärbeißig. Ein italienischer Individualist mit anarchischen Zügen – ehelich untreu, aber ein Familienmensch, staatsfern, dennoch patriotisch. Im fünften Fall verliert Laurenti erst seine Geliebte an die Gewohnheit, beinahe seine Gattin an einen Maler und um ein Haar den Kampf gegen die organisierte Kriminalität.« (Der Spiegel)

Veit Heinichen, geboren 1957, arbeitete als Buchhändler und für verschiedene Verlage. 1994 war er Mitbegründer des Berlin Verlags und bis 1999 dessen Geschäftsführer. 1980 kam er zum ersten Mal nach Triest, wo er heute lebt. Seine Krimis um den Ermittler Proteo Laurenti wurden in mehrere Sprachen übersetzt und u. a. mit dem Premio Franco Fedeli, dem Preis für einen der drei besten italienischen (!) Krimis des Jahres, sowie dem Radio-Bremen-Krimipreis ausgezeichnet.

Veit Heinichen

Totentanz

Ein Proteo-Laurenti-Krimi

Deutscher Taschenbuch Verlag

Von Veit Heinichen
sind im Deutschen Taschenbuch Verlag erschienen:
Gib jedem seinen eigenen Tod (20516)
Die Toten vom Karst (20620)
Tod auf der Warteliste (20756)
Der Tod wirft lange Schatten (20994)

Ungekürzte, vom Autor neu durchgesehene Ausgabe
September 2009
Deutscher Taschenbuch Verlag GmbH & Co. KG,
München
www.dtv.de
Lizenzausgabe mit Genehmigung
des Paul Zsolnay Verlags

Umschlagkonzept: Balk & Brumshagen
Umschlagfoto: Wolfgang Balk
Satz: Fotosatz Amann, Aichstetten
Gesetzt aus der Apollo 10/12˙
Druck und Bindung: Druckerei C. H. Beck, Nördlingen
Gedruckt auf säurefreiem, chlorfrei gebleichtem Papier
Printed in Germany · ISBN 978-3-423-21161-1

»Lebe im verborgenen.«
Epikur

»Überall herrscht Zufall.
Laß deine Angel nur hängen;
wo du's am wenigsten glaubst,
sitzt im Strudel der Fisch.«
Ovid

»Der Mensch ist etwas Komisches.«
Kenneth Patchen

Gute Freunde

Es war das Jahr, in dem die Deutschen einen Papst nach Rom schickten, um sich an den Italienern für Trapattoni zu rächen. Bayer gegen Fußballtrainer. Trotz seiner Nervosität prustete Proteo Laurenti vor Lachen, als er im Autoradio hörte, wie der oberste Rockträger mahnte, daß die katholische Kirche keine aufgewärmte Gemüsesuppe sei. Wenigstens stimmte die Grammatik.

Laurenti drehte den Ton leiser und passierte mit dem brandneuen Wagen seiner Frau, einem blauen Fiat Punto, den kleinen Grenzübergang bei Prebenico unterhalb der Burg Socerb, dessen Schlagbäume offenstanden. Kein Zöllner war weit und breit zu sehen, er hätte also auch seinen Dienstwagen nehmen können und Laura keine faule Ausrede servieren müssen, damit sie ihm ihr Auto lieh. In einer Viertelstunde würde er sich mit Živa Ravno treffen, der kroatischen Staatsanwältin aus Pula. Fast vier Jahre dauerte ihre Affäre inzwischen, Laurenti überschlug die Zeit und wurde immer nervöser. Die über fünfzehn Jahre jüngere Frau hatte sich seit Monaten rar gemacht und endlich, nachdem er sie erst lange am Telefon hatte becircen müssen, einen Treffpunkt in einem kleinen Tal auf der slowenischen Seite vorgeschlagen, wo der graue Kalkstein des Karsts in fruchtbaren Boden überging und Obstbäume wie Rebstöcke üppig wuchsen.

»Die kleine Wehrkirche von Hrastovlje«, hatte sie gesagt, »ich will, daß wir uns dort treffen.« Laurenti wiederholte ihre Worte, während er den Fiat über die kleine kurvige Straße prügelte. Bei aller Rationalität, die Živa in ihrem Beruf auszeichnete, hatte sie durchaus Sinn für theatralische Gesten. »Diese Kirche ist die Bibel des einfachen, leseunkundigen Volkes. Unglaublich schöne Fresken aus dem fünfzehnten Jahrhundert, die das Alte und das Neue Testament darstellen. Und einen Totentanz, der ans Herz geht. Du solltest dich schämen, daß du noch nie dort warst in den dreißig Jahren, die du in Triest lebst! Es liegt direkt hinter der Grenze.«

»Und warum ausgerechnet dort?« hatte Laurenti gefragt. »Warum treffen wir uns nicht wie früher einfach in einem Hotel an der Küste?«

Živas Lachen, bevor sie antwortete, klang unecht. »Mir ist nicht danach. Hrastovlje paßt besser zu dem, was ich dir zu sagen habe.« Bevor Laurenti nachfragen konnte, hatte sie das Gespräch unter dem Vorwand, einen dringenden Termin zu haben, beendet.

Während der Küstenstreifen unter der Sonne glitzerte, waren über den Hügeln des istrischen Hinterlands schwere Gewitterwolken aufgezogen. Den Glockenturm mit dem Pyramidendach, der über die starken Festungsmauern mit den Resten der mächtigen Wehrtürme hinausragte, sah Laurenti schon aus der Ferne. Obgleich er zehn Minuten zu spät war, stand kein anderer Wagen auf dem Parkplatz am Fuß des Hügels, auf dem das Kirchlein thronte. Laurenti schloß den Fiat ab und schaute sich um. Živa war im Gegensatz zu ihm bislang stets pünktlich gewesen. Laurenti wählte auf seinem Mobiltelefon das slowenische Netz und ging widerstrebend den kleinen Weg hinauf. Ratlos stand er vor dem schweren schmiedeeisernen Tor, das mit einem riesigen Vorhängeschloß versperrt war. Unter dem Symbol eines mit einem dicken roten Balken durchgestrichenen Fotoapparats hing ein kleines zweisprachiges Schild mit der Telefonnummer des Kirchenwärters. Erste schwere Tropfen fielen vom Himmel, und Laurenti beschloß, nicht auf Živa zu warten. Eine Frauenstimme am anderen Ende der Leitung sagte, sie sei in fünf Minuten da, um ihn einzulassen. Er überlegte kurz, ob er besser in der Gostilna, die er weiter unten gesehen hatte, warten sollte, drückte sich dann aber eng an die Tür, um unter dem steinernen Torbogen wenigstens ein bißchen Schutz vor dem Gewitterschauer zu finden.

Wie lange hatten sie sich nicht gesehen? Laurenti versuchte, sich an das Datum ihres letzten Treffens zu erinnern. Es lag genau zwei Monate und vier Tage zurück, und sie hatten nicht einmal miteinander geschlafen. Živa war nervös gewesen und schien mit den Gedanken woanders, ihre Hand hatte sie immer wieder zurückgezogen, wenn er sie fassen wollte. Sie hatten sich, nach einem Termin Živas mit dem Oberstaatsanwalt von Triest, für die Mittagszeit in Koper verabredet. Jahrzehntelang war die kleine Nachbarstadt auf der anderen Seite der Grenze ein fester Anlaufpunkt jener aufmerksamen Familienväter gewesen, die für zwei Stunden über Mittag auch ihre Sekretärinnen nicht vernachlässigen wollten. Laurenti hatte sich immer gefragt, wie sie es anstellten, nicht ständig all den anderen über den Weg zu laufen, doch mit der längst problemlos zu überschreitenden Grenze hatten sich auch ihre Ziele verstreut. So hatte er arglos in Koper ein Hotelzimmer bestellt, doch Živa bestand darauf, im Caffè »Loggia« unter den alten Arkaden einen Apéritif zu nehmen. Offenbar wollte sie nichts von trauter Zweisamkeit wissen. Seinen Fragen wich sie aus und erzählte von einem aktuellen Fall, der sie angeblich sehr in Atem hielt. Es handelte sich um den Bankrott der Ferienresidenz »Skipper« hoch über den Salinen von Sečovlje. Vor Jahren bereits hatte dort eine Allianz aus Angehörigen exponierter Saubermänner der scharfmacherischen Lega Nord, Kärntner Hochfinanz und alter kroatischer Nomenklatura mitten im Naturschutzgebiet und mit unverbaubarem Blick auf den Golf von Piran einen enormen Betonkomplex in Angriff genommen, von dem gemunkelt wurde, er solle unter dem Spitznamen »Il Paradiso di

Bossi« zur Feriensiedlung der Internationalen der Fremdenfeinde werden. Inzwischen ermittelten die Staatsanwälte wegen betrügerischen Bankrotts, bei dem vor allem Anhänger der Lega Nord über den Tisch gezogen worden waren. Bei Staatsanwältin Živa Ravno liefen die Ermittlungen bezüglich verdächtiger Schmiergeldzahlungen zur Erlangung der Baugenehmigung zusammen, während ein italienischer Kollege in Sachen versteckter Parteifinanzierung tätig war. Und Živa hatte ihm noch von einem anderen Verdacht berichtet. Vermutlich war ein Erzfeind Laurentis in die Sache verstrickt, der sich inzwischen gesellschaftlich etabliert hatte und in den höchsten Kreisen verkehrte. Auch wenn es sich um die üblichen alten Bekannten drehte, die ihm oft genug Probleme machten, hatte Laurenti seiner Geliebten nur mit halbem Ohr zugehört.

Er vernahm Motorengeräusche, und kurz darauf stieg eine Frau in seinem Alter mit einem mächtigen Schlüsselbund in der Hand aus einem klapprigen roten Renault 4 und begrüßte ihn. Wenn Živa nicht kam, dann wollte Laurenti sich das Kirchlein rasch alleine ansehen und schließlich, ohne sie anzurufen, verärgert nach Triest zurückfahren. Das hätte sie dann davon. Er ahnte nicht, daß seine Besichtigung länger dauern würde, als er von draußen vermutete. So klein die Ausmaße des romanischen Gemäuers waren, um so prächtiger waren dafür die Fresken. Er traute seinen Augen kaum. Kein Quadratzentimeter, der nicht bemalt war. Die Angst vor der Leere mußte im Mittelalter noch extremer gewesen sein. Aufmerksam hörte er der Frau zu, die ganz allein für ihn ihr Wissen heraussprudelte und ihn auf die vielen Details aufmerksam machte, die das Mittelschiff mit dem Tonnengewölbe sowie die beiden engen Seitenschiffe zierten: Altes und Neues Testament, Schöpfungsgeschichte und Passion, die Vertreibung aus dem Paradies, Kain und Abel und zwei frühe Stilleben, Tische mit Brot, Käse und

Wein, Teller, Flasche und Krug. »Damals waren die Menschen mehr am Überirdischen interessiert als an der Wirklichkeit. Deshalb gab es dieses Genre vorher nicht«, sagte die Dame, als er einen Windstoß im Rücken fühlte, den das Knarren der Kirchentür begleitete. Die Führerin lenkte seinen Blick auf die dünnen Scheidewände zwischen den Apsiden und zeigte ihm die als Diakone dargestellten Heiligen Stephan und Laurentius. Er mußte lächeln, als er seinen Nachnamen hörte, und spürte im gleichen Moment eine regennasse Hand in der seinen und kurz darauf Živas warmen Atem an seinem Ohr.

»Entschuldige«, flüsterte sie, »ein Unfall auf der Autobahn.«

Die Führerin ließ sich nicht von ihr unterbrechen und ging zu einem Fresko im Südschiff hinüber. »Eine Besonderheit in der christlichen Ikonographie und ganz sicher das Motiv für die meisten Touristen, zu uns zu kommen, ist der Totentanz. Sehen Sie genau hin, der Grundgedanke ist die Gleichheit aller Menschen vor dem Tode, der als einziger gegen alle gerecht ist und dem niemand entfliehen kann. Alle müssen ihm folgen, allen grinst er gleichermaßen unverschämt ins Gesicht, während er sie zur frisch ausgehobenen Grube führt. Er duldet keine Ausnahme. Sehen Sie: Papst, König, Königin, Kardinal, Bischof, armes Mönchlein, reicher Kaufmann, hinfälliger Bettler, Kind. Er läßt sich von niemandem bestechen, auch wenn, wie Sie sehen, alle es versuchen, jeder auf seine Art.«

Laurenti legte seinen Arm um Živas Schulter und schmiegte sich an sie. Die Führerin lenkte über zu der Darstellung der Monate in den Deckengewölben. »Du hast recht gehabt«, flüsterte er, »höchste Zeit, daß mir dies jemand zeigt.«

»Und hier, die Inschrift in glagolitisch, dem kirchenslawischen Alphabet, die Gott sei Dank erhalten geblieben ist: ›Bemalung abgeschlossen am 13.7.1490 – Meister Johannes aus Kastar.‹ Ein Künstler aus der Nähe von Rijeka. Die Fresken wurden irgendwann übertüncht und erst Jahrhunderte später, 1949, wiederentdeckt und freigelegt.«

Laurenti bedankte sich und kaufte noch ein paar Postkarten, auf denen die Kunstwerke abgebildet waren – er mußte sie unbedingt seiner Frau zeigen und sie demnächst selbst zu diesem wunderbaren Ort bringen. Als sie aus dem Kirchlein traten, hatten die Gewitterwolken sich verzogen, und zarter Sonnenschein lag über der üppig grünen Landschaft.

»Gehen wir in das Gasthaus dort unten?« fragte Laurenti.

Živa nickte und hakte sich bei ihm ein. »Sie ist wunderbar, diese Kirche. Spätgotische istrische Malerei in einem Bauwerk, das vermutlich dreihundert Jahre älter ist. Die Wehrmauer wurde erst später gegen die Türkenbelagerungen errichtet.«

»Besonders tragisch ist der erste Schöpfungsfehler, die Vertreibung aus dem Paradies.« Laurenti faßte sie an den Schultern. »Ein grausamer Gott. Damit begann der Fluch der Arbeit.«

»Und der Totentanz, der Versuch, dem Tod das Leben abzukaufen? Das erinnert allzusehr an unsere Klientel«, sagte Živa.

Er hielt ihr die Tür zur Gostilna »Švab« auf. Ein niedriger langer Raum, der im vorderen Teil vom Tresen dominiert wurde, an den sich der Speisesaal anschloß. Unter der Woche war das Lokal über Mittag kaum frequentiert. Zwei Bauern, die ein Glas Wein an der Theke tranken, waren außer ihnen die einzigen Gäste. Die Speisekarte verzeichnete die üblichen deftigen Gerichte der istrischen Küche, die vom rohen Schinken der hauseigenen Schweine und dicker Maissuppe über des Bauern Lieblingshuhn bis zum Kalbsbraten reicht. Laurenti atmete auf, als er die frische Forelle entdeckte. Alles andere wäre ihm zu schwer gewesen, denn die reservierte Art Živas, die lediglich Gemüse vom Grill und als Hauptgang gedämpfte Brennesseln bestellte, verschloß ihm den Magen. Und ganz gegen ihre Art begnügten sie sich mit einem halben Liter Malvasia vom Faß.

»Du hast dich verdammt rar gemacht«, sagte Laurenti und legte sein Kinn in die Hände, die Ellbogen auf den Tisch gestützt. »Du fehlst mir sehr, wenn du so unerreichbar bist. Kaum Telefonate, meist bin ich es, der dich anruft, während du dich nur noch meldest, wenn es sich um Fachliches handelt. Manchmal habe ich den Eindruck, daß du mich gar nicht mehr liebst.«

Und wie so oft fühlte er sich im Nachteil, als der Wirt den Wein brachte und Živa damit eine direkte Antwort ersparte. Sie wartete, bis sie wieder alleine waren. Sie lächelte ihn milde an, fast mitleidig, und nahm einen kleinen Schluck von ihrem Glas, ohne Proteo zuzuprosten.

Als Laurenti nun schwieg, faßte sie seine Hand und schaute ihm in die Augen. »Das Leben geht weiter, mein Lieber. Es verändert sich jeden Tag. Wir leben in einer Zeit der unaufhaltbaren Beschleunigung. Nichts ist morgen mehr so wie heute. Die Arbeit wird von Minute zu Minute mehr, atemlos haschen wir nach Ruhe, die nur noch als Ahnung existiert, wie die Erinnerung an den Duft von frischem Heu, den wir aus der Kindheit kennen. Unsere Kunden sind innovativ und mit einem Tatendrang erfüllt, der dem Rest der Gesellschaft fehlt. Es lärmt überall, die Telefone stehen nicht mehr still, und selbst die Schreibtische scheinen zu stöhnen unter der Last der Aktenberge, die täglich auf ihnen gelagert werden. Du hast keine Vorstellung, vor welche organisatorischen Probleme mich allein unser Treffen gestellt hat. Ich weiß nicht mehr, wo mir der Kopf steht, Proteo.«

Wieder wurden sie unterbrochen, diesmal brachte der Wirt das Gedeck.

»Was man an Zeit gewinnt, geht an Bewußtsein verloren, Živa.«

»Von wem ist der Satz?«

Laurenti druckste herum. Er war wirklich nicht seine Erfindung. »Ein französischer Autor, längst tot. Stand auf einem Kalender.«

»Ändere es, wenn du kannst«, sagte sie nur.

Er schnaubte durch die Nase. »Im November werden es vier Jahre, falls wir es tatsächlich bis dahin schaffen.«

»Vier Jahre was?« Živas Stimme klang nicht mehr sanft, eher so, als ginge ihr seine sentimentale Klage auf die Nerven.

Diesmal kam die Unterbrechung zu Laurentis Vorteil. Von der Küche her hörten sie ein Glöckchen bimmeln und dann sogleich die Schritte des Wirts, der die Gerichte servierte. Für Živa hatte er die Brennesseln nun doch zusammen mit dem anderen Gemüse gebracht, vor Laurenti standen ein Teller mit dampfenden Kartoffeln und eine Platte mit einer Forelle darauf, deren Schwanzflosse steil nach oben gekrümmt war.

»Vier Jahre.« Živa tippte mit ihrem Messer gegen den Fischschwanz. »Vier Jahre Heimlichtuerei, obwohl es alle um uns herum längst begriffen haben. Kein einziger gemeinsamer Sonntagsausflug, keine gemeinsame Reise, nicht einmal ein gemeinsames Frühstück, keine Ferien und kein Alltag, kein Streit und keine Versöhnung.«

Laurenti schaute sie erschrocken an. In der Tat war dies die erste gemeinsame Besichtigung einer Kirche, solange sie sich kannten, doch weshalb beklagte sie sich? »Wir hatten es so ausgemacht. Und was heißt eigentlich, daß alle davon wissen?« Er filetierte verstimmt und unkonzentriert den Fisch auf seinem Teller.

»Eine, wie soll ich sagen, fruchtbare Zusammenarbeit ist es, die wir bisher gelebt haben, sonst nichts. Und das ist nicht genug, finde ich.«

»Guten Appetit, Živa.«

»Lenk nicht ab, Proteo.« Živa hatte ihre Brennesseln bis jetzt noch nicht einmal angesehen. »Nenn mir nur einen einzigen Grund, weshalb wir mit dieser Beziehung fortfahren sollten!«

»Du hast immer auf deiner Freiheit bestanden, Živa. Ich habe dich nie danach gefragt, in welchen Verhältnissen du lebst, du hingegen kennst jeden einzelnen meiner Schritte.«

Seine Stimme hallte zu laut durch den leeren Raum. Proteo sah, wie der Wirt eine gewichtige Geste gegenüber den beiden Männern am Tresen machte und sie mit einem Augenwink in Richtung der beiden Essensgäste begleitete.

»Ebendarum geht es.« Živa, die endlich den ersten Bissen zu sich genommen hatte, legte hörbar ihr Besteck zurück auf den Teller. »Wir hatten vier schöne Jahre zusammen, oder sagen wir eher: zwei. So lange nämlich waren wir uns wirklich nahe, lachten und scherzten gemeinsam, machten Liebe, wie es uns gefiel. Die zweite Hälfte unserer Beziehung, Proteo, lief nicht mehr so. Und ich habe beschlossen, damit Schluß zu machen.«

Jetzt knallte Laurenti sein Besteck auf den Teller. Die drei Männer am Tresen schauten erschrocken zu ihnen herüber, ihre Ehen kannten derartige Ausbrüche schon lange nicht mehr.

»Laß uns gute Freunde bleiben und uns an die schönen Momente erinnern, die wir zusammen verbracht haben«, fuhr Živa fort, bevor er ihr widersprechen konnte. »Aber nichts anderes. Ich will frei sein. Und mit dir bin ich es nicht mehr.«

»Wenn dir jemand alle Freiheit gelassen hat, dann war ich das, Živa.« Er tastete sein Jackett nach Zigaretten ab, obwohl er seit zwei Jahren keine mehr kaufte und lediglich von denen der anderen profitierte, wenn er aufgeregt war.

»Rauch jetzt nicht«, sagte Živa. »Du hast noch nicht einmal die Hälfte von deinem Fisch gegessen.«

»Meeresfische sind besser als diese Tümpelforellen. Und schau gefälligst auf deinen Teller.« Aufgebracht wies er mit dem Finger auf das fast unberührte Gemüse und stieß dabei sein Glas um. »Verdammt noch mal.« Wie ein Tölpel tupfte er mit der Serviette auf dem Tischtuch herum. »Was willst du eigentlich, Živa?«

»Meine Freiheit, Proteo. Ich hab es schon gesagt.«

»Hast du einen anderen?«

Živa lächelte. »Nein. Aber es könnte irgendwann einmal passieren. Man weiß nie.«

»Wie heißt er?«

Wieder war es der Wirt, der sie unterbrach. Er hatte gesehen, daß sie ihr Essen nicht mehr anrührten, und trug mürrisch und kommentarlos ab. Laurenti bestellte die Rechnung, ohne Živa zu fragen, ob sie noch einen Nachtisch wünschte. Sie erhoben sich gleichzeitig und gingen an den grinsenden Männern vorbei ins Freie.

»Na denn«, sagte Laurenti auf dem Weg zum Parkplatz. Sein Leiden war Wut geworden. »Vielleicht überlegst du dir's. Meine Telefonnummer kennst du ja.«

Er stieg, ohne sie noch einmal anzusehen, in den Fiat und startete mit aufheulendem Motor. Im Rückwärtsgang stieß er so heftig gegen die kleine Begrenzungsmauer zur Straße, daß der Lack splitterte.

»Du fährst wie ein Triestiner«, rief Živa ihm lachend hinterher.

Alles hat seinen Preis

Jede zweite Woche hatten Damjan und Jožica Babič Spätdienst und kamen dann immer erst gegen Mitternacht nach Hause in das Dorf auf der anderen Seite der Grenze. Um 22.30 Uhr stiegen sie in ihren Škoda und verließen das Gelände des Technologieparks oberhalb der Stadt, doch bogen sie schon nach einem Kilometer wieder von der Stadtumgehung ab auf den Parkplatz, wo sich ein Grillrestaurant befand. Eine Blockhütte, die man, um keine Baugenehmigung einholen zu müssen, mittels einiger Zeltvordächer erweitert hatte. Nur wenige Autos standen hier, und fast alle mit fremden Kennzeichen. Ein Wagen gehörte zu einem der zahlreichen Konsulate in der Stadt. Tagsüber war der Platz stärker besucht, es kamen Triestiner, die sich von hier zu einem Spaziergang an der Abrißkante des Karsts aufmachten, während sich andere nach längerer Reise die Füße vertraten und eine Kleinigkeit aßen.

Ein Geländemotorrad fuhr dicht an ihrem Wagen vorbei und hielt erst am äußersten Ende des Areals. Sie hörten, wie sein Motor auslief, dann wurden die Lichter ausgeschaltet. Nur noch ein schemenhafter Umriß war zu sehen, der sich vom leuchtenden Stadthimmel abhob. Damjan und Jožica gingen durch die Dunkelheit zu dem kleinen Restaurant, wo eine auffällig elegant gekleidete Enddreißigerin auf sie wartete, deren pechschwarz gefärbtes, schulterlanges Haar in krassem Kontrast zum fahlen Teint ihrer Haut und den kirschrot geschminkten Lippen stand. Die Frau begrüßte sie sogleich in ihrer Muttersprache und wies das Ehepaar an einen der Tische vor dem Lokal.

»Warum wolltet ihr mich sehen?« fragte sie und stellte ihre Krokotasche auf die Bank. »Habt ihr darauf geachtet, daß euch niemand gefolgt ist?« Sie machte eine Kopfbewegung zu der Stelle, an der das Motorrad stehen mußte, von seinem Fahrer war nichts zu sehen.

»Keine Sorge, wir sind allein«, brummte Damjan.

Die Schwarzhaarige wimmelte auf italienisch die Kellnerin ab, die ihre Bestellung aufnehmen wollte. »Wir gehen gleich wieder, danke.« Dann wandte sie sich dem Ehepaar zu. »Also, was gibt's? Probleme?«

Damjan Babič überließ seiner Frau das Wort, wie sie es zuvor verabredet hatten. Er schaute in die Ferne und atmete schwer. Lange hatten sie beraten, wie sie aus ihrer Tätigkeit für Petra Piskera mehr für sich herausholen könnten.

Der »AREA SciencePark« bei Padriciano, auf dem Hochplateau über der Stadt, war das größte Forschungszentrum des Landes, eines der Aushängeschilder Triests, Hoffnungsträger für eine Zukunft als Stadt der Wissenschaft, aber auch Spielball parteipolitischer Interessen. Mehrfach hatte man in den vergangenen Jahren um die Finanzierung der Einrichtung von internationalem Ansehen gezittert, je nachdem, ob die jeweilige Regierung in Rom für oder gegen diejenige in der Stadt war. Ein Wissenschaftspark, der Synergien schaffen sollte zwischen staatlichen Institutionen, Universität und Privatunternehmern, die sich hier privilegiert ansiedeln konnten, sofern sie entsprechende Forschungsprojekte und die dazugehörigen Busineß-Pläne vorweisen konnten. Über achtzehnhundert Menschen arbeiteten in dem ausgedehnten Areal. Damjan und Jožica gehörten schon lange dazu. Sie hatten seit zehn Jahren eine reguläre Arbeitsgenehmigung, galten als unscheinbar, aber zuverlässig und kamen mit den beiden Gehältern bestens zurecht, denn der Tariflohn hier lag deutlich über dem für sie erreichbaren Monatsgehalt in Slowenien. Jožica arbeitete je nach Bedarf in der Foresteria, dem Gästehaus der Anlage, in der Mensa oder im Kindergarten, der für den Forschernachwuchs vorgesehen war und sich »Cuccioli della Scienza« nannte, Welpen der Wissenschaft, als stammte der Nachwuchs aus der Retorte. Jožica machte ihre Arbeit Spaß, ihre eigenen Kinder waren längst erwachsen und arbeiteten in Österreich als Saisonniers in der Gastronomie. Damjan, gelernter Elektriker, war einer der Hausmeister und eigentlich Mädchen für alles, der sich bisher noch vor keiner Arbeit gescheut hatte. Oft half auch er, ohne danach gefragt zu werden, in der Mensa aus, von wo er täglich die Säcke voller Lebensmittelreste mitnahm und zu Hause an die Schweine verfütterte, die er in dem kleinen Stall hinterm Haus hielt. Dank ihrer beider Einkommen hatten sie in den letzten Jahren auf dem Land, das zu ihrem alten Haus aus Familienbesitz gehörte, ein neues hochgezogen. Die Fassaden waren noch nicht verputzt, das konnte warten. Damjan und Jožica machten längst Pläne für später. Irgendwann wollten sie die Arbeit in Padriciano aufgeben und damit die tägliche Autofahrt von und nach Komen auf dem slowenischen Karst, um sich ausschließlich ihrer Landwirtschaft zu widmen. Bisher blieb dafür nur frühmorgens, am Feierabend und an den dienstfreien Wochenenden Zeit. Die Tiere waren zu versorgen, dazu der Gemüsegarten und ein dreiviertel Hektar Rebstöcke, der durchschnittlich neun Hektoliter Wein ergab.

Als die Konsulin sie vor knapp einem Jahr anwarb, tat sich endlich eine vernünftige Perspektive auf. Denn was die Dame namens Petra Piskera von ihnen erwartete, schien eine gutbezahlte Kleinigkeit. Problemlos konnte Damjan bei seinen abendlichen Rundgängen durch das Institut nach ihrer Vorgabe mit einer Digitalkamera an genau bezeichneten Stellen ein paar Fotos von Dokumenten und Plänen schießen und dann die Kamera in den Büroräumen der CreaTec Enterprises zurücklassen, um eine andere mit leerem Speicher an sich zu nehmen. Sechstausend Euro im Vierteljahr waren bisher ein schönes Taschengeld gewesen, mit dem sie sich einiges mehr erlauben konnten. Sie sprachen sogar von einer langen Urlaubsreise, doch die kleine Landwirtschaft verlangte ihre ständige Präsenz. Hühner und Schweine erwarten auch an Feiertagen pünktliche Fütterung.

Seit ein paar Tagen hatte Damjan allerdings das Gefühl, beobachtet zu werden, und sich nach einigem Zögern entschlossen, seiner Frau von diesem Verdacht zu erzählen. Es gab keine konkreten Anhaltspunkte, aber irgend etwas hatte sich verändert. Er wußte nicht, ob es mit den Artikeln in der reaktionären Presse zusammenhing, die von einer permanenten Gefahr sprach, die angeblich von allen Forschungszentren in der Stadt ausging, vor allem vom »ICTP« und dem »Abdus Salam« beim Park von Miramare, den Instituten für theoretische Physik, wo viele Forscher aus der dritten Welt ausgebildet wurden. Einmal stand in einem der Blätter, daß die islamische Atombombe in Triest geplant würde. Schwachsinn, das wußte sogar Damjan. Die Institute hatten bisher mehrere Nobelpreisträger hervorgebracht, und der Neid gegen jede Form von Erfolg war überall gleich. Als Jožica beunruhigt von ihm verlangte, sich an jedes Detail der letzten Tage zu erinnern, stammelte er etwas von einer rothaarigen jungen Frau, trotz des Sommers mit einer schweren Lederjacke bekleidet, die er mehrmals auf dem Gelände gesehen hatte, ohne daß er sie aus einer der Firmen kannte. Sie war ihm aufgefallen, weil sie stets eine Kamera um den Hals und eine schwere Tasche mit technischem Gerät in der Hand trug. Vielleicht sah er Gespenster, doch eine innere Stimme riet ihm, auf diesen Nebenverdienst zu verzichten.

Jožica hatte Petra Piskera unter der ausländischen Telefonnummer angerufen, die sie ihnen als Kontakt gegeben hatte, und um das Treffen gebeten. Im gleichen Gespräch hatte er konkrete Anweisungen für die nächsten zwei Tage erhalten. Mit solchem Nachdruck hatte die Dame bisher nie auf die Erledigung einer Aufgabe bestanden. Jožica und

Damjan hatten lange über das Telefonat gesprochen und sich schließlich darauf geeinigt, mit List das Blatt zu ihren Gunsten zu wenden. Und Jožica sollte die Verhandlungen führen.

»Unsere Arbeit ist schwieriger geworden. Wir wollen mehr Geld, Frau Konsulin«, sagte sie entschieden.

»Was hat sich verändert? Für die paar Fotos seid ihr schon verdammt gut bezahlt.« Die Schwarzhaarige steckte sich hastig eine Zigarette an.

»Wir haben in der Zeitung gelesen, daß die Sicherheitsmaßnahmen erhöht werden sollen. Terrorismusvorbeugung, sagt man. Verschärfte Ein- und Ausgangskontrollen auch für das Personal.«

»Das betrifft euch doch nicht. Ihr nehmt doch nichts mit. Ihr macht lediglich die Fotos, Herr Babič stellt bei seinem letzten Durchgang den Apparat auf die Ladestation in den Räumen der CreaTec Enterprises und nimmt dafür die andere Kamera mit dem leeren Speicher an sich. Kein Kontrolleur kann etwas finden. Also, was soll das?« Grob drückte sie die nicht einmal halb gerauchte Zigarette in den Aschenbecher und kümmerte sich nicht darum, daß sie weiterqualmte.

»Wir brauchen mehr Geld«, beharrte Jožica. »Nur eine einmalige Prämie von fünfzigtausend Euro, dann geht alles weiter wie bisher. Für Sie ist das doch eine Kleinigkeit.«

Ihre Auftraggeberin verzog keine Miene. »Ihr habt gestern und heute kein Material geliefert. Warum?«

»Ebendarum.« Damjan Babič war ein stattlicher Mann von einem Meter neunzig mit den Händen eines Nebenerwerbslandwirts, der sich nun zu voller Größe aufrichtete, um seinen Worten mehr Bedeutung zu geben. »Sie sollen sehen, daß es uns ernst ist.«

Die Konsulin zeigte sich unbeeindruckt. »Sag deinem Mann, er soll sich setzen und die Klappe halten«, herrschte sie Jožica an, die sich nicht rührte.

Damjan trat ganz dicht vor die schwarzhaarige Dame und hob seine mächtigen Hände. »Was ist schwierig daran, unser Anliegen zu verstehen? Alles hat seinen Preis. Und unseren haben wir gerade genannt. Also, Sie akzeptieren oder Sie lassen es sein. Auf jeden Fall machen wir so nicht weiter.«

»Ihr bekommt dieses Mal das Doppelte. Aber nur dieses eine Mal. Verstanden.«

Damjan setzte sich wieder.

»Wir wissen längst, daß unsere Arbeit für Sie viel mehr wert ist, als Sie bezahlen, Frau Konsulin«, sagte Jožica. »Wir wollen nur das, was uns zusteht. Fünfzigtausend.«

Bevor Petra Piskera antworten konnte, fügte Damjan hinzu: »Und wenn Ihnen das zuviel ist, dann suchen Sie sich jemand anderen, der für Sie herumspioniert. So nennt man das doch! Verkaufen Sie uns nicht für dumm.« Damjan stand auf und faßte seine Frau am Ellbogen. »Komm jetzt, Jožica. Ich glaube, sie hat verstanden.«

»Warten Sie.« Sie hatten noch keine fünf Schritte gemacht, als die Konsulin sie mit eisiger Stimme aufhielt. »Liefern Sie die Fotos bis übermorgen, dann läßt sich etwas machen. Aber ich brauche sie übermorgen.«

»Ab übermorgen haben wir Frühschicht«, sagte Damjan über die Schulter, ohne seine Geschäftspartnerin anzusehen. »Warten Sie um fünfzehn Uhr auf uns im zweiten Parkdeck des Einkaufszentrums ›Torri d'Europa‹. Und vergessen Sie nicht das Geld. Wir machen keine Scherze.«

Sie ließen die Konsulin stehen und gingen zum Škoda hinüber. Damjan steckte sich eine Zigarette an und wartete mit dem Einsteigen, bis die Rücklichter des Wagens der schwarzen Dame nicht mehr zu sehen waren. Im Anfahren mußte er scharf abbremsen, um den Motorradfahrer vorbeizulassen, der es offensichtlich eilig hatte.

*

Alba Guerra war vierunddreißig Jahre alt und stammte aus Treviso. Drei Jahre hatte die Journalistin als Pressesprecherin des Cowboy-Bürgermeisters gearbeitet, der in der Stadt die Parkbänke abmontieren ließ, damit keine Penner mehr darauf übernachten konnten. Er hatte durch seine Äußerungen wiederholt für Aufsehen gesorgt, insbesondere als er die Meinung vertrat, daß man auf afrikanische Einwanderer wie auf Hasen schießen sollte, um sie zur Heimkehr zu bewegen. Als der Mann, der sich tatsächlich als Wildwest-Sheriff hatte ablichten lassen, mit Ende der zweiten Amtszeit nicht noch einmal antreten durfte, verabschiedete sich auch die »Rote Alba«, wie sie von ihren rechten Kameraden wegen ihrer Haarfarbe gerufen wurde, aus der Politik und ging zurück in den Journalismus. Sie arbeitete für eine überregionale Tageszeitung, die sich schon in der Vergangenheit auf die Forschungseinrichtungen in Triest eingeschossen hatte, sowie auf die vielen klugen Köpfe aus der dritten Welt, die dort tätig waren. Die Sprache ihrer Artikel war schneidend polemisch und politisch drastisch vorgestrig. Mehrfach hatte sie deshalb vor dem Richter gestanden, konnte aber stets, dank des Beistands einschlägig bekannter Rechtsanwälte, den Kopf aus der Schlinge ziehen. Für die Rechten war es Mode geworden, sich auf das demokratisch verbriefte Recht der Meinungsfreiheit zu berufen, wenn sie für ihre revanchistischen und hetzerischen Äußerungen am Pranger standen.

Alba Guerra war von ihrem Mailänder Chefredakteur zum erstenmal anläßlich des EU-Beitritts Sloweniens nach Triest geschickt worden. Eine Handvoll Neofaschisten hatte mit einem Sitzstreik vor dem Konsulat des Nachbarlandes protestiert, worüber kaum jemand berichtete – außer ihr. Sie hatte schnell Gefallen an der Stadt am Meer gefunden. Und innerhalb der Splittergruppe der Unverbesserlichen war sie, dank ihrer scharfmacherischen Artikel gegen die Nachbarn jenseits der Grenze, bald beliebt. Eine geschlossene Gesellschaft, die sich die Realität nach Gutdünken zurechtbog und das Recht auf ihrer Seite glaubte, auch wenn sich kaum jemand um sie scherte. Rechtsextreme Gewalt gab es in der Vielvölkerstadt Triest seit Jahrzehnten nicht. Und die vereinzelten Schmierereien auf Hauswänden mußte man nicht ernst nehmen. Wen scherte diese Polemik heute noch, mit der sich keine politischen Mehrheiten mehr schaffen ließen? Und außerdem badeten Faschisten wie Kommunisten alle im gleichen warmen Wasser der Adria.

Dank guter Kontakte hatte Alba eine Proforma-Anstellung und damit Einlaß in das Forschungszentrum gefunden. Rasch hatte sie die Fährte des Hausmeisters Damjan Babič aufgenommen, dessen Generalschlüssel am schweren Bund es ihr angetan hatte. Viel schneller als erhofft war sie fündig geworden. Der Mann gab sich keine große Mühe, sein Vorgehen zu verschleiern. Er hatte Zugang zu allen Räumen, und alle wußten dies. Glühbirnen wechseln, Schalter reparieren, Leitungen überprüfen – er war überall gern gesehen, und oft genug erhielt er ein Trinkgeld oder eine Tasse Kaffee. Aber dann hatte die Rote Alba ihn erwischt, als er in den Räumen des Instituts für Solartechnik, »ISOL«, die Pläne fotografierte, die an den Wänden hingen. Ein paar Tage später hatte ihn die Journalistin dabei fotografiert, wie er Akten aus einem Schrank nahm und ablichtete. Doch was ließ sich eigentlich in einem solchen Unternehmen stehlen? Weder Raumfahrt- noch Rüstungstechnik und schon gar kein radioaktives Material, das zum Bau einer schmutzigen Bombe getaugt hätte, wovon einige ihrer politischen Freunde munkelten. Alba Guerra hatte keine andere Wahl, als an Babičs Fersen zu kleben und darauf zu hoffen, daß er irgendwann weitere Hinweise lieferte. Heute abend war es endlich soweit. Aus der Dunkelheit heraus konnte sie ohne weitere Vorsichtsmaßnahmen Fotos von dem Treffen mit der schwarzen Dame machen und das Gespräch in großen Teilen mit dem Richtmikrofon aufzeichnen. Und endlich hatte sie die Gewißheit, daß Babič krumme Sachen drehte, und er hatte ihr seine Auftraggeberin auch noch auf dem Tablett serviert. Die Angehörige eines osteuropäischen Konsulats! Das war ein gefundenes Fressen. Doch Industriespionage in Sachen alternativer Energiegewinnung? Das hatte es bisher noch nicht gegeben, und sie konnte sich leicht eine blutige Nase holen und sich der Lächerlichkeit aussetzen, wenn sie keine handfesten Beweise lieferte. Alba Guerra mußte unbedingt dieser schwarzhaarigen Frau folgen.

Bombenstimmung

»In Triest verschläft die Polizei sogar einen Bombenanschlag.« Die Spötter hatten leider recht, und es blieb nichts anderes übrig, als ihre Kommentare so souverän wie möglich zu übergehen und statt dessen von Spuren und Ermittlungen zu sprechen, selbst wenn man einiges hinzudichten mußte. Auch Proteo Laurenti hatte den Knall gehört, eineinhalb Stunden nach Mitternacht.

Sein Mobiltelefon klingelte, kaum daß er am Morgen unausgeschlafen in seinen Wagen gestiegen war. »Also, was ist passiert?« Laurenti brauchte einen Moment, bis er die Stimme erkannte. Die alte Freundin, Triestinerin und Journalistin bei der RAI in Rom, von der er schon lange nichts mehr gehört hatte, kam stets ohne lange Vorrede zur Sache.

Seit er sie kannte, erschreckte sie ihn mit ihren direkten, bohrenden Fragen. Vermutlich war sie deshalb so erfolgreich in ihrem Beruf, weil sie anderen keine Möglichkeit ließ, sich elegant um eine konkrete Antwort zu drücken.

»Wovon redest du?« stammelte Laurenti, auf einmal schlagwach. »Eine Bombe? Wo? Quatsch, bei uns doch nicht. Da hat dich jemand auf den Arm genommen.«

»Proteo, verarsch mich bitte nicht. Sag einfach in aller Klarheit, daß ihr eine Informationssperre verhängt habt. Die Sache gibt schließlich zu denken.«

»Wer? Was?«

»Komm schon, Laurenti. Raus mit der Sprache: Bei uns lag es schon vor einer Stunde auf dem Ticker, und wenn es wahr ist, was da steht, dann muß bei euch kein Bombenleger Angst haben, weil die Polizei den Anschlag ohnehin erst fünf Stunden später bemerkt. Ihr seid wirklich von der ganz besonders schnellen Truppe.« Sie las ihm die Meldung der staatlichen Nachrichtenagentur vor, die keine zehn Zeilen lang war.

»Blödsinn, deine Kollegen übertreiben wieder einmal. Wenn da was Ernstes dran wäre, dann hätten sie mich noch in der Nacht aus den Federn geholt. Ich bin auf dem Weg ins Büro. Sobald ich etwas weiß, rufe ich dich zurück.« Er mochte diese Journalistin wirklich gern, doch warum mußte sie ihn mit solch einem Kram aufschrecken, noch bevor er an seinem Schreibtisch saß?

*

Bedrückt und verärgert war er am vorigen Nachmittag von Hrastovlje nach Triest zurückgefahren. Weshalb hatte Živa ihn so schnöde abblitzen lassen? Gute Freunde! Er war doch keine sechzehn mehr. Und schließlich hatte sie immer darauf bestanden, keine engere Bindung eingehen zu wollen. So lautete ihre Abmachung, denn seine Frau hätte Laurenti nie verlassen. Er liebte Laura, und die Affäre mit Živa hatte absolut nichts mit seiner Ehe zu tun. Er war glücklich verheiratet, die kleine Krise vor ein paar Jahren war längst überwunden. Proteo hatte seiner Frau umgehend den widerlichen Versicherungsmakler, mit dem sie geflirtet hatte, verziehen. Ein Ausrutscher. Damals begann aber auch seine Affäre mit der kroatischen Staatsanwältin. Doch es war von Anfang an klar gewesen, daß es eine Affäre bleiben sollte. Živa selbst hatte darauf bestanden. Und heute hatte sie genau aus diesem Grund mit ihm Schluß gemacht. Laurenti hieb vor Ärger mit der Faust auf das Lenkrad von Lauras neuem Fiat.

Diesmal war an dem kleinen Übergang der Schlagbaum auf der italienischen Seite zu. Er wartete und hupte verärgert, als sich kein Grenzbeamter blicken ließ. »Die sind überall gleich«, fluchte er vor sich hin. »Egal an welcher Grenze der Welt. Überall terrorisieren sie die Reisenden mit ihrer Unfreundlichkeit. Und wehe, man macht das Maul auf. Scheißzöllner.« Er hupte länger. In seinem Dienstwagen hätte er die Sirene aufheulen lassen, dann wäre rasch Bewegung in die Sache gekommen. Aber hier passierte gar nichts. Er fragte sich, wie lange es wohl dauern würde, bis die Herren ihren Mittagsschlaf beendet hatten. Vielleicht wollten sie geweckt werden! Diesmal ließ er die Hand lange auf der Hupe. Endlich öffnete sich die Tür des kleinen Gebäudes zu seiner Rechten, und zwei Uniformierte traten heraus. Der eine hielt eine Maschinenpistole im Anschlag und baute sich vor dem rechten Kotflügel auf, während der andere Beamte langsam um den Wagen herumging, einen kleinen Moment am Heck verharrte und dann zu Laurenti kam, der mit geöffnetem Seitenfenster wartete.

»Ihren Ausweis«, sagte der Grenzpolizist.

»Ihren Ausweis, bitte«, äffte ihn Laurenti nach und reichte ihm das Dokument. »Es wurde auch langsam Zeit. Der kalte Krieg ist vorbei.«

Ohne Mimik studierte der Mann Laurentis Identitätskarte, als gäbe es da eine spannende Lebensgeschichte zu lesen. Das Dokument war gültig, das Foto so eindeutig, daß es selbst einen Analphabeten überzeugen mußte. Doch dieser Kerl mit Leseschwäche brauchte eine Ewigkeit, um die Angaben von Laurentis Personalien auf dreizehn Zeilen, seine Unterschrift und den Stempel samt Ausstellungsdatum zu dechiffrieren.

»Was?« fragte er schließlich, ohne das Dokument aus der Hand zu geben.

»Was was?« fragte Laurenti genervt zurück.

»Was langsam Zeit wurde?«

»Sie lassen Ihre Kundschaft verdammt lange warten. Vor zwei Stunden war niemand von euch zu sehen, und jetzt ist der Schlagbaum zu, aber es kommt niemand, wenn man ihn braucht. Finden Sie das in Ordnung?«

»Öffnen Sie den Kofferraum.«

»Man sagt: Bitte. Ein bißchen Höflichkeit schadet nie. Und außerdem gibt es keine Beschränkungen des Warenverkehrs mehr, seit Slowenien in der Europäischen Union ist.«

»Öffnen Sie.« Der Beamte beharrte mit steinernem Gesichtsausdruck auf seiner Forderung.

»Das geht hier zu wie am Eisernen Vorhang, mein Herr.« Laurenti drückte den Knopf am Armaturenbrett und machte keine Anstalten auszusteigen. »Schauen Sie selbst. Aber vergessen Sie nicht, daß ich nicht die geringste Lust habe, den ganzen Nachmittag in Ihrer gesprächigen Gesellschaft zu verbringen.«

»Sie sollten auf Ihre Worte achten, Signore.« Der Grenzpolizist, der sein Sohn hätte sein können, schaute ihn trotzig an. »Das Gesetz sagt, daß wir im Verdachtsfall nachschauen müssen.«

»Und welchen Verdacht haben Sie, Herr Innenminister?«

Ein Wagen fuhr heran, der andere Mann öffnete den Schlagbaum und winkte ihn durch. Dann kam er langsam herüber, hielt aber wie bisher zwei Meter Distanz, die Maschinenpistole stur im Anschlag. Offensichtlich wollte er dem Gespräch als Zeuge folgen.

»Und den lassen Sie einfach durchfahren? Sagen Sie dem Pistolero wenigstens, er soll seine Waffe einstecken.« Laurenti zeigte auf ihn. »Ich tu euch schon nichts.«

»Das Gesetz regelt auch die Punkte Beamtenbeleidigung und Widerstand gegen die Staatsgewalt.«

»Ich weiß«, sagte Laurenti. »Und es regelt auch den Umgang der Beamten mit Zivilpersonen. Sie haben inzwischen mehrfach dagegen verstoßen.«

Der Mann zuckte nicht einmal mit der Wimper, sondern ging langsam zum Heck des Wagens und öffnete die Kofferraumklappe. Er warf einen kurzen Blick hinein, Laurenti hörte, wie er die Matte über dem Reserverad anhob und anschließend die Heckklappe wieder schloß. Laurenti war froh, daß Laura noch nichts in ihrem neuen Wagen deponiert hatte. Als sie ihn vor ein paar Tagen beim Händler abgeholt hatten, waren sie lange damit beschäftigt gewesen, den ganzen Kram aus dem alten Auto hinüberzupakken, und hatten sogar einen kleinen Streit, als Laurenti fragte, ob sie einen Zweitwohnsitz im Kofferraum eingerichtet habe. Aber ganz offensichtlich hielt sie den neuen Punto in Ehren und hatte den Krempel zu Hause wieder ausgeladen.

Jetzt kamen zwei Wagen aus der Gegenrichtung und wurden wieder ohne Kontrolle durchgewinkt.

»Steigen Sie aus«, sagte der Grenzer.

»Das geht jetzt schon eine Viertelstunde so, plus die zehn Minuten, die ich auf euch warten mußte. Beamtenwillkür.«

»Steigen Sie aus, habe ich gesagt.«

»Was suchen Sie eigentlich?«

Keine Antwort. Widerwillig folgte er der Anordnung.

»Was machen Sie übrigens, wenn die Grenze endgültig fällt? Gastronomie? Betriebsberater für Serviceverbesserung?« fragte Laurenti.

Der Grenzpolizist beugte sich in den Wagen und schaute unter die Sitze, dann ins Handschuhfach, und schließlich zog er den Hebel für die Motorhaube.

»Es ist doch eindeutig, daß Sie mich schikanieren wollen.« Laurenti war nun endgültig bedient. »Zeigen Sie mir Ihren Dienstausweis.«

Keine Reaktion.

»Name und Dienstgrad, Dienstnummer.«

Der Kerl beachtete ihn einfach nicht. Laurenti nahm sich vor, seinen Kollegen von der Grenzpolizei nach den Ausbildungsrichtlinien zu fragen. Darin mußte ganz sicher eine Anweisung zu finden sein, die den Beamten jegliche Freundlichkeit untersagte. Noch nie in seinem ganzen Leben hatte er je einen von ihnen lächeln gesehen oder ein freundliches Wort von ihnen gehört. *Danke* und *Bitte* waren gewiß strikt verboten, und die typische Geste war ein Zeichen mit dem Kinn, mit dem die Weiterfahrt befohlen wurde. Internationaler Standard.

»Fahrzeugpapiere«, sagte der Beamte und schnippte mit dem Finger.

»Es heißt: Bitte. Ich habe es Ihnen schon einmal gesagt.« Laurenti wußte nicht, wo Laura die Papiere hatte. Er schaute hinter der Sonnenblende nach und dann im Handschuhfach. Nichts.

»Das ist der Wagen meiner Frau«, sagte er. »Ich weiß nicht, wo sie sind.« Er griff zu seinem Mobiltelefon und wollte ihre Nummer wählen.

»Wie heißt ihre Frau?«

Er nannte ihren Namen.

»Anschrift?«

»Bitte!«

»Anschrift?«

»Schauen Sie in meinen Personalausweis, verdammt noch mal. Ich habe doch gesagt, daß sie meine Frau ist.«

Der Beamte schlenderte nach vorne und öffnete die Motorhaube. Es schien, als studierte er jede einzelne Schraube. Schließlich notierte er die Fahrgestellnummer und verschwand gemächlich in dem kleinen Grenzgebäude. Offensichtlich wollte er ihm wirklich das Leben schwermachen und würde jetzt in aller Gemütsruhe und mit zwei Fingern die Daten in den Computer eingeben.

Diesmal passierten fünf Autos, ohne daß der andere Grenzer auch nur einen Blick auf die Insassen warf.

Laurenti ließ sich wieder auf den Fahrersitz fallen und rief schließlich Laura an. Natürlich hatte sie die Wagenpapiere in ihrer Handtasche. Laurenti schnaubte wütend. Warum konnte sie sie nicht, wie jeder normale Mensch, im Auto deponieren? Jetzt hatte dieser Kleinkrämer von Grenzpolizist wirklich seinen Triumph. Und dann fragte Laura, wann er zurückkäme. Sie wartete im Büro ihres Versteigerungshauses auf ihn und brauchte den Wagen, um nach Hause zu fahren. Sie wollte sich noch umziehen, bevor sie zum Abendessen gingen. Laurenti erinnerte sich nicht, daß sie etwas vorhatten, aber jetzt wollte er sie nicht danach fragen. Er verabschiedete sich und wählte hastig die Nummer seines Büros. Marietta antwortete erst nach dem achten Klingeln. Hektisch gab er ihr die Anweisung, sofort am kleinen Grenzübergang von Prebenico anzurufen und zu intervenieren.

»Was machst du eigentlich auf der anderen Seite der Grenze?« fragte seine Assistentin. Ihre Stimme klang schnippisch.

Es war zum Heulen. Er hätte es wissen müssen. Um den Kopf aus der Schlinge zu ziehen, hatte er ihn in eine andere gesteckt. Daß Marietta sich diese Chance nicht entgehen lassen würde, war klar. Wenn nicht heute, dann würde sie in den nächsten Tagen nachbohren. Obgleich sie trotz aller Bemühungen nie nachweisen konnte, daß er ein Verhältnis mit Živa hatte, war sie sich dessen sicher und stellte ununterbrochen Fallen, die Laurenti sorgsam zu umgehen wußte. Aber damit war es jetzt ohnehin vorbei. Seit einer Stunde. Seit Živa ihm den Laufpaß gegeben hatte.

Der Grenzpolizist kam wieder zurück. Zu allem anderen schien er auch Rekordhalter im Langsamgehen zu sein. Auf halbem Weg hielt er inne, das Telefon im Büro schrillte bis auf die Straße hinaus. Schließlich machte er kehrt, beschleunigte aber trotz des Klingelns nicht. Laurenti sah, wie die Tür hinter ihm ins Schloß fiel.

Diesmal passierten sieben Fahrzeuge, ohne kontrolliert zu werden. Und dann geschah das Wunder vom Karst: Der Grenzer rannte beinah. Laurenti fürchtete, daß er mit den Absätzen eine Bremsspur auf den Asphalt legen würde, ehe er die Hacken zusammenschlug und salutierte.

»Warum haben Sie es nicht gesagt, Commissario?« Artig reichte er ihm den Personalausweis. »Entschuldigen Sie.

Ich wollte Ihnen keine Umstände machen.« Er warf seinem Kollegen einen verlegenen Blick zu, worauf dieser die Maschinenpistole umschnallte und den Schlagbaum öffnete.

»Anordnung aus Rom. Es ist die Woche der Selbstkontrolle«, log Laurenti. »Wir überprüfen alle Beamten.«

»Ich habe mich lediglich an die Vorschriften gehalten, Commissario.« Der Kerl stand stramm wie eine Straßenlaterne.

»Kennen Sie den Vorteil des Schengener Abkommens?« fragte Laurenti, während der Mann ihn erwartungsvoll anschaute und den Kopf schüttelte. »Einer von uns beiden wird seinen Job wechseln müssen, wenn die Grenzkontrollen fallen.« Er startete den Motor und wollte die Tür schließen.

»Entschuldigung, Commissario.«

»Bitte«, sagte Laurenti.

»Danke, Commissario.«

»Es heißt: Bitte! Das sollten Sie sich umgehend angewöhnen, Agente.«

»Danke, Commissario. Aber wenn Sie gestatten, dann würde ich gerne empfehlen, daß Sie gleich das Rücklicht reparieren lassen, Commissario.« Wieder salutierte der Mann.

»Welches Rücklicht?«

»Es ist kaputt. Schade um den neuen Wagen. Bitte.«

Laurenti fuhr grußlos und mit quietschenden Reifen davon. Er war spät dran und mußte Laura das Auto zurückbringen. Ins Büro würde er an diesem Nachmittag nicht mehr gehen. Marietta hatte gesagt, daß nichts Besonderes vorlag. »Triest schläft am hellichten Tag«, meinte sie. »Es hat sich nichts verändert. Ich hoffe, daß wenigstens du dein Vergnügen hattest.«

*

Er spürte die Aufregung bereits vor der Questura, als er aus dem Wagen stieg. Mehr Uniformierte als gewöhnlich standen vor ihren Einsatzfahrzeugen oder fuhren gerade weg. Selbst die Möwen, die stets in der Nähe der Müllcontainer auf Beute lauerten und mit ihrem spöttischen Geschrei den dichten Verkehr übertönten, hatten sich in sicherer Entfernung auf den Stufen des Teatro Romano niedergelassen wie zahlende Gäste bei der Aufzeichnung einer Soap opera. Laurenti war schnell auf dem laufenden und eilte die drei Treppen hoch in sein Büro. Pina Cardareto, die ehrgeizigste Inspektorin in seiner Abteilung, hatte die Sache in die Hand genommen, war bereits vom Tatort zurück und telefonierte mit den Spezialisten vom Erkennungsdienst, als er hereinstürmte. Sie machte ein Zeichen, daß sie in sein Büro käme, sobald sie aufgelegt hätte. Die Kleine war eifrig, das gefiel Laurenti. Warum sollte eigentlich er sich immer mit allem herumschlagen, wo es doch Kollegen gab, die nach oben strebten? Ein bißchen erinnerte sie in ihrem Engagement an seine Anfänge, als er, nach weiß der Teufel wie vielen Versetzungen, in Triest gelandet war und sich in seinem ersten großen Fall gleich eine blutige Nase geholt hatte. Aber das war lange her.

Wie jeden Morgen brachte Marietta ihm mit einer Tasse Espresso gleich die Liste der zu erledigenden Dinge sowie den Bericht des Streifendienstes von der letzten Nachtschicht. Der Bombenanschlag dominierte alle Aufzeichnungen, doch über ihn würde er sich von Pina aus erster Hand berichten lassen. Laurenti überflog die restlichen Meldungen, aber abgesehen von drei Anrufen wegen Lärmbelästigung vor der »Malabar« auf der Piazza San Giovanni, die ihm gleich ins Auge fielen, war nichts Erwähnenswertes verzeichnet. Warum litten die Spießer eigentlich immer und überall an Schlaflosigkeit? Die Konjunktur war im Keller, das Wirtschaftswachstum stagnierte, die Arbeitslosigkeit stieg – doch daß in Triest jemand vor Sorgen keinen Schlaf fand, hielt Laurenti für unmöglich. Die Stadt war wohlgenährt und erst vor kurzem von der wichtigsten Finanzzeitung auf Platz eins in Sachen Lebensqualität gewählt worden. Worüber regten sich die Leute also auf?

Am vergangenen Abend war er mit seiner Frau auf der Piazza San Giovanni gewesen, wo unter dem Motto »Haute Cuisine auf der Piazza« bewiesen werden sollte, daß auch gutes Essen einfach zuzubereiten war. Ihr Sohn Marco ging bei der Veranstaltung Ami Scabar zur Hand, die eine der vier international renommierten Küchenchefs war: Außer der Triestinerin hatten noch der Spanier Antonio Gras aus Murcia, die Katalanin Montsé Estruch aus Barcelona und Tomaz Kavčič aus dem Vippachtal ihr Können unter Beweis gestellt. Marco hatte gerade das erste Ausbildungsjahr hinter sich und war nach wie vor von seiner Berufsentscheidung begeistert. Seinen Eltern hatte er seit Wochen voller Stolz die Idee des Abends vorgetragen, bei dem er assistieren durfte, sowie Freikarten für sie besorgt. Selbst der Himmel riß auf, und die schweren Wolken, die am Nachmittag noch über der Stadt gehangen hatten, entluden sich nur über dem Hinterland. Ab Mitternacht leerte sich die Piazza allmählich, endlich kamen auch die Köche zum Essen, und Walter, der Wirt der »Malabar«, entkorkte die besonderen Flaschen, die er für die Kollegen reserviert hatte. Als etwas später die dumpfe Detonation aus nicht allzu großer Entfernung zu hören war, schauten alle nur kurz auf und wandten sich rasch wieder ihren Gläsern und Gesprächen zu. Mit dem ersten Licht der Morgendämmerung fuhren die Laurentis stadtauswärts nach Hause. Mit Verkehrskontrollen war um diese Zeit kaum mehr zu rechnen.

»Der Questore hat eine Sitzung für zehn Uhr anberaumt, der Präfekt um Mittag«, sagte Marietta, »ich nehme an, der Chef will euch einstimmen, bevor es zum Oberchef geht. Sonst gibt's nichts, außer daß ich gerne den Nachmittag freinehmen würde, wenn einmal in dieser Saison die Sonne scheint.« Marietta nahm seine Tasse und stand auf.

»Wird das Sonnenbaden am Nudistenstrand mit den Jahren nicht ein bißchen unästhetisch?« murmelte Laurenti, warf Marietta einen hämischen Blick zu und griff nach den Akten auf seinem Tisch. »Ich meine, ihr kennt euch alle doch seit einer Ewigkeit.« Seit Jahren zog er sie mit ihrer Leidenschaft für nahtlose Tiefenbräunung auf, und seit Jahren war sie davon überzeugt, daß er nur eifersüchtig war.

»Das hängt ganz von der Begleitung ab, Chef.« Marietta setzte eines ihrer charmantesten Lächeln auf und schloß die Tür hinter sich.

»Hast du schon wieder einen Neuen?« rief Laurenti hinter ihr her.

Die Tür öffnete sich wieder, Marietta lächelte verwegen. »Einen guten alten und einen wilden neuen. Wer zu spät kommt, der hat keine Geschichten. Und warum sollt eigentlich nur ihr Männer Spaß am Leben haben? Ich habe viel von dir gelernt, Proteo.«

Dann war die Tür endgültig zu. Laurenti kannte seine Assistentin länger als seine Frau. Und er hatte sich auch damit abgefunden, von ihr durchschaut zu werden. Sie wußte alles über ihn, auch wenn er sorgfältig darauf achtete, sich nicht zu verraten. Und manchmal meinte sie sogar, seine Geheimnisse schon von seiner Laune ableiten zu können. Es hatte keinen Sinn, sich dagegen zu wehren. Doch diesmal konnte sie noch nicht auf dem laufenden sein. Es war ihm schon immer leichter gefallen, die schlechten Nachrichten zu verheimlichen als die guten. Laurenti sah Živa vor sich, wie sie ihm gestern in dem leeren Gasthaus bei Hrastovlje charmant lächelnd den Laufpaß gegeben hatte.

Er schüttelte heftig den Kopf, als könnte er sich damit von diesem Gedanken befreien, und überflog lustlos die Seiten über die Bombenexplosion der letzten Nacht, als

Pina hereinstürmte. Wach, ausgeschlafen, unverkatert und ehrgeizig. Sie würde sicher eine steile Karriere machen, an Laurenti vorbeifliegen wie ein Ferrari an einem Cinquecento, und hoffentlich nicht so rasant befördert werden, wie sie es anstrebte, solange Laurenti noch nicht pensioniert war. Kleingewachsene Chefs waren überall unerträglich. Aber die Inspektorin hatte in ihrer persönlichen Karriereplanung gewiß das Innenministerium als unterste Karrierestufe im Kopf, wenn sie nicht gar Päpstin werden wollte oder Chefin einer Weltbehörde zur Ausrottung alles Bösen.

Pina legte ungefragt los. Laurenti wußte, daß sie kein Detail auslassen würde. Er gab seinem Stuhl einen Stoß, rollte einen Meter zurück, legte die Füße auf die Schreibtischplatte und verschränkte die Arme hinter seinem Kopf.

»Die M75 ist ein Relikt der Doppelmonarchie, bereits 1909 wurden Granaten dieser Bezeichnung hergestellt und in den Folgejahren weiterentwickelt. Hier handelt es sich um eine Splittergranate, die im ehemaligen Jugoslawien produziert wurde, in Bugojno in Zentralbosnien. Sie hat einen Kunststoffmantel, aus dem bei der Explosion zweitausendfünfhundert Kugeln schießen. Sie ist nicht so wahnsinnig laut, aber die Detonationskraft enorm. Gegen ein Uhr dreißig wurde sie von der Scala dei Giganti oberhalb der Einfahrt der Galleria Sandrinelli gezündet und, der Entfernung nach zu schließen, von einem vermutlich guttrainierten Mann auf die Via Pellico hinuntergeworfen. Man kann von Glück sagen, daß in diesem Moment kein Wagen aus dem Tunnel kam. So wurden lediglich drei geparkte Autos demoliert und die Eingangstür des Palazzo, vor dem sie losging.«

»Und warum hat man das erst fünf Stunden später bemerkt? Das Ding explodierte schließlich nicht in der Peripherie, sondern in der Stadtmitte.«

Pina versuchte erst gar nicht, ihr Grinsen zu verstecken »Außerhalb wäre es sofort gemeldet worden. Aber hier?

Nicht nur, daß es gerade vierhundert Meter zur Questura sind, in dem Haus wohnt auch noch ein hochrangiger Kollege. Selbst er hat nichts bemerkt. Das kann auch nur in Triest passieren, wo jedem alles scheißegal ist, solange es nicht ihn selbst betrifft.« Pina, die aus einer kleinen kalabrischen Landgemeinde stammte, hatte die Vorzüge der Stadt noch immer nicht zu schätzen gelernt.

»Da explodiert mitten im Zentrum eine Granate, und niemand kriegt das mit?« Laurenti schüttelte ungläubig den Kopf. »Haben Sie mit den Streifenbeamten gesprochen? Dem Leiter des Schichtdienstes?«

»Die schlafen jetzt. Das genügt am Nachmittag.« Pina hatte im Gegensatz zu ihrem Chef Mitgefühl für die rangniedrigeren Kollegen. Ihre Mundwinkel zuckten leicht, sie hielt einen Augenblick inne, bevor sie fortfuhr. »Übrigens war das höchstens zweihundert Meter von der ›Gran Malabar‹ entfernt, in der Sie zu der Zeit noch gesehen wurden, Chef.«

Laurenti nahm abrupt die Füße vom Tisch, stützte die Ellbogen auf und beugte sich zu Pina hinüber. Es gefiel ihm nicht, wie sie das Wort »Chef« ausgesprochen hatte. »Und was wollen Sie damit sagen?« fragte er.

»Daß nicht einmal Sie die Explosion gehört haben«, sagte Pina leicht errötend.

Laurenti winkte ab. »Also, fahren Sie fort, der Questore hat für zehn Uhr eine Sitzung anberaumt. Gibt es einen Zusammenhang mit den Schießereien der letzten Wochen?«

Pina hob die Achseln. »Nicht auszuschließen.«

»Hat nicht dieser Kollege, vor dessen Haustür das Ding explodiert ist, in der serbischen Gemeinde ermittelt?«

»Ich würde nicht behaupten wollen, daß es ihm gegolten hat, nur weil die Granate aus dem ehemaligen Jugoslawien stammt. Bis vor ein paar Jahren war es nun wirklich ein leichtes, an deren ehemalige Armeebestände zu kommen.«

»Aber ausschließen können Sie das auch nicht.«

»Die Kollegen vom Streifendienst sind übrigens nicht glücklich darüber, daß ihnen die Ermittlungen entzogen und uns übertragen wurden.«

»Ich wette, daß auch Ihre Kollegen nicht darüber glücklich sind«, sagte Laurenti. »Fahren Sie fort.«

Pina faßte zusammen, was er ohnehin schon wußte. Doch Laurenti ließ sie reden. Vor kurzem war in der Via Vecellio auf einen Wagen geschossen worden, wobei zwei der fünf Insassen verletzt wurden. In Triest lebende Serben, die bereits vor Jahren in eine Ermittlung wegen Drogenschmuggels aus Bulgarien verwickelt waren. Beide befanden sich inzwischen außer Lebensgefahr, doch reden wollten sie nicht. Sieben Tage später dann Schüsse auf das Wohnungsfenster eines Sizilianers, der ebenfalls die Klappe hielt. Nach anfänglichen Spekulationen der Tagespresse darüber, was in »Balkantown«, dem Viertel nahe dem Ospedale Maggiore, vor sich ging, wobei von Vendetta, Schutzgeld, Mafia und Camorra zu lesen war, gab es nur eine Gewißheit. Sowohl der Serbe als auch der Sizilianer waren im Baugewerbe tätig. Wahrscheinlich handelte es sich um den Anschlag eines unzufriedenen Kunden.

Natürlich fiel zunächst einmal ein schlechtes Licht auf alle Serben. Die Presse sprach von offiziell sechstausend Mitgliedern dieser Gemeinde in der Stadt, die seit dem Balkankrieg aber mindestens fünfzehntausend Köpfe zählte, die alle verzweifelt versuchten, in Westeuropa ein besseres Auskommen zu erwirtschaften. Morgens standen oft Hunderte Männer an der Piazza Garibaldi, in der Hoffnung, sich für Hungerlöhne verdingen zu können, und wurden sogar von fremdenfeindlichen Hetzern angeheuert, denen es nur darum ging, Geld zu sparen.

Laurenti hörte sich Pinas Bericht zu Ende an. Für die Sitzung wußte er genug. Es war absehbar, daß der Chef sich mit leerem Gesicht informieren lassen und anschließend die Anordnung geben würde, in den nächsten Wochen wiederholt Razzien in Balkantown durchzuführen, eventuell sogar in Zusammenarbeit mit Spezialeinheiten, die er von außen rufen würde. Es war klar, daß dabei nichts herauskommen würde, außer der Ausweisung einer Handvoll verzweifelter Menschen, die keine offizielle Aufenthaltsgenehmigung hatten. Die, um die es wirklich ging, würden mit Sicherheit nicht ins Netz gehen. Wer wußte schon, wer sie waren? Sie wurden meist rechtzeitig gewarnt und waren nicht so blöde, bei einer normalen Razzia aufzufliegen. Da erwischte es immer nur jene, für die der ganze Aufwand nicht lohnte und für die sich unter normalen Umständen ohnehin niemand interessierte, außer als Billigarbeiter. Das alte Lied.

Obwohl alles gesagt war, machte Pina keine Anstalten, sein Büro zu verlassen. Die Inspektorin blieb einfach sitzen, nur ihr Blick hatte sich verändert. Ihre Lebhaftigkeit war einer unübersehbaren Bedrücktheit gewichen. Sie hielt sich mit verkrampften Händen an der Sitzfläche ihres Stuhls fest, als hätte sie Angst abzuheben. Die Sehnen zeichneten sich deutlich auf ihren kräftigen Armen ab.

»Ist noch was?« fragte Laurenti mißtrauisch.

»Ich brauche Ihren Rat«, sagte Pina leise. »Ganz privat.«

*

Vor etwas mehr als einem Jahr war Giuseppina Cardareto nach Triest versetzt worden und hoffte seit dem ersten Tag in der Stadt auf eine erfreuliche Nachricht aus dem Innenministerium. Die gebürtige Kalabrierin verfügte über tadellose Zeugnisse. Nach der Polizeischule in Lecce, Streifendienst in Caserta, Versetzungen nach Gaeta, San Gimignano und Ferrara hatte sie es inzwischen zur Inspektorin gebracht. Sie wollte rasch weiterkommen. Ihre Dienstzeit in Triest begriff sie lediglich als ein unvermeidbares Zwischenspiel, von dem sie sicher bald weiterversetzt würde.

Den Antrag hatte sie bereits zwei Tage vor ihrer Ankunft in der Stadt gestellt. Ihr Herz schlug für den Süden des Landes, sie wollte dahin, wo sie Instinkt, Intelligenz und Tatkraft täglich unter Beweis stellen mußte. Nur so konnte sie die nötigen Punkte sammeln, um ihre Karriere zu beschleunigen. Auch aus diesem Grund hatte sie lediglich eine billige Wohnung genommen, die ihr jeden Gedanken an Seßhaftigkeit unmöglich machte. Zwei spartanisch möblierte Zimmer in einem riesigen, unrenovierten Palazzo in der Via Mazzini, an dessen Eingang sechsundfünfzig Klingelschilder wimmelten, viel mehr als man nach einem flüchtigen Blick auf die Fassade vermuten konnte. Das einst großbürgerliche neoklassizistische Gebäude war in Zeiten milder Bauaufsicht in kleinste Einheiten aufgeteilt und seiner früheren Herrschaftlichkeit beraubt worden, von der nur noch die Concierge-Loge zeugte. Pina, wie Giuseppina von Freunden und Kollegen gerufen wurde, war diese Anonymität mehr als recht. Dreimal die Woche trainierte die versierte Kickboxerin diszipliniert im Polizeisportclub, ansonsten ging sie in ihrer Freizeit kaum unter Leute, zog es vor zu zeichnen oder schrieb an ihren Theaterstücken. Und obwohl sie an der kalabrischen Costa dei Gelsomini aufgewachsen war, haßte sie eines: Schwimmen im Meer.

An die Tätowierung auf ihrem ausgeprägten Bizeps hatten sich die Kollegen inzwischen gewöhnt, und niemand machte mehr Scherze über das unübersehbare »Basta amore«, das sich zu doppeltem Umfang blähte, wenn sie den Muskel spannte. Nur das zwergenhafte Rennrad, auf dem die Inspektorin stets wie von Furien gehetzt durch die Straßen Triests schoß, reizte zu Bemerkungen. Und manch einer rätselte noch immer, wie sie mit ihrer Ministatur die Aufnahmeprüfung in den Polizeidienst geschafft hatte. Sie war – körperlich – mit Abstand die kleinste Person in der Questura, dafür weit überdurchschnittlich intelligent, belesen und selbstbewußter als alle anderen Kollegen zusammen. Ihr Chef Proteo Laurenti hatte sich inzwischen mit der Schlagfertigkeit der Dreißigjährigen abgefunden und auch damit, daß sie ihm immer mehr Arbeit abnahm, ohne daß er darum bitten mußte. Sie war anders als der träge Antonio Sgubin, ihr Vorgänger, der inzwischen im nahen Gorizia Dienst tat. Und dennoch stand Laurenti der anhängliche Langweiler näher als diese Geheimwaffe der Ordnungskräfte.

Und nun bat Pina ihn, reichlich aufgewühlt, um eine vertrauliche Unterredung. Privat! Laurenti zog die Augenbrauen hoch. Personalprobleme hatte er in seiner Laufbahn genug kennengelernt, es drehte sich meistens um die gleichen Banalitäten: Wahrscheinlich wollte Pina ihm als erstem mitteilen, daß sie auf eigenen Wunsch versetzt würde oder nicht mehr mit seiner Assistentin Marietta zusammenarbeiten wollte, mit der sie sich im Dauerstreit befand, oder daß sie schwanger war, an Heimweh litt oder sich über- oder unterfordert sah, auf jeden Fall aber nicht genug gelobt fühlte. Doch als Pina einen Stapel Papier aus dem dicken Briefumschlag auf ihrem Schoß zog und vor ihm ausbreitete, begriff er rasch, daß er sich getäuscht hatte.

»Was ist das?« Laurenti zog die penibel gefalteten Blätter zu sich.

»Am Anfang habe ich darüber gelacht und den Mist weggeworfen«, sagte Pina betreten, »aber so langsam wird es mir zuviel.«

»Und was soll das alles? Fotos aus dem Mülleimer?«

»Lesen Sie auch die Sätze, die daneben stehen.«

»Willst du meinen Joghurt probieren?« Laurenti schüttelte den Kopf. »Ja und?« Er blätterte weiter. »Quattro salti in padella« war der Name eines Tiefkühlgerichts, das es in weiß der Teufel wieviel Varianten gab. Daneben stand: »Ich wende dich in meiner Pfanne, Hühnchen.« Auf dem nächsten Blatt die Aufnahme einer leeren Proseccoflasche minderer Güte: »Was hast du mit dem Korken gemacht, Flittchen?« Dann das Foto eines unbenutzten Tampons. »Deine Tage sind überfällig, Schlampe.«

Laurenti schüttelte den Kopf und blätterte weiter. Das nächste Foto war der Bildausschnitt eines Fahrradsattels, auf dem ein weibliches Gesäß in einer enganliegenden Fahrradhose saß, die deutlich über den Rundungen spannte. Von hinten aufgenommen. »Reibt es nicht ein bißchen?«

»Ein Künstler«, sagte Laurenti und verbot sich ein Grinsen. »Sind Sie das?«

Pina errötete nur kurz und nickte.

»Und der Rest?«

»Ich habe lange gebraucht, aber ich glaube, daß ich es so langsam begreife«, sagte Pina. »Das ist kein Witz. Das ist eine Bedrohung. Irgend jemand verfolgt mich.«

»Sie wollen doch nicht sagen, das dies hier alles Aufnahmen von Ihren Dingen sind?«

»Seit ich eine Liste der Gegenstände führe, die ich wegwerfe, weiß ich es.«

»Sie führen Buch über Ihren Hausmüll?« Laurenti lachte entsetzt auf.

»Doch. Inzwischen schon. Oder erinnern Sie sich etwa an alles, was Sie wegwerfen?«

Laurenti blätterte grinsend weiter. Shampoo, Klopapierrollen, Zahnpastatube, Zitronenschalen, Korken, Wasser-, Bier-, Wein- und Ölflaschen, Verpackungen von Fertiggerichten und Thunfischdosen, Zeitungen, Joghurtbecher, Müslikartons, die Schachteln vom Pizzaservice und vom Chinesen, Kassenbons von Supermärkten, Bars und Cafés. Dem Datum nach, das auf manchen Fotos zu erkennen war, aus der Zeitspanne von über einem Monat. Und fast überall deutlich zweideutige Bemerkungen. Schließlich der Stummel einer selbstgedrehten Zigarette, deren Form einem nicht zu Ende gerauchten Joint glich. Und der Kommentar bestätigte dies. »Nicht mit anderen teilen ist egoistisch! Warte auf meine Anweisungen!«

»Und das ist wirklich alles von Ihnen?«

Pina nickte.

»Sie sollten sich besser ernähren«, sagte Laurenti. »Der Mensch ist, was er ißt, sagt man.«

Pina schüttelte resigniert den Kopf. »Man wird zu einem gläsernen Wesen, wenn jemand im eigenen Müll schnüffelt.«

Laurenti hielt ihr das Blatt mit dem Joint vor die Nase. »Wann kam das an?«

»Der ist nicht von mir«, wehrte Pina wenig glaubhaft ab. »Ich brauche Ihren Rat. Was soll ich tun?«

»Fingerabdrücke? Ich nehme an, Sie haben die Blätter bereits untersuchen lassen.«

»Keine.«

»Wechseln Sie die Mülltonne. Werfen Sie Ihr Zeug woanders weg. Betreiben Sie Mülltrennung, dann wird es schwieriger, Ihnen nachzuschnüffeln. Wo haben Sie den Abfall bisher entsorgt?«

»In der Tonne in der Via Mazzini. Gegenüber dem Versicherungspalast.«

»Die halbe Stadt kommt dort vorbei.«

»Und trotzdem holt jemand meinen Müll aus der Tonne.«

»Rufen Sie, bevor Sie aus dem Haus gehen, einen Kollegen in Zivil mit einem Fotoapparat. Postieren Sie ihn an der Bushaltestelle gegenüber, und packen Sie den Müll in auffällige Plastiktüten, die leicht wiederzuerkennen sind«, sagte Laurenti und warf einen Blick auf seine Uhr. Warum mußte er sich jetzt auch noch mit solchen Kindereien herumschlagen? Seit sich die Wirtschaftskrise verschärft hatte, sah man immer häufiger vor allem alte Leute, die die Mülltonnen selbst im Zentrum nach Verwertbarem durchstöberten. Die Not war inzwischen größer als die Scham.

»Kein Kollege hat soviel Zeit.«

»Dann fragen Sie Galvano. Der alte Gerichtsmediziner freut sich bestimmt, wenn er wieder einmal gebraucht wird.« Laurenti nahm einen Zettel und schrieb die Telefonnummer des zwangspensionierten Vierundachtzigjährigen auf.

Laurenti trat ans Fenster und warf einen Blick hinaus. Es war stickig, schwere Regenwolken lagen über der Stadt. Endlich zog Wind auf.

Kreative Geschäfte

Der Name Petra Piskera war so falsch wie die Gesichtszüge der Frau, die ihn trug. Der Paß, in dem er stand, war dagegen das gültige Dokument eines der Länder Osteuropas, das noch lange kein Beitrittskandidat der Europäischen Union werden würde, und in dessen Bevölkerung Nostalgie nach dem ehemaligen Sowjetregime herrschte, weil sich in der inzwischen eingerichteten Pseudodemokratie die Lebensumstände drastisch weiterverschlechterten. Daß dieses Land trotz fehlender Mittel ausgerechnet in Triest ein eigenes Konsulat einrichtete, hatte viele Beobachter verwundert – nur die Serben, Slowenen und Kroaten leisteten sich noch einen Berufskonsul in der Stadt, die anderen Länder wurden von betuchten Honorarkonsuln vertreten. Die Räume lagen in der kleinen Via Torbandena in unmittelbarer Nachbarschaft der Questura, im dritten Stock eines jener Blöcke, denen in der faschistischen Epoche große Teile der Altstadt weichen mußten. Von der Tafel am Hauseingang konnte man ablesen, daß das Konsulat sich in den Räumen zweier Firmen befand, deren Namen sich leicht einprägten: CreaBuy Consultants, CreaSell Experts. Bei einem Neujahrsempfang, zu dem neben den Honoratioren Triests auch Proteo Laurenti, als Vicequestore, und sein Chef, der Polizeipräsident, geladen gewesen waren, hatte Laurenti die flüchtige Bekanntschaft der jungen schwarzhaarigen Konsulin mit dem auffallend blassen Teint gemacht. Solche Empfänge waren lästige Pflichten, denen man nicht ausweichen konnte. Die immergleiche kurze Rede, spärlicher Beifall, ein paar Fotos, ein Glas Spumante, der so lasch wie die folgenden Händedrücke war, und heuchlerische Kommentare hinter vorgehaltener Hand. Kein Wunder, daß die Begegnung mit der Konsulin trotz der attraktiven Erscheinung der Dame keinen bleibenden Eindruck hinterlassen hatte.

So falsch wie ihr Name war auch das Lächeln gewesen, als Laurenti mit der Begrüßung an der Reihe war. Diese Dame kannte ihn gut, doch eine Reihe chirurgischer Eingriffe hatte ihr Aussehen so sehr verändert, daß der Kommissar sie nicht wiedererkannte. Petra Piskera hielt seine Hand lange genug fest, um sicher zu sein. Die Prüfung war bestanden, am Nachmittag berichtete sie ihrem Bruder Viktor Drakič triumphierend davon. Dreieinhalb Jahre im Frauenknast von Udine hatte sie abgesessen, bevor sie am Tag ihrer vorzeitigen Entlassung abgeschoben wurde. Und jetzt war Tatjana Drakič alias Petra Piskera zurück in Triest und leitete von hier aus die Geschäfte von Viktors Firmen in ganz Italien.

Der hatte in Windeseile ein Imperium aufgezogen, um dessen Renditen ihn jeder Bankchef beneiden würde. Allerdings zahlte Drakič weniger Steuern und so gut wie keine Personalnebenkosten. Blitzartig hatte er bei der ersten Gelegenheit das Geschäft seines ehemaligen Bosses Jože Petrovac an sich gerissen. Petrovac war einst einer der meistgesuchten Männer Europas gewesen, slowenischer und kroatischer Staatsbürger mit glänzenden Verbindungen zu seinen Geschäftspartnern im Westen und Inhaber einer eigenen China-Fluglinie, die keine bildungsreisenden westeuropäischen Lehrer beförderte und auf den Rückflügen von Belgrad, Bukarest, Sofia, Minsk oder Kischinau nach Peking oder Shanghai kaum Passagiere transportierte. Eine schillernde Karriere. Im ehemaligen Jugoslawien Gemüsehändler und Taxifahrer, dann gutverdienender Schleuser. Als die Welt noch aus zwei ideologischen Blöcken bestand, konnte er ungehindert den für ihn segensreichen Geschäften nachgehen. Sein wirklich rasanter Aufstieg aber begann 1991 mit der Ablösung

Sloweniens und Kroatiens von Jugoslawien und der elenden Not, die durch die Bürgerkriege unter der Zivilbevölkerung im einstigen Vielvölkerstaat ausbrach. Petrovac war einfallsreicher und noch skrupelloser als seine Konkurrenten und verfügte bald über ein gut funktionierendes Netz, das auch für diejenigen einträglich war, die seine Sache zu der ihren machten. Stabilisierung des Geschäfts, hatte er das genannt. Damit hatte auch der Aufstieg Viktor Drakičs begonnen, denn der Weg in den Westen war für die meisten Illegalen mit der Überschreitung der Grenzen nicht zu Ende. Und längst nicht alle waren freiwillig herübergekommen. Vor allem nicht die zigtausend Frauen, die zuvor in Istanbul, Sarajevo und anderen Städten gebrochen worden waren und seiner Organisation danach in Westeuropa das Geld zuscheffelten, das sie auf den Bürgersteigen oder in illegalen Puffs verdienen mußten – und von denen heute keiner mehr sprach, weil die Meldungen keinen Neuigkeitswert mehr hatten. Petrovac baute seine Geschäfte weiter aus und fand neue Kundschaft im Fernen Osten. Wer scherte sich schon um diese Zwangsarbeiter, die ihre illegale Einreise nach Westeuropa in irgendwelchen Baracken auf dem Land oder in den Vorstädten unter menschenunwürdigen Bedingungen oft über Jahre abzahlen mußten? Auch damit hatte sich die satte Gesellschaft abgefunden. Höchstens als billige Arbeitskräfte nahm man sie noch wahr und machte zugleich die miesen Standards zur Meßlatte für die eigenen Arbeitsverträge. Die Industrie drohte ständig damit, die europäischen Standorte aufzugeben. Sollten denn alle wie die Chinesen schuften und wie die Amerikaner konsumieren?

Doch der listige Kriegsgewinnler Jože Petrovac machte dann doch einen folgenschweren Fehler: Der Staatsanwalt mit dem schütteren Haar, der ganz oben auf seiner Abschußliste gestanden und über Jahre unter der ständigen

Begleitung seiner Bodyguards gelitten hatte, hörte auf dem Mitschnitt eines Telefongesprächs den Liquidationsbefehl gegen sich selbst. Die Konsequenzen hätte sich Petrovac nie ausgemalt. Er geriet in die Falle des Fahnders und wurde aufgrund internationalen Drucks festgenommen. Dank bester Verbindungen wurde er rasch wieder freigelassen und erst nach weiteren zwei Jahren auf freiem Fuß zur allgemeinen Verwunderung doch noch eingelocht. Jetzt konnte ihm niemand mehr helfen. Wenn der Mann das nächste Mal entlassen würde, hätte er das Rentenalter längst überschritten. Und Viktor Drakič hatte keine Sekunde gezögert, die Geschäfte zu übernehmen. Insider hatten sogar darüber gemunkelt, daß es Drakič selbst gewesen war, der Petrovac mit gezielten Indiskretionen endgültig ans Messer geliefert hatte. Hai frißt Hai.

Schnell führte Drakič die Strukturen zusammen. Nun gab es so gut wie kein Busineß mehr, das von ihm nicht beackert wurde, und nicht einmal vor legalen Geschäften schreckte er zurück. Die Verdienste aus Menschen-, Drogen- und Waffenhandel, die erpreßten Schutzgelder vom Schwarzarbeitsmarkt und die enormen Handelsspannen, die er aus der illegalen Müllentsorgung erwirtschaftete, steckte er in sein Tankstellennetz in Dalmatien und Montenegro sowie in eine Fabrik in der Schweiz, wo seit einigen Jahren das beste Präzisionsschützengewehr der Welt entwickelt wurde. Warum sollte er sein Kapital in andere investieren und in Produkte, die er nicht brauchte? Diese Waffe war eine Vision aus seiner eigenen Erfahrung im Bürgerkrieg, und endlich konnte er sie realisieren.

Vor einem Jahr hatte Viktor Drakič dank seiner exzellenten Verbindungen zur kroatischen Nomenklatura die Insel Porer mit einem neunundneunzig Jahre dauernden Pachtvertrag erworben. Ein Geschenk, das er sich zum vierzigsten Geburtstag gemacht hatte. Als einzige Bedingung mußte er die Funktion des 1833 erbauten und fünfunddreißig Meter hohen Leuchtturms gewährleisten. Das kam ihm mehr als gelegen, denn mittels dieses Ausgucks und zusätzlicher technischer Installationen wurde das kahle Eiland von achtzig Metern Durchmesser zu einer fast uneinnehmbaren Festung. Fort Knox vor der Südspitze Istriens, zweieinhalb Kilometer vom Festland entfernt. Zehn Minuten dauerte die Überfahrt mit der hochmotorisierten Yacht nach Pula und zwanzig Minuten nur der Flug mit dem Hubschrauber nach Triest, kaum eine Stunde nach Zagreb oder Ljubljana. Nur wenige Jahre waren die beiden Steinhäuser am Fuß des Leuchtturms an Sommergäste im Robinsonwahn vermietet worden. Drakič hatte an- und umbauen lassen. Schwierige Strömungsverhältnisse und meist starker Wind schützten vor ungebetenen Besuchern oder orientierungslosen Hobbykapitänen, und wer vermutete schon, daß hier jemand anders als ein exzentrischer und schwerreicher britischer Künstler, wie damals in der Presse zu lesen war, sein Quartier aufgeschlagen hatte. Nur bei extremen Witterungsverhältnissen hatte Porer den Nachteil, daß Drakič die Insel nicht verlassen konnte. Dann mußte einer seiner Statthalter nach dem Rechten sehen oder seine Schwester Tatjana in Triest. Die Welt, so seine Maxime, hatte sich nach ihm zu richten.

Die Nachricht, daß die Insel in private Hände gefallen war, hatte anfangs für Aufregung und allerhand Spekulationen gesorgt. Zuerst hieß es, Porer sei das Versteck von Ante Gotovina, einem Kriegsverbrecher aus dem letzten Jugoslawienkrieg, dessen Auslieferung an den Internationalen Gerichtshof vor den Wahlen kein kroatischer Politiker zu betreiben wagte. Das Gerücht legte sich erst, nachdem der Ex-General diplomatisch geschickt während eines Urlaubs auf den Kanarischen Inseln festgenommen wurde und in den Genuß eines Freiflugs nach Holland kam, wo er auf seinen Prozeß wartete. Nur einmal noch gab es neue Gerüchte. Vom Festland aus war selbst ohne Fernglas die

Fregatte aus der 6. amerikanischen Flotte zu sehen, die eine halbe Meile vor der Insel Anker warf. Eine Schaluppe hatte vier Männer übergesetzt, die in den Gebäuden verschwanden. Erst nach zwei Stunden wurden sie schließlich zum Kriegsschiff zurückgebracht. Irgend jemand raunte von einem kroatischen Guantanamo, einem der zahlreichen geheimen CIA-Gefängnisse für muslimische Terroristen, die in jenen Monaten die Medien beschäftigten, und wurde lautstark ausgelacht. Die aufkommende Geschäftigkeit des Sommertourismus an der Kvarner Bucht verwischte bald auch dieses Gerücht. Die Hochsaison stand vor der Tür, wer jetzt kein Geld verdiente, war ein Trottel, und solche Notizen waren keine gute Reklame.

Die Firmen in Triest arbeiteten hervorragend, auf seine jüngere Schwester Tatjana konnte sich Viktor Drakič blind verlassen. Er hatte ihr diplomatischen Schutz besorgt, die Konsulatsräume wurden von dem Land bezahlt, mit dessen Außenminister er freundschaftlich wie geschäftlich eng verbunden war. Und Triest war ein unverzichtbarer Standort. Die CreaSell und die CreaBuy verwalteten Geld- und Warenflüsse, die CreaTec war im Forschungspark auf dem Karst angesiedelt. Eine kleine Firma mit drei Wissenschaftlern, die in seinen Diensten standen und offiziell in der Umwelttechnik forschten: Schwerpunkt agroindustrielle Abfälle und Asbestsanierung. Aber mehr noch hatten diese sauberen Experten mit der Erstellung gefälschter Gutachten zu tun für alle Arten von Abfällen und Abraum, die zur Entsorgung quer durch Europa geschickt wurden. Eines von Viktor Drakičs neuen Kerngeschäften, das er gemeinsam mit seinen italienischen Partnern betrieb.

»Inzwischen wird mehr Müll produziert als neue Produkte. Europa braucht einfache Lösungen«, pflegte er zu sagen. »Einer muß den Dreck ja beseitigen, doch Dankbarkeit ist heute keine Tugend mehr.«

Und noch ein Ziel hatte die CreaTec Enterprises: Drakičs chinesische Kunden waren brennend interessiert an Details über jeden erdenklichen technischen Vorgang. Der Leiter seines Labors schickte die Fotos, die er morgens im Speicher einer Digitalkamera auf seinem Schreibtisch fand, mit elektronischer Post an die CreaSell, und von dort gingen sie chiffriert an Drakičs Büro auf Porer, wo sie begutachtet und anschließend mit Rechnung an die Kunden weitergeleitet wurden.

Das Geschäft lief wie am Schnürchen, Störungen waren nicht vorgesehen. Und so hatte Tatjana Drakič alias Petra Piskera die Forderung des Ehepaars Babič schwer verärgert. Noch fehlten ein paar wenige, aber wesentliche Details aus dem Labor der ISOL, dem Institut für Solartechnik, das mit revolutionären fotovoltaischen Folien von sich reden machte und laufend neue Patente anmeldete. Ein Markt der Zukunft, und die Chinesen waren ganz versessen auf diese Technik. Viktor hatte seine Schwester gedrängt, die Unterlagen so schnell wie möglich zu beschaffen, doch plötzlich machten die Babičs Probleme. Fünfzigtausend Euro, was bildeten sich diese Hausmeister eigentlich ein? Die beiden waren schon gut genug bezahlt. Heute abend sollte Babič liefern, morgen war Tatjana mit dem Ehepaar verabredet, um sie auszuzahlen. Doch sie hatte andere Pläne.

*

Die Sitzung in der Präfektur verlief zäh. Der Stadthalter Roms war so mieser Laune, daß er gleich alle zusammen zur Sau machte. Wahrscheinlich hatte er zuvor selbst Vorwürfe einstecken müssen. Das Land stand am Beginn eines erbitterten Wahlkampfs, und die Regierung war mit Sicherheit darauf aus, eine Erfolgsbilanz nach der anderen zu publizieren. So früh war die Schlacht noch nie eröffnet worden.

Keine andere italienische Regierung hatte in den letzten sechzig Jahren eine ganze Legislaturperiode durchgehalten, doch die Wählergunst nahm täglich ab. Die Opposition allerdings war so überheblich wie die Regierungskoalition: Lauter alte Gesichter, die trotz aller erlittenen Niederlagen nicht zu weichen bereit waren und die schon niemand mehr sehen konnte – kein frischer Wind. Dagegen standen die brachiale Medienmacht des aktuellen Premiers und die Mehrheit in beiden Kammern, mit der eine Menge Gesetze zum eigenen Vorteil verabschiedet wurde, inklusive einer Änderung des Wahlverfahrens. Zugleich baute sich eine Staatsverschuldung auf, die auch im Ausland Sorgen bereitete, und die wirtschaftliche Lage der Bürger hatte sich derart verschlechtert, daß vielen das Gehalt nicht mehr bis zum Monatsende reichte. Es sei alles Schuld des Euro, ließ der Premier in den Medien verlauten, und man fragte sich, welche Schuld wohl eine Münze haben konnte. In dieser angespannten Situation bekam die Schattenwirtschaft mehr und mehr Zulauf.

Schlechte Stimmung also, als sich der Präfekt an den Questore wandte: »Über Personalmangel können Sie nun wirklich nicht klagen. Eine Bombe mitten in der Stadt und kein Polizist weit und breit, den das interessiert. Fünf Stunden verstreichen zum Vorteil der Täter. Wie wollen Sie dies jemandem in Neapel oder Mailand erklären?« Er räusperte sich. »Oder in Rom zum Beispiel?«

Der Name der Hauptstadt. Das magische Wort. Nun wußte es auch der letzte Trottel. Der Präfekt hatte also einen Anruf aus dem Innenministerium erhalten.

»Das ganze Land lacht über uns. Die Stadt macht Schlagzeilen. Aber welche? Und ich bekomme Vorhaltungen, daß sich nichts zum Besseren wendet. Im Gegenteil. Hier schmeißt einer eine Bombe in die Stadt, und Polizei, Carabinieri, Guardia di Finanza und Vigili Urbani hören nicht das geringste Geräusch. Sie wissen, daß ich solche

Sitzungen nur dann einberufe, wenn es wirklich ernst ist. Reden Sie denn überhaupt miteinander, meine Herren? Kennen Sie das Wort Koordination? Wer ermittelt in dieser Sache?«

Der Questore warf einen Seitenblick auf Laurenti. »Der Fall ist in guten Händen, Herr Präfekt. Ich bin mir sicher, daß wir sehr bald Bescheid wissen. Commissario, berichten Sie.«

»Eine Splittergranate jugoslawischer Bauart«, begann Laurenti und wurde sofort unterbrochen.

»Da sehen Sie es! Die Grenzen sind durchlässig wie ein Maschendraht.«

»Von wegen«, dachte Laurenti und verdrehte die Augen.

»Wie oft habe ich schon darauf hingewiesen, daß genauer kontrolliert werden muß. Wenn hier jeder eine Bombe unter dem Sakko trägt, dann gute Nacht, meine Herren«, polterte der Oberchef weiter.

Ein heftiger Knall gegen die Tür, die vom Sitzungszimmer auf den Balkon über der großen Piazza hinausführte, schreckte alle auf. Eine Möwe auf Taubenjagd war gegen die Verglasung geprallt und lag mit lahmen Flügeln draußen.

»Und dieses Problem muß auch gelöst werden«, sagte der Präfekt säuerlich. Die Vögel hatten die Stadt als ergiebige Nahrungsquelle ausgemacht, und die Behörden diskutierten über Sterilisierungsaktionen oder gezielte Vergiftung der Tiere, andere darüber, wie man sie schützen konnte. »Nun zurück zur Sache. Illegale Waffen darf es bei uns nicht geben.«

»Mir bereiten auch die unzähligen privaten Sammler Sorgen«, sagte Laurenti. »Vor einem Jahr wurden selbst aus dem Haus des Bürgermeisters fünf Jagdflinten gestohlen. Benötigte sie jemand zur Möwenjagd?«

Jetzt bekam der Präfekt einen tiefroten Kopf. »Wenn der Bürger nicht ausreichend geschützt wird, dann versucht er es eben selbst«, brüllte der arme Mann. »Sie wissen ja gar nicht, wovon Sie reden!«

Laurenti und seine Kollegen warteten, bis der Anfall sich gelegt hatte und der Oberchef selbst die erzwungene Pause mit einem fordernden »Also?« auflöste.

»Das Material befindet sich inzwischen bei den Spezialisten in Parma«, sagte Laurenti beschwichtigend, »wir warten auf den Untersuchungsbericht. Die Anwohner sind alle bereits befragt worden und die Besitzer der zerstörten Autos auch. Wir hoffen auf weitere Hinweise, wenn die Sache durch die lokalen Medien gegangen ist.«

»Hoffen ist Untätigkeit, Laurenti. Hoffen ist das Gegenteil von arbeiten.« Der Präfekt schob die ausgebreiteten Papiere auf seinem Platz zusammen und wandte sich an den Questore. »Eine Handgranate aus jugoslawischer Produktion? Ich erwarte, daß Sie verstärkte Kontrollen in der serbischen Gemeinde durchführen. Unterrichten Sie mich über die geplanten Maßnahmen vorher.« Er stand auf und ging zur Tür. »Alles muß man selber machen«, brummte er, bevor er den Saal verließ. »Sorgen Sie dafür, daß der Balkon gereinigt wird.«

Als Laurenti mit dem Questore über die Piazza Unità Richtung Büro zurückging, klingelte sein Mobiltelefon. Es war Laura. Er entschuldigte sich bei seinem Chef und antwortete. »Wo hast du eigentlich mein neues Auto zu Schrott gefahren?« fragte sie verärgert.

»Ich?« stammelte Laurenti. »Wieso Schrott? Wir sind doch letzte Nacht damit nach Hause gefahren?«

»Das Rücklicht ist im Eimer, die Stoßstange lädiert und der Lack an der Heckklappe auch. Du mußt mit Wucht gegen eine Wand gefahren sein. Warum sagst du mir so etwas nicht?«

»Ich war das nicht. Hör auf, mich immer gleich zu beschuldigen. Das ist sicher gestern abend auf dem Parkplatz passiert. Bring ihn in die Werkstatt.«

»Keine zwei Wochen hab ich ihn, Laurenti.« Laura legte grußlos auf.

»Ihre Frau?« fragte der Questore. »Probleme mit dem Wagen?«

Laurenti winkte ab. »Probleme mit dem Rücklicht. Wenn sie nervös ist, fährt sie nicht besonders gut.«

*

Alba Guerra triumphierte. Das war Wasser auf ihre Mühlen. Am Abend war sie mit ihrem Motorrad vom Parkplatz des Grillrestaurants dem Wagen mit dem Konsulatskennzeichen bis in die Stadt gefolgt. Sie hatte gesehen, wie die Schwarzhaarige das Auto auf dem für das Konsulat reservierten Parkplatz beim Teatro Verdi abstellte, und hielt ausreichend Abstand, als die Frau zu Fuß weiterging. In der Via Torbandena verschwand die Dame in einem Hauseingang gegenüber dem Polizeipräsidium, an dem ein Konsulatsschild prangte. Zufrieden machte Alba sich auf den Heimweg. Sie würde noch lange am Schreibtisch sitzen, Telefonate führen und im Internet recherchieren, bis sie den Namen der Dame kannte und alles über sie erfahren hatte. Ihr erster Anruf galt einem Kameraden in der Questura, der, obwohl sie sich von Parteisitzungen gut kannten, nur zögerlich die Personendaten rausrückte. »Petra Piskera. Sechsunddreißig Jahre alt.« Er nannte Geburtsdatum und Geburtsort, die Hauptstadt des Landes, das sie vertrat. »Ein Doktortitel, aber ich weiß nicht, in was. Alba, paß auf, die Dame genießt diplomatischen Schutz. Berufskonsulin. In unserer Datei ein unbeschriebenes Blatt.«

Alba überspielte die Aufnahme des Gesprächs zwischen der Konsulin und dem Ehepaar, das sie abgehört hatte, auf den Computer und begann mit der Transkription. Die Sache war heiß. Die Konsulin eines korrupten osteuropäischen Landes schnüffelte im Wissenschaftszentrum bei Padriciano herum. Einen Teilchenbeschleuniger gab es dort oben, Institute für Nuklearmedizin, Raumfahrttechnik, Biochemie, Materialforschung, unten in der Stadt sogar eine Außenstelle der IAEA, der Internationalen Atomenergiebehörde. Da war viel zu holen. Alba Guerra war per Zufall und dank ihrer Zähigkeit an eine Topstory geraten. Sie durchsuchte das Internet nach Informationen über Atomschmuggel und träumte von einer schmutzigen Bombe. Wenn es ihr endlich gelänge, einen Zusammenhang zwischen den verschiedenen internationalen Forschungsinstituten in Triest und muslimischen Ländern herzustellen, dann würde das einen Erdrutsch für die verdammten Gutmenschen bedeuten. Die Linke wäre in ihrer verantwortungslosen Befürwortung der Zuwanderung schwer angezählt. Alba sah sich schon jetzt auf einer hochdotierten Stelle in einer der Fernsehanstalten des Premiers oder einer der Zeitungsredaktionen seiner Koalitionspartner vom rechten Rand. Eine solche Leistung mußte schließlich belohnt werden. Und der Staat würde immerhin eine Menge Geld sparen.

Ab morgen würde sie der Konsulin auf Schritt und Tritt folgen, und vielleicht fand sich auch eine Möglichkeit, in die Büroräume zu gelangen. Auch auf die Fersen des Ehepaars mit dem Škoda und dem slowenischen Kennzeichen würde sie sich heften. Mit ein bißchen Geschick würde sie die beiden schon zum Reden bringen. Viel Arbeit wartete auf sie. Doch endlich hatte sie ihre Geschichte. Eine Bombe!

Alba Guerra machte in dieser Nacht vor Aufregung kaum ein Auge zu. Die Möwen, die auf den Dächern der Umgebung nisteten, veranstalteten selbst nachts einen Heidenlärm, und von der nahen Piazza San Giovanni dröhnten Musik und Gelächter zu ihrem Fenster herauf. Einmal rief sie bei der Polizei an, um sich über die Ruhestörung zu beschweren. Doch anscheinend kümmerten sich die Beamten nicht um die Nachtruhe der Anwohner. Und dann wurde sie von der Detonation einen Häuserblock weiter noch einmal am Einschlafen gehindert.

*

»Dieses eine Mal noch«, sagte Damjan Babič zu seiner Frau Jožica, als sie zum kleinen Grenzübergang von San Pelagio, Šempolaj, kamen, der die freie Fahrt über den Karst behinderte. Eine politische Grenze, die ganze Familien getrennt hatte, als sie kurz nach dem Zweiten Weltkrieg von den Alliierten festgelegt wurde, indem man von Hubschraubern Säcke mit Gips abwarf und dann auf dieser Spur die Demarkationslinie zwischen dem damals unter angloamerikanischer Verwaltung stehenden »Territorio Libero di Trieste« und dem kommunistischen Jugoslawien Titos errichtete. Sie verlief quer über die Äcker und Privatgrundstücke, und in einem kleinen Ort bei Gorizia durchschnitt sie sogar ein Grab auf einem Friedhof. Carlo Ponti hatte im Dorf Santa Croce 1949 unter der Regie von Luigi Zampa, mit Gina Lollobrigida in der Hauptrolle, einen Schmachtfetzen gedreht mit dem Titel »Cuori senza Frontiere«, Herzen ohne Grenzen, der im Volksmund »Linea bianca« genannt wurde. Die weiße Linie, die das Land zerschnitt.

Es war der letzte Tag ihrer Spätschicht. Sie hatten den Vormittag für ihre kleine Landwirtschaft genutzt, Damjan die Weinstöcke gespritzt und Jožica Tomaten und Gemüse geerntet, bevor sie sich nach einem deftigen Mittagessen in den Wagen setzten. Damjan schaute besorgt nach den schwarzen Wolken über Komen. Ein Hagelsturm konnte die Ernte ruinieren. Sie fuhren am »Paradiso«, einem Nachtclub, vorbei und bogen bei Antonio, dem Friseur mit Sonderservice in Form von Zimmern mit Ukrainerinnen, auf die Hauptstraße ab. Zwanzig Minuten später waren sie pünktlich zum Dienstbeginn im Forschungszentrum.

»Dieses Mal noch und dann Schluß«, pflichtete Jožica erleichtert bei und stieß einen Seufzer aus. »Morgen muß uns die Konsulin auszahlen . . .«

». . . und übermorgen liegt die Kündigung bei der Personalverwaltung auf dem Tisch. Jožica, zlata moja, dann ist Schluß mit der täglichen Fahrerei. Als erstes werde ich unser neues Nebenhaus verputzen.«

»Und gleich streichen«, sagte Jožica. »Rot. Ich will ein knallrotes Haus.«

»Sobald der Putz trocken ist.« Dicke Regentropfen fielen auf die Windschutzscheibe. »Falls er trocknet. In diesem Sommer regnet es nur.«

»Und Schößlinge müssen wir ziehen, für den neuen Weingarten.« Jožica legte ihre Hand auf die ihres Mannes am Steuer. »Vitovska und Pinela. Was hältst du davon, wenn wir drei Fremdenzimmer einrichten? Ferien auf dem Bauernhof.«

»Oder für die Italiener, die die Puffs im Dorf frequentieren«, feixte er.

Als er um 22.00 Uhr seinen letzten Rundgang über das Gelände des »AREA SciencePark« machte, wunderte Damjan sich, die rothaarige Frau mit der Lederjacke eilig hinter einem Müllcontainer verschwinden zu sehen. Was ging hier vor? Er wußte inzwischen, in welchem Labor sie angestellt war, doch dort waren die Lichter längst gelöscht. Einmal noch flackerte der Impuls in ihm auf, sie anzusprechen und sich zu vergewissern, daß alles mit rechten Dingen zuging. Doch dann kam ihm das Kündigungsschreiben in den Sinn, das er mit seiner Frau aufgesetzt hatte und das nur darauf wartete, am übernächsten Morgen ausgehändigt zu werden. Sollte die Rothaarige doch machen, was sie wollte. Er hatte seine Aufnahmen und mußte nur noch die Digitalkamera in die Räume der CreaTec Enterprises bringen. Die andere, gegen die er sie austauschte, würde er für sich behalten.

Babič setzte seinen Gang fort, kontrollierte, ob alle Türen verschlossen waren und klapperte mit dem mächtigen Schlüsselbund in seiner Hand. Als letztes kam er zum Pavillon der CreaTec. Wie jedesmal schloß er sorglos die Tür auf. Immer war er der letzte, und den Weg zu dem Schreibtisch, auf dem er den Fotoapparat deponieren mußte, fand er im Dunkeln. Er schloß nicht einmal die Tür hinter sich, keine Minute dauerte das Auswechseln der Kameras. Als er beide in Händen hielt, sah er plötzlich Sterne. Der Schlag war heftig und zwang den schweren Mann in die Knie. Er wollte sich abstützen, der Fotoapparat, den er soeben aus der Ladestelle genommen hatte und der warm von der aufgeladenen Batterie war, glitt ihm aus der Hand. Dann spürte er einen Tritt in den Rücken und fiel vornüber. Er hatte nicht das Bewußtsein verloren, und als er sich wieder aufrichtete, hörte er Schritte am Ende des Flurs und kurz darauf die Tür zum Pavillon dumpf ins Schloß fallen. Mühsam erhob er sich und wankte zu dem Waschbecken an der Wand. Er legte die andere Kamera ab und drehte den Hahn auf. Vorsichtig wusch er sein Gesicht und tastete nach der Beule an seinem Hinterkopf. Dann lachte er plötzlich laut auf. Einen Kerl wie ihn legt man nicht so einfach um. Doch wer wollte ihm an den Kragen? Und was suchte diese Person?

Damjan wog die Kamera in seiner Hand und schaltete sie ein. Er atmete auf, als er den Speicher durchblätterte. Die Bilder waren alle da. Schließlich stellte er sie in das Ladegerät, ging vorsichtig zur Tür und machte das Licht im Flur an. Leer. Beruhigt drehte er den Schlüssel im Schloß und ging langsam hinaus. Dann sollte ihm die andere Kamera eben gestohlen bleiben. Er hatte die Bilder geliefert, und morgen würde er so viel Geld haben, daß er sich eine bessere kaufen konnte.

»Was ist passiert?« fragte Jožica, als er zum Parkplatz kam.

»Nichts«, antwortete Damjan. »Ich habe mich gestoßen. Fahr du.« Er wollte sie nicht beunruhigen. Morgen nachmittag war alles vorbei. »Ich will nach Hause.«

Nach wenigen Kilometern gerieten sie in einen Wolkenbruch, der sie zu Schrittempo zwang. Damjan lehnte sich zurück und schloß die Augen.

*

Sie hatte, was sie wollte. Ihre Rechnung war aufgegangen. Alba Guerra jagte mit dem Motorrad in die Stadt hinunter. In einer Viertelstunde endete die Premiere der ›Turandot‹ im Teatro Verdi. Sie hatte die Konsulin am frühen Abend bis fast zum Eingang verfolgt, sich jedoch rasch zurückgezogen, um mit ihrem wirren feuerroten Haar und der schweren Lederjacke nicht aufzufallen zwischen den Frackträgern mit den glänzenden Glatzen und den Damen in nicht immer zu ihrem Vorteil dekolletierten Abendroben, die morgen wieder eine ganze Zeitungsseite füllen würden. Von diesen Herrschaften hielt sie so wenig wie von den Linken. Ihrer Meinung nach brauchte das Land endlich eine starke Hand und keine verkappten Christdemokraten mehr, die selbst mit den Kommunisten Koalitionen eingingen, wenn nur etwas dabei für sie heraussprang, Geld, Posten, Freisprüche oder Erleichterungen anderer Art.

In der Kurve bei der Universität wäre Alba beinahe auf dem Asphalt gelandet. Es begann zu regnen und der Straßenbelag war schmierig. Sie reduzierte ihr Tempo und kam am Opernplatz gerade rechtzeitig an, als sich die Portale öffneten und das Triestiner Bürgertum herausströmte. Schnellen Schrittes überquerten jene den Platz, die nicht mit Niederschlägen gerechnet hatten, und verschwanden in der Passage des Tergesteo. Das Café dort würde heute abend guten Umsatz machen, zumindest bis man trockenen Fußes nach Hause kam. Alba entdeckte die Konsulin, die ohne Begleitung herauskam, und folgte ihr. Es war nicht weit bis zur Via Mazzini, in die Alba hineinfuhr, obwohl sie nur für den Busverkehr freigegeben war. Petra Piskera war klatschnaß, als sie vor der Tür eines neoklassizistischen Gebäudes in ihrer Handtasche nach dem Schlüssel kramte. Alba Guerra sah eine kleingewachsene Frau auf einem Rennrad heranbrausen und hörte sie rufen, die Konsulin möge die Tür offenhalten. Die beiden begrüßten sich mit Wangenkuß, schimpften über das Wetter und verschwanden schließlich im Aufzug, nachdem die Zwergin ihr Fahrrad im Entree an die Wand gelehnt hatte.

Alba Guerra eilte nach Hause und stürmte die Treppen hinauf. Nicht einmal ihrer nassen Klamotten entledigte sie sich, so sehr brannte sie darauf, ihre Beute am Computer zu betrachten. Hastig schloß sie die Digitalkamera an, die sie Babič abgenommen hatte, und versuchte, die Bilder zu laden. Ihr Herz stockte und ihr Triumphgefühl wich dem Schrecken, der sie auf den Stuhl zwang. Es durfte nicht wahr sein. Das Programm zeigte an, daß der Speicher leer war. Sie zwang sich zur Ruhe, überprüfte alle Einzelheiten des Geräts, startete den Computer neu und wiederholte jeden einzelnen Schritt mit Bedacht. Doch die Information blieb unverändert: »Keine Dateien vorhanden.«

Verflucht. Sie war Damjan Babič gefolgt, als er die Mensa verließ und sich auf seinen Rundgang machte. Sie hatte mit eigenen Augen gesehen, wie er sich in den Büroräumen eines Forschungsinstituts namens ISOL, Institut für Solartechnik, an den Aktenschränken zu schaffen machte, Pläne herauszog und sie fotografierte. Völlig unbekümmert hatte er sogar das Licht in den Räumen angeschaltet und nicht, wie in Spionagefilmen, mühsam mit einer Taschenlampe herumgefunzelt. Wo waren die verdammten Fotos? Alba Guerra warf das Gerät vor Wut gegen die Wand, wo es in Einzelteile zersprang.

War wirklich alles umsonst gewesen? Sie nahm eine Flasche Weißwein aus dem Kühlschrank, lehnte sich auf die Fensterbank und schaute auf die Piazza San Giovanni hinunter. Der Regen fiel ihr ins Gesicht, doch schien sie es nicht zu bemerken. Sie mußte unbedingt eine Lösung finden. Wie würden die Leute im Solarinstitut reagieren, wenn sie ihre Beobachtung meldete? Sicher würde man sie fragen, weshalb sie hinter der Sache her war und was sie dort um diese Zeit zu suchen hatte. War es besser, selbst in dem Labor einzubrechen und ein paar Fotos zu machen, die sie dann als jene ausgeben könnte, die Babič geschossen hatte? Sie mußte sich den Mann vorknöpfen. Morgen würde sie sich an seine Fersen heften.

*

»Von der Oper sind es nur zwei Schritte«, sagte Petra Piskera, »und trotzdem bin ich völlig durchnäßt. Dieses Jahr wird das nichts mit dem Sommer.«

»Was wurde aufgeführt?« fragte Pina Cardareto. Sie kannte ihre Wohnungsnachbarin erst seit vier Wochen. Ein Haus mit vielen Miniappartements, in dem jeder seine Ruhe haben wollte. Man grüßte sich höchstens flüchtig, wenn man sich im Fahrstuhl traf. Zu viele Menschen, zu viele Gesichter, kein Ort freundlicher Nachbarschaft. Pina wußte weder, wie lange Petra schon in der Wohnung nebenan lebte, noch, welchem Beruf sie nachging. Und Petra wußte nichts von ihr. Pina hatte ihr an einem Abend geholfen, als sich der Inhalt einer gerissenen Einkaufstüte auf dem Hausflur entladen hatte. Pfirsiche waren über den Boden gekullert und eine Weinflasche zu Bruch gegangen. Pina hatte sich angeboten, eine neue Tragetasche aus ihrer Wohnung zu holen und hatte auch gleich eine Kehrschaufel mitgebracht, um die Scherben zu entfernen. Und anschließend hatte Petra sie zum Dank auf ein Glas Wein eingeladen.

Ihr Gespräch hatte sich an der Oberfläche gehalten; das Wetter, die Mode. Und beide mußten lachen, als sie sich nach ihren Berufen fragten. Im öffentlichen Dienst, hatten beide gesagt. Und dabei blieb es.

»Und wo warst du?« fragte Petra.

»Im Büro. Seit halb sieben heute morgen.«

Petra sah auf die Uhr. »Fünfzehn Stunden. Alle Achtung.«

»Die Branche boomt.«

Müllwerk

Die Ferien waren vorbei, und die Nerven der Sonnenanbeter lagen blank. In diesem Jahr war als einziger der Sommer regelmäßig baden gegangen. Mehr Regen als Sonnenschein, und die Laune der Triestiner war im Keller. Gehörte es doch zu einem der vielen Privilegien der Stadt, daß ein sauberes und warmes Meer direkt vor der Haustür lag und fast jeder seinen eigenen Lieblingsstrand hatte, wo er den lieben Gott einen guten Mann sein ließ. Die Arbeit verdarb schließlich nicht, wenn sie ein bißchen liegenblieb – sofern eben das Wetter mitmachte. In Anbetracht der schweren Wolken hatten sich sogar die Männer wieder beruhigt, die Anfang der Saison lautstark dagegen protestiert hatten, im »Pedocin«, der seit Maria Theresia nach Geschlechtern getrennten Badeanstalt, während der Nation's Cup-Regatta für eine Woche ihr Abteil aufgeben und bei den Frauen baden zu müssen. In unzähligen Leserbriefen hatten sie sich über diesen anstößigen Vorschlag beschwert und verlangt, auch weiterhin unbelästigt entspannen zu können. Mit Frauen in der Nähe war das ihrer Ansicht nach unmöglich. Doch die meisten Sonnenanbeter hatten ihre Stammplätze am Lungomare von Barcola, und wieder andere richteten sich für Monate fest unterhalb der Steilküste ein, an den Nacktbadestränden, wo sie für die Saison Barbecue-Grills und Matratzen anschleppten, Lebensmittel, beeindruckende Getränkelager, sowie Kleidung zum Wechseln, damit sie morgens von dort direkt zur Arbeit gehen konnten.

Doch in diesem Jahr stellte der Sommer neue Regeln auf. Selbst passionierte Segler, die für gewöhnlich keine Furcht vor Wind und Wetter kannten, schimpften darüber, daß sie für jeden Törn Pullover und Ölzeug einpacken mußten.

Die Rudervereine an den Rive klagten über mangelnde Trainingsmöglichkeiten, dafür war der Weinkonsum in ihren Lokalen mächtig gestiegen, denn anstatt sich fit zu halten, klopften die alten Hasen nun ein Kartenspiel nach dem anderen und klebten an ihren Stühlen, als hätten sie kein Zuhause mehr. Auch Laurenti hatte drei Sonntagvormittage mit ihnen im Clublokal der »STC Cannottieri Adria 1877« verbracht, als er sein Vorhaben, den einzigen Sport wiederaufzunehmen, den er außer dem Schwimmen mochte, durch das schlechte Wetter vermasselt sah. Nachdem er nur fünfmal in die Riemen gegriffen hatte und am Porto Vecchio vorbei bis zum kleinen Hafen von Cedas gerudert war, entschied er sich schließlich, erst im kommenden Jahr wieder einen neuen Anlauf zu machen.

Nur das Verbrechen hatte sich vom Wetter keine Depression geholt. Zwar entfiel der Löwenanteil an Arbeit inzwischen an die Kollegen, die immer mehr mit illegalen Einfuhren aus dem Fernen Osten, der Türkei oder vom Balkan zu kämpfen hatten. Die europaweite Wirtschaftskrise wirkte sich an der Grenze besonders aus und nahm immer skurrilere Formen an. Vor einem Jahr hatten die Zöllner noch einen LKW mit Billigsärgen aus der Ukraine erwischt, die für das kriselnde Deutschland bestimmt waren, doch in dieser Woche flogen zwei Fuhren auf, mit denen niemand gerechnet hatte: ein Container mit gefälschten Gebissen aus der Türkei für die Niederlande und einer mit Nonnenkutten aus China mit »Made in Italy«-Etiketten für den Vatikan. Aber auch Bremsbeläge und andere Autoersatzteile, medizinisches Besteck, Handtaschen, Kleidung, Messer, Sonnenbrillen, Tomaten, Parmesan und im Winter selbst Petersilie, alles, was das Herz begehrte – und alles gefälscht oder falsch deklariert. Die Produktpiraterie war die einzige wirkliche Boombranche im globalen Wettbewerb.

Gewiß, es gab ein paar Taschendiebe, die in den Linienbussen alte Damen um ihre Portemonnaies zu erleichtern versuchten, oder am Lungomare bei Barcola während der wenigen wolkenlosen Tage die Taschen der Badenden filzten. Doch bevor sie sich's versahen, landeten sie zur Abkühlung in einer der engen Zellen des Coroneo. Für die kleinen Fische war es in Triest fast aussichtslos, nicht geschnappt zu werden. Aber was waren Taschendiebstähle schon gegen Schmuggelgut, dessen ökonomische Bedeutung im dunklen Kreislauf der Geschäfte beängstigende Ausmaße annahm? In der Hoffnung auf gute Konzernumsätze im Fernen Osten schaufelte sich Europa mit seiner Freihandelspolitik das eigene Grab.

Laurenti hatte als Chef der Kriminalpolizei meist nur mit den Auswüchsen dieses illegalen Gewerbes zu tun. Manchmal schnappten die Beamten vom Streifendienst Typen in gestohlenen Luxusautos, denen man schon von weitem ansah, daß sie die Wagen nicht bezahlt hatten. Ferner rätselte man über die Identität zweier Fernfahrer, deren Leichen man im Abstand von vierzehn Tagen auf dem Parkplatz der Raststätte Duino gefunden hatte. Ihre Fahrzeuge waren samt Fracht verschwunden, es gab Parallelen zu Delikten in Kärnten, doch trotz der guten Zusammenarbeit mit den österreichischen Kollegen kam man keinen Schritt voran. Dann die Abertausende Lieferwagen mit ukrainischen, rumänischen, bulgarischen Kennzeichen, die täglich über die Autobahn hier vorbeikamen und alles transportierten, was Geld brachte. Post, Einkäufe, Menschen – auch Kinder unter vierzehn Jahren, die zum Stehlen abgerichtet wurden.

Die lokalen Medien beschäftigten allerdings mehr die Beschwerden über die Invasion der Möwen im Zentrum, die vereinzelt sogar Fußgänger attackierten, als wäre ihnen die Jagd nach den Tauben langweilig geworden. Das neue Stadtgespräch. Warum nur wählten die Tiere ausgerechnet die Köpfe Svevos, Sabas, Kosovels im Stadtpark oder die Verdistatue vor der »Malabar«, die Büste Oberdans hingegen nicht?

Als vor kurzem drei Seeleute festgenommen wurden, hatte sich im Kommissariat ein handfester Krach entwikkelt. Die Männer hatten auf der Piazza Barbacan stangenweise Zigaretten aus dem Duty Free in Dubai verkauft, und Laurentis Assistentin hatte sie bedauert.

»Endlich gibt es auch bei uns billige Zigaretten«, kicherte Marietta, »nicht nur in Neapel und Genua.« Lustvoll zündete sie sich eine neue Kippe an. Auf dem Päckchen fehlte die Aufschrift, die besagte, Rauchen mache impotent, ließe die Haut altern oder schädige den Kanarienvogel der verwitweten Nachbarin. Im übervollen Aschenbecher auf ihrem Schreibtisch qualmte noch die Glut der vorigen.

Pina Cardareto hingegen war eine Nichtraucherin, die aus ihrer Überzeugung keinen Hehl machte, und in öffentlichen Räumen, Büros, Bars und Restaurants inbegriffen, herrschte Rauchverbot.

»Geh runter auf die Straße, wenn du unbedingt paffen mußt«, fauchte sie. »Besser wär's, du würdest ganz aufhören, anstatt schleichend deine Umwelt zu vergiften.«

Marietta mußte mit dem Bürostuhl zurückfahren, um ihr den Rücken zudrehen zu können. Immer öfter beharrte Pina darauf, daß sie sich an die Vorschriften hielt.

»Hol doch die Polizei«, feixte Marietta und beugte sich über die Papiere auf ihrem Schreibtisch.

»Wart's ab. Ich kann auch anders.« Pinas Stimme klang bitter.

Marietta wußte zwar, daß Pina sich meist türenknallend in ihr Büro verzog, wenn sie sie einfach ignorierte, doch schaffte sie es heute nicht, sich auf die Zunge zu beißen. »Du brauchst Stoff für deinen Comic, Kleine.«

Oft genug hatte die Inspektorin einen Zeichenblock und Stifte dabei. Sie zeichnete gut, flink und mit der linken Hand. Und mehr als einmal hatte sie davon erzählt, ihre Dienstzeit in diesem Irrenhaus von Kommissariat und dieser Stadt zeichnerisch zu dokumentieren.

»Dann leer das Stinkzeug wenigstens aus«, fauchte Pina und wandte sich zum Gehen.

»Proteo fragt, ob der Rapport über die Sache mit der Handgranate fertig ist.« Mariettas Stimme ließ sie auf der Türschwelle verharren. »Er wartet darauf.«

»Kommt schon. Der Kollege muß ihn erst noch lesen.«

»Welcher Kollege?«

»Welcher schon? Der, vor dessen Haustür sie explodiert ist.«

»Laurenti will ihn jetzt lesen. Egal, was dein Kollege dazu meint. Verstanden?«

Pina grinste bemüht. »Jetzt? Aber sein Büro ist leer. Wo ist er?«

»Er ist immer hier«, sagte Marietta kühl. »Auch wenn du ihn nicht siehst. Er wartet darauf.«

»Ich drucke ihn nur noch aus«, sagte Pina kleinlaut, aber gereizt.

»Und achte gefälligst mehr auf das Ansehen der Polizei. Ich bin mir sicher, daß der Chef dein Benehmen gar nicht schätzt. Solch einen Auftritt hat sich bis jetzt noch keiner geleistet.«

Pina hob die Augenbrauen. Sie hatte keine Ahnung, wovon Marietta sprach, die ihr die kalte Schulter zeigte und so tat, als konzentrierte sie sich auf den Bildschirm. Pina schnappte sich den Aschenbecher und leerte ihn hinter deren Rücken in die Handtasche von Laurentis Assistentin.

*

Galvano war wütend. Seit einer halben Stunde wartete er bereits vor der Questura, doch Laurenti war immer noch nicht eingetroffen. Neben ihm saß der schwarze Köter, den er dem Kommissar einst abspenstig gemacht hatte. Laurenti hatte überall zum besten gegeben, daß die zwei alten Knakker gut zueinander paßten und nur zu hoffen blieb, daß keiner den anderen überlebte. Der alte Gerichtsmediziner konnte so eine Unverschämtheit nicht auf sich sitzen lassen. Über Wochen erzählte er herum, Laurenti verfüge selbst nur über einen Hundeverstand und habe den alten, ausgedienten Polizeihund immer böse traktiert. Niemand wollte das glauben, denn immer wenn der Bastard Laurenti entdeckte, sprang er freudig an ihm hoch und versuchte, ihm das Gesicht zu lecken.

Heute fühlte sich Galvano aber aus einem ganz anderen Grund gedemütigt. Die neue Inspektorin hatte sich einen üblen Scherz mit ihm erlaubt, und so etwas verzieh er nicht. Natürlich war alles wieder auf Laurentis Mist gewachsen. Mit großen Augen und sanfter Stimme, die beide nicht im geringsten zu ihr paßten, hatte die kleine Inspektorin ihn verlogen um seine Hilfe gebeten. Ausgerechnet ihn. In seiner sechzigjährigen Tätigkeit als Gerichtsmediziner war Galvano selten als Philanthrop im Einsatz gewesen. In den kalten Verliesen seines Instituts hatte er seine Klienten auseinandergenommen, zerlegt, zersägt und zerschnitten, Kugeln entfernt, Mageninhalte analysiert, Wunden untersucht und Geschlechtsorgane begutachtet und danach wieder so zusammengeflickt, daß sie in die Grube fahren konnten, ohne daß die Angehörigen beim letzten Gruß einen zu großen Schock erlitten. Die Menschen waren für ihn eine wehleidige, sentimentale Schöpfung mit dem großen Defekt, Phantasie zu entwickeln, wenn ein kühler Kopf vonnöten war. Weichtiere – auch wenn er oft genug zur Knochensäge gegriffen hatte. Laurenti war sein Musterbeispiel, und seit gestern zählte er die Zwergpolizistin ebenfalls dazu.

Pina hatte ihn in der Bar Portizza auf der Piazza della Borsa zu einem Espresso eingeladen und ihn in eine Ecke bugsiert, wo sie ungestört reden konnten. Aus einem dikken Briefumschlag hatte sie diese seltsamen Blätter gezogen und ihm eines nach dem anderen vorgelegt. Sehr unvorsichtig, so etwas. Gut, daß sie an ihn geraten war, denn er konnte die Klappe halten. Aber daß sie die anonymen Schweinereien auch Laurenti gezeigt hatte, war wirklich keine gute Idee gewesen. Jetzt würde es bald die ganze Stadt erfahren, mit diesen Worten hatte Galvano die Inspektorin erschreckt. Und nun machte sie ihm einen äußerst ungehörigen Vorschlag.

»Was erlaubst du dir?« Galvano schaute sie wütend an und riß den Hund mit einem heftigen Ruck an der Leine neben sich. »Ich bin eine öffentliche Person. Und du traust dich, mir vorzuschlagen, ich soll mich jeden Morgen neben eine Mülltonne stellen und beobachten, wer deine dreckigen Windeln wieder herausfischt, nachdem du sie losgeworden bist?«

Der Inspektorin verschlug es die Sprache.

»Und dann soll ich vermutlich diesem Psychopathen die Mülltüte entreißen, ihm Handschellen anlegen und ihn bei dir abliefern. Soweit kommt's noch!«

Pina machte noch größere Augen und schaute den Doktor an wie ein Schaf. »Auch Laurenti ist der Meinung, daß niemand geeigneter ist als Sie.«

»Ich hätte es mir denken müssen«, schnaubte Galvano. »Er steckt also dahinter.«

»Aber Sie sind doch Freunde«, versuchte Pina zu beschwichtigen.

»Freunde! Pah!« Speichel spritzte aus seinen Mundwinkeln. »Ich habe keine Freunde. Als man mich abservierte wie einen altersdementen Opa, ließ er es geschehen, ohne einzuschreiten. Und jetzt will er mich zum Müllmann machen.«

»Einen besseren Beobachter als Sie, Dottore, gibt es nicht«, versuchte es Pina noch einmal.

»Laurenti ist ein Idiot! Der konnte nicht einmal richtig mit diesem braven Hund umgehen. Und von Menschenführung versteht er noch weniger. Ich sage dir etwas, kleines Fräulein, das du dir einprägen solltest. In sechzig Jahren Berufserfahrung ist mir nicht eine solche Unverschämtheit untergekommen. Ich bin doch kein kleiner Plattfuß, den man zur Observation an irgendeine Ecke stellen kann. Ich bin einer der profiliertesten Gerichtsmediziner des Landes und habe Fälle gelöst, die am Ende dann Laurenti als sein Verdienst ausgab. Der Mann weiß nichts und kann nichts, das ist die traurige Wahrheit. Und du durchläufst eine Schule, in der du nichts lernst. Laß dich versetzen, und zwar schnell.« Galvano wandte sich abrupt von ihr ab und trat dabei dem schwarzen Hund auf die Pfote. Der heulte so laut auf, daß sich das ganze Lokal nach ihm umdrehte. Voller Wut raste Galvano hinaus.

Pina warf ein paar Münzen auf den Tresen und hastete ihm hinterher. So konnte sie ihn nicht ziehen lassen. Es war besser, im Frieden auseinanderzugehen.

Sie rannte ihm nach und verstellte dem Gerichtsmediziner den Weg. »Warten Sie, Galvano.«

»Laß mich endlich in Ruhe, Mädchen.« Der Alte stapfte wütend davon und zog den Hund hinter sich her, doch Pina ließ nicht locker.

»Ich brauche Ihre Hilfe.«

Rasch bildete sich eine Menschentraube um sie.

»Geh zum Teufel, Mädchen.« Galvano schrie, wie ihn niemand kannte. »Und erlaube dir nie wieder, mich anzusprechen.«

»Laß ihn doch in Ruhe, den alten Sack«, rief ein Mann, der trotz des Sommers einen Hut trug und den Gerichtsmediziner an Jahren noch übertraf, und ging lachend weiter.

Galvano drehte sich um. Das ging wirklich zu weit. Er würde es allen zeigen. Hier und jetzt. Und auf dem meistfrequentierten Platz der Stadt. Zu einer Zeit, wo alle unterwegs waren, nur keine Freunde, die ihn aus diesem Hexenkessel hätten befreien können.

Pina staunte. Wie lange hatte dieser vierundachtzig

Jahre alte Mann wohl seine Wut aufgestaut, und warum machte er sich ausgerechnet bei solch einer Lappalie Luft? Sie mußte ihn unbedingt besänftigen, denn jetzt tauchte auch noch der Fotograf der Tageszeitung auf und hob seine Kamera über die Köpfe der anderen.

»Beruhigen Sie sich, Galvano! Bitte«, beschwor Pina den alten Gerichtsmediziner und zupfte ihn am Ärmel. »Lassen Sie uns weitergehen und in Ruhe über die Sache reden.«

»Verdammte Zwergin«, schimpfte er vor sich hin, »dir werd ich zeigen, was es heißt, mich zu demütigen.«

Lange hatte er sich gestern noch über die Unverfrorenheit der Inspektorin und die Respektlosigkeit Laurentis aufgeregt und sich erst beruhigt, als er nach dem Abendessen bei einem Glas Whisky die Spätnachrichten ansah, die ihn ablenkten. Doch heute früh brach die Wut wieder aus ihm hervor, als er kurz nach sechs den Hund ausführte und wie immer einen Espresso nahm in der Bar an den Rive, die Anlaufpunkt vieler Fischer war. Er traute seinen Augen nicht, als er die Zeitung aufschlug: Das Foto zeigte ihn inmitten einer Menschenmenge auf dem Börsenplatz. Von Pina war fast nichts zu sehen, sie reichte dem hochgewachsenen dünnen alten Mann mit dem riesigen Schädel gerade bis zur Brust. Der Text unter dem Bild war besonders ärgerlich. »Vor zwei Jahren wurde Dottore Oreste John Achille Galvano, 84, in Boston (USA) geboren, gegen seinen Willen in den Ruhestand versetzt. 1945 kam er mit den Alliierten nach Triest, stand fast sechzig Jahre im Dienste der Gerechtigkeit. Trotz seines Alters hat er noch immer die Leidenschaft bewahrt, die ihn als brillanten Gerichtsmediziner auszeichnete. Gestern diskutierte er mit Inspektorin Giuseppina Cardareto, 30, Kalabrierin, lautstark einen aktuellen Fall und zog dabei das Interesse vieler Passanten auf sich.«

Mehr nicht. Offensichtlich hatte die Zeitung mangels wichtigerer Meldungen einen Füller gebraucht. Galvano klopfte mit dem zusammengefalteten Blatt ungeduldig gegen seinen Schenkel. Wie lange mußte er bloß heute morgen noch vor der Questura warten, bis Laurenti eintraf, der ihm dies alles eingebrockt hatte?

*

Auf der Piazza Garibaldi ging es zu wie an jedem frühen Morgen. Proteo Laurenti wollte den Platz in Augenschein nehmen, bevor er Maßnahmen plante, um den Forderungen des Präfekten und den Anweisungen des Questore zu genügen. Als sein Wecker kurz nach fünf Uhr klingelte, legte Laura ihren Arm um ihn und zog ihn zärtlich und schlaftrunken an sich. Vorsichtig befreite Laurenti sich, schlich aus dem Schlafzimmer und warf einen Blick aus dem Fenster. Nachdem es die ganze Nacht geschüttet hatte, stand nun kein Wölkchen am Himmel. Vespawetter. Er stibitzte die Schlüssel des Motorrollers seines Sohnes, der vor zehn Uhr nicht aufstehen würde, denn von seiner Arbeit in der Restaurantküche kam er erst spätabends los und stromerte danach meist mit Freunden durch die Bars der Stadt, die im Sommer bis in die frühen Morgenstunden geöffnet hatten. Laurenti würde die Vespa in zwei Stunden wieder zurückbringen. Balkantown belegte einige Straßenzüge hinter dem Ospedale Maggiore, und die Piazza Garibaldi war der Umschlagplatz für die Schwarzarbeiter, auf dem sich frühmorgens eine Menge Kleinunternehmer und Privatleute bedienten. Mit dem Motorroller war Proteo Laurenti beweglicher, konnte halten, wo er wollte, Notizen machen, unbemerkt mit Lauras Kamera ein paar Fotos schießen und rasch den Standort wechseln, bevor er auffiel.

Die Leute taten ihm leid. Die meisten waren Serben und Kosovo-Albaner. Hier standen sie gemeinsam, als hätte es keinen Krieg gegeben, und warteten auf die Möglichkeit, ein wenig Geld zu verdienen. Die Männer konnten kaum

Italienisch, außer »arbeiten, mauern, schleppen, putzen, aufräumen, Geld«. Sie waren sich für keine Arbeit zu schade, und für vier, fünf Euro die Stunde machten sie fast alles. Privatleute heuerten sie an, Handwerksbetriebe und auch renommierte Baufirmen, die enorme Profite einstrichen, weil sie den Kunden westeuropäische Stundensätze berechneten.

Zwischen sechs und sieben herrschte Hochbetrieb, wer bis neun Uhr keine Arbeit gefunden hatte, brauchte sich für diesen Tag kaum mehr Hoffnungen zu machen. Proteo Laurenti war vor sechs Uhr da. Er kaufte sich die Tageszeitung und nahm einen Kaffee in der »Alí Babá Bar«. Er überflog die Meldungen und lachte laut über das Bild, das seinen Freund Galvano und Pina im wilden Disput zeigte. Über was die beiden wohl stritten? War Pina mit ihrer direkten Art dem Alten etwa auf den Schlips getreten? Galvano hatte bisher doch immer so gut von der kleinen Kollegin gesprochen, daß Laurenti sich schon gefragt hatte, ob er verliebt war. Laurenti würde ihn später vom Büro aus anrufen. Jetzt mußte er erst einmal eine Bestandsaufnahme machen. Er bezahlte, ließ die Zeitung auf dem Tisch liegen und ging hinaus, um sich in der Menschenmenge umzuschauen, die in der Via della Raffineria vor dem unglaublich schönen Jugendstilgebäude mit der Hausnummer vier begann und bis zur Piazza Garibaldi reichte.

Er fiel auf zwischen all den muskulösen Männern mit den zerschundenen Händen und den schlechten Zähnen. Sie warfen ihm skeptische Blicke zu. Würde er einen von ihnen ansprechen und ein Angebot machen?

»He, du da«, rief ein Mann aus einem Mittelklassewagen. Er war drei Meter von Laurenti entfernt, der sich danach umsah, welcher Mann Glück hatte.

»Heee. Duuu.« Es hupte zweimal.

Jetzt sah Laurenti ihn winken. Er ging hinüber und bückte sich zum Seitenfenster hinunter.

»Du. Keller putzen. Mauern neue Wand. Platten legen. Du können das?«

»Du«, antwortete Laurenti. »Wieviel bezahlen für Stunde?«

»Vier Euro«, antwortete der Mann strahlend.

»Vierzig Euro. Gut. Ich kommen mit.«

»Nein, vier Euro.«

»Vierzig. Oder ich nicht kommen.«

»Also fünf. Aber du können das wirklich? Putzen, mauern, Platten legen?«

»Nix Problem«, sagte Laurenti. »Aber du bezahlen vierzig Euro, und ich dir alles machen in halbe Zeit. Du sparen viel Geld.«

»Mensch, hau ab.« Der Fahrer wedelte nervös mit der Hand und fuhr einen Meter weiter. Er pfiff einen anderen Mann heran, der nach einigem Hin und Her in den Wagen stieg. Laurenti merkte sich die Autonummer und ging auf den kleinen Platz hinüber, wo neben dem Zeitungskiosk und dem Schlüsseldienst jetzt einige Verkaufsstände mit Billigtextilien und Haushaltskram aufgeschlagen wurden. Zwei Vigili urbani, die Stadtpolizisten, schlenderten heran, kümmerten sich aber so wenig um die Schwarzarbeiter, wie diese sich um sie, sondern kontrollierten die Gewerbescheine der fliegenden Händler, maulten aus Prinzip ein bißchen herum und gingen dann weiter. In der Viale D'Annunzio würden sie sich gleich ans Strafzettelverteilen machen. »Um diese Zeit?« fragte Laurenti sich. »Sie sind wie die Ameisen. Sobald es warm ist, kommen sie aus ihren Löchern. Wenn es regnete, wären sie mit Sicherheit nirgends zu sehen, selbst wenn man sie wirklich einmal brauchte.«

Laurenti ging bis zur Ecke Via Foscolo und stellte sich vor die Bankfiliale, auf die vor ein paar Wochen ein dreister Überfall versucht worden war. Von hier überblickte er das gesamte Geschehen. Immer wieder sah er eine schmierige

Type in seinem Alter, die, wie er selbst, besser gekleidet war als die anderen. Der Mann hatte das ansprechende Gesicht eines Totengräbers und genoß ganz offensichtlich Autorität. Laurenti sah, wie er gezielt von einem zum anderen ging, ein paar Worte wechselte, die Hand aufhielt, einen Geldschein in der Jackentasche verschwinden ließ oder ein paar Notizen machte, wenn die Hand leer blieb. War es denkbar, daß der Mann diese Leute abkassierte? Schutzgeld? Was war bei diesen armen Teufeln zu holen? Laurenti schoß mit Lauras kleiner Kamera ein paar Bilder und machte sich hastig mit der Vespa aus dem Staub, bevor zwei große Kerle ihn greifen konnten, die ihn vermutlich schon länger im Visier hatten und schnurstracks auf ihn zukamen. Er gab Gas und schaute nicht zurück.

Was er gesehen hatte, reichte, um die Razzia mit den Kollegen vorzubereiten. Während er mit der Vespa an der Markthalle am Largo Barriera vorbeifuhr, überschlug Laurenti vage die Summe, die man diesen Leuten abpressen konnte. Nur kleine Euroscheine, Fünfer und Zehner, hatten den Besitzer gewechselt. Deutlich über hundert Männer waren sicher jeden Tag hier. Also fünfzehnhundert bis zweitausend Euro, wenn alle zahlten. Und das sechs Tage die Woche. Verdammt, das waren zwischen sechsunddreißig- und achtundvierzigtausend im Monat. Woher hatte diese schmierige Type eine solche Macht, daß man ihm, ohne zu zögern, einen Teil des kargen Verdienstes ausbezahlte? Von Eintrittskarten zum Schwarzarbeitsmarkt hatte Laurenti bisher noch nie gehört. Waren die Schüsse auf die beiden Kleinunternehmer und die Splittergranate letzte Nacht etwa unmißverständliche Warnungen gegen säumige Schuldner? Dann konnte dieser Mann nicht alleine handeln, sondern war Teil einer Organisation, von der die Ordnungskräfte keinen Schimmer hatten. Warum hatte dies bisher niemand beobachtet und berichtet?

Er befand sich in der Via Carducci auf der mittleren von

sechs Fahrspuren, als der Motor der Vespa abstarb. Mit quietschenden Reifen versuchten die Autofahrer auszuweichen, Hupkonzerte und wütende Flüche folgten. Laurenti kümmerte sich nicht weiter darum und schob sein Gefährt zum Straßenrand. In diesem Jahr hatte die Stadtregierung all die kleinen Tankstellen im Stadtzentrum schließen lassen, die man in solchen Notfällen stets leicht erreichen konnte. Der Fortschritt zog auch in Triest ein, schleichend zwar, aber er veränderte Gewohnheiten. Laurenti mußte schieben. Er schwitzte, obwohl die Straße leicht abschüssig war. Bei der Bäckerei Giorgi bockte er die Vespa auf und reihte sich in die Schlange der Kunden vor der Theke ein. Wenn er schon hier vorbeikam, konnte er wenigstens ein paar Brioches zum Frühstück kaufen. Laura würde sich darüber freuen und Marco auch. Kaum hatte er, mit der Tüte in der Hand, den Laden verlassen und den Sattel der Vespa aufgeklappt, um sie zu verstauen, bauten sich die beiden mächtigen Kerle vor ihm auf, denen er auf der Piazza Garibaldi entwischt war. Einer legte seine Pranke auf Laurentis Schulter, der andere versperrte den Blick auf die Passanten.

»Was hast du fotografiert?« Der Kerl hatte einen verdammt schlechten Atem. Ein Knoblauchkiller mit Zahnfäule.

»Ich habe nichts fotografiert. Nimm deine Pfote weg.« Wie waren sie ihm gefolgt? Wenn genug Sprit in der Vespa gewesen wäre, dann hätten sie ihn nie eingeholt.

»Bist du ein Schnüffler?« Der Riese sprach mit dem harten Akzent vom Balkan.

Laurenti schüttelte den Kopf. Seine Lage war mißlich. Selbst wenn er dem Brocken das Knie in die Eier rammte und einen gezielten Faustschlag auf den Solarplexus und einen auf die Schläfenvene nachsetzte, würde ihn der andere mit einem einzigen Hieb schlafen schicken.

»Los, gib die Kamera her.« Die Hand, die bisher nur auf

seiner Schulter gelegen hatte, verwandelte sich zu einem eisernen Griff ins Schlüsselbein. Laurenti versuchte, sich den Schmerz nicht anmerken zu lassen.

»Haut ab, oder ich mache einen Höllenlärm.«

Der Kerl beugte sich zu ihm herab. Zwischen ihre Nasen hätte keine Hand mehr gepaßt. Laurenti erstickte fast ob des Mundgeruchs, der ihm ins Gesicht schlug. Und plötzlich zog ihn das Monster so eng an die Brust, daß er ächzte. Er fühlte, wie der andere seine Taschen durchsuchte und den Fotoapparat herauszog. Der Gorilla lockerte seinen Griff nur leicht.

»Da schau mal einer an«, sagte der andere. Er sprach im Triestiner Dialekt. »Geile Bilder. Ist das deine Frau oder deine Geliebte?« Seelenruhig blätterte er den Speicher durch und hielt dem Schraubstock, der Laurenti blokkierte, das Display vor die Nase. »Am Strand. Saugeile Titten, oder was meinst du?«

»Ich glaube, wir kommen dich mal besuchen.« Die Hand schloß sich um Laurentis Nacken. Es sah fast wie die Umarmung eines Freundes aus, dennoch hatte er keine Chance, sich diesem Griff zu entwinden.

»Los, lösch den Speicher«, sagte der Gorilla. »Wir hauen ab.«

Der andere betätigte die Knöpfe, kam aber nicht mit dem Apparat zurecht. Schließlich fummelte er den Speicherchip heraus, steckte ihn in den Mund, zerbiß ihn mit lautem Krachen und spuckte den Rest auf den Gehweg, wo er ihn mit einem kräftigen Tritt zermalmte. Die Kamera warf er in das Gepäckfach der Vespa zu der Tüte mit den frischen Brioches. »Laß dich nicht wieder blicken, sonst geht es dir genauso.«

Die Kerle verschwanden so unvermittelt, wie sie aufgetaucht waren. Laurenti starrte ihnen staunend nach. Wenigstens hatten sie seine Brieftasche nicht durchsucht. Er wäre zwar glimpflicher davongekommen, wenn sie seinen Dienstausweis entdeckt hätten, doch dann wäre die ganze Aktion, die er plante, sinnlos geworden. Eine Razzia in Balkantown ohne Resultate, Verschwendung von Kosten und Personal und ein gefundenes Fressen für die Medien: Ein Kommissar, der sich blamierte.

Als er eine Viertelstunde später die Vespa endlich aufgetankt hatte und nach Hause kam, hob der Duft von frischem Kaffee, den er schon auf der Treppe wahrnahm, schlagartig seine Laune. Er schwenkte die Tüte mit den Brioches. »Frühstück«, rief er und gab Laura einen Kuß.

»Wo warst du?« fragte sie. »Und warum bist du schon wieder da?«

»Frühpensioniert.« Laurenti ließ sich grinsend auf einen Stuhl fallen.

Laura legte die Stirn in Falten. »Um Gottes willen, dann bleibst du jetzt immer zu Hause?«

»Freust du dich nicht?«

»Und wie. Dafür heiratet man schließlich in jungen Jahren, damit man, wenn man alt und gebrechlich wird, endlich Zeit füreinander hat. Also, was ist passiert?«

»Arbeit. Ich hatte etwas zu erledigen, was nur in aller Frühe möglich war.« Laurenti verzog sein Gesicht. »Und ich habe entschieden, daß ich dafür später ins Büro gehe.«

Laura trug das Tablett auf die Terrasse und schenkte den Kaffee ein. »Das ist eine gute Idee, Proteo. Dann könntest du mich begleiten, wenn ich den Wagen zur Reparatur bringe und mich anschließend zur Arbeit fahren. Du weißt ja, die Fiat-Werkstatt ist am anderen Ende der Stadt.«

»Du willst ihn doch nicht beim Händler reparieren lassen? Das ist viel zu teuer. Bring ihn hoch zu Ezio, der macht das für ein paar Euro.«

»Ezio?«

»Oben auf dem Karst, der mit dem Schrottplatz. Ein alter Kunde. Fast ein Freund.«

»Du spinnst. Der Wagen ist neu, und du willst, daß ich

ihn vom Schrotthändler reparieren lasse?« Solange sie ihn auch kannte,Laura hatte sich immer noch nicht an seine überraschenden Einfälle gewöhnt, die manchmal so absurd waren, daß ihr die Haare zu Berge standen. Dieser Mann war wirklich durch keinen anderen zu ersetzen. Manchmal war er haarsträubend komisch. »Kommt gar nicht in Frage«, sagte sie entschieden und konnte sich ein Lächeln nicht verkneifen.

»Warum denn?« Laurenti ließ nicht locker. »Einmal habe ich sogar meinen Dienstwagen hochgebracht, den reparierte er kostenlos.«

»Und in der Zwischenzeit hat er damit wahrscheinlich ein krummes Ding gedreht.«

»Quatsch. Zwanzig Euro Trinkgeld, und die Sache war geritzt. Besser als Formulare auszufüllen und genau zu beschreiben, was passiert war, und dann im Büro das Geläster anhören zu müssen.«

»Laurenti, du bist wirklich komisch. Mach, was du willst, aber mein neues Auto bringe ich in eine richtige Werkstatt.«

*

»Glänzend gearbeitet, Tatja.« Das breite Lächeln Viktor Drakičs strahlte weißer als Zahnpastareklame. In Polohemd und Bermudas saß er auf einer Terrasse am Fuß des Leuchtturms, hatte den Hörer unters Kinn geklemmt und freute sich des Lebens. Sein Blick schweifte über die Adria, die seine Insel umspülte. Eine aufkommende Brise zerpflückte die schwarzen Wolken, die am frühen Morgen aufgezogen waren. Dieses Farbenspiel liebte er: smaragdgrün und kobaltblau das Wasser, die Gischt so weiß wie seine Zähne, und der Himmel wie aus der Meisterhand des Giorgione – nicht einmal die schlafende Venus fehlte. Sie war gerade aufgewacht und saß neben ihm am Frühstückstisch, nur eine leichte Seidenstola über der Schulter, deren Türkis sich fabelhaft mit dem Naturschauspiel in der Kvarner Bucht vertrug.

Viktor war eine Stunde vor ihr auf den Beinen gewesen, war ein paar Züge im Meer geschwommen, hatte die elektronische Post überprüft und umgehend seine Schwester angerufen, um sie zu beglückwünschen. Er war mehr als zufrieden, denn die Fotos der Baupläne, die Damjan Babič zuletzt geliefert hatte, waren die fehlenden Elemente, auf die seine Kunden in Shanghai dringend warteten. Sie drängten immer heftiger, das Material in die Hand zu bekommen. Doch so einfach würde es dieses Mal nicht gehen. Viktor Drakič wollte seinen Gewinn verdoppeln. Entweder bezahlten sie ihren bisherigen Einsatz noch einmal, oder sie konnten bis zum Ende ihrer Tage auf die Informationen warten. Abnehmer dafür fände er überall. Er war inzwischen ausreichend vernetzt und China nicht das einzige Land, das Produktpiraterie betrieb.

»Ein großer Tag, meine Liebe.« Viktor Drakič schob den Fuß seiner Venus von seinem Oberschenkel. »Zum Mittagessen erwarte ich die Amerikaner. Ich glaube, daß die Leute auf dem Festland sich wieder einmal wundern werden, wenn sie das Kriegsschiff sehen. Aber das ist ihr Problem. Was hast du als nächstes vor?«

»Kommen sie wegen deines Spielzeugs?« fragte Tatjana Drakič alias Petra Piskera am anderen Ende der Leitung.

»Ja, sie wollen unbedingt meine Geliebte kaufen.« Er runzelte die Stirn, als seine Venus den Mund verzog. Seit vier Monaten liefen die Verhandlungen über das modernste Scharfschützengewehr der Welt, und sie waren alles andere als einfach gewesen. Er hatte darauf bestanden, ihnen die Waffe ausschließlich in der Fabrik in Winterthur vorzuführen. Hätte er sie zur Probe geliefert, wäre sie umgehend in ihre Einzelteile zerlegt, das Material bis ins letzte Molekül in den Labors des Pentagons analysiert worden, und er hätte anschließend in die Röhre geschaut. Amerikaner, Chinesen, nein, einen Drakič legte man nicht herein. Dafür hatte er zu lange und zuviel in die Entwicklung investiert.

Das Resultat der Tests war schließlich genau so ausgefallen, wie er es versprochen hatte. Die hohen Offiziere und die Spezialisten des Pentagon waren beeindruckt von dem Zusammenspiel von einfachem Handling, minimalem Gewicht und bisher unerreichter Zielgenauigkeit auf weite Entfernungen. Diese Waffe konnte Kriege verändern. So weit wie nie vom Ziel entfernt einsetzbar und in der Wirkung näher, als der Feind ahnen konnte. Der lange Arm des Todes, ein Kinderspiel.

»Ich habe heute das Gespräch mit den Herren aus Reggio Emilia. Sie stehen ziemlich unter Druck. Es handelt sich um über zweitausend Container umdeklarierten Abraums.« Tatjana Drakič war im Gegensatz zu ihrem Bruder schlecht gelaunt. Die Planungen ließen ihr kaum die Zeit zum Atmen, und auch die Auftragsvorbereitung hatte es in sich. Ihre Geschäftspartner drängten auf einen raschen Abschluß, was wenigstens den Preis nach oben trieb. »Kannst du sie unterbringen?«

»Vierzigtausend Tonnen nur? Allein für den Restausbau der Autobahn Ljubljana–Zagreb besteht ein Riesenbedarf an Unterbaumaterial, und dann ist da noch die Strecke von Zagreb nach Split.«

»Das Gesamtkontingent ist dreimal so hoch. Aber es drängt. Die Deponie bei Pavia muß bis Monatsende zur Hälfte geräumt sein, sonst fallen Konventionalstrafen an.« Tatjana grauste die Vorstellung, ihre Gewinne durch Organisationsmängel geschmälert zu sehen. »Und wie muß das Material deklariert werden?«

»Als wiederverwertbar. Ein Viertel als Kompost mit Zertifikat aus biologischem Betrieb. Zur Aufbereitung als Blumenerde, Gartendünger in einem kroatischen Betrieb. Der andere Teil als Unterbaumaterial mit den entsprechenden technischen Anforderungen, die deinen Leuten vorliegen.« Viktor Drakič runzelte die Stirn und stand auf. Seine Venus hatte damit begonnen, sein Hemd aufzuknöpfen, doch er wollte in Ruhe reden. »Wann kann das Zeug eintreffen, und wie wird es transportiert?«

»Es dauert etwa eine Woche, bis die Frachtpapiere und die Gutachten über die Umweltverträglichkeit erstellt sind. Ich bin mit dem Landweg nicht glücklich. Zu aufwendig.« Tatjana klang nicht besonders enthusiastisch, obgleich sie es war, die dieses Geschäft angeschoben hatte. Sie hatte den Eindruck, ihr Bruder sei nicht ganz bei der Sache. »Hörst du mir überhaupt zu, Viktor? Zweitausend LKWs über zwei Grenzen zu schicken ist kein Kinderspiel.«

»Ein Drittel leitest du mit normalem Avis in die steirische Deponie Frohnleiten.«

»Dann brauche ich die Transportgenehmigungen des Export-, des Transit- und des Empfängerlandes. Ganz schön aufwendig.«

»Wo ist das Problem? Du hast alle Zugänge und Dokumente, die nötig sind, oben in der CreaTec. Die akzeptiert jeder Straßenpolizist. Unterwegs werden die alten Frachtpapiere gegen die neuen ausgetauscht. Wieviel verdienen wir?«

»0,7 Cent pro Kilogramm.«

»Gewaltig«, antwortete ihr Bruder. Er hatte die Summe im Kopf überschlagen. Das Gesamtkontingent konnte fast neun Millionen Euro bringen. Dafür lohnte sich der Streß.

»Der Seeweg nach Split wäre die bessere Alternative. Kannst du das regeln? Hast du die Leute vom Zoll im Griff?« fragte Tatjana.

»Zwanzig Prozent des Materials, achttausend Tonnen mindestens, brauchen wir beim Autobahnbau im Norden.« Unnötig, ihre Frage zu beantworten. Die Einfuhr zu regeln war das geringste Problem. Die Behörde hatte er in der Hand. »Und wo willst du die Ware verschiffen?« Viktor

Drakič gab seiner Venus, die immer noch nicht von ihm lassen wollte, einen heftigen Schubs, der sie auf ihren Stuhl zurückwarf, wo sie mit einem dicken Schmollmund sitzen blieb.

»Ancona oder Venedig.«

»Warum nicht in Triest?«

»Zu schwierig. Sie kontrollieren zuviel in letzter Zeit. Auch bei der Ausfuhr. Man langweilt sich wohl bei den Behörden.«

»Habsburger Bürokratiewahn, sonst nichts.«

Kadmium, Chrom, Quecksilber, Zink, Nickel und Asbest. Bevor Ende der Neunziger die Kontrollen verschärft wurden, hatten sich einige Unternehmen der metallverarbeitenden Industrie aus der Peripherie Mailands jahrzehntelang bestimmter Entsorgungsbetriebe bedient, die für einen Bruchteil der sonstigen Gebühren arbeiteten und die Industrieabfälle auf wilden Deponien einlagerten. Aufgegebene Gehöfte in der Po-Ebene, deren Nebengebäude bis unters Dach mit dem giftigen Material gefüllt wurden. Gleich danach meldeten die Entsorgungsbetriebe Konkurs an, die Unterlagen verschwanden bei mysteriösen Bränden in den Büroräumen. Damit war keine Spur mehr über die Herkunft des Materials zu verfolgen, das zum Problem des Steuerzahlers wurde. Die lombardische Staatsanwaltschaft und eine auf Umweltdelikte spezialisierte Sondereinheit der Carabinieri hatten in einer großangelegten Operation namens »Houdini« die Sache auffliegen lassen. Ein Richter verfügte zwar die ordnungsgemäße Entsorgung, und der kommissarische Verwalter übertrug diese einer Firma in Reggio-Emilia, die einen guten Leumund hatte. Doch damit war das Geschäft mit dem Gift noch lange nicht zu Ende, denn diese Firma wiederum bediente sich der CreaTec Enterprises im Wissenschaftspark auf dem Triestiner Karst, die das Transportgeschäft zu den Sondermülldeponien an die CreaBuy Consultants verkaufte. Die dritte Firma, die

CreaSell Experts, war schließlich dafür zuständig, daß das Material am Bestimmungsort angenommen wurde, und mußte dies mittels der entsprechenden Empfangsdokumente bestätigen.

Die drei Triestiner Betriebe hatten ihren juristischen Sitz in den Räumen des Konsulats in der Via Torbandena. Die Gesellschaftsanteile hielten vier Firmen aus Italien sowie eine Holding auf Zypern. Als Geschäftsführer aller drei Betriebe fungierte ein emeritierter, vertrottelter Professor der Universität Udine mit Wohnsitz in Triest, der die Firmenräume so wenig betreten hatte wie das Notariat, in dem die Firmengründung besiegelt worden war. Petra Piskera, die Konsulin, führte die Geschäfte nach den Anweisungen ihres Bruders allein – haftbar allerdings war sie laut Handelsregisterauszug nicht.

Heute würde sie mit den Herren aus Reggio Emilia Nägel mit Köpfen machen, die Verträge unterzeichnen und die Termine fixieren: den für die Abholung des Giftmülls wie auch den für die Zahlungen. Je nach Problemhaltigkeit der Substanzen lag der Marktpreis für diese Form der Entsorgung zwischen einem und sechzig Cent pro Kilo. In diesem Fall mußte sie den Höchstsatz erzielen. Die Hälfte wollte sie heute als Vorauszahlung herausholen, die innerhalb von drei Tagen auf das Konto bei der Winterthurer Bank einbezahlt werden mußte. Schon König Midas hatte gezeigt, daß alles, was er berührte, zu Gold wurde. Weshalb sollte das nicht auch Viktor und ihr gelingen?

*

Pina Cardareto kehrte wie jeden Morgen um sieben Uhr dreißig von ihrer üblichen Fahrradtour über die Küstenstraße bis zur »Bar Bianco« zurück, dem Molkereiverkauf von Duino, wo sie stets Pause machte und einen Liter frische Milch hinunterstürzte. Verschwitzt lehnte sie das Fahrrad im Hausflur gegen die Wand. Ein Stück Papier ragte aus ihrem Briefkasten. Ihre gute Laune war wie weggewischt. Die Portiersloge war leer, keiner da, der etwas gesehen hatte. Sie zog das Blatt Papier heraus und faltete es auf. Die Fotokopie einer Quittung über die Auszahlung von 472 Euro des Spielcasinos im slowenischen Nova Gorica mit dem obligatorischen Kommentar des Absenders: »Spiel du den Bullen, ich mach dir dafür den Stier, du Kuh.«

Sie hatte es längst vergessen: Einmal nur war sie im Casino gewesen, ganz am Anfang ihres Dienstes in Triest, als sie in Gorizia ihren Vorgänger Antonio Sgubin aufgesucht hatte. Noch immer war der Taxifahrermord nicht aufgeklärt, den sie von ihm übernommen hatte, und es gab Hinweise darauf, daß einige der Fahrer in die Casino-Szene jenseits der Grenze verwickelt waren. Sie erhielten Provision, wenn sie Gäste dorthin brachten.

An einem Samstag nachmittag war sie mit dem Fahrrad ins vierzig Kilometer entfernte Gorizia gefahren und frühmorgens ohne Licht am Rad zurück, was sie später als Russisch Roulette bezeichnete, denn zweimal mußte sie ihr Leben vor wild hupenden Suffköpfen mit einem beherzten Satz in den Straßengraben retten. Sgubins Angebot, bei ihm zu übernachten, hatte sie freundlich ausgeschlagen. Um Mitternacht hatten sie das Spielkasino in Nova Gorica, jenseits der Grenze, betreten. Pina wollte sich nur einen Eindruck verschaffen, um einen Mordfall aufzuklären, und mußte verärgert feststellen, daß sie trotz ihrer sportlichen Kleidung immer wieder unmißverständlich von Männern angesprochen wurde, die kaum zum Roulette hierhergekommen waren. Sie sah nun wirklich nicht aus wie eine üppige blonde Russin. Also hatte sie ein paar Chips erworben und war mit Sgubin zum Tisch gegangen. Das einzige, was sie später mitnahm, war ein kleiner Gewinn. Und Sgubins Wunsch, sie bald wieder zu treffen, was sie mit einem süffisanten Lächeln quittierte.

Wieder betrachtete sie das Blatt, das sie aus dem Briefkasten gezogen hatte. Wer war das Schwein, das sie verfolgte? Sie mußte sich etwas einfallen lassen, um den Kerl zu überführen. Sollte sie vielleicht doch einen der Kollegen einweihen? Nein, dann könnte sie die anonymen Botschaften gleich ans Schwarze Brett hängen. Pina warf einen Blick auf die Uhr. Es war Zeit, zu duschen und ins Büro zu gehen. Laurenti hatte ihr gestern schon gesagt, daß sie in Balkantown durchgreifen würden.

Wenig später fuhr Pina mit dem Aufzug wieder ins Parterre und klopfte an der Hausmeisterloge. Den Müllbeutel trug sie in der linken Hand. Es dauerte lange, bis der Mann im grauen Arbeitsmantel sich blicken ließ.

»Kommen Sie in einer Viertelstunde wieder«, sagte er mürrisch, bevor sie sich vorstellen konnte. Sie hatten noch nie miteinander gesprochen. Aus der Loge hörte sie das Geräusch eines leise gestellten Fernsehers, dumpfes Gestöhne und spitze Schreie wie aus einem Pornofilm. »Ich frühstücke gerade.«

»So nennt man das also?« Bevor er die Tür zuschlagen konnte, hatte Pina sie mit dem linken Bein blockiert. Sie zog den Wisch mit der Quittung aus dem Spielkasino aus ihrer Jackentasche und hielt ihn dem Hausmeister vor die Nase. »Ich wollte Sie nur fragen, ob Sie in den letzten Wochen jemanden gesehen haben, der mir wiederholt solche Nachrichten in den Briefkasten geworfen hat.«

Sie standen dicht beieinander, und Pina konnte den Atem des Mannes riechen. Restalkohol vom Vortag.

»Ja«, sagte er.

»Wer?« Pinas Blick flackerte auf.

»Der Briefträger.« Wieder zog er an der Tür, doch Pina blieb wie angewurzelt stehen. »Der kommt hier nämlich jeden Tag. Nicht wie bei euch im Süden.«

»Diese Nachrichten kommen nicht per Post. Also wer bringt sie? Ich werde bedroht.«

»Bedroht?« Der Mann schaute den Zettel genauer an. »Aber das ist doch nur ein Witz.«

»Könnten Sie mir einen Gefallen tun?«

»Gefallen?«

»Würden Sie bitte den Briefkasten im Auge behalten. Von hier übersehen Sie alles.«

»Wenn's nur das ist.«

»Und wenn möglich, dann bitte ich Sie in den nächsten Tagen auch nachzuschauen, wer hinter mir zur Mülltonne geht!«

»So weit kommt's noch«, brummte der Mann. »Ich bin doch kein Schnüffler.«

»Es ist wichtig. Wie Sie wissen, verlasse ich das Haus jeden Morgen zur gleichen Zeit.«

»Und dann? Was soll ich dann tun?«

»Vielleicht könnten Sie denjenigen, der mich verfolgt, fotografieren.«

»Ach ja? Und mit welchem Apparat? Ich habe keinen.«

Pina zog eine Einwegkamera aus der Tasche und drückte sie ihm in die Hand. »Das Ding funktioniert ganz einfach. Durchschauen und draufdrücken. Basta.«

»Und warum rufen Sie nicht die Polizei, anstatt mich von dringenderen Tätigkeiten abzuhalten?«

Pina wedelte mit einem Fünfzigeuroschein. »Deswegen. Wenn Sie scharfe Bilder liefern, bekommen Sie noch einen.« Sie stopfte den Schein in die Brusttasche des grauen Mantels und zog ihr Bein zurück. Der Mann schaute ihr nach, bis sie das Haus verlassen hatte, dann schloß er die Tür zu seinem Kabuff.

Am Zeitungskiosk wurde Pina heute anders begrüßt. »Guten Morgen, Inspektorin«, sagte die Verkäuferin, während sie ihr lächelnd den ›Piccolo‹ reichte. Woher wußte sie bloß, wer sie war?

An der Haltestelle gegenüber stand der alte Gerichtsmediziner mit seinem schwarzen Hund an der Leine und wartete auf den Bus. Doch er würdigte sie keines Blicks, dabei mußte er sie gesehen haben. War er noch immer sauer auf sie? Pina winkte ihm mit der Zeitung in der Hand freundlich zu, aber der Alte reagierte nicht. Irgendwann würde er sich schon wieder beruhigen, dachte Pina, schwang sich auf ihr Rad und fuhr hinüber zur Questura.

*

Laurenti war zwei Stunden überfällig, ohne seiner Assistentin Bescheid gegeben zu haben. Das war das erste, was Marietta ihm entgegenschleuderte, nachdem er abgenommen hatte.

»Was ist los?« fragte Laurenti unwirsch und befreite sich aus Lauras Umarmung.

»Wo steckst du bloß?« Marietta haßte es, von ihm nicht über jeden seiner Schritte informiert zu werden. »Machst du etwa schon wieder einen Ausflug über die Grenze?«

»Ich bin bei meiner Frau, falls du nichts dagegen hast. Was liegt an?«

»Ich habe den Termin mit den Kollegen von den Carabinieri und der Guardia di Finanza auf elf Uhr gelegt, in deinem Büro.«

Laurenti schaute auf seine Armbanduhr. Das war zu schaffen. Er bat Marietta, auch Pina zu informieren. Dann zog er sich rasch an und verabschiedete sich von Laura mit einem Kuß.

»Vergiß nicht«, rief sie ihm hinterher, »heute abend ist die Ausstellungseröffnung deines Freundes Serse bei LipanjePuntin. Kommst du direkt vom Büro?«

Laurenti stellte das Blaulicht aufs Dach und jagte mit heulender Sirene in die Stadt. Er wollte zumindest noch Mariettas Bericht über die Vorfälle der vergangenen Nacht hören, bevor die Kollegen eintrafen. Den Wagen stellte er vor der Questura in die zweite Reihe, irgendein Schlaumeier hatte wieder einmal seinen Parkplatz belegt. Den Autoschlüssel gab er dem jungen Polizisten, der in der Eingangshalle die Besucher kontrollierte, dann stürmte er, zwei Stufen auf einmal nehmend, die Treppe hinauf. Marietta begrüßte ihn mit ihrem süffisantesten Lächeln.

»Kein Espresso heute«, sagte Laurenti, als sie schon die Tasse in der Hand hielt. »Ich bin seit fünf Uhr auf den Beinen. Ich brauche den Stadtplan um die Piazza Garibaldi herum. Ist Pina da?«

»So ausgeschlafen habe ich dich lange nicht erlebt, Proteo«, sagte Marietta.

»Müdigkeit ist lediglich ein psychosomatisches Symptom.«

Sie hatten alles bis ins letzte Detail besprochen. Das Protokoll der Zuständigkeiten und der Maßnahmen, die noch zu treffen waren, führte Pina. Morgen würden die Sicherheitskräfte den Großeinsatz in Balkantown durchführen, der mindestens eine Seite der Zeitung füllen würde. Questore und Präfekt würden zufrieden sein. Doch Laurenti und seine Kollegen waren sich schnell darüber einig, daß die Operation kaum mehr als Aufsehen bringen würde. Diese Einschätzung stand nicht im Protokoll.

Der wirkliche Einsatz kam erst nach der Razzia, wenn sich in ein paar Tagen alles wieder beruhigt hatte. Dann würden sie sich den Mann schnappen, der die Arbeiter auf der Piazza Garibaldi abkassierte und Laurenti die beiden Gorillas auf den Hals gehetzt hatte.

»Nehmen wir es sportlich, Signori. Im Zweifel wird es nur eine gute Einsatzübung«, sagte Laurenti, als er die anderen mit Handschlag verabschiedete. »Unseren Leuten tut sie auf jeden Fall gut.«

*

An diesem raren Spätsommertag schien die Stadt wie ausgestorben. Brach die Sonne einmal für längere Zeit durch die Wolkendecke, erreichte die Quecksilbersäule weit über dreißig Grad. Heute aber war die Hitze dank einer leichten Brise vom Meer erträglich. Außer den Gastwirten und ihrem Personal schienen alle Triestiner am Meer zu schmoren. Wer wußte schon, wie lange die regenfreien Tage hielten. Laurenti war von der Sitzung direkt in die Città Vecchia hinübergegangen, die nach jahrzehntelangem Schlummer endlich wieder vorzeigbar wurde und sich mit ihren engen Gassen zu einem schmucken Viertel entwickelte. Die meisten Lokale dort lagen ihm nicht, doch in der »Antica Ghiacceretta« seiner Freunde Bruno und Cynthia aß er gern zu Mittag. Endlich war auch der kleine Platz vor dem Lokal gepflastert. Ein paar Tauben staksten gurrend herum, und auf den Dachrinnen saßen ihre krummschnäbeligen Feinde, die alle ihre Bewegungen beäugten. Im Gegensatz zum Wirt genoß es Laurenti, daß heute einmal Tische draußen frei waren.

»Du leidest doch nicht etwa an Schlaflosigkeit«, sagte Laurenti, als er die dunklen Ränder um Brunos Augen sah.

»Diese Stadt lebt mit dem Wetter«, antwortete sein Freund. »Wenn es kalt ist, verkriechen sich alle hinterm Ofen, und keine Menschenseele traut sich auf die Straße, doch kaum steigt die Temperatur, dann scheint niemand mehr ein Bett zu Hause zu haben. Sogar Cynthia hat sich den Nachmittag freigenommen. Wenn ich mich nicht täusche, ist sie mit deiner Assistentin verabredet. Sie wollten zusammen baden gehen.«

»Das war gestern«, lachte Laurenti. »Sie hat doch nicht etwa einen Liebhaber?«

Bruno winkte ab. »Was magst du essen? Heute früh habe ich noch einmal Makrelen reinbekommen, obwohl die Saison eigentlich vorüber ist. Sie sind so frisch, daß sie dir geradezu auf den Teller springen.«

Bruno mußte ihn nicht lange überzeugen. Der Pesce azzurro aus dem Triestiner Golf gehörte zu Laurentis Lieblingsgerichten. In jeder Art und Form: Sardellen, Sardinen, Makrelen, Thunfisch ... Roh, gesalzen und in Olivenöl eingelegt, fein mariniert, an einer Pasta, paniert, gegrillt, fritiert. Während Bruno die Order zur Küche und kurz darauf einen halben Liter Wein herausbrachte, vernahm Laurenti eine Stimme, die ihm allzu bekannt vorkam. Er nahm rasch die Zeitung, die auf dem Nebentisch lag, und versteckte sich hinter ihr. Das Gepolter des dicken Bürgermeisters war schon von weitem zu hören. Der Mann, der zu jenem Typus alternder Männer gehörte, die sich ihre Anzüge stets eine Nummer zu klein kauften, weil sie hofften, noch einmal abzunehmen, steuerte, begleitet von einer kleinen Schwadron Anhänger, über die Piazzetta direkt aufs Lokal zu. Warum mußten sie sich gerade mal ein paar Tische weiter niederlassen, anstatt sich einen Platz im klimatisierten Saal zu suchen? Mürrisch beschloß Laurenti, selbst hineinzugehen. Als er aufstand, hatte ihn das Stadtoberhaupt schon ausgemacht.

»Ah, der Vicequestore. Guten Tag, Laurenti.«

Proteo setzte ein falsches Lächeln auf und nickte ihm zu.

»Hast du schon die Sache mit der Bombe aufgeklärt?« Wie Galvano duzte der Mann fast jeden.

»Totale Informationssperre«, log Laurenti, so freundlich er konnte.

»Vielleicht komme ich mal bei euch vorbei, um nach dem rechten zu sehen.« Er war bekannt dafür, trotz der heftigen Kritik aus allen Lagern über ein ungebrochenes Selbstbewußtsein zu verfügen. »Ihr müßt mehr Unternehmergeist entwickeln, auch bei der Polizei. Sonst wird das nie etwas.«

Das erntete kichernden Beifall seiner untertänigen Begleiter. Der Bürgermeister trumpfte häufig damit auf, selbst zur Tat zu schreiten, wenn ihm die kleinen Dinge nicht schnell genug gingen. Mehr als einmal war er angeblich an einer vielbefahrenen Kreuzung am Stadtrand gesichtet worden, wo er den Verkehr effizienter regeln wollte als die ausgebildeten Beamten, doch zu seinem Pech erkannten ihn die türkischen und bulgarischen Fernfahrer mit ihren Achtunddreißigtonnern nicht. Das brachte keine Wählerstimmen. Doch den großen Wurf, der die Stadt endlich nach vorn bringen sollte, schaffte der Mann nicht. Laurenti ging hinein. Den Appetit ließ er sich auch von diesem Genie nicht verschlagen. Hoffentlich schiß ihm wenigstens eine Möwe auf die Glatze.

Laurenti hatte gerade den letzten Bissen seiner köstlichen Makrelen hinuntergeschluckt, als der Bürgermeister sich auf seinem Weg zur Toilette zum zweitenmal auf ihn stürzen wollte. Laurenti murmelte, er sei in Eile, und streckte Bruno, der als Wirt zu diplomatischer Zurückhaltung verpflichtet war, einen Geldschein hin. Dann ließ er noch den Händedruck seines Stadtoberhaupts über sich ergehen, zwinkerte dem Freund zu und verduftete. Den Espresso nahm er auf der Piazza della Borsa ganz in der Nähe des Büros. Die leichte Brise hatte sich gelegt, Laurenti stand der Schweiß auf der Stirn. Er schaute zum Himmel, ein Gewitter baute sich auf.

In der kleinen Via Torbandena, wie die offizielle Adresse der Questura lautete, warf Laurenti einen Blick in die Schaufenster einer Galerie, die soeben eine Ausstellung von Zoran Music, einem Maler der klassischen Moderne aus Gorizia, eröffnet hatte. Gerade als er weitergehen wollte, vernahm er ein langes Röcheln. Er schaute sich um, doch die Straße war leer. Er trat zwei Schritte zurück, las die Schilder neben dem Hauseingang: CreaBuy, CreaSell, zwei Firmen, die ihm nichts sagten, und das Konsulat eines osteuropäischen Landes, dessen Name eine vage Erinnerung in Laurenti weckte, alle im dritten Stock. Die Klingelschilder an dem großen Palazzo waren alle unbeschriftet, bis auf das des Konsulats.

Wieder hörte er dieses eigentümliche Stöhnen, doch die Tür, durch die es drang, war verschlossen. Laurenti drückte alle Klingelknöpfe auf einmal, bis der Türöffner betätigt wurde. Seine Augen mußten sich erst an das Dunkel im Flur gewöhnen. Und dann sah er den Körper, ein dunkler Schatten, der auf den Stufen lag, die zum Hinterausgang hinabführten. Blutüberströmt und verkrümmt. Er beugte sich über die Gestalt, doch traute er sich aufgrund der Verletzungen nicht, sie auf den Rücken zu drehen. Es war eine Frau. Rotes, krauses Haar und klaffende Wunden am Kopf. Die Atemzüge waren flach und der Puls gefährlich niedrig. Laurenti wählte hastig die Nummer der Questura und gab Anweisung, einen Rettungswagen und zwei Beamte zu schicken. Dann durchsuchte er die Taschen der kurzen Lederjacke: ein Tampon, ein paar Münzen, kein Portemonnaie, dafür einer dieser kleinen digitalen Fotoapparate, den er in sein Taschentuch wickelte und einsteckte. Schließlich stieg er die Treppe hinab und öffnete die Tür zum Hof. Möwenscheiße, zwei rostige Fahrräder mit platten Reifen, ein paar alte Kartons. Sonst nichts. Vor allem kein zweiter Ausgang. Nichts als ein vergammelter Abstellplatz. Gerade als er der Blutspur auf der Treppe folgen wollte, trommelten die beiden uniformierten Kollegen, die vom Polizeipräsidium herübergelaufen waren, an die Haustür. Er öffnete und gab einem der beiden die Anweisung, auf die Sanitäter zu warten. »Sie kommen mit mir«, sagte er zu dem anderen und drückte den Aufzugknopf. »Folgen Sie der Blutspur die Treppe hinauf. Lassen Sie niemand an sich vorbei. Ich fange oben an.«

Leise schloß er die Aufzugtür und schaute sich um. Diese Gebäude aus der faschistischen Epoche hatten allesamt Flachdächer. Laurenti vergewisserte sich, daß es vom letzten Stock keinen Ausgang gab. Die Treppe oben war sauber. Langsam ging er hinunter. Von unten hörte er die Schritte des Uniformierten. Im dritten Geschoß begegneten sie sich. Er sah das Schild des Konsulats neben dem der zwei kreativen Firmen. Die Tür war angelehnt, Laurenti gab ihr einen sanften Stoß, ging in Deckung und wagte einen vorsichtigen Blick. Im vorderen Teil des Flurs waren Fußboden und Wände mit Blutspritzern übersät. Hier hatte eindeutig ein Kampf stattgefunden. Doch solche Spuren stammten weder von einer Messerstecherei noch von einem Schußwechsel, und die Wunden am Kopf der Rothaarigen auf keinen Fall von Hieben mit einem stumpfen Gegenstand.

Der erste Donnerschlag des aufziehenden Gewitters drang aus der Ferne herüber. »Ziehen Sie Ihre Pistole«, flüsterte er dem Uniformierten zu. »Wir gehen hinein.« Laurenti selbst trug keine Waffe. Vermutlich hätte er nicht einmal auf Anhieb sagen können, wo sie sich befand, so lange hatte er sie nicht mehr benutzt. Sie hörten die Sirene des Rettungswagens und das knarzende Parkett unter ihren Schritten. Im vordersten Raum stand eine kleine Flagge auf einem leeren Schreibtisch. Dieses Konsulat schien nicht viel Arbeit zu haben. Nicht einmal ein Telefon gab es hier.

Der Kampf hatte eindeutig im vorderen Teil des Flurs stattgefunden. Die Gläser von zwei Bilderrahmen mit billigen Drucken waren auf dem Boden zersprungen, die hinteren Räume ganz offensichtlich durchsucht worden, Schreibtische und Böden mit Papieren übersät, Schubladen und Schranktüren standen offen. War die Schwerverletzte in diesen Räumen bei einem Einbruch überrascht worden? Was hatte sie hier gesucht? Und wer hatte sie ertappt? Und diese beiden Firmen? Ihre Namen konnten alles bedeuten, vom Pornostudio bis zur Import-Export-Gesellschaft. Nach einem Diebstahl sah das nicht aus, die Computer standen an ihren Plätzen, ein Safe war nicht zu sehen, und das Geld in einer der offenstehenden Schubladen war, im Gegensatz zu den Akten, nicht einmal berührt worden.

Das Geheul der Sirene des Rettungswagens verlor sich in der Ferne. »Hoffentlich kommt sie durch«, dachte Laurenti.

»Rufen Sie die Spurensicherung«, sagte er schließlich zu seinem Begleiter, der seine Waffe wieder einsteckte. »Die haben hier einiges zu tun.« Mit spitzen Fingern blätterte er in einigen der Dokumente. Transportdeklarationen, Umweltgutachten, chemische Analysen, Ein- und Ausfuhrgenehmigungen. Nichts Besonderes für eine Hafen- und Grenzstadt, die eine Schlüsselrolle für den Osteuropahandel spielte und auf der anderen Seite der Grenze als »Tor zum Westen« bezeichnet wurde.

»Sorgen Sie dafür, daß die Räume versiegelt werden, und lassen Sie das Haus beobachten«, sagte er zu dem uniformierten Kollegen. »Vielleicht läßt sich eine der Überwachungskameras, die auf die Questura gerichtet sind, so einstellen, daß dieser Hauseingang mit im Bild ist. Wer unten klingelt, muß festgehalten und befragt werden. Ich will sofort über jeden unterrichtet werden, der hier reingeht. Das Resultat der Untersuchung der Fingerabdrücke soll mir umgehend mitgeteilt werden.«

Hier war etwas Schreckliches passiert. Er konnte sich nicht daran erinnern, wann sich zum letzenmal ein ganz normaler Mord in der Stadt ereignet hatte, den jeder nachvollziehen konnte, etwa durch eine liebende Gattin, die nach zu langen Ehejahren ihren Mann von der Monotonie erlöste und entsorgte.

»Um den Inhaber der Räume kümmere ich mich selbst und um die Überwachung der Telefone auch.« Er klopfte dem Beamten, der ihm mit mißmutigem Gesicht zuhörte, auf die Schulter. »Bleiben Sie hier, bis jemand vom Kommissariat kommt.«

Trotz hektischen Drückens auf den Knopf kam der Aufzug nicht. Er mußte zu Fuß hinunter, der Blutspur entlang, von der er den Blick nicht lösen konnte. Der Polizist am

Eingang lehnte gelangweilt an der Wand und kaute intensiv an den Nägeln. Als er Laurenti sah, nahm er lediglich die Finger aus dem Mund und warf einen Blick auf sein Werk, bevor er zum Kommissar aufschaute.

»Ist vorhin jemand mit dem Aufzug gefahren?« fragte Laurenti.

Der Beamte nickte.

»Wer? Haben Sie die Sprache verloren?«

»Kurz nach Ihnen. Eine Frau. Auffallend attraktiv und sehr gepflegt. Knallrote Lippen wie ein Vampir. Und ein feines Parfum. Sie brachte den Müll weg.«

»Name, Personalien?«

Der Mann zuckte gelangweilt mit den Schultern. »Sie ließ sich nicht aufhalten.«

»Was?« Laurenti starrte ihn mit aufgerissenen Augen an. »Was heißt das?«

»Sie ging einfach an mir vorbei und sagte, sie käme gleich zurück. Der Müllbeutel stank entsetzlich. Ich dachte, sie gehört zur Galerie. So jemand arbeitet nicht im Büro.«

»Junge, Junge«, stöhnte Laurenti. Entweder war der Mann ein blutiger und schüchterner Anfänger, oder er war nur deshalb in den Polizeidienst gegangen, weil er wußte, daß er über eine geregelte Freizeit verfügte, wenn er es nur geschickt genug anstellte. In einigen Jahrzehnten gab es dann eine gesicherte Beamtenpension für ihn, während die restliche Bevölkerung vor dem Erreichen des neunzigsten Lebensjahres wohl kaum mehr mit einer Altersversorgung rechnen konnte. In seiner Gleichgültigkeit würde ihn vermutlich nicht einmal eine heftige Standpauke, ein Eintrag in die Personalakte oder die Androhung erschwerten Schichtdienstes erschüttern. Dem konnte er sich im Zweifel mit einem ärztlichen Attest entziehen.

»Und warum funktioniert der Aufzug jetzt nicht?«

»Ich dachte, es sei besser, ihn zu blockieren, bevor ihn jemand benutzt, der sich dünnemachen will.«

»Und die Kollegen vom Erkennungsdienst mit ihrer Ausrüstung?«

Der Mann runzelte die Stirn und dachte einen Moment nach. »Ja«, sagte er dann und legte den Hebel der Notbremse wieder um. »Sie haben recht.«

»Was ist mit dieser Frau? Können Sie sie nicht genauer beschreiben?«

»Sie hätten sie nur sehen müssen, um zu begreifen, daß sie nichts damit zu tun haben kann. Wer jemand anderen so zurichtet, kann nicht so gepflegt aussehen. Das ist unmöglich.«

»Ich schicke Ablösung«, sagte Laurenti, faßte sich an den Kopf und ging grußlos hinaus. Der Himmel war inzwischen pechschwarz. Dem grollenden Donner nach zu schließen, näherte sich das Gewitter rasch. Laurenti roch Regenluft, der Maestrale, Wind aus Westen, trieb schwere Wolken vor sich her. Was ist das nur für ein Sommer, dachte Laurenti und ging die paar Schritte zur Questura hinüber. Kein Tag, an dem es nicht regnet, und dann plötzlich mehr Arbeit, als einem recht sein kann.

Er warf die Kamera, die er der Verletzten abgenommen hatte, auf den Schreibtisch und blätterte die Post durch. Langsam verschwand der Apparat unter dem anwachsenden Papierstapel.

*

Pina Cardareto kam eine Stunde später aus dem Konsulat zurück. »Zerial, der Gerichtsmediziner, steht vor einem Rätsel. Er kann sich die Spuren nicht erklären und sagt, so etwas habe er noch nie gesehen.«

»Wie weit ist der Erkennungsdienst?« fragte Laurenti. »Fingerabdrücke?«

»Bis sie durch den Computer gelaufen sind, wird es noch etwas dauern. Ebenso die Analyse der Blutspuren.«

»Marietta«, rief Laurenti durch die offene Tür, »hast du Nachricht aus dem Krankenhaus?«

Sie kam herein und würdigte Pina keines Blicks, stellte sich vor sie, als existierte sie nicht. »Die Frau liegt im Poliklinikum von Cattinara. Koma. Schwerste Kopfverletzungen. Niemand weiß, ob sie durchkommt. Die Ärzte haben alle Gewebeproben in die Gerichtsmedizin geschickt. Sie können sich die Ursache der Verwundungen nicht erklären.«

»Kennen wir ihre Identität?«

»Sie hatte keine Dokumente bei sich. Auch ihre Fingerabdrücke sind auf dem Weg zum Erkennungsdienst.«

»Geh doch bitte ein bißchen zur Seite, Marietta.« Laurenti fuchtelte mit der Hand. »Sei nicht so unhöflich gegenüber deiner Kollegin. Wir reden zu dritt. Hast du das Konsulat erreicht?«

Marietta schüttelte den Kopf. »Bisher hat lediglich der Staatsanwalt angerufen.«

»Und?«

»Er war drüben«, ergänzte Pina, »hat sich aber schnell wieder davongemacht.«

»Darf ich ausreden?« Am Vormittag hatte Laurenti nichts von Mariettas schlechter Laune bemerkt. Wie zur Begleitung grollte der Donner in der Ferne. »Er hat gesagt, daß dieses Konsulat exterritorialen Status genieße und wir sehr auf der Hut sein müßten, damit es nicht zu diplomatischen Verwicklungen kommt. Und das mit der Telefonüberwachung kannst du vergessen, es gibt keinen Festnetzanschluß und keine inländische Mobilnummer.«

»Ich will alle Angaben über die Beschäftigten dort. Von wem wird es geleitet?«

»Von einer gewissen Petra Piskera«, sagte Marietta.

»Wie?« Pina war wie vom Schlag getroffen. »Wie heißt die?«

»Hörst du schlecht?« zischte Marietta.

»Piskera?« fragte Pina ungläubig. »Wirklich Petra Piskera?«

»Sind denn selbst deine Ohren zu klein? Auch wenn du noch fünfmal fragst, wird sich daran kaum etwas ändern.«

Laurenti schritt ein. »Kennen Sie die Dame, Pina?« fragte er scharf.

Pina nickte. »Wenn es nicht noch jemand anderen mit diesem Namen gibt, schon.«

»Da sitzt die hier und sagt nichts.« Marietta mußte einen mächtigen Zorn auf die kleine Inspektorin haben.

»Schluß jetzt«, rief Laurenti. »Pina, wer ist das?«

»Sie wohnt im Appartement neben mir. Ich wußte nicht, daß sie Konsulin ist. Ich dachte, solche Leute residieren in repräsentativen Villen und nicht in solch einem Loch wie ich.«

»Und wie gut kennst du sie?« Marietta war nicht mehr zu halten. »Habt ihr eine lesbische Beziehung?«

»Marietta, raus!« Laurenti sprang auf und wies ihr die Tür. »Ihr spinnt wohl beide. Wir haben mit einer äußerst merkwürdigen Geschichte zu tun, und ihr spielt Zickenkrieg.«

»Ich kenne sie nur flüchtig«, rechtfertigte sich Pina ohne Not, als Marietta die Tür hinter sich zugeknallt hatte. Sie war auf sich selbst wütend. Warum hatte sie sich nicht besser über ihre Nachbarin informiert? Vom Hausflur. Zuletzt habe ich sie gestern abend gegen elf gesehen. Als ich aus dem Büro kam und sie aus der Oper. Nichts sonst. Ich kenne nur ihren Namen und hatte bis jetzt keine Ahnung von ihrem Beruf.«

»Und was haben Sie Marietta angetan?«

Pina schüttelte trotzig den Kopf. »Nichts. Gar nichts.«

Laurenti glaubte ihr kein Wort, doch hatte er nicht die geringste Lust, sich mit diesen Kindereien abzugeben. »Bringen Sie das in Ordnung«, sagte er zu Pina. »Und zwar rasch.«

Die kleine Inspektorin stand auf.

»Wir sind noch nicht fertig«, sagte Laurenti. »Was weiß diese Petra Piskera über Sie?«

»Über mich? Nichts. Ich hatte ihr lediglich gesagt, daß ich im öffentlichen Dienst tätig bin. Und einmal habe ich ihr ein paar Blätter des Comic gezeigt, an dem ich arbeite.«

»Den über die Questura in Triest?«

Die Kleine errötete schon wieder.

»Und was hat sie gesagt?«

»Sie meinte, es ginge zu wie auf dem Balkan.«

Marietta kam wieder herein, schloß diesmal aber die Tür mit Gefühl. »Wenn man vom Teufel spricht ...«, flüsterte sie. »Die Konsulin ist da und will dich umgehend sprechen. Sie ist ziemlich ungehalten.«

»Das ging aber rasch. Warum wendet sie sich nicht an den Präfekten oder den Questore, wie sonst immer, wenn diese Herrschaften Beistand suchen?« Er wandte sich an Pina. »Halten Sie sich bitte im Hintergrund. Ich möchte nicht, daß Sie der Dame in der Questura begegnen. Nehmen Sie die andere Tür.«

Laurenti setzte sein charmantestes Lächeln auf und verbeugte sich so tief vor der schwarzhaarigen Dame mit den kirschrot geschminkten Lippen und dem auffallend blassen Teint, als hätte er dies vor zweihundert Jahren am Wiener Hof gelernt.

»Frau Konsulin, was kann ich für Sie tun?« fragte er scheinheilig. »Ich bedauere sehr, daß Ihnen dies ausgerechnet in unserer Stadt passiert. Sie müssen einen denkbar schlechten Eindruck von uns haben.«

»So etwas passiert heute überall.« Die Dame war offenbar nicht sehr beeindruckt. »Wie weit sind Sie mit Ihren Ermittlungen?«

»Woher wissen Sie, daß ich sie leite?«

»Man hat mich an der Haustür abgefangen und an Sie

verwiesen. Sie wissen, daß ich nicht irgendeinem Honorarkonsulat vorstehe. Die Repräsentanz ist exterritoriales Gebiet.«

Laurenti nickte und bot der Dame einen Stuhl an. Dann schloß er das Fenster. Das Gewitter stand direkt über ihnen, grelle Blitze ließen immer wieder das Licht flackern. »Wir tun, was wir können, Frau Konsulin. Immerhin handelt es sich um einen Mordversuch. Spurensicherung und Gerichtsmedizin sind an der Arbeit. Bis die Auswertungen vorliegen, wird es etwas dauern.«

»Mordversuch hin oder her, Commissario. Akten wurden beschlagnahmt. Sie sind Eigentum meines Landes. Ich bestehe darauf, daß sie mir umgehend ausgehändigt werden.«

In der Tat hatte Pina angeordnet, daß die verstreuten Unterlagen vom Erkennungsdienst in Kisten verpackt und abtransportiert wurden, damit sie sie unauffällig begutachten konnte, ohne gleich diplomatische Verwicklungen auszulösen. So ließ sich die Sache zumindest etwas verzögern, bevor die Ministerien eingriffen.

»Wir haben eine schwerverletzte Frau im Treppenhaus gefunden, die sich unmöglich selbst so zugerichtet haben kann. Die Spuren führen alle in Ihr Konsulat, das teilweise so voller Blutspuren ist, daß die Reinigungsarbeiten Tage dauern werden, Signora. So können Sie die Räume kaum nutzen, egal, welche diplomatische Immunität Sie genießen. Wollen Sie nicht eine Aussage machen, um unsere Arbeit zu erleichtern?«

»Wer ist diese Person?« fragte die Konsulin. Ein Krachen ließ sie zusammenfahren. Es war, als hätte der Blitz in der Questura eingeschlagen. Auch Laurenti warf einen Blick aus dem Fenster. Dicke Regentropfen zeichneten graue Schlieren aufs Glas.

»Bis jetzt kennen wir weder ihre Identität noch den Ursprung ihrer Verletzungen. Sie liegt im Koma im Poliklinikum. Nichts zu machen. Noch liegt uns keine Auswertung der Fingerabdrücke vor.«

»An wen muß ich mich wegen der Akten wenden, wenn Sie nicht der richtige sind?« fragte die Dame barsch. »Das Konsulat kann so nicht arbeiten.« Sie klopfte mit der flachen Hand auf ihren Oberschenkel. Es fehlt eigentlich nur eine Reitpeitsche, dachte Laurenti, und sie wäre die perfekte Domina.

»Mir persönlich sind die Hände gebunden. Darüber entscheiden Staatsanwalt und Untersuchungsrichter. Haben Sie uns denn gar nichts zu sagen? Gestatten Sie mir eine Frage«, er warf einen Blick auf seine Armbanduhr, »wo waren Sie um vierzehn Uhr?«

»Nicht im Konsulat, sonst hätten Sie mich vermutlich angetroffen, nicht wahr?«

»Und wo waren Sie dann?« Laurenti ließ sich nicht so leicht abfertigen. Er schaute ihr direkt in die Augen, doch sie hielt seinem Blick stand.

»Bei einem Geschäftsessen. In Harry's Grill auf der Piazza Unità. Meine Gäste wohnen im Grandhotel.«

»Wo denn sonst«, sagte Laurenti. »Beste Lage, schöne Zimmer, Wellness und Pool, Topservice. Auch ich bringe meine Gäste dort unter.«

Petra Piskera konnte sich ein süffisantes Lächeln nicht verkneifen. Das nahm sie ihm nicht ab. »Wenn Sie mein Alibi brauchen, fragen Sie bitte im Restaurant.«

»Und wie heißen Ihre Gäste?« fragte Laurenti scheinbar naiv.

»Das werde ich Ihnen kaum sagen, Commissario. Staatsangelegenheiten.«

»Wie kann ich Sie erreichen?«

»Es sind zwei Schritte von hier zum Konsulat. Halten Sie mich auf dem laufenden.«

Ihr Lächeln gefiel Laurenti nicht, die ganze Erscheinung war ihm zuwider. Er begleitete die Dame bis zum Aufzug.

»Auf gute Nachbarschaft«, sagte er nur, als sich die Tür schloß. Dann eilte er in sein Büro zurück und ließ sich mit dem Staatsanwalt verbinden. Die Sache konnte eine Menge Staub aufwirbeln, und Laurenti verspürte nicht die geringste Lust, ins Sperrfeuer diplomatischer Verstrickungen zu geraten.

*

Es schüttete in Strömen und der Donner grollte ganz in der Nähe, als Damjan und Jožica Babič mit den Plastiksäcken voller Speisereste zu ihrem Auto liefen. Um fünfzehn Uhr waren sie mit der Konsulin im Parkhaus des Einkaufszentrums unten in der Stadt verabredet. Danach würde sich ihr Leben drastisch verändern.

Der direkteste Weg zu dem grünen Škoda führte zwischen den dichtgeparkten Fahrzeugen der Wissenschaftler hindurch. Nur einmal mußte Damjan einen Haken schlagen. Sport Utility Vehicle, SUV, hatte ein cleverer Marketingfachmann aus der Automobilindustrie diese überdimensionierten, wenig geländetauglichen Straßenfahrzeuge getauft, die mittlerweile zu einer rechten Plage geworden waren, für die kein Standardparkplatz ausreichte. Vierrädrige Psychopharmaka zur Aufwertung des Selbstbewußtseins, denen im Alltagsverkehr zu begegnen kein Vergnügen war. Fuhren sie vor einem, versperrten sie die Sicht, fuhren sie hinter oder neben einem her, dann war man in Gefahr. Damjan schimpfte, als er sich daran vorbeidrückte, sein Gesicht spiegelte sich in den dunkelgetönten Scheiben, er hörte nur das Spucken des großvolumigen Motors dieses Ungetüms. Völlig durchnäßt erreichte er endlich den Škoda und fummelte hastig mit dem Schlüssel am Kofferraumschloß, um das Schweinefutter hineinzubugsieren. Damjan putzte seine Brille, als er endlich hinter dem Steuer saß und wartete, daß Jožica einstieg.

»Ich hoffe, das Gewitter hat uns nicht die Ernte verhagelt«, sagte Jožica und wischte ihr Gesicht mit seinem Taschentuch trocken.

»Vor einer Stunde schien bei uns drüben noch die Sonne. Der Gipfel des Nanos sah wie künstlich beleuchtet aus, er glänzte golden. Ich glaube, das Gewitter entlädt sich hier und kommt nicht bis zu uns hinauf.« Damjan drehte den Zündschlüssel, schaltete die Scheibenwischer auf die schnellste Stufe und das Licht ein.

Langsam umfuhren sie den großen Bug der *Elettra*, der die Einfahrt zum Technologiepark markierte, das Wrackteil des Forschungsschiffs von Guglielmo Marconi, der 1901 die drahtlose Telegraphie zwischen Europa und Amerika eingeführt hatte.

Die Scheibenwischer des Škoda schwappten hektisch, seine Scheiben waren stark beschlagen. Als Damjan auf den Zubringer zur Stadtumgehung einbiegen wollte, konnte er eine Kollision nur knapp vermeiden. Der schwarze SUV hatte die Vorfahrt geschnitten und blieb halb in der Kreuzung stehen. Damjans wütendes Hupen und Geschimpfe mit drohend erhobener Faust schienen den Fahrer nicht zu kümmern. Zornig schlug Damjan aufs Lenkrad und manövrierte schließlich in einem knappen Bogen vorbei.

Fast senkrechte Wände aus grauem Fels erhoben sich um den Zubringer, dessen Trasse tief ins Karstgestein gefräst war. Bevor er die Kreuzung am Ende der Strecke erreicht hatte, sah Damjan die aufgeblendeten Schweinwerfer des schwarzen Monsters wieder im Rückspiegel. Es näherte sich rasant, obwohl die Stelle zum Überholen zu eng war. Er schimpfte, daß dieser Mistkerl ihm noch in den Kofferraum fahren würde. An der Auffahrt zur Stadtumgehung beschleunigte er und versuchte ausreichend Abstand zu gewinnen. Als er die Lichter nicht mehr im Rückspiegel sah, schaltete Damjan das Autoradio ein. Sie kamen am Parkplatz des Grillrestaurants am Monte Calvo vorbei, wo sie die Konsulin getroffen hatten, die sie gleich ausbezahlen sollte.

Die Straße leitete mit einer Linkskurve den steilen Abstieg vom vierhundert Meter hohen Hochplateau des Karsts ein. Bei schönem Wetter hatte man von hier oben einen fabelhaften Blick über die Stadt, den Hafen und den Golf, doch heute konnte Damjan kaum das Ende der Motorhaube erkennen. Jožica suchte in ihrer Handtasche nach einem frischen Taschentuch, als der Wagen von einem harten Schlag getroffen wurde. Sie stieß mit dem Kopf gegen das Armaturenbrett. »Paß doch auf«, schimpfte sie. Damjan bremste erschrocken, im Rückspiegel blendete ihn bläuliches Licht. Er steuerte zum Straßenrand und wollte anhalten. Dem Drecksack würde er eine Lektion erteilen, die er so schnell nicht vergessen sollte. Er betätigte den Schalter der Warnblinkanlage, als ein zweiter Stoß den Wagen erschütterte und ins Schlingern brachte. Instinktiv drückte Damjan das Gaspedal wieder durch, er mußte Abstand gewinnen. Der Kerl in dem Wagen hinter ihnen mußte wahnsinnig sein. Jožica saß mit aufgerissenem Mund auf dem Beifahrersitz und versuchte mit einem Blick durch das Heckfenster zu begreifen, was mit ihnen geschah. Oft hörte man von schweren Unfällen auf dieser abschüssigen Strecke, wenn ein Lastwagen nicht im kleinen Gang hinabfuhr und die Bremsen überhitzten. Doch hinter ihnen war nur dieses Angeberfahrzeug, gegen dessen Schub alle Bremsversuche nichts ausrichteten. Das Blech des Škoda krachte, die Heckscheibe durchzog ein langer Riß. Sie schleuderten gegen die Leitplanke, Damjan riß das Steuer herum und wollte auf die Gegenfahrbahn ziehen, doch ihr Verfolger schob sie auf dem nassen Asphalt einfach geradeaus weiter. Damjan steuerte gegen und gab wieder Gas. Das Heck des Škoda brach aus, der Wagen drehte sich um die eigene Achse. Und dann blickten sie plötzlich direkt in die Scheinwerfer des Monsters, auf die Kühlerhaube mit den dicken, verchromten Zierleisten. Jožica kreischte grell, und Damjan brüllte wie ein Gorilla. Die Windschutzscheibe zersplitterte mit einem dumpfen Knall, das gleißende Licht der Xenonlampen blendete sie. Jožica griff voller Schrekken nach Damjans Hand. Der Schlag mit dem Heck gegen die Leitplanke war so heftig, daß sich der Airbag vor Damjan öffnete und ihm Sicht und Atem raubte.

Jožicas Schrei war lang und hell. Sie verstummte erst, als der Wagen nach dreißig Metern Fall wieder aufschlug. Blut rann die Fahrertür hinunter, wurde vom Regen verdünnt und tropfte hellrot in die Tiefe. Damjan war tot. Ein Splitter der Seitenscheibe hatte ihm die Aorta durchtrennt, sein Kopf hing zum Fenster heraus. Jožicas Kehle entfuhr ein bluterssticktes Seufzen.

Die Rettungskräfte in Triest sind in der Regel schnell zur Stelle, trotz der weiten Distanzen und des dichten Stadtverkehrs. Kühne Fahrer mit Nerven aus Stahl, die selbst in der dichtesten Rush-hour jede Lücke auszunutzen wissen. Doch die Stelle, wo der Škoda im Fels hing, war nur schwer zu erreichen. Seile und Gurte mußten herbeigeschafft werden und kletterkundige Kollegen. Der angeforderte Hubschrauber, der trotz des schlechten Wetters aufgestiegen war, wurde wegbeordert, bevor er zum Anflug ansetzen konnte. Der Druck der Rotorenblätter hätte den Wagen endgültig in den Abgrund geschickt. Er mußte fixiert werden, bevor an Hilfe für die Insassen zu denken war. Aus der Kofferraumklappe fielen dicke Klumpen von Speiseresten in die Tiefe des Steinbruchs, und niemand wußte, woher auf einmal die Möwen kamen, die sie noch im Fall zu schnappen wußten und sich mit eifersüchtigem Gekrächze die Bissen streitig machten. Die Nachrichten meldeten einen langen Rückstau vor dem Autobahnende mit Behinderungen bis hinunter ins Stadtgebiet.

*

Alba Guerra hatte es trotz der bleiernen Müdigkeit eilig. Den Kaffee nahm sie in einer Bar in der Via delle Torri, ein paar Schritte von ihrer Wohnung entfernt. Sie hatte bereits die Münzen auf den Tresen gelegt, bevor die Tasse vor ihr stand, rasch das Getränk hinuntergestürzt, das sie ohne Zucker trank, und war nach kaum fünf Minuten wieder auf der Straße. Sie warf das Motorrad an und stellte es nach einer kurzen Fahrt um halb acht im Halteverbot an der Ecke Via San Spiridione und Mazzini wieder ab. Sie würde hier keinen Strafzettel bekommen, den Vigile, der in dieser Woche in diesem Abschnitt Dienst schob, kannte sie gut, er nahm wie sie an den Treffen ihres politischen Zirkels teil. Dort trafen sich die wenigen Personen, denen sie auf dieser Welt vertraute.

Kurz nachdem sie ihren Posten in der Via Mazzini bezogen hatte, sah sie eine kleine verschwitzte Radfahrerin, die ihr Rennrad durch die hohe Tür schob. Eine halbe Stunde später verließ die Frau das Haus wieder und ging mit einer Tüte in der Hand zu den Müllcontainern und anschließend zum Zeitungskiosk.

Die Konsulin kam nur ein paar Minuten später aus dem Haus. Sie überquerte den Corso Italia bei Rot und kaufte sich am Largo Riborgo einige Zeitungen. Alba fiel auf, daß neben den italienischen Blättern auch die in Pula erscheinende ›Glas Istre‹, die ›Večernji List‹ aus Zagreb und eine deutsche Zeitung dabei waren. Mit diesem Packen unter dem Arm ging die Schwarzhaarige schließlich am Teatro Romano und der Questura vorbei zum Konsulat. Alba kaufte den ›Piccolo‹, suchte sich vor der Bar »Rex« einen Tisch außerhalb des Schwenkbereichs der Überwachungskameras am Polizeipräsidium und bestellte einen Espresso. Von hier hatte sie den Hauseingang perfekt im Blick, und auf den richtigen Augenblick warten zu können war eine fundamentale Tugend für eine Journalistin wie sie. Bei der Lektüre des ›Piccolo‹ stutzte Alba Guerra, als sie auf ein

Foto stieß, das einen jähzornigen alten Mann auf der Piazza della Borsa zusammen mit einer Frau zeigte, die ihm kaum zur Brust reichte. Die Radfahrerin! Eine Polizistin also. Was zum Teufel hatte die Konsulin mit einer Polizistin zu tun? Ein abgekartetes Spiel der Behörden? Oder war die Zwergin korrupt? Alba Guerra rieb sich die Hände. Ihre Geschichte wurde immer besser. Sie wählte die Nummer des Kameraden in der Questura und bat ihn, ihr Informationen über diese Inspektorin zu beschaffen und herauszufinden, ob die Behörden etwas planten, das mit dem Wissenschaftszentrum auf dem Karst oder den anderen Forschungseinrichtungen unten bei Miramare zu tun hatte. Der Mann zögerte einen Augenblick, er würde sie später zurückrufen, in der Mittagspause, von außerhalb des Büros.

Drei Stunden mußte Alba Guerra warten, bis die Konsulin das Haus wieder verließ. Kurz vor ihr waren drei schwatzende junge Frauen herausgekommen und hatten sich ausgerechnet an den Tisch neben Alba gesetzt. Sie stöhnten über zuviel Arbeit und ungerechte Bezahlung, üblicher Angestelltenkram.

Trotz des vielen Kaffees, den sie mittlerweile getrunken hatte, wäre ihr Petra Piskera fast entwischt. Alba sprang auf, legte einen Geldschein auf den Tisch und folgte ihr. Die Schwarzhaarige ging quer über die Piazza Unità auf das prachtvolle Grandhotel zu und verschwand dort im Restaurant. Alba sah durch die Fenster, wie sie zwei Herren in Anzug und Krawatte begrüßte und schließlich an deren Tisch Platz nahm. Endlich, Alba hatte nur auf diesen Moment gewartet. Sie mußte sich zwingen, auf dem Weg zurück nicht zu rennen. Sie durfte nicht auffallen.

Das Türschloß zum Konsulat zu knacken war kein Kinderspiel, doch schließlich hatte sie es geschafft. Alba wunderte sich über die Sterilität der Büroräume. Wenige billige Drucke an der Wand, die man in jedem Kaufhaus für ein paar läppische Euro kaufen konnte, vier Schreibtische mit Computern, Papiere in Schubladen und wenigen Hängeschränken, weit und breit kein Telefon. Nichts Persönliches. Ein Nicht-Ort, Räume, die man von einer Sekunde auf die andere vergaß, sobald man sie verlassen hatte. Alba schoß einige Fotos und machte sich dann über die Akten her. Hektisch durchwühlte sie die Ordner und Hängeregistraturen. Nichts deutete auf Nuklearschmuggel hin, nichts auf Technologie-Diebstahl. Nur Transportbescheinigungen, umwelttechnische Unbedenklichkeitsbescheinigungen für Erdaushub und Kompost, Frachtgenehmigungen verschiedener Länder und Speditionspapiere. Dicke Stapel, die für die nächsten Wochen ausgestellt waren. Eine stadtübliche Import-Exportfirma, der ausnahmsweise ein Konsulat angegliedert war.

Im Chefzimmer stand eine Einkaufstüte, aus der die Schwanzflosse und der halbe Leib eines getrockneten, meterlangen Stockfischs herausragten, außerdem Gemüse und eine Flasche Wein, Einkäufe aus dem Supermarkt.

Alba fuhr die Computer hoch, so leicht gab sie sich nicht geschlagen. Irgendwo würde sie schon fündig werden. Sie öffnete eine Datei nach der anderen und überflog den Inhalt. Einförmige Informationen, monotone Dokumente ohne Aussagekraft. Ihre Augen flimmerten, sie hatte jedes Zeitgefühl verloren und hörte nicht einmal die Schritte auf dem knarzenden Parkett, die sich ihr behutsam näherten.

Ihr Herz stockte, als sie plötzlich eine Hand an der Schulter packte und sie vom Stuhl riß. Vor ihr stand die Frau, der sie seit Tagen auf den Fersen war, und sie sah nicht danach aus, als wäre sie zu Scherzen aufgelegt. Ein harter Hieb mit dem Handrücken ließ Alba taumeln, zwei weitere folgten. Sie prallte gegen einen Bilderrahmen an der Wand, der krachend zu Boden fiel, so daß sein Glas in tausend Scherben splitterte.

Die Dame drehte ihr, schneller als sie denken konnte,

den Arm auf den Rücken und drückte mit der anderen Hand ihr Kinn nach oben. »Wer sind Sie, und was haben Sie hier zu suchen?« brüllte die Konsulin.

Der Schmerz in ihrem Schultergelenk war höllisch, sie konnte kaum atmen. »So kann ich nicht reden«, krächzte Alba. »Lassen Sie mich los, und ich erkläre alles. Kein Grund zur Aufregung.«

Statt einer Antwort erhielt sie einen Tritt und knallte wieder gegen die Wand. Sie bekam einen Bilderrahmen zu fassen und riß ihn vom Haken. Glas, schmale harte Kanten. Die Konsulin wich ihr behend aus, doch Alba drängte sie mit ihren Schlägen immer weiter zurück. Im Chefzimmer jedoch fand die Schwarzhaarige schließlich eine Waffe, mit der sie das Blatt endgültig wenden konnte.

Der erste Hieb traf Alba mitten ins Gesicht. Sie hörte das Knacken ihres Nasenbeins und sah ihr eigenes Blut gegen die Wand spritzen. Sie versuchte, sich mit dem Bilderrahmen zu schützen, doch entglitt er ihrem Griff und zersplitterte an der Wand. Die Schläge hagelten auf sie herab wie ein Trommelwirbel und selbst der Versuch, ihr Gesicht mit den Händen zu schützen, gelang nicht. Überall Blut, stechende Schmerzen und stockiger Fischgeruch. Sie tastete sich rückwärts taumelnd an der Wand entlang. An der Eingangstür gelang es ihr, den Hieben zu entkommen, doch dann verließ sie die Kraft. Alba sackte zusammen, fiel über die Treppenstufen und blieb erst ein halbes Geschoß tiefer liegen. Auf allen vieren zog sie sich am Geländer entlang und rutschte trotz der höllischen Schmerzen auf den Knien weiter. Hinunter, sie mußte hinunter. Raus aus diesem Haus. Wieder fiel sie eine halbe Treppe hinab, und wieder zog sie sich hoch und torkelte weiter. Dann verlor Alba Guerra das Bewußtsein.

*

Laurenti stockte der Atem. Die Augen schienen ihm aus dem Kopf zu treten, seine Gesichtsfarbe wechselte zu aschfahl, und das Dokument, das er in seiner Hand hielt, bebte wie Espenlaub. Marietta hatte ihm das Ergebnis der Untersuchung der Fingerabdrücke mit einer schnippischen Bemerkung vorgelegt.

»Ein Scheißberuf. Alles kehrt zurück, wie der Müll. Staub seid ihr gewesen, und zu Staub werdet ihr zerfallen. Ich muß dir leider den Tag vermasseln.«

»Nicht zu fassen.« Mit beiden Händen zerraufte er sich das Haar. »Man begegnet sich im Leben wirklich immer zweimal.«

Marietta setzte sich auf den Besucherstuhl. »Wie lange ist das her? Sechs oder sieben Jahre?«

»Fünf! Mir kommt's vor, als wäre es gestern gewesen. Was macht Tatjana Drakič in Triest, und warum hat sie niemand erkannt?« Laurenti starrte wieder auf das Blatt.

»Ihre Fingerabdrücke sind überall«, Marietta lachte. »Eine treue Kundin.«

»Aber sie wurde des Landes verwiesen. Für immer. Wie zum Teufel ist sie in die Stadt gekommen?«

»Die Strafe hat sie abgesessen, und es liegt nichts Neues gegen sie vor. Auf illegale Einreise steht keine hohe Strafe. Es gibt viele Wege über die Grenze«, sagte Marietta. »Schließlich wird nicht jeder Wagen kontrolliert, und notfalls sind da noch die kleinen Übergänge oder Feldwege. Und übers Meer ist es noch einfacher.«

»Ich hätte nicht den Mut, mich noch mal hier blicken zu lassen.« Laurenti kratzte sich am Kopf. »Und ich bin auch nicht im geringsten scharf darauf, die Dame wiederzusehen. Aber vielleicht hat es auch etwas Gutes. Immerhin könnte sie uns auf die Spur ihres Bruders führen.«

»Wer sagt, daß der Name in ihrem Paß noch der gleiche ist?«

»Solch ein Gesicht vergißt man nicht«, sagte Laurenti.

»Ich würde sie auf einen Kilometer Entfernung wiedererkennen. Mich interessiert viel mehr, was sie mit dieser Konsulin zu tun hat. Weiß der Teufel, was dort läuft. Solange die Drakič im Spiel ist, rechne ich mit dem Schlimmsten.« Laurenti griff zum Telefon und wählte die Nummer des Staatsanwalts. »Ich muß Sie dringend sprechen. Wir haben alte Kundschaft im Land.«

Marietta sah, wie sich Laurentis Miene verfinsterte. »Ah, Sie wissen es bereits? Danke, daß Sie mich informiert haben.«

Laurenti schien immer wütender zu werden und hatte Mühe, sich zur Ruhe zu zwingen. Sein Fuß wippte nervös unterm Tisch.

»Nein, keine Sorge, Herr Staatsanwalt«, beschwichtigte er mit bebender Stimme. »Wir werden alle internationalen Gesetze und Vereinbarungen einhalten und die Konsulin mit Respekt behandeln. Selbstverständlich, Herr Staatsanwalt. Selbstverständlich.« Er legte auf.

Der Mann hatte heute angeblich keinen Termin mehr frei. Er nahm die Sache offensichtlich nicht so ernst wie Laurenti, dabei hatte er einst auf Platz eins der Abschußliste von Viktor Drakičs Boß gestanden. Doch seit Petrovac aus dem Verkehr gezogen worden war, bestand keine Lebensgefahr mehr. Daß es ihn aber so gleichgültig ließ, Tatjana Drakič erneut in der Stadt zu wissen, überraschte Laurenti wirklich. »Normalerweise scheißt mich entweder der Questore oder der Präfekt zusammen. Warum zum Teufel mahnt mich jetzt der Staatsanwalt zu einer Behutsamkeit, die normalerweise nicht einmal die seine ist? Und dann gibt er auch noch vor, erst morgen Zeit zu haben.« Wieder griff er zum Hörer und tippte die Vorwahl Kroatiens ein und dann die Nummer von Živa. Beim ersten Klingeln legte er auf. Solange Marietta im Raum war, wollte er nicht mit seiner ehemaligen Geliebten telefonieren. »Besorg mir die Akte Tatjana Drakič, Marietta. Und auch die von ihrem

Bruder. Sofort. Es ist besser, wir haben das Zeug griffbereit. Los, sei ein Schatz.«

Marietta seufzte und stand auf. Sie haßte die muffige Luft und das künstliche Licht im Archiv. »Du weißt ja, für einen anderen würde ich das nie tun.«

Sie lehnte die Tür nur an und sah, wie Laurenti den Hörer abnahm und die Wiederholungstaste betätigte. Und sie hörte, wie er die kroatische Staatsanwältin aus Pula mit bebender Stimme begrüßte.

Marietta verdrehte die Augen und drückte die Tür ins Schloß. Der arme Mann hatte offensichtlich Streß mit seiner Geliebten. Und sie hatte davon bisher noch nichts gewußt, obwohl sie doch jeden seiner Schritte kannte – und kontrollierte. Was sie gehört hatte, genügte. Rasch machte sie sich auf den Weg ins Reich der Spinnweben, um die beiden Akten herauszukramen.

Laurenti schilderte sachlich und knapp, was vorgefallen war. Die kroatische Staatsanwältin versprach kühl, sich darüber zu informieren, was Tatjana Drakič in den vergangenen Jahren seit ihrer Freilassung getan und wo sie sich aufgehalten hatte. Von Viktor Drakič allerdings wußte sie, daß er sich inzwischen als honoriger Geschäftsmann mit mehreren Unternehmen, darunter ein Tankstellenverbund, etabliert hatte und in höchsten Kreisen verkehrte. Laurenti staunte.

»Das hättest du mir schon früher sagen können«, schimpfte er dann doch.

»Weshalb? Einem Auslieferungsbegehren kann sein Land nicht stattgeben, und hier liegt nichts gegen ihn vor«, antwortete Živa Ravno trocken. »Willst du ihn etwa entführen?« Dann versprach sie, ihn zurückzurufen, sobald sie neue Erkenntnisse hätte.

»Wenn es im Sommer regnet, ist es da unten unerträglich«, sagte Marietta, als sie ihm die beiden Akten aus dem Archiv auf den Tisch legte, und wischte sich den Schweiß von der Stirn.

»Ich mache einen Staatsbesuch«, sagte Laurenti und stand auf. »Mal sehen, was die schwarze Dame über Tatjana Drakič weiß.«

*

Nachdem Petra Piskera die verbliebenen Unterlagen geordnet und teilweise im Safe gesichert sowie das Konsulat einmal durchgefegt hatte, frischte sie rasch ihr Make-up auf. Sie hatte es eilig, die Vernissage lief bereits, und sie wußte, daß die Nachfrage nach den Bildern groß sein würde. Nicht nur, weil sie eine gute Geldanlage waren, denn die Preise für die Werke von Serse hingen, trotz der wachsenden Berühmtheit des Künstlers, noch nicht in den Sternen. Geld zum Ausgeben hatte sie genug.

Natürlich war ihr nicht erspart geblieben, vorher Viktor über das Desaster zu informieren, das die Einbrecherin angerichtet hatte. Schlimmer hätte es kaum sein können. Gegenüber dem Polizeipräsidium. Kaum ein Ort in der Stadt schien sicherer zu sein. Der Nachteil dieser Lage war, daß die Ordnungshüter schnell gewesen waren, zu schnell für sie. Und Petra kannte weder ihren Namen, noch wußte sie sonst etwas von der Frau.

Als sie die Rothaarige nach der Rückkehr von ihrem Mittagessen mit den Geschäftspartnern aus der Emilia-Romagna beim Schnüffeln erwischt hatte, war ihr keine Zeit geblieben, selbst die Behörden zu verständigen. Ihre Hände stanken widerlich nach Stockfisch, die Blutspritzer der Einbrecherin hatte sie sogar im Gesicht. Dennoch hatte sie sich eilig darangemacht, die schlimmsten Spuren zu beseitigen. Als sie mit einem Müllsack ins Treppenhaus trat, hörte sie eine energische Stimme telefonisch Anweisungen an die Behörden geben. Schnell änderte sie ihre Strategie. Nachdem sie sich flüchtig gewaschen und nachgeschminkt hatte, wartete sie auf den Aufzug. Ein Stockwerk höher vernahm sie

Schritte und weiter unten Stimmen, der Fahrstuhl aber war frei. Niemand sah sie, als sie ihn bestieg. Sie wollte später zurückkommen und die Ahnungslose spielen. Am Hauseingang verstellte ihr ein Uniformierter den Weg, ließ jedoch eigenartigerweise von ihr ab, als sie sagte, sie bringe nur rasch den Müll weg. Er warf nicht einmal einen Blick auf den Plastiksack, in dem die Reste des Stockfischs und ihre schmutzigen Kleider steckten. Neben dem Treppenabsatz zeichnete sich der Schatten einer zusammengekrümmten, röchelnden Gestalt ab. Petra Piskera vermied es, genauer hinzusehen und ging eilig hinaus, ehe der Polizist es sich anders überlegte. Warum nur hatte sie die Rothaarige nicht erledigt? Warum hatte sie ihr nicht oben im Treppenhaus den Hals umgedreht, sondern riskiert, daß sie von den Bullen gefunden wurde? Jetzt war es zu spät, hier konnte sie ihr Werk nicht vollenden. Sollte diese Schnüfflerin überleben, dann würde die Konsulin jemanden im Krankenhaus brauchen, der nachhalf, daß sie nicht aussagen konnte.

In der Via Mazzini warf Petra Piskera den Müllsack in einen der Container gegenüber dem Versicherungspalast und eilte nach Hause. Sie duschte und versuchte sich eine Strategie zurechtzulegen, bevor sie ins Konsulat zurückging. Sie staunte, als sie von den Polizisten am Hauseingang kontrolliert wurde, ihren Diplomatenpaß vorzeigte und erfuhr, daß die Ermittlungen ausgerechnet in den Händen Laurentis lagen. Was blieb ihr anderes übrig, als ihn umgehend aufzusuchen und Druck wegen der beschlagnahmten Unterlagen zu machen. Selbst wenn er kaum etwas finden würde, was ihn auf die Spur ihrer Geschäfte brachte, es ging ums Prinzip. Aber wer war diese Rothaarige, die ins Konsulat eingebrochen war? Laurenti hatte gesagt, daß man über ihre Identität rätsele, ihre Fingerabdrücke gäben keinen Aufschluß und noch hätten sich keine Angehörigen gemeldet. Ginge es nach der Konsulin, dann würde diese Frau nie mehr aus dem Koma erwachen.

Auf keinen Fall aber hatte Petra Piskera damit gerechnet, daß Laurenti am Spätnachmittag schon wieder bei ihr auftauchte. Noch während sie mit Eimer und Lappen den Boden wischte, stand er plötzlich in der Tür. Sie vermied es, auf seinen erstaunten Blick zu reagieren, als er sie mit dem Schrubber hantieren sah. Der Mann lehnte für ihren Geschmack etwas zu lässig im Türrahmen und machte keine Anstalten wegzusehen. Wenig glaubhaft gab er vor, sich nur erkundigen zu wollen, ob sie keine weiteren Unannehmlichkeiten gehabt habe, und platzte dann doch mit einer Frage nach der anderen heraus. Er erkundigte sich nach den beiden Firmen, deren Schilder er gesehen habe, wieviel Personal hier beschäftigt sei und welche Geschäfte betrieben würden. Petra Piskera antwortete einsilbig und wischte weiter den Boden auf. Sie stockte unmerklich, als Laurenti sie schließlich nach Tatjana Drakič fragte und mit ihrer Antwort nicht zufrieden war. Plötzlich drohte er, ihr seine Kollegen von der Finanzpolizei auf den Hals zu hetzen, damit sie sich die beiden Firmen genauer ansähen, wenn sie nicht endlich etwas redseliger würde. Es war Zeit zu handeln.

Ihr Bruder antwortete erst nach langem Klingeln. Sie schilderte ihm die Zusammenhänge knapp. Viktor schwieg so lange, bis sie fragte, ob er noch in der Leitung war.

»Ich wünschte, du würdest das Land sofort verlassen«, sagte er schließlich.

»Aber es liegt nichts gegen mich vor. Und er hat mich nicht erkannt. Meine Papiere sind in Ordnung, ich bin die offizielle Vertreterin eines souveränen Landes. Er kann nichts machen. Wenn ich jetzt verschwinde, war die ganze Mühe umsonst.«

»Sei auf der Hut, Tatjana. Du kennst ihn gut genug. Der läßt nicht so schnell locker.«

»Wie einen tollwütigen Pitbull sollte man ihn abknallen.«

»Du mußt dir etwas einfallen lassen. Erpreß ihn! Bedroh ihn! Spiel die Furie. Er soll des Falles enthoben werden. Beschuldige ihn. Oder du kidnappst seine Frau.«

»Er wird diesen Fall nicht überleben, Viktor. Das schwöre ich dir.«

»Zvonko und Milan stehen zu deiner Verfügung. Gib acht, daß du deinen Status nicht gefährdest. Du bist die Chefin.«

Nachdem sie aufgelegt hatte, machte die Konsulin sich trotz der Scherereien und ihres Mißbehagens auf den Weg zur Vernissage. Zum zweitenmal an einem Tag kam sie am Grandhotel Duchi d'Aosta vorbei und sah gleich darauf die Menschenmenge vor den Räumen der Galerie in der Via Diaz. Sie freute sich, endlich unter Leute zu kommen, die nichts von ihr wußten. Wie lange schon hatte sie nur mit Geschäftspartnern zu tun und kein privates Wort mehr gewechselt? Sie hatte es sich leichter vorgestellt. Die Operationen, die Zeit der Heilung, der Wechsel der Identität, die Rückkehr nach Triest und der Beginn neuer Geschäfte hatten sich hingezogen. Ihre Kontakte waren oberflächlich geblieben. Ihr Bruder hatte es leichter. Er saß auf seiner Insel, wechselte die blonden Schönheiten nach Bedarf, diskutierte nicht lange, sondern löste seine Probleme stets entschieden und, wenn es sein mußte, mit Gewalt. Und sie holte für ihn die Kastanien aus dem Feuer, wenn er, wie so oft, verhindert war. Sie mußte eine Lösung finden, um ihre Situation zu verbessern, nachdem die Geschäfte abgeschlossen waren. Viktor mußte jemanden finden, der sie in ein paar Wochen ersetzen könnte. Sobald Zeit blieb, würde sie es ihm klarmachen. Heute abend wenigstens wollte sie sich vergnügen, Vernissagen boten stets ausreichend Raum für Small talk und Ablenkung.

Als sie die Galerie erreichte, fuhr ihr ein gewaltiger Schreck in die Glieder. Soeben trat Laurenti auf die Straße, von einem hageren alten Mann mit einem schwarzen Hund begleitet. Sie verschwanden in der Bar gegenüber. Was zum Teufel hatte ein Polizist mit Kultur am Hut? Petra Piskera entschied, in den nächsten Tagen wiederzukommen, die Bilder würden schon nicht alle am Eröffnungsabend verkauft werden.

Immer die Falschen

Es war nicht direkt ein Schlag ins Wasser. Sie hatten einhundertfünfzig Personen durchsucht, ihre Papiere kontrolliert und zehn festgenommen, die keine gültigen Aufenthaltsgenehmigungen vorweisen konnten. Kurz nach sieben waren die Piazza Garibaldi sowie die zu ihr führenden Straßen durch vierzehn Einsatzwagen und fünfzig Polizisten abgeriegelt worden. Der Leiter des mobilen Einsatzkommandos hatte die Beamten zuvor auf Deeskalation eingeschworen, sie sollten sich bestimmt und trotzdem höflich verhalten und auf keine Provokation reagieren, sie sollten klare Anweisungen in einfacher Sprache erteilen, sich selbst aber in ausreichender Entfernung zu den Männern halten, solange in der anschließenden mehrstündigen Prozedur einer nach dem anderen überprüft wurde. Auf keinen Fall durfte es zu Auseinandersetzungen kommen. Neben den Serben befanden sich auch Kosovaren, Bosnier und Rumänen unter den Eingekesselten, allerdings keine einzige Frau. Die Inhaber der Läden um die Piazza standen neugierig vor den heruntergelassenen Rolläden ihrer Geschäfte und beobachteten die Szene. Heute würde man später öffnen. Hier kam jetzt sowieso kein Kunde durch, und bis sich nicht alles beruhigt hatte, war mit Umsatz nicht zu rechnen. Nur die immer geschäftigen Chinesen, die den Palazzo vor der Bushaltestelle eingenommen hatten, in dessen Erdgeschoß sich auch die erste chinesische Pizzeria der Stadt befand, gingen unbeeindruckt ihren Tätigkeiten nach. Sie hatten dieses Durchgreifen der Polizei schon vor Jahren kennengelernt und wußten damit souverän umzugehen.

Es war die erste großangelegte Aktion in der serbischen Gemeinde, und sie war bis ins Detail geplant. Keinem der

Männer, die auf der Piazza isoliert wurden, gelang es, sich aus dem Staub zu machen. Alles verlief, bis auf das bei solchen Kontrollen übliche Gemaule, ruhig. Nur einmal knisterte es, als der Fotograf des ›Piccolo‹ und ein Kameramann der RAI auf der Suche nach ihren Meisterschüssen wüst beschimpft wurden. Ein kleiner Pulk erzürnter Männer ging sogar auf die beiden los, konnte jedoch schnell aufgelöst werden. Die Beamten kontrollierten die Dokumente, fragten über Funk die Daten ab, die der Kollege in der Zentrale registrierte, und gaben einhundertvierzig Personen ihre Ausweise mit ausdruckslosem Gesicht zurück. Wenige der Männer konnten längerfristig gültige Aufenthaltsgenehmigungen vorlegen, viele hatten lediglich Touristenvisa, die ihre Pässe füllten. Deutsche Stempel, österreichische, slowenische, italienische.

Nur zehn Zweifelsfälle wurden entdeckt, die Betroffenen einer nach dem anderen in die Questura gebracht und dort weiterbehandelt. Am Ende waren es lediglich fünf Aktendeckel, die vom Staatsanwalt an den Untersuchungsrichter gegeben wurden, der im Schnellverfahren die sofortige Abschiebung anordnete. Doch zum erstenmal verfügten die Behörden nun über eine Dokumentation der inoffiziellen serbischen Gemeinde: Alle kontrollierten Namen waren erfaßt. Eine Datei, die sich ausbauen ließ.

Laurenti hatte sich im Hintergrund gehalten, die Zeitung durchgeblättert und das Geschehen eher gelangweilt verfolgt. Die Schlagzeile auf der Titelseite des ›Piccolo‹ war dem schrecklichen Unfall auf der Bundesstraße in der Nähe des Wissenschaftsparks gewidmet, und im Innenteil dominierten Fotografien des zerstörten Škoda eine ganze Seite. Ein demoliertes Auto, das mit geöffneter Heckklappe bedrohlich über einem Abgrund hing, Rettungskräfte, die sich wie Bergsteiger von der Straße herab abseilten, schließlich die Bergung mit einem riesigen Kranwagen. Wenn endlich der Autobahntunnel fertiggestellt sei, dann wäre auch diese unfallträchtige Trasse entschärft, lautete der Schlußsatz. Dem Artikel war sonst nur zu entnehmen, daß die Unfallursache unbekannt war und man Zeugen suchte, die über den Hergang berichten konnten. Und er nannte die Identität der beiden Fahrzeuginsassen: ein Ehepaar von der slowenischen Seite des Karsts, das seit vielen Jahren im »AREA SciencePark« bei Padriciano angestellt war und über einen tadellosen Leumund verfügte. Der Fahrer war tot, seine Frau schwerverletzt nach Cattinara eingeliefert worden. Ihr Leben hing an einem seidenen Faden, und noch konnten die Ärzte nicht sagen, ob sie durchkommen würde. Laurenti überflog die Zeitung nur, er wollte den Überblick über den Platz nicht verlieren. Doch die beiden Gorillas mit dem frischen Atem ließen sich nicht blicken. Entweder war es Zufall, oder sie verfügten über gute Kontakte zur Questura und waren gewarnt worden. Und auch der Geldeintreiber, der gestern hier abkassiert hatte, tauchte nicht auf.

»Wir müssen uns etwas einfallen lassen«, dachte Laurenti auf der Rückfahrt ins Polizeipräsidium. Die Piazza Garibaldi mit Überwachungskameras vollzuhängen hätte lediglich zur Folge, daß sich die Szene verlagern würde. Manche Geschäfte würden einfach nicht mehr auf offener Straße ausgehandelt. Sie mußten anders vorgehen. Schutzgeldeintreiber durfte es in Triest nicht geben. Bisher war die Stadt davon verschont geblieben, und dieses Privileg sollte auch nicht von ein paar Schlauköpfen der serbischen Gemeinde zerstört werden. Wenn die Ränder ausfransen, dann ist bald auch das Zentrum betroffen.

*

Die schöne Konsulin hatte, als Laurenti ihre Geschäftsräume betrat, einen Schrubber in der Hand. Doch auch bei dieser niedrigen Tätigkeit sah sie gut aus, und auch ihr Befehlston hatte sich nicht verflüchtigt.

»Unmöglich, in dieser Stadt am Spätnachmittag jemanden aufzutreiben, auf den man sich verlassen kann. Stehen Sie nicht so herum«, sagte sie zu Laurenti. »Sie dürfen mir gern helfen.«

»Und nachher beschweren Sie sich, daß ich nicht gründlich genug aufgewischt habe.« Er schüttelte den Kopf und betrachtete die Blutspritzer an der Wand. »Wollen Sie etwa auch die Wände selbst streichen?« Er zog ein Stück Papier und einen Stift aus der Jackentasche und schrieb einen Namen mit Telefonnummer darauf. »Dies ist ein alter Bekannter. Ein netter Mann, der früher öfter mit uns zu tun hatte. Seit ein paar Jahren ist er sauber. Ein Maler. Arbeitet allein und ohne Quittung. Rufen Sie ihn an, und berufen Sie sich auf mich. Der schuftet auch die Nacht durch, und morgen sind Ihre Räume wieder in Schuß. Sie müssen nicht einmal auf ihn aufpassen.«

Die Konsulin würdigte den Zettel keines Blicks. »Und weshalb sind Sie hier? Wann bekommen wir die Akten zurück?«

»Der Erkennungsdienst arbeitet schnell. Ich hoffe, schon morgen.«

»Mein Land hat bereits eine Protestnote an Ihren Außenminister gesandt. Sie gehen zu weit.«

»Bei solch blutigen Attacken kann man nicht weit genug gehen. Immerhin stehen Sie unter unserem besonderen Schutz, gnädige Frau.« Laurenti machte eine lange, bedeutungsschwere Pause und fragte dann unvermittelt: »Kennen Sie Tatjana Drakič?«

»Wer soll das sein?« fragte sie und wrang den Lappen aus. Laurenti war nicht entgangen, wie die Dame für den Bruchteil einer Sekunde in ihrer Arbeit stockte, bevor sie den Kopf schüttelte.

»Eine Person, die überall in diesen Räumen ihre Fingerabdrücke hinterlassen hat. Sie kennen sie wirklich nicht?«

Jetzt schaute die Konsulin ihm tatsächlich in die Augen. »Nein. Keine meiner Mitarbeiterinnen heißt so.«

»Vielleicht hat sie mit einer der beiden Firmen zu tun? CreaSell und CreaBuy. Was machen die eigentlich?«

»Internationale Handelsbetriebe. Mein Land ist zu arm und kann sich dieses Konsulat nur leisten, wenn es sich in Teilen selbst finanziert. Nicht alle schwimmen im Reichtum.«

»Import-Export also? Und womit handeln Sie?« fragte Laurenti. »Mit Kartoffeln?« Erst gestern hatten die Nachrichten gemeldet, daß ein neuer Sektor im Hafen an Bedeutung gewonnen habe. »Triest – Kartoffelhafen Deutschlands« hatte die Schlagzeile gelautet.

»Sie haben es beinah erraten.« Petra Piskera setzte ungerührt ihre Reinigungsarbeiten fort. »Erde. Kompost aus biologischen Betrieben, Dünger, Blumenerde.«

Laurenti runzelte die Stirn. Nahm sie ihn auf den Arm? »Blumenerde?«

»Sie haben richtig gehört. Die Nachfrage nach biologischen Erzeugnissen steigt auch in Osteuropa, aber es fehlen die Erzeuger. Eine Marktlücke. So unwahrscheinlich das klingt.«

»Ich werde es nicht verraten«, sagte Laurenti. »Und Tatjana Drakič kennen Sie wirklich nicht? Nie gesehen, obgleich sie in diesen Räumen war?«

»Ich habe bereits darauf geantwortet.« Sie lehnte den Schrubber gegen die Wand und wischte sich mit dem Unterarm die Stirn. »Aber Sie scheinen die Dame ja bestens zu kennen. Ist das die Frau von gestern? Haben Sie endlich ihre Identität ermittelt?«

»Sie ist es nicht. Was hat Tatjana Drakič hier gemacht?«

»Vielleicht jemand, der die Dienste des Konsulats in Anspruch nahm. Was weiß ich, hier gehen viele Leute ein und aus.«

»Würden Sie mir bitte die Personalliste zeigen?«

»Personalliste? Ich bitte Sie, lassen Sie mich jetzt in Ruhe. Ich habe zu tun. Sie befinden sich in einer offiziellen

Landesvertretung. Auf exterritorialem Gebiet. Sie wissen selbst, was das bedeutet.«

Laurenti hob die Augenbrauen und kratzte sich hinterm Ohr. »Na gut, dann werde ich die Kollegen von der Guardia di Finanza schicken, die sich die Bücher der beiden Handelsfirmen vornehmen werden. Deren Räume genießen wohl kaum Sonderstatus. Sie sind ja sicher noch eine Weile hier.«

Die Dame streifte ihre Gummihandschuhe ab und ging mit hartem Schritt in ihr Büro. Laurenti rechnete damit, daß sie sich bei oberster Stelle über ihn beschweren würde, doch sie kam umgehend mit einem Blatt zurück, auf dem die Namen standen samt Adresse, Geburtsdatum und Gehalt.

»Nehmen Sie und verschwinden Sie.« So langsam wurde die Konsulin ungemütlich. »Ich habe zu tun.«

Laurenti wollte ihr die Hand reichen, doch sie streifte sich bereits wieder die gelben Gummihandschuhe über.

»Rufen Sie den Maler an«, sagte Laurenti, »anstatt alles allein zu machen.«

*

Das Vernissagenpublikum stand bis auf die Straße hinaus und behinderte den Verkehr auf der Via Diaz. Es war ein besonderes Ereignis, wenn Serse Roma bei LipanjePuntin ausstellte. Serse war kein persischer König, sondern der berühmteste Maler der Stadt, dessen Werke weltweit gezeigt wurden, und er war ein alter Freund der Laurentis, auch wenn er, wie er stets betonte, ein durchaus gespaltenes Verhältnis zur Polizei hatte. In dieser Ausstellung präsentierte er ein neues und überraschendes Thema in seiner meisterhaften Technik: den Auflösungsprozeß der europäischen Gesellschaft nach dem Zerfall der Ideologien, die Installation eines großformatig in Graphit ausgeführten Werkzyklus. Zwei mal eineinhalb Meter groß die Rückenansicht von Johannes Paul II., müde von den irdischen Ereignissen dreht er einer Atombombenexplosion den Rücken zu. Drei mal zwei Meter groß Hammer und Sichel über dem Kreml in nächtlichem Schneefall, während das Katzenskelett von Maurizio Cattelan verächtlich auf Picassos sterbendes Pferd aus Guernica blickt. Inspiriert von Aragon und Max Ernst, nannte der Maestro, der von einer internationalen Jury zu den hundert besten Künstlern der Welt gezählt worden war, sein intelligentes und ironisches Werk ›Eine Woche der Heiligkeit‹.

Marco, der Galerist, hatte in einem Interview behauptet, in Triest eine Galerie für zeitgenössische Kunst zu führen entspräche in etwa der Absicht, eine Metzgerei für Schweinefleisch in einem islamischen Land zu eröffnen. Und in der Stadt ging das Gerücht, daß der Bürgermeister, als es Probleme mit einer geplanten Warhol-Ausstellung in den Räumen des Alten Fischmarkts gab, darauf bestanden hatte, selbst mit dem längst verblichenen Künstler zu telefonieren. Trotzdem mangelte es heute abend nicht an Publikum. Selbst der alte Galvano zerrte seinen schwarzen Hund durch das Gedränge. Laurenti wollte den Alten begrüßen, wurde aber mit einer Suada empfangen, die sich gewaschen hatte. Der alte Choleriker beschimpfte ihn so laut, daß sich trotz des hohen Geräuschpegels sofort ein kleiner Kreis um sie bildete.

»Laß gefälligst meinen Hund in Ruhe, Unwürdiger«, schrie er Laurenti an, der wenigstens von dem Tier freudig begrüßt wurde. Es folgte ein harter Ruck an der Leine, der den schwarzen Köter fast strangulierte.

»Ohne mich hättest du den gar nicht.« Laurenti lachte, aber er spürte Unheil heraufziehen.

»Es war ein schwerer Fehler, daß ich dir damals, als ich leicht geschwächt war, das Du angeboten habe, Laurenti. Am liebsten würde ich es rückgängig machen. Auf der Stelle. Du verdienst keine Freundlichkeit.«

Vor zwei Jahren hatte Laurenti den Alten aus dem Meer

gezogen, als er während einer Geiselbefreiung von der Mole gestürzt war. Samt Hund. Ins Becken des Alten Hafens, wo neben der Viehverladung die Kuhfladen an der Wasseroberfläche trieben. Galvano war ins Poliklinikum Cattinara eingeliefert worden, und Laurenti hatte ihm heimlich eine Flasche »Jack Daniels« ans Krankenbett gebracht, was den alten Grantler so gerührt hatte, daß er Laurenti vermutlich als erstem und einzigem die vertrauliche Anrede antrug. Er selbst hingegen duzte jeden, sogar den damaligen Staatspräsidenten, dem er bei einem offiziellen Besuch in Triest als Symbol der italienisch-amerikanischen Freundschaft vorgestellt worden war.

»Du warst in der Zeitung. Ein nettes Foto«, sagte Laurenti. »Ich wußte gar nicht, daß du gelegentlich mit meiner Mitarbeiterin spazierengehst. Aber ich freue mich, wenn du so intelligente Gesellschaft suchst. Obwohl sie eine Frau ist.«

»Hör mir jetzt gut zu«, der Alte übertönte alle um sie herum, und Laurenti legte mahnend den Finger auf die Lippen, »Pensionäre sind keine Müllmänner. Und sie taugen auch nicht dazu, anderen nachzuschnüffeln, wie die ihren Müll entsorgen. Nur weil man uns ab einem gewissen Alter nicht mehr arbeiten läßt, muß man uns nicht verhöhnen. Selbst wenn ihr Jungen der Meinung seid, alles besser zu können, heißt das noch lange nicht, daß man uns nicht zu respektieren hat.«

»Jetzt laß aber mal die Kirche im Dorf, Galvano.« Auch Laurentis Ton wurde schärfer. Er hatte diese Attacke nicht verdient und wußte, daß man dem Alten manchmal Einhalt gebieten mußte. »Du bist der Richtige, um der Kleinen zu helfen. Sie ist ganz verzweifelt.«

Dem dürren langen Mann mit dem riesigen Kopf platzte fast die Ader, die sich auf seiner Stirn abzeichnete. Laurenti hätte besser geschwiegen und einfach abgewartet, bis sich der Anfall von allein legte.

»Du bist ein Misanthrop, Laurenti. Ein Landesverräter. Ein ungehobelter Drecksack. Ich habe jeden einzelnen Fall für dich gelöst, mit dem du dann Karriere gemacht hast. Und du sitzt in der Scheiße, weil du nicht den Mut hast, dich auch einmal gegen die Anordnungen an mich zu wenden, wenn du mich brauchst. Ist dir mein Nachfolger etwa eine Hilfe? Der wievielte ist das überhaupt? Du hast kein Rückgrat, Laurenti. Und mich läßt du es büßen, indem du eine unverschämte Zwergpolizistin auf mich hetzt.«

Laurenti hatte genug. Er wollte sich von dem ungehobelten Kerl nicht in aller Öffentlichkeit beschimpfen lassen. Also zog er Galvano und den Hund ohne ein weiteres Wort ins Freie. Sie gingen in die Bar gegenüber, wo Galvano atemlos zwei Whisky bestellte, Laurenti auf einen Barhokker schob und ihm mit ausgestrecktem Finger auf die Brust pochte.

»Hör mir genau zu. Ich habe dir etwas zu sagen. Heute früh habe ich gegen meinen entschiedenen Willen die Kleine dabei beobachtet, wie sie aus dem Haus kam und den Müll in die Tonne warf. Und weißt du, was ich gesehen habe?«

Laurenti staunte. Was ging nur im Kopf dieses Zynikers vor? Zuerst machte er ihm eine Szene und dann dies. »Was?« fragte er.

»Nichts«, sagte Galvano.

»Was – nichts?«

»Gar nichts.« Der Alte leerte sein Glas in einem Zug, kaum daß der Barkeeper es vor ihm auf den Tresen gestellt hatte. Mit dem Handrücken wischte er sich den Mund. »Noch einen«, befahl er. »Gar nichts habe ich gesehen. Sie hat die Mülltüte in die Tonne geworfen und basta.«

»Wie lange hast du gewartet?«

Galvano machte eine Handbewegung, die besagte, er solle schweigen und zuhören, anstatt dämliche Fragen zu stellen.

»Diese kalabrische Miniaturausgabe einer Ordnungshüterin lügt. Nicht einer war hinter ihr her, niemand hat sie beobachtet, niemand gegrüßt, niemand angelächelt, und niemand außer mir hat ihren Müll wieder aus der Tonne gezogen. Es gibt diesen Fetischisten nicht. Verstanden?«

»Du hast den Müll herausgefischt?« fragte Laurenti.

»Ich kann dir ganz genau aufzählen, was sie weggeworfen hat.« Galvano faltete einen kleinen Zettel auf. »Viel war's nicht. Hier: Zwei Joghurt-Becher, einer leer, Erdbeergeschmack, der andere mit Kiwi, angeblich cholesterolsenkend, Haltbarkeitsdatum überschritten. Zwei Bierflaschen, Billigmarke. Eine leere Toastbrotverpackung, zwei Tampons, schwanger ist deine Mitarbeiterin auf jeden Fall nicht. Eine Bananenschale, eine faulige Tomate. Papierschnipsel. Ich habe mir aber nicht die Mühe gemacht, sie zusammenzusetzen. Dann Salatblätter, eine leere Plastikflasche: Mineralwasser ohne Kohlensäure. Warum trinkt sie kein Leitungswasser? Eine Zahnpastatube. Das war's. Damit krieg ich sie.«

»Ich verstehe dich nicht.«

»Warten wir einmal das nächste anonyme Schreiben ab. Wenn einer dieser Gegenstände drauf ist, dann weißt du es.«

»Blödsinn«, sagte Laurenti. »Es wäre vernünftiger, wenn du sie weiter beobachten würdest. Wenn heute niemand da war, dann vielleicht morgen. Oder übermorgen. Bleib dran.«

Galvano schien sich zu beruhigen. Er streichelte den Kopf des schwarzen Hundes, der zu ihm aufblickte und sich für die Freundlichkeit mit einem Handlecken bedankte.

»Du verstehst noch immer nicht, Laurenti. Sie erfindet die Sache, um sich wichtig zu machen. Kein Mensch ist scharf auf ihren Kaffeesatz oder ihre Tampons. Kein Mensch interessiert sich für sie. Sie hat keine Freunde und lebt völlig zurückgezogen. Sie leidet unter ihrer Einsamkeit und versucht sich wichtig zu machen. Die langweilt sich nur in Triest und verarscht uns.«

»Quatsch. Die ist viel zu ernst.« Laurenti konnte sich ein Grinsen über diese Vorstellung nicht verkneifen. Eine so karrierebesessene junge Frau würde sich niemals solche Scherze erlauben.

»Oder ihr beide verarscht mich«, sagte Galvano plötzlich, als er sah, daß Laurenti sich amüsierte. »Habt ihr das zusammen ausgeheckt, um mir einen Streich zu spielen? Ich warne dich, Laurenti, damit bist du an der falschen Adresse.«

Galvano stürzte auch das zweite Glas hinunter und stand auf. »Du bezahlst«, sagte er und ging hinaus. Er hätte es nicht anzumerken brauchen, seit Jahrzehnten überließ er die Rechnung stets den anderen.

*

Laurenti gähnte, als er sein Büro betrat, und sein Rücken schmerzte von der langen Rumsteherei auf der Piazza Garibaldi, doch Marietta hielt ihn auf, bevor er seinen Schreibtisch erreichte.

»Setz dich gar nicht erst hin. Der Staatsanwalt will dich sprechen. Er erwartet dich in seinem Büro«, sagte sie zur Begrüßung. »Er sagte, es sei dringend.«

»Wahrscheinlich hat die Konsulin Druck gemacht. Gibt's was Neues über die Verletzte?« fragte er.

»Die Gerichtsmedizin steht vor einem Rätsel. Die Rothaarige liegt noch immer im Koma und wird kaum selbst erklären können, mit welchem Gegenstand sie so zugerichtet wurde. Sie untersuchen die Hautpartikel und Wundreste, doch kann sich niemand erklären, was es ist. Organische Partikel, deren Herkunft niemand kennt. So zumindest sagte es Zerial, und der muß es schließlich wissen. Sie ziehen jetzt die Spezialisten in Parma zu Rate. Vielleicht sind die schlauer.«

Laurenti brummte unzufrieden. Das konnte lange dauern, denn die Labors in Parma waren überbeschäftigt. Dort saß die Avantgarde der Wissenschaftler im Polizeidienst, die über alle technischen Einrichtungen verfügte, von welchen die Gerichtsmediziner anderswo nicht einmal zu träumen wagten. Galvano hatte einmal gesagt, daß ein normaler Gerichtsmediziner meist nur das fand, wonach er suchte: zuwenig Phantasie, keine Begabung und keinen Sinn für Überraschungen.

Laurenti entschied, den Wagen zu nehmen, auch wenn er beim Gerichtspalast nur schwer einen Parkplatz finden würde, aber er wollte ganz sicher sein, den Staatsanwalt noch vor der Mittagspause zu erwischen. Es sei dringend, hatte der schließlich ausrichten lassen.

Fast alle Sitzungen zu neuen Ermittlungen, solange sie nicht irgendwelche banalen Straftaten betrafen, von denen es in den Augen der Statistiker hier ohnehin zuwenig gab, wurden so vertraulich gehalten, daß nicht ein Wort davon an die Medien gelangte. Nicht einfach in dieser geschwätzigen Stadt, die sich als Tor Europas zum Balkan, nach Zentraleuropa und dem östlichen Mittelmeer sah und die heftig danach gierte, vergangener Größe entsprechend behandelt zu werden. Doch alter Reichtum und hohe Lebensqualität sind nicht immer die besten Antriebskräfte.

Die slowenischen Nachbarn schliefen nicht, förderten ihren nur zehn Kilometer entfernten Nachbarhafen Koper nach Kräften und zogen, seit sie über Los gegangen waren, zahlreiche EU-Fördermittel ein. Auf ihrer Seite der Grenze war die Autobahn bereits fertiggestellt, als man diesseits noch über die Finanzierung der letzten Kilometer des Anschlußstücks stritt. Die Angst vor einstiger Größe: Triest verschloß sich immer stärker, je mehr sich das Umland öffnete und die Märkte wuchsen. Ein Anachronismus. Und eine Idiotie in Anbetracht des geopolitischen Standorts.

Doch Wachstum bedeutete Machtverlust für Provinzpolitiker gleich welcher Couleur, die die Stadt bisher als ihr persönliches Eigentum angesehen hatten. Im realen Leben aber war längst Schluß damit: Das organisierte Verbrechen schätzte den Finanzplatz und den Standortvorteil, und inzwischen gab es sogar wieder Unternehmer, die entschieden hatten, sich ihre Renditen nicht mehr vom Postengeschacher engstirniger Parteipolitiker ruinieren zu lassen. Nur eines war für alle gleich wichtig: Nichts durfte nach außen dringen, wenn man sich die Pläne nicht kaputtmachen lassen wollte.

Zunächst hatte der Staatsanwalt mit dem schütteren Haar und dem immer gleich fahlen Teint diese längst bekannten Tatsachen aufgezählt, als wollte er Laurenti damit aufrütteln. Er wähnte alle anderen in einer Lethargie, aus der nur er sie erwecken konnte. »Commissario«, sagte er und trommelte nervös mit den Nägeln von Zeige- und Mittelfinger auf die furnierte Tischplatte, die schon von den Spuren der Ungeduld seiner zahlreichen Vorgänger gezeichnet war. »Während unsere Provinzfürsten und die Herren in Rom die Finanzierung der hiesigen Forschungseinrichtungen in Frage stellen, gibt es Hinweise, daß andere das Potential stärker nutzen als erwünscht. Kennen Sie eigentlich den ›AREA SciencePark‹? Waren Sie da überhaupt schon einmal?«

Laurenti schüttelte den Kopf. Wie oft hatte er sich vorgenommen, an einer der Führungen durch das riesige Wissenschaftszentrum teilzunehmen oder zumindest an einem Tag der offenen Tür dort vorbeizuschauen?

Der Staatsanwalt hatte seine Reaktion erst gar nicht abgewartet. »Sie kennen das Gebiet nicht einmal von den Plänen. Eine Schande. Neunzigtausend Quadratmeter Forschung! Dort wird mit Hochtechnologie gearbeitet, während Sie nicht einmal alle Funktionen Ihres Mobiltelefons zu bedienen wissen. Anlagen wie diesen Teilchenbeschleuniger gibt es nur dreimal auf der Welt. Molekularbiologie, Nuklearmedizin, Gentechnik, Kernphysik, Luft- und Raumfahrt, Solarenergie, neue Technologien und revolutionäre Entwicklungen. Die Zukunft schlechthin. Eine der großen Hoffnungen für die Stadt.«

Strebte der Mann in die Politik? Der Staatsanwalt war in den letzten Jahren immer verbiesterter geworden, unwirsch und unfreundlich. Laurenti steckte die ungerechte Beschimpfung kommentarlos ein und setzte lediglich einen interessierten Blick auf. Wenn in dieser Forschungseinrichtung etwas Verbotenes geschah, fiel dies ganz gewiß nicht in seinen Zuständigkeitsbereich – dafür gab es die Kollegen von den Spezialabteilungen. »Was also liegt vor?« fragte er schließlich, als der Staatsanwalt nur noch mit den wild trommelnden Fingern weiterzusprechen schien. Hatte er nicht irgendwann sogar in aller Öffentlichkeit gesagt, er spiele mit dem Gedanken, sich das Leben einfacher zu machen und Familienrichter zu werden? Also für nicht ausgeführte Morde.

Der Staatsanwalt sprang auf und pochte auf einen dünnen Stapel Papier. »Im Rahmen einer Abhörmaßnahme in einer anderen Sache erhielten wir Hinweise auf eines der Unternehmen innerhalb des ›SciencePark‹. Der Leiter eines Labors unterhält eine telefonische Verbindung zu dem ehemaligen Geschäftsführer einer Firma, die unter dem Verdacht stand, illegal Nukleartechnologie nach Libyen geschafft zu haben. Auf dem üblichen Seeweg. Als der Druck der Ermittlungen sich verstärkte, meldete die Firma Konkurs an. Der Boß setzte sich ab. Das war 1995.«

»Und wie haben Sie ihn wieder aufgespürt?«

»Die üblichen Zufälle. Auch die Welt des globalisierten Verbrechens ist klein. Sie tauchen alle immer wieder auf, solange sie noch ein Geschäft machen können. Vielleicht mit neuem Wohnsitz oder neuem Namen, aber sie tauchen wieder auf. Weitermachen ist besser, als ins Gras zu beißen. Innovation hat Hochkonjunktur, und die Herren sind mächtig erfindungsreich. Wir sollten uns ein Beispiel an ihnen nehmen. Die Zukunft hängt in allen Bereichen von der Forschung ab. ›SciencePark‹ lautet die Devise, für Triest, für Europa, für unsere Kinder – und für unsere Feinde.«

Laurenti kniff sich in den Oberschenkel, um ruhig zu bleiben. Sie kannten sich seit langem, aber daß der Staatsanwalt inzwischen die Verbrecher für ihren Erfindungsreichtum pries, war unheimlich.

»Ich bin nicht so fortschrittsgläubig wie Sie, Herr Staatsanwalt. Jede Branche produziert Profit und Unrat zugleich. Forschung ist beides. Also, um was dreht es sich? Illegaler Technologietransfer? Uran für den Iran, nachdem der Irak kein Abnehmer mehr ist? Syrien, Nordkorea oder der Sudan? Und weshalb ich? Das fällt doch in die Zuständigkeit der Kollegen.«

Der Staatsanwalt streckte die Hand aus, als wollte er Laurenti beschwichtigen. »Die sind schon dran, Laurenti. Aber ich glaube, es könnte Sie persönlich interessieren, und außerdem ermitteln wir wie üblich auf verschiedenen Ebenen.« Er machte eine kleine Pause, verschränkte die Hände und beugte sich nach vorn. »Sie kennen den Gesprächspartner dieses Mannes so gut wie ich«, sagte er schließlich mit beschwörender Stimme.

Laurenti gähnte und machte eine wegwerfende Handbewegung. »Lassen Sie mich bloß mit Petrovac in Ruhe, der ist doch abserviert.«

»Sie sind vergeßlich, Laurenti«, sagte der Staatsanwalt. »Sie enttäuschen mich.«

»Vergeßlich? Ganz gewiß nicht.« Laurenti schlug die Beine übereinander. »Hat es mit dem Konsulat zu tun?«

Der Staatsanwalt schwieg, als nähme er geduldig die mündliche Prüfung eines Studenten ab, den er nicht durchfallen lassen wollte, ohne ihm noch eine letzte Chance zu geben.

»Wenn mich jemand anderer zum vorsichtigen Umgang mit der Dame angehalten hätte, wäre das völlig normal gewesen. Aber ausgerechnet Sie! Also, was liegt vor?«

»Ich befürchte, Sie werden ab sofort keinen Schritt mehr allein tun, Laurenti.« Der Mann tippte auf einen Aktendeckel. »Sie wissen ja, wie das mit der Telefonüberwachung geht. Man hüpft von Gespräch zu Gespräch. Von Nummer zu Nummer, und wenn ...«

»Ja, ja, ich weiß«, unterbrach ihn Laurenti. »Und wenn dann entsprechende Worte oder Ausdrücke fallen, schneidet der Computer sie mit, erstellt eine automatische Transkription, und die Lauscher in der Zentrale bewerten die Bedeutung. Man kommt vom Hundertsten ins Tausendste.«

»Und gestern abend«, der Staatsanwalt schlug den Aktendeckel auf und vergewisserte sich, »um 19.03 Uhr wurden Dinge gesagt, die Ihnen nicht schmecken werden. Dank der guten Zusammenarbeit mit den Kollegen in Pula hören wir inzwischen mehr ab, als überhaupt jemand ahnen kann. Die Zusammenarbeit mit Staatsanwältin Ravno ist sehr intensiv und zeigt erfreuliche Fortschritte.«

Das durfte nicht wahr sein. Was zum Teufel ging da vor? Hatte Živa ihm etwa den Laufpaß gegeben, weil dieser dürre Staatsanwalt ihr den Hof machte? Laurenti krallte sich an den Stuhl, doch sein Gegenüber schien nichts von seiner Aufgebrachtheit zu bemerken und fuhr unbeirrt in seiner Rede fort.

»Die Spur des Telefonats aus Zypern führte zu einem Gesprächspartner in Kroatien. Und dieser wurde gestern abend von der Konsulin angerufen.« Er las die paar Zeilen vor, die an Eindeutigkeit nicht zu überbieten waren. Es galt ihm, Laurenti. Aber auch seine Frau wurde genannt. »Haben Sie jetzt begriffen, wer hinter Ihnen her ist?«

Laurenti nickte. »Es bringt Unglück, wenn man den Namen seines größten Feindes ausspricht, solange er im Vorteil ist.«

»Es ist Ihre Sache, dies zu ändern, Laurenti. Ihre und meine. Wir müssen ihn aus seinem Versteck herauslocken wie eine Muräne und ihm dann den Kopf abschlagen.« Endlich schob der Staatsanwalt die Unterlagen zu ihm hinüber. Dann trommelte er wieder nervös auf die Tischplatte, während Laurenti die wenigen Seiten überflog. »Staatsanwältin Ravno wird uns zuverlässig unterstützen. Eine tolle Frau.«

Laurentis Wut galt uneingeschränkt dem Staatsanwalt und Živa; der Mann, der sein Leben bedrohte, war unwichtig im Vergleich zu dem, was Laurenti sich ausmalte.

»Sie haben Drakič ganz schön wütend gemacht. Wie zum Teufel haben Sie das geschafft? Jetzt kommen auch Sie einmal in den Genuß der Begleitung mehrerer Herren im Kleiderschrankformat. Tag und Nacht.«

»Da habe ich dann doch noch ein Wörtchen mitzureden«, protestierte der Kommissar übellaunig, doch sein Gegenüber wischte den Einspruch mit einer winzigen Handbewegung weg.

»Lesen Sie die Sache in Ruhe durch. Ich habe den Antrag bereits gestellt. Viel Vergnügen bei den letzten Schritten auf freiem Fuß.«

Begleitschutz? Auf keinen Fall. Noch war die Sache nicht entschieden. Auch er selbst mußte damit einverstanden sein. Er würde den Zeitpunkt so lange wie möglich hinauszögern. Mit zwei Affen auf der Schulter würde er ganz gewiß nicht durch die Stadt gehen. Lächerlich. Und was war mit Laura? Er erinnerte sich, daß es dem Staatsanwalt einst nicht anders ergangen war. Seine Familie war ohne Schutz geblieben, während er selbst kaum mehr frei atmen konnte. Laurenti war aufgebracht. Živa! Diese Verräterin. Darum hatte sie sich also nicht wieder bei ihm gemeldet! Obwohl sein Leben bedroht war! Hatte sie wirklich noch nichts Neues über Drakič in Erfahrung gebracht? Oder hatte sie es nur ihrem neuen Verehrer mitgeteilt?

Laurenti hatte keine Ahnung, wo sich sein Erzfeind befand. Mehrmals war dieser ihm entwischt, seit sechs Jahren spielten sie Katz und Maus. Wenn es nach Drakič ging, dann sollten sie also jetzt die Rollen tauschen. Das Leben hatte sich blitzartig verändert. Als Laurenti auf die Straße vor dem Gerichtspalast trat, beobachtete er argwöhnisch die Umgebung, suchte mit dem Blick die Passanten und die vorbeifahrenden Autos ab. Auf jedem Dach könnte sich ein Scharfschütze verbergen und mit einem präzisen Kopfschuß Laurentis Leben ein Ende setzen, als wäre er Martin Luther King. Viel spüren würde er dabei vermutlich nicht, tröstete sich Laurenti, schloß seinen Wagen auf und ließ sich auf den Fahrersitz fallen. Nie im Leben hätte er damit gerechnet, selbst einmal der Gejagte zu sein. Zuerst hatte ihn diese Nachricht kaltgelassen, doch je mehr er darüber nachdachte, um so wütender und niedergeschlagener machte sie ihn. Wie sollte er das seiner Frau erklären? Sollte er ihr davon erzählen, oder würde er sie unnötig beunruhigen? Am Telefon wurden viele Dinge leicht dahergesagt, ohne daß sie je so gemeint waren. Auch er hatte in seinem Leben oft genug »Den bring ich um« gesagt oder »Dem reiß ich den Kopf ab«, »dreh ihm den Kragen um«, »schneid ihm die Eier ab«. Wenn man alles wörtlich nähme, würde es schlagartig keine Politiker mehr auf der Welt geben. Doch der Staatsanwalt hatte darauf bestanden, daß es in diesem Fall anders sei. Was sollte er Laura sagen? Daß er demnächst von zwei Personenschützern begleitet würde, sie jedoch nicht? Die beiden Töchter waren wenigstens weit genug weg, aber was war mit Marco?

Laurenti wählte die Nummer der kroatischen Staatsanwältin. Nach dem fünften Klingeln vernahm er das Belegtzeichen. Weggedrückt. Abgedrückt. Wie konnte sie nur so herzlos sein, wo sie doch wußte, daß sein Leben auf dem Spiel stand? Zornig warf er das Mobiltelefon auf den Beifahrersitz und startete den Wagen. Wenig später parkte er vor der »Malabar« im Halteverbot. Er hatte Hunger, wollte allein an einem Tisch auf der Piazza San Giovanni ein Tramezzino essen und ein Glas Wein dazu trinken und darüber nachdenken, was er als nächstes unternehmen sollte. Diese Bedrohung durfte nicht unbeantwortet bleiben, seine Autorität als Vertreter der Staatsgewalt nicht untergraben werden. Er winkte Walter, dem Wirt, zu und steuerte einen Platz abseits der belegten Tische an. Er wählte Lauras Nummer. Sie war heute den ganzen Tag in ihrem Büro im Versteigerungshaus, um den Katalog für die erste Herbstauktion vorzubereiten.

Sie antwortete nach dem zweiten Klingeln und sprudelte sofort mit euphorischer Stimme los. Es ging um ein Ölgemälde von Gino Parin, das eine Dame der Gesellschaft der zwanziger Jahre zeigt, in tizianischer Manier, und Laurenti sollte gleich vorbeikommen, um es sich anzuschauen. Es war sein Lieblingsmaler der Triestiner klassischen Moderne, der ein furchtbares Schicksal erlitten hatte. Er war vom damaligen Schweizer Konsul zur Gestapo geschickt worden, als er sich danach erkundigte, wie er vor den Nazis in die Schweiz flüchten könnte. Qualvoll verstarb er auf dem Transport nach Auschwitz in einem Viehwaggon. Lange Zeit war das Werk Gino Parins in Vergessenheit geraten, obwohl man ihn bereits zu Lebzeiten hoch gehandelt hatte, doch erst jetzt begann man, den Meister wiederzuentdekken.

»Was ist los?« fragte Laura, als sie bemerkte, daß er sich gar nicht dafür zu interessieren schien. »Hast du Probleme, Proteo?«

Er seufzte tief und sagte schließlich: »Ja, eine ganze Menge. Und ich habe nicht die blasseste Ahnung, wie ernst sie wirklich sind. Bist du heute abend zu Hause? Ich will nicht am Telefon darüber reden.«

»Gegen acht«, sagte Laura. »Ich habe vorher noch einen Termin.«

Kaum hatte Laurenti aufgelegt, spürte er eine Hand auf seiner Schulter und fuhr hoch.

»Du siehst aus wie der Tod! Was ist passiert?« fragte Walter.

»Frag mich besser nicht«, sagte Laurenti, und Walter, der ihn fast so gut kannte wie Laura und Marietta zusammen, wußte, daß er nicht insistieren durfte.

»Warte einen Augenblick«, sagte er und verschwand, um wenig später mit einer Weinflasche und einem Teller mit rohem Karstschinken zurückzukommen. »Der bringt dir die Lebensgeister wieder zurück, Proteo. ›Lajnarji bianco 2003‹ von Silvano Ferluga, eine Cuvée aus Vitovska und Glera. Der Wein der Stadt. Aus Piščanci, oben beim Obelisk. Lange Verwesung auf der Maische und ausgebaut in einem Eichensarg von zweihundertzwanzig Litern«, feixte er. »Unfiltriert wie die Wahrheit und so natürlich wie der Tod. Trink ihn, als wär's dein letzter Schluck.« Sein Freund schonte ihn nie, fand aber meist den richtigen Ton, um Laurenti aufzuheitern. »So tief, wie du vermutlich in der Scheiße steckst, solltest du einmal hinauffahren, dort oben bekommst du den Überblick zurück.«

Laurenti machte sich über den Schinken her und trank sein Glas in zwei Zügen aus. Bevor er abwinken konnte, stand Walter schon wieder mit der Flasche neben ihm und schenkte nach.

»Ich glaube, du solltest deinen Wagen wegfahren«, sagte er. »Die Ameisen sind wieder unterwegs und schreiben fleißig Strafzettel.«

Zwei Damen in der Uniform der Stadtpolizisten und mit weißem Helm strichen um seinen Alfa Romeo herum, als wollten sie ihn klauen. Eine hielt bereits den Block in der Hand und studierte seine Autonummer.

Laurenti winkte ab. »Sollen sie nur, Marietta wird's wieder rückgängig machen.« Wenn er jetzt aufstünde, gäbe es nur Diskussionen. Er würdigte sie keines Blicks und sah erst wieder hin, als er die Stimmen zankender Frauen hörte. Er traute seinen Augen nicht. Neben ihrem sehr kleinen Fahrrad stand seine Mitarbeiterin Pina und machte den Damen von der Stadtpolizei wild gestikulierend klar, daß sie sich für den Rest ihrer Tage einprägen sollten, daß dieses Auto unantastbar war. Im Süden wäre so etwas nicht möglich, dort hätte man noch Respekt vor ranghöheren Kollegen, die sie schützen könnten, falls ein Autofahrer sie einmal wegen ihrer Kleinlichkeiten ohrfeigte. Eine Schande! Mürrisch ließen die beiden Behelmten endlich von Laurentis Wagen ab und gingen weiter. Alle paar Meter drehten sie sich nach Pina um, die wie angewurzelt ausharrte, als befürchtete sie, die Damen kämen zurück. Schließlich ging sie zur »Malabar« hinüber, lehnte das Fahrrad an den Sockel der kolossalen Verdi-Statue aus dunklem Bronzeguß, deren Kopf, wie man unschwer erkennen konnte, ein beliebter Landeplatz der Möwen war.

»Darf ich?« fragte sie und saß, bevor Laurenti ihr einen Stuhl anbieten konnte.

Er wunderte sich, seine Mitarbeiterin hier zu sehen. Legte sie also doch manchmal eine Pause ein?

»Sie zu finden ist nicht besonders schwer«, sagte sie und zählte an vier Fingern seine Lieblingslokale auf: »›Ristorante Scabar‹, ›Buffet da Giovanni‹, ›Osteria Il Pettirosso‹, ›Gran Malabar‹. Sie wechseln Ihre Lokale so gut wie nie. Ein Killer hätte es leicht mit Ihnen.«

Laurenti erblaßte. Walter brachte ein Glas für Pina, doch als er einschenken wollte, lehnte sie ab und bestellte ein kleines Bier.

»Endlich ist sogar in Triest etwas los«, sagte sie geradezu fröhlich. »Endlich kommt Bewegung in die Stadt.«

Laurenti schaute sie staunend an.

»Der Unfall gestern war kein Unfall. Heute früh hat sich ein Zeuge aus Gorizia gemeldet, der bei der ›Wärtsila‹ arbeitet, im Schiffsturbinenwerk, und auf dem Heimweg war. Er sagt, daß er auf der Gegenfahrbahn unterwegs war und beschwören würde, daß ein riesiger schwarzer Geländewagen den Škoda von der Fahrbahn über die Leitplanke gedrückt hat. Ganz gezielt. Er hat aber weder das Kennzeichen gesehen, noch konnte er den Fahrzeugtyp nennen, deswegen habe er sich auch nicht früher gemeldet. Nur daß der Wagen schwarz war, konnte er mit Bestimmtheit sagen. So, wie er den Hergang beschrieb, handelt es sich um einen Mordanschlag. Und wenn die Frau nicht überlebt, um Doppelmord.«

»Und was wissen Sie inzwischen über die Opfer?« fragte Laurenti.

»Unbescholtene Leute. Seit zehn Jahren zuverlässige Mitarbeiter des Forschungszentrums. Damjan Babič hatte sogar einen Generalschlüssel. Wohnhaft in Komen, auf der anderen Seite der Grenze. Sie führen nebenher eine kleine Landwirtschaft und bauen ein bißchen Wein an.«

»Komen? In der Gemeinde gibt es zwei Nightclubs mit angeschlossenen Puffs.«

»In dem Kaff? Ich bin einmal mit dem Fahrrad durchgefahren. Der Karst ist dort oben sehr schön, aber der Ort völlig abgelegen, und die kleine Grenze bei San Pelagio schließt im Sommer um einundzwanzig Uhr. Wer fährt denn da hin?«

»Klienten von weither. Sogar aus dem Veneto kommen sie, weil sie hoffen, nicht aus Versehen vom Nachbarn, vom Schwiegervater oder vom eigenen Sohn mit einer Nutte erwischt zu werden. Die Lokalitäten sind ziemlich gefragt. Sie sollten Kontakt mit den slowenischen Kollegen aufnehmen und überprüfen, ob diese Babičs etwas damit zu tun hatten.«

»Sie scheinen ja genau Bescheid zu wissen. Waren Sie schon einmal dort?« fragte die Zwergin.

»Weiterbildung, Kollegin, heißt noch lange nicht, daß man alles selbst probieren muß. Oder?«

Pina war nicht allzusehr von seinen Ausführungen überzeugt, doch bevor sie nachhaken konnte, saß Galvano bei ihnen am Tisch. Sein schwarzer Hund legte sich mit einem Ächzen in den Schatten unter seinem Stuhl.

»In Komen gibt es sogar einen Friseur, der in den Hinterzimmern ein paar Mädchen aus Osteuropa feilbietet. Ein Haarschnitt für hundertzwanzig Euro – die Kunden sagen ihren nichtsahnenden Ehefrauen, daß sie hinführen, um Geld für den Friseur zu sparen, und dann kommen sie aus dem Laden raus und haben mindestens soviel bezahlt wie die Gattinnen in der Stadt, und das in nur einem Viertel der Zeit. Die Welt ist gerecht, oder?«

Pina hegte ernsthafte Zweifel, daß Galvano die Wahrheit sagte.

»Und in Veliki Dol«, fuhr der Alte fort, »gibt es sogar eine Osmizza mit Lapdance. Das Kaff hat gerade fünf Häuser, aber eine der begehrtesten Buschenschenken weit und breit.« Er nahm die Flasche aus dem Kühler, betrachtete den Pegel und verlangte nach einem Glas.

Pina traute ihren Ohren nicht. »Und wie ist es dort?« fragte sie.

»Der Wein ist zu sauer«, sagte Galvano. »Weshalb machst du so ein Gesicht, Laurenti? Ist dir eine Laus über die Leber gelaufen?«

»Grenzgebiete sind das ideale Territorium für unaufklärbare Verbrechen. Man räumt auf der anderen Seite jemanden aus dem Weg und haut wieder über die Grenze ab. Ideal.«

Das gleiche galt natürlich auch für Diebesgut jeder Art. Erst kürzlich war auf der Autobahn zehn Kilometer vor der Grenze ein Tieflader angehalten worden, der einen in Ravenna gestohlenen Bagger im Wert von einer halben Million Euro ins Ausland schaffen sollte. Und niemand konnte genau sagen, wie viele Luxuswagen einen ähnlichen Weg nahmen. Wer die Grenze hinter sich hatte, konnte zufrieden sein. Und diese machte seit neuestem auch Laurenti zu schaffen.

»Der Wagen der Babičs steht auf einem Schrottplatz in der Nähe von Santa Croce bei einem Mann namens Ezio«, sagte Pina. »Wir müssen ihn beschlagnahmen, um die Lackpartikel des anderen Wagens zu analysieren. Vielleicht ergibt sich daraus Typ und Marke. Dann hätten wir schon etwas mehr in der Hand.«

»Ezio?« Laurenti horchte auf. »Ein alter Kunde. Ich fahr selbst hoch. Geben Sie mir die Unterlagen.«

»Laurenti, sag endlich, weshalb du so ein Gesicht machst. Hast du Probleme mit deiner Geliebten?« Galvano ließ einfach nicht locker, und Laurenti gab endlich nach. In knappen Worten berichtete er von seinem Gespräch mit dem Staatsanwalt. Nun verstummte sogar der alte Gerichtsmediziner. Inspektorin Pina schaute betreten zu Boden. Sie hatte ihren Chef ganz offensichtlich unterschätzt. Niemals hätte sie sich ausgemalt, daß in Triest einmal ein Ermittler unter Personenschutz gestellt werden mußte.

»Daß ich dich noch überleben würde, hätte ich mir auch nicht gedacht«, sagte Galvano. »Für deine Umwelt wird's eine richtige Entlastung, und wenn du willst, halte ich sogar eine lange Rede an deinem Grab, in der ich ohne Unterlaß deine Verdienste lobe. Deine Witwen werden glücklich sein.«

»Streut meine Asche ins Meer und werft den Grabstein hinterher.« Laurenti verzog sein Gesicht, als litte er an einer Magenkolik.

Pina fiel es schwer, nicht loszulachen. Ihr Vorgesetzter hätte es ihr vermutlich nicht verziehen. Und dann stand unvermittelt wieder Walter neben Laurenti und entkorkte eine zweite Flasche.

»Wenn wir schon von Trauerfeiern sprechen, sollte wenigstens der richtige Meßwein serviert werden. Diesmal der fast unauffindbare Malvasia von Renčel aus Dutovlje. Ganz in der Nähe von Komen, auf der anderen Seite der Grenze. Proteo, du kennst ihn, für die anderen ist es die reine Verschwendung. Der Winzer hat fünf Schweine auf seinem Hof, aber nur drei Fässer. Trink, solange du noch kannst.«

Es war gerade vierzehn Uhr vorbei und Gott sei Dank hatte Galvano den größten Teil der ersten Flasche getrunken. Laurenti wollte abwinken, doch Walter sagte, »a consumo«, und ein weiteres Glas schadete nie.

»Sag mal, Inspektorin, wie ging es dir heute mit dem Müll?« fragte Galvano mit dem Blick eines Raubvogels.

Pina kramte in der Gesäßtasche ihrer Jeans und zog mit hochrotem Kopf ein mehrfach gefaltetes Blatt hervor. »Heute früh in meinem Briefkasten.«

Sie warf es auf den Tisch, und Galvano versuchte vergebens, es Laurenti wegzuschnappen. Dafür stieß er sein Glas um, das Pina dank ihrer Reaktionsfähigkeit gerade noch erwischte, bevor es am Boden zerschellte.

Es war ein Blatt des Comic über die Triestiner Polizei, an dem sie arbeitete. Sie hatte es verworfen, bevor es ganz ausgeführt war, und zerrissen. Ihr heimlicher Verehrer hatte die Fetzen wieder zusammengeklebt: Eine auf dem Bürostuhl masturbierende, viel zu tief dekolletierte, vollbusige Polizistin im hochgerutschten Minirock. Unterm Saum sah man die Strapse, während die Strümpfe bis zu den Knöcheln hinabgerollt waren. Sie trug unverkennbar die Züge Mariettas und hatte eine fast aufgerauchte Kippe mit langer, phallisch aufwärts gekrümmter Asche im Mundwinkel hängen. Die Dienstmütze war reine laszive Dekoration, so weit hatte sie sie zurückgeschoben. Dabei trug Marietta nur einmal im Jahr ihre Uniform: zur offiziellen Neujahrsansprache des Polizeipräsidenten. Der Müllfetischist hatte die fehlende Sprechblase mit eigenen Worten ergänzt. »Ich vergehe in der Sehnsucht, den heißen Lauf deiner Waffe in mein Holster zu führen.«

»Nicht schlecht«, sagte Laurenti und gab das Blatt endlich Galvano. »Sie können wirklich gut zeichnen. Aber Marietta sollten Sie freundlicher behandeln, sie sieht aus wie ein Flittchen.«

»Fehler«, rief Galvano und ließ sein meckerndes Lachen hören. »Es muß andersrum heißen. Meinen Lauf in dein Holster! Aber sag mir, Kleine, du bist doch nicht etwa auf Laurentis rechte Hand eifersüchtig?«

In diesem Moment läutete Laurentis Mobiltelefon mit dem Klingelton seiner Assistentin.

»Wo bist du?« fragte Marietta.

»Bei der Arbeit.«

»Im Büro ›Malabar‹?« Sie durchschaute ihn wirklich. »Deine kroatische Staatsanwältin hat angerufen und auch ein paar Seiten über die Drakičs gefaxt.«

»Ja, und?«

»Ehrlich gesagt habe ich kaum Neues entdeckt. Nur eine Sache scheint mir interessant. Ein Foto deines Freundes, das ihn bei der offiziellen Eröffnung eines Autobahnteilstücks von Zagreb nach Split zeigt, Schulter an Schulter mit dem Verkehrsminister. Ich hätte ihn nicht wiedererkannt.«

»In einer halben Stunde bin ich da.« Laurenti legte auf und wandte sich an Galvano. »Die Rothaarige liegt noch immer im Koma. Die Gerichtsmedizin kommt nicht weiter.« Er machte eine beschwichtigende Geste, damit der Alte seine Kommentare für sich behielt. »Die Wunden sind so eigenartig, daß sie sich weder ein Bild über den Tathergang noch über die Tatwaffe machen können. Ich wünschte, du könntest dir das einmal ansehen.«

»Wo liegt sie?« Galvano hielt sich merkwürdigerweise mit seinen Bosheiten zurück.

»In Cattinara«, sagte Pina vorlaut. »Ich fahre Sie hoch.«

»Auf dem Gepäckträger etwa?« Galvano winkte ab.

»Sie kann meinen Wagen haben«, sagte Laurenti und schob den Schlüssel über den Tisch.

»Und mein Fahrrad?« fragte Pina.

»Das nehme ich.« Laurenti stand auf und bezahlte. Sie

hatten auch die zweite Flasche geleert, von »a consumo« war keine Rede mehr.

Er fuhr die Fußgängerzone zu Sant'Antonio hinab und gab sich alle Mühe, mit den Knien nicht ständig gegen den Lenker zu stoßen. Die Uniformierten vor der Questura schauten ihm spöttisch nach, als er das Rad schulterte und hinauf in den dritten Stock trug.

Nicht nur Marietta zweifelte an ihrem Verstand, als sie ihn den Flur hinabfahren sah. »Was machst du auf dem Zwergenrad der Pygmäin?« fragte sie fassungslos.

»Ende einer Dienstfahrt«, sagte Laurenti und lehnte es gegen die Wand.

Die Akte, die der Staatsanwalt ihm gegeben hatte, war dünn, aber brisant. Das letzte aufgezeichnete Telefonat stammte von gestern. Die Konsulin erzählte von der schwerverletzten Frau, die Laurenti auf den Treppenstufen in der Via Torbandena gefunden hatte. Sie war bestens informiert. Das Opfer lag ohne Bewußtsein, streng abgeschirmt und bewacht auf der Intensivstation des Poliklinikums von Cattinara. Die Prognosen der Ärzte waren zurückhaltend, sie sprachen von diagnostiziertem Schädelbasisbruch, schweren Verletzungen der Halswirbelsäule, davon, daß sie vermutlich auch das Augenlicht verlieren würde und es fraglich sei, ob sie jemals wieder aus dem Koma erwachte. Ferner berichtete die Konsulin, daß ein Kommissar namens Laurenti die Ermittlungen leitete, was ihrem Gesprächspartner einen derben Fluch entlockte.

Laurenti überflog den Rest der Akte nur. Am liebsten hätte er die moldawische Nummer angerufen und Viktor Drakič ordentlich die Meinung gesagt. Er blätterte die Unterlagen durch, die Živa geschickt hatte, ohne ihm vorher Bescheid zu geben. Ein paar Zeitungsartikel, in denen Drakič als Unternehmer mit sozialer Verantwortung gepriesen wurde, der erheblich zum wirtschaftlichen Aufschwung seines Landes beitrug und Arbeitsplätze schuf. Ein Foto, das ihn mit Politikern zeigte, auf einem anderen stand er vor einer Autobahntankstelle, die zu seinem Netz gehörte. Doch es gab keinen Hinweis auf den Sitz seiner Firmen oder gar eine Angabe darüber, wo er wohnte. Živa hatte sich offensichtlich keine besondere Mühe gegeben und die Akte vermutlich von einem Mitarbeiter zusammenstellen lassen, ohne sie zu kontrollieren, bevor sie übermittelt wurde. Es war, als wollte sie wirklich nicht mehr direkt mit Laurenti zu tun haben und nur noch die offiziellen Wege wählen. Sollte sie eben ihren Willen haben, Laurenti wäre gewiß der letzte, der sie davon abzubringen versuchte. Er warf einen Blick auf seine Uhr und beschloß, diesen Tag voller schlechter Nachrichten mit einer Fahrt auf den Karst zu beenden und die Überbleibsel des Wagens der beiden Verunglückten zu inspizieren.

*

Der Schrottplatz lag noch knapp auf der Triestiner Gemarkung und damit in Laurentis Zuständigkeitsbereich. Hier verliefen die Gemeindegrenzen zwischen Triest, Duino-Aurisina und Sgonico seit dem Mittelalter so ausgefranst, daß man nie wußte, unter welcher Ortschaft im Telefonbuch nachzuschlagen war. Und die politische Grenze, die 1947 gezogen wurde, verkomplizierte die Angelegenheit noch mehr. Allein das Fischerdorf Santa Croce, das mit seinen fünfzehnhundert Einwohnern an der Abrißkante des Karsts hoch über dem Meer thronte, hatte drei verschiedene Postadressen und drei verschiedene Briefträger, die drei verschiedenen Postämtern angehörten. Niemand hatte je eine Reform in Angriff genommen, und niemand würde es je tun. Zu verworren war die Rechtslage aus uralten Gesetzen und neueren Normen. Wenn man in den Archiven forschte, fand man garantiert eine Verordnung, die vorher noch niemand ausgegraben hatte und die deshalb auch von allen Gesetzesänderungen unberührt geblieben war. Hobbyhistoriker gab es in der Stadt und ihrem Umland ungefähr genauso viele, wie sie Einwohner zählte, nur die Politiker erhielten sich ihre Unwissenheit.

»Es trifft immer die Falschen.« Ezio wischte sich die vom Altöl dunkel eingefärbte Hand am vor Schmutz starrenden Overall ab, nachdem er sie Laurenti gegeben hatte. Der Händedruck des Mechanikers hatte sich so weich und schmierig angefühlt wie eine der überreifen Feigen, die in diesem Monat von den Bäumen fielen. Laurenti betrachtete angewidert seine Hand, suchte mit der Linken vergebens nach einem Taschentuch und spreizte sie dann weit vom Körper ab. Der Mechaniker würde sowieso wieder nach ihr greifen, wenn das Gespräch beendet war.

»Ich könnte auf Anhieb mindestens zehn nennen, die es verdient hätten. Aber es erwischt immer die armen Schweine.« Ezio verdrehte die Augen. Die kahle Stelle auf seinem Kopf hatte sich in den letzten Jahren stark ausgedehnt, das konnten auch die schulterlangen, fettigen Haarsträhnen, die noch um die Platte wuchsen, nicht verbergen. Dabei war der Kerl noch keine vierzig.

Sie kannten sich über zwanzig Jahre, doch Freunde waren sie nie geworden. Laurenti hatte dem Mechaniker mehrfach zu Vollpension mit drei Mahlzeiten täglich verholfen, die er meist für ein paar Monate, einmal sogar für vier lange Jahre, in einer der Haftanstalten des Landes serviert bekam. Doch obgleich sie auf unterschiedlichen Seiten des Gesetzes standen, waren sie einander nicht unsympathisch. Eine jahrzehntelange Zusammenarbeit, auf die sie sich unbedingt verlassen konnten.

»Du weißt schon, ich meine diese Oberschlauen mit den weißen Kragen, die alles unter sich aufteilen, während wir anderen immer ärmer werden. Sie haben uns restlos im Griff, da kannst nicht einmal du etwas daran ändern. Um deren Handgelenke schließt sich niemals der kalte Stahl. Statt dessen terrorisiert ihr Bullen nur die Armen. Die Serben und Kosovaren, die Rumänen. Als hätten die nicht schon genug Probleme. Eine Bazooka in den Arsch ist das einzige, was die richtig dicken Fische zur Raison bringen könnte.«

Zu seiner wirtschaftlichen Blütezeit hatte Ezio für eine italienisch-jugoslawische Gang, die im Veneto entlang der Brenta Angst und Schrecken unter Villenbesitzern verbreitet hatte, Waffen ins Land geschafft.

»Handelst du noch mit dem Zeug?« Laurenti wußte, daß Ezio inzwischen kaum mehr krumme Geschäfte machte. Doch gewiß verfügte er in der näheren Umgebung noch immer über ein eindrucksvolles Waffenlager, das er irgendwo unter den ausgewaschenen grauen Kalksteinen des Karst angelegt hatte. Den Waffenschmuggel von damals, als die ehemaligen jugoslawischen Munitionsdepots massenweise geplündert wurden, hatten aber längst andere Kaliber übernommen.

»He, Commissario, ich bin sauber. Das weißt du ganz genau. Meine Frau würde mir den Hals umdrehen. Aber früher ...« Er watschelte zu einem Verschlag, den er Büro nannte und wo zwei kleine Fotos des Duce an der Wand zwischen den obligatorischen Werkstattpornos hingen. Ezio zog eine Flasche und zwei Plastikbecher aus einem Karton und schenkte Wein ein. »Solange die Alte nicht da ist ...«, sagte er, »aber wehe, wenn sie mich erwischt.«

Laurenti wußte, daß Ezios Frau der einzige Mensch auf dieser Welt war, vor dem der Mechaniker sich fürchtete. Irgendwann hatte sie beschlossen, daß sie die Fahrten in den Knast leid war, und ihrem Mann ein Ultimatum gestellt. Man hatte ihn am Tag darauf mit einem zugeschwollenen blauen Auge in den Lokalen auf dem Karst gesehen. Ezio zog Scherereien an wie der riesige Elektromagnet, der von dem rostigen Bagger neben der Hydraulikpresse baumelte, die Schrottautos. Dabei war der Mann mit den vom Altöl schwarz verfärbten Händen eigentlich gutartig, und niemand konnte ihm so recht böse sein.

»Also, Bulle, ich sag dir eines: Die Karre ist weg. In meiner langen Laufbahn, die du Gott sei Dank nicht ganz so gut kennst wie ich, ist mir so etwas noch nie passiert. Und ich hab's auch gar nicht gleich bemerkt. Erst als ich an der Kutsche daneben die Reifen abmontieren wollte, bevor sie in der Presse landet, sah ich auf einmal den leeren Platz. Wer klaut schon einen Totalschaden vom Schrottplatz? Glaub bloß nicht, daß das einfach war. Nachts sind die Hunde immer frei.« Er zeigte auf die beiden sabbernden Rottweiler, die freundlich mit den Stummelschwänzen wedelten, als sie spürten, daß ihr Herrchen von ihnen sprach. »Keine Ahnung, wie diese Kriminellen es geschafft haben, die beiden Bestien zu besänftigen. Der größere hat einmal einem Typen eine Arschbacke abgebissen, frag mich nicht, wie der sich heute den Hintern abwischt.«

»Der Wagen sollte beschlagnahmt werden. Hier sind die Unterlagen. Weißt du, wieviel Berichte und Erklärungen ich jetzt abgeben muß?« Laurenti wedelte mit den Dokumenten. »Du bist schon wieder dabei, dir eine Menge Scherereien einzuhandeln.«

»Wer klaut schon einen Haufen Schrott? An der Mühle war nicht einmal mehr der Kosmetikspiegel zu gebrauchen.«

»Der Schrotthaufen sollte morgen von den Spezialisten vom Erkennungsdienst untersucht werden.«

Ezio hob die Brauen. »Das heißt, ihr hofft auf Spuren anderer Fahrzeuge. War es etwa gar kein Unfall?«

Laurenti zuckte lediglich mit den Achseln. »Du bist ein Idiot, Ezio. Und wehe, wenn ich dahinterkomme, daß du in die Sache verwickelt bist. Unmöglich, an diesen Kötern vorbeizukommen, wenn du nicht dabei bist.«

»Übertreib doch nicht gleich.« Ezios Blick wurde unstet. Natürlich wußte er, daß jede kleinste Dummheit, die man ihm nachweisen konnte, sich in immer gesalzenere Haftstrafen umsetzen würde. »Ich hab wirklich nichts damit zu tun.«

»Eine Diebstahlsanzeige hast du aber auch nicht gemacht.«

»Das wäre wirklich ein Fest, wenn ich zu den Bullen ginge und erklären würde, daß man mir in der Nacht einen Haufen Schrott geklaut hat. Die würden mich doch sofort einbuchten, weil sie denken, ich will sie verarschen. Hör auf mit diesen Unterstellungen, Commissario. Ich bitte dich.«

»Auf jeden Fall darf ich dafür eine Unmenge Formulare ausfüllen, und anschließend werde ich noch vom Staatsanwalt abgewatscht.«

»Das kann man vermeiden. Hier sind Schrotthaufen, so viel du willst. Laß einen anderen untersuchen, ich schenk ihn dir. Hier gibt's genug davon, und du hast keine Mühe mit dem Papierkram.« Ezio wies auf das Gelände, auf dem sich die Fahrzeuge hoch auftürmten. Offensichtlich hatte sich sein Arbeitseifer in der letzten Zeit ziemlich in Grenzen gehalten. Der Overall spannte beträchtlich über seiner Wampe. »Nur halte mich bitte raus.« Ezio hatte den Kopf leicht geneigt und schaute demütig zu Laurenti auf, fast wie die beiden Rottweiler zu ihm.

»Ich rate dir, es deiner Frau selbst zu sagen. Stell dir vor, wie sie dir die Hölle heiß machen wird, wenn sie's aus der Zeitung erfährt. Du kannst sicher sein, daß die Meldung kommt, inklusive deiner Vorgeschichte, für die eine halbe Seite nicht ausreichen wird. Da kann man nichts machen.«

Ezio haute mit der Faust auf den Tisch. »Dann sollen sie wenigstens ein anständiges Foto reinsetzen. Immer dieser alte Mist.«

»Was passiert eigentlich mit den Autos, nachdem du sie verschrottet hast?«

»Dann kommt ein Sattelschlepper, und ich stell ihm mit

dem Bagger einen Klotz nach dem anderen auf die Ladefläche, bis die Stoßdämpfer ächzen. Was noch einigermaßen fährt, geht vorher in den Osten. Frag mich nicht, wohin. Ich kenne nur die Aufkäufer.«

»Und Quittungen gibt's natürlich keine. Komm morgen früh zu mir ins Büro. Ich brauch deine Aussage samt Unterschrift.« Laurenti stellte seinen Becher auf den Tisch und winkte ab, als Ezio nachschenken wollte.

»A propos, am Punto meiner Frau ist das Rücklicht kaputt. Und die Stoßstange. Eine kleine Delle auch in der Heckklappe. Das Ding ist brandneu. Soll ich ihn in die Fiatwerkstatt bringen?«

»Wenn du zuviel Geld hast, schon. Wenn nicht, dann bring ihn zu mir«, sagte Ezio. »Ich mach dir das in einem halben Tag. Für umsonst.«

*

»Wasser ist Sehnsucht.« Laura lächelte, während sie die Bilder betrachtete, die Serse eines nach dem anderen an die Wände seines Ateliers lehnte. Großformatige Meisterwerke in Graphit, die er nicht in die Ausstellung gegeben hatte. Wellen und Wolken, ein beinahe fotorealistisches Naturschauspiel, das den Betrachter magisch anzog, bis er fast selbst ein Teil des Werkes wurde.

Seine Bleibe hatte Serse vor fast zwanzig Jahren in einem stattlichen Palast des ausgehenden neunzehnten Jahrhunderts gefunden, der hoch über der Stadt stand und eine spektakuläre Aussicht auf Zentrum und Hafen bot. Neben dem Haus verlief die Trasse der über hundert Jahre alten Standseilbahn, die sich den Karst hinaufwand, vorbei am Obelisk, bis zur Endstation in Opicina. Für Serse war die Verbindung ideal. In die Stadt hinunter ging er meist zu Fuß, und für den Heimweg bediente er sich Triests beliebtesten öffentlichen Verkehrsmittels. Parkplatzsorgen hatte er keine. Ganz im Gegensatz zu Laura, die den dunkelblauen Fiat Punto die steile Via Virgilio hinaufplagte und auf dem engen Wendeplatz am Ende des Sträßchens die erste eigene Schramme in den Lack des neuen Wagens fuhr, als sie ihn so nah wie möglich an der Gartenmauer zu parken versuchte.

Serse hatte sie eingeladen. Als Laura bei der Vernissage die Begeisterung ihres Mannes über die Werke bemerkt hatte, hatte sie beschlossen, ihm eine Überraschung zu bereiten. Falls sie den Maler dazu überreden konnte, ihr hinter dem Rücken der Galeristen eines seiner Werke zum Freundschaftspreis zu verkaufen. Und als sie zur Mittagszeit Laurentis bedrückte Stimme am Telefon vernahm, hatte sie Serse kurzerhand angerufen. Er schien erfreut, sie zu hören, und sagte, er habe ohnehin keine Lust zu arbeiten. Mit einer gekühlten Flasche »K & K«, dem Spumante von Edi Kante aus Prepotto, in der Hand stand sie nun vor der Tür. Der Künstler war als Liebhaber guter Schaumweine bekannt, vom Franciacorta bis zum Champagner, und diese Flasche des verrücktesten Winzers der Welt war etwas Besonderes.

»Wasser ist Sehnsucht, das Meer ein Zeichen der Unendlichkeit. Deine Werke sind wunderbar.« Sie deutete auf einen riesigen Wellenkamm, neben dem noch ganz frisch aus des Meisters Hand eine ruhige Wasseroberfläche stand. Das Bild trug den Titel »Ai sali d'argento«, Silbersalz. »Aber ich werde mir wohl nie eines deiner Bilder leisten können.« Sie prosteten sich zu. Aus dem Nebenraum drangen die Klänge von Frank Zappas gänzlich unromantischem Song ›Naval Aviation in Art‹.

»Warum nicht?« fragte Serse. »Wir können drüber reden, wenn du willst.«

Es dämmerte bereits, als Laura angeheitert das Gartentor hinter sich ins Schloß fallen ließ. Sie waren sich bedrohlich nahe gekommen, hatten sich mit einer engen Umarmung verabschiedet, bevor sie den Künstler sanft von sich schob und ihm zum Abschied einen Kuß auf den Mundwinkel gab. Und sie hatte versprochen, ihn bald wieder zu besuchen.

Als Laura in ihrer Handtasche nach dem Autoschlüssel suchte, hörte sie das Starten eines Motors. Als sie einsteigen wollte, blendeten sie die Xenon-Scheinwerfer eines schwarzen Geländewagens, der zehn Meter vor ihr hielt. Sie drehte sich mit dem Rücken zum Licht, um besser sehen zu können. Als sie nach dem Türgriff suchte, fühlte sie eine Hand auf der Schulter und fuhr zusammen. Serse konnte es nicht sein, er wäre aus der anderen Richtung gekommen. Sie roch fauligen Atem und wurde mit einem schmerzhaften Ruck gegen ihr Auto gepreßt, ihr Kinn krachte gegen das kalte Metall. Der Kerl mußte mindestens einen Kopf größer sein als sie und einen Zentner schwerer. Mit seiner Pranke hatte er ihr langes blondes Haar gepackt und riß ihren Kopf so nach hinten, daß es ihr den Atem verschlug. Ihr Schrei erstickte in einem gurgelnden Geräusch. Und als sie nach rechts schielte, blickte sie in den Lauf einer Pistole.

Der Mann hatte einen eigenartigen Akzent. »Das hast du alles dem Kommissar zu verdanken«, sagte er. »Halt schön still. Sonst bist du tot.«

Die Hand ließ ihre Haare los und fuhr ihr Schulterblatt hinab, schob sich unter ihrer Achselhöhle durch und quetschte ihre linke Brust so sehr, daß sie vor Schmerz zu schreien versuchte, doch spürte sie plötzlich den Lauf der Waffe in ihrem Mund. In ihrer linken Hand hielt sie die Handtasche, mit der rechten noch immer den Autoschlüssel. Wie Blitze schossen die Gedanken durch ihren Kopf. Was hatte dieser Kerl vor, wo kam er her, wer hatte ihn geschickt? Und was konnte sie tun, da Schreien unmöglich war? Wie konnte sie sich befreien? Oder mußte sie reglos alles über sich ergehen lassen, um ihr Leben nicht zu verspielen? Wo war Serse? Serse! Hörte er denn nichts? Ein paar Schritte nur von seiner Villa entfernt, aus deren offenen Fenstern Frank Zappa dröhnte? Und wo waren die Nachbarn, deren Garageneinfahrten gegenüber lagen? Und wo war Proteo? Die Polizei? Wo war er eigentlich, wenn sie ihn brauchte?

Sie spürte, wie die grobe Hand des Kerls in ihren Ausschnitt fuhr und am Büstenhalter zerrte, wie sein steifes Glied sich an ihren Hintern preßte, während sein fauliger Atem sie beinahe ersticken ließ. Laura versuchte, sich trotz der Waffe herauszuwinden, aber das Schwein preßte sie mit seinem gesamten Gewicht gegen den Wagen. Sie schlug mit der Handtasche hinter sich, doch das schien seine Lust nur zu steigern. Sie standen im vollen Schweinwerferlicht des Geländewagens, der die enge Straße versperrte. Aus den Augenwinkeln sah sie, daß ein zweiter Mann mit lässig verschränkten Armen an der Motorhaube lehnte und amüsiert zuschaute. Dann riß der Stoff ihres Kleids, und die Hand des Dreckskerls drang tiefer. Laura wand den Kopf zur Seite, der Lauf der Pistole glitt aus ihrem Mund. Sie stieß einen grellen Schrei aus, doch der Schlag an ihren Hinterkopf war so heftig, daß ihre Stirn gegen die Wagentür krachte. Trotzdem gelang es ihr, sich halb umzudrehen, der Mann plumpste mit voller Wucht gegen das Auto. Sein linker Arm schloß sich um ihren Hals.

»Ah, du Drecksnutte magst es lieber von vorne«, fluchte er. »Das kannst du haben.« Der Lauf seiner Pistole glitt langsam an ihrer Flanke hinunter, und kurz darauf rissen seine Finger an ihrem Slip, zogen ihn nach unten, dann öffnete der Kerl sich die Hose. Laura ließ die Arme sinken und hielt den Atem an. Als sie die Wärme seines Schwanzes fühlte, stieß sie mit dem Autoschlüssel zu. Schnell und mehrmals so heftig, daß der Mann verblüfft zwei Schritte zurückwich und strauchelte. Es blieb ihr eine Sekunde, um die Wagentür aufzureißen, hineinzuspringen und die Tür von innen zu verriegeln, bevor der zweite Mann auf sie zusprang. Mit zitternder Hand startete sie den Wagen, während der Kerl versuchte, mit dem Ellbogen das Seitenfenster einzuschlagen. Auch der andere hatte sich wieder gefangen und stürzte sich auf die Pistole, die halb unter ihren Wagen gerutscht war. Laura drückte wie eine Wahnsinnige auf die Hupe und legte den Rückwärtsgang ein. Das Blech kreischte, während sie den Wagen aus der Falle zu lenken versuchte. Es gab keine andere Möglichkeit: Hinter ihr endete die Straße auf dem engen Wendeplatz, vor ihr war sie durch das Auto der beiden Schweine blockiert. Laura hupte noch immer, als eine Kugel die Windschutzscheibe in Splitter zerfallen ließ und eine zweite den Wagenhimmel zerfetzte. Sie riß den Fiat auf dem Wendeplatz herum und legte den ersten Gang ein, als einer der Typen sich auf die Kühlerhaube warf und in den Wagen zu greifen suchte. Sie hatte keine Wahl, es gab nur einen Ausweg. Es war die steilste Stelle, die die »Tram d'Opicina« auf seiner Fahrt zu bewältigen hatte. Der herauffahrende Waggon wurde von einer kleinen Lok geschoben, trotz des Gegenzugs des talfahrenden, der soeben passiert hatte und bald das Zentrum erreichen würde. Laura gab Gas und riß den Punto auf die Gleise. Der Kerl, der an der Kühlerhaube klebte, ließ auch nach den ersten Metern holpriger Talfahrt über die Bahnschwellen nicht los. Er zog sich an den Scheibenwischern herauf und griff nach dem Dachholm. Laura wurde auf ihrem Sitz herumgeworfen, sie hörte das Kreischen der Schienen am Unterboden, jeder Versuch zu lenken war sinnlos. Sie beschleunigte und schaltete um. Ihr einziger Halt war das durchgetretene Gaspedal. Plötzlich sah sie die roten Lichter der abwärtsfahrenden Bahn vor sich. Die Fahrgäste drückten sich mit aufgerissenen Augen die Nasen an den Fenstern platt, als sie den Fiat heranrasen sahen. Ein Bild wie aus dem Werbespot einer Stoßdämpferfabrik. Dann krachte Laura gegen den Waggon. Der Airbag schlug ihr entgegen und drückte sie in den Sitz zurück. Sie sah nicht mehr, wie der Kerl auf der Kühlerhaube gegen das Gehäuse des blauweiß lackierten Fahrzeugs vor ihr geschleudert wurde und dann neben den Gleisen ins Dunkel fiel.

Erst auf der Via Commerciale kam die Straßenbahn schließlich zum Stehen. Der Fiat war im Nu von Menschen umringt, laute Stimmen überall. Endlich streifte Laura den Airbag zur Seite und schaute sich um. Als sie sicher war, daß keiner der beiden Kerle in der Menge stand, tastete sie nach dem Türgriff und stieg aus. Und dann erst merkte sie, daß sie nur noch mit Fetzen bekleidet und fast nackt war. Blitzlichter durchzuckten die Dunkelheit. Irgend jemand reichte ihr eine Jacke. Widerstandslos ließ sie sich zu einem Wagen mit flackerndem Blaulicht bringen.

»Geht es Ihnen gut?« fragte eine Polizistin, als sie ihr die Tür des Streifenwagens öffnete. »Sind Sie verletzt? Brauchen Sie einen Arzt? Wie heißen Sie?«

»Rufen Sie Commissario Laurenti«, sagte sie matt. »Er soll sich beeilen. Und holen Sie meine Handtasche aus dem Wagen, bevor sie jemand an sich nimmt. Sagen Sie Laurenti, daß er sein blaues Wunder erleben wird, wenn er nicht in fünf Minuten hier ist.«

*

»Was hat der gesagt?« Laurenti raufte sich die Haare. Er raste mit wütendem Schritt durchs Zimmer. Noch immer konnte er nicht fassen, daß seine Frau nur knapp einer Vergewaltigung entkommen war.

Laura hatte sich inzwischen gefangen, auch ohne das Beruhigungsmittel, das ihr der Arzt in die Hand gedrückt hatte. Neben dem Schrecken war sie mit ein paar Prellungen und einer Schürfwunde davongekommen. »Er blies mir seinen stinkenden Atem ins Gesicht, daß ich kotzen wollte, und sagte: ›Das hast du alles dem Kommissar zu verdanken.‹ Welchen Kommissar meint er nur? Wie viele sind hier anwesend? Und mit wem bin ich verheiratet? Was geht hier vor?«

Als der Anruf kam, war Laurenti gerade dabeigewesen, das Abendessen zuzubereiten. Er hatte in Santa Croce kurz bei Emiliano in der »Osteria Il Pettirosso« haltgemacht und ihm eine schöne Corvina sowie ein Kilo Vongole und Canestrelli aus der Lagune von Grado abgeschwatzt. Er hatte den Tisch gedeckt, die Muscheln gewässert sowie Petersilie, Knoblauch und etwas Peperoncino kleingehackt. Das Sauté wäre ruckzuck zubereitet, wenn Laura nach Hause käme, und den Fisch wollte er zusammen mit Zucchini, die er in dünne Streifen geschnitten hatte, einfach auf den Grill geben. Nur Laura kam und kam nicht.

Und dann klingelte sein Telefon. Eine aufgeregte Stimme aus der Zentrale teilte ihm mit, daß seiner Frau etwas Schlimmes zugestoßen sei.

Mit heulender Sirene war er über die Küstenstraße in die Stadt zurückgerast und hatte auf dem Lungomare vor Barcola sogar den Streifenwagen überholt, der mit ihm Funkkontakt aufgenommen hatte und ab der Kreuzung beim Castello Miramare für freie Fahrt sorgen sollte. Laura umklammerte ihn zitternd, als Laurenti endlich die Tür des Polizeiautos aufriß. Eine uniformierte Beamtin hatte versucht, ihre Schilderungen, die sie hektisch und verworren formulierte, zu notieren.

Inspektorin Pina Cardareto war sofort, als die Durchsage kam, mit ihrem Fahrrad in die Via Commerciale gestrampelt und koordinierte den Einsatz. Die Blaulichter leuchteten die Fassaden der Häuser bis in die obersten Stockwerke aus. Vier Polizisten waren entlang der Schienen die Steigung hinaufgerannt, und weitere Streifenwagen hatten die Via Virgilio und die Via Romagna blockiert, die einzigen Straßen, die vom Tatort wegführten. Eine andere Besatzung stolperte von oben die Bahnschwellen herunter. Doch der Mann, von dem Laura gesprochen hatte, war spurlos verschwunden. An ihrer Aussage gab es keinen Zweifel, Fahrgäste hatten ihn neben die Schienen fallen sehen und die Stelle genau beschrieben. Die Polizisten leuchteten mit Stablampen die Strecke aus, fanden aber lediglich einen Herrenschuh. Schwarzes Leder, Größe 45, ungepflegt und abgetragen. Sie steckten ihn in einen transparenten Plastikbeutel, schrieben Datum und Fundort darauf und zeigten ihn der kleinen Vorgesetzten. Pina Cardareto wies an, daß er umgehend ins Labor gebracht und noch heute nacht untersucht werden sollte. Dann wurde der Kranwagen der Feuerwehr durchgewinkt, der wenig später den Fiat aus den Gleisen hob und ihn zur Pritsche eines Abschleppwagens schwenkte. Auch in diesem Fall gab Pina mit scharfer Stimme unmißverständliche Anweisungen. In drei Stunden wollte sie die Analyse der Fingerabdrücke und aller anderen Spuren auf ihrem Schreibtisch vorfinden. Laura blieb einen Augenblick stehen, als Laurenti sie zu seinem Wagen führte, und schaute zu, wie der Schrotthaufen durch die Luft schwebte und eine dicke Ölspur hinter sich herzog.

»Er hatte noch keine zweitausend Kilometer«, seufzte sie und legte den Kopf an Laurentis Schulter.

»Ein gutes Auto«, sagte der Kommissar. »Fährt sogar auf Schienen. Zumindest abwärts.«

»Und was mach ich jetzt?«

»Wir kaufen einen neuen.« Laurenti hielt ihr die Wagentür auf und schob sie behutsam auf den Sitz. Bevor er einstieg, hörte er Pina Cardareto mit Marietta telefonieren. Mit ungewöhnlich sanfter Stimme gab sie seiner Assistentin die Anweisung, umgehend ins Büro zu kommen und dort auf sie zu warten.

Als sie die Treppen zum Haus an der Steilküste hinabstiegen, schaute Laura ängstlich um sich, und selbst Laurenti warf mehr als einmal einen Blick über die Schulter.

Zum erstenmal seit Jahren kontrollierte er, ob die Außentüren abgeschlossen waren. Bisher hatte er sich nie darum gekümmert. Wohnungseinbrüche in Triest waren selten, auf der Küstenstraße ständig Streifenwagen der Polizia di Stato, der Carabinieri sowie der Guardia di Finanza unterwegs, und abgesehen davon scheuten Diebe auch davor zurück, die langen, steilen Treppen zu den Häusern hinab- und beutebeladen wieder hinaufzusteigen.

Doch diesmal war alles anders.

Als Laura im Bad verschwand, suchte er in der Kommode nach der Beretta. In einer Schublade fand er schließlich auch die Magazine mit der Munition. Er hatte die Waffe seit Jahren nicht mehr benutzt, außer zu den vorgeschriebenen Trainingseinheiten auf dem Schießstand, denen selbst er sich nicht entziehen konnte. Zu seiner eigenen Überraschung schnitt Laurenti trotz mangelnder Übung dabei jedesmal besser ab, als er gedacht hatte. Er legte die geladene Waffe neben das Telefon.

»Gibt es vielleicht irgend etwas, das ich wissen sollte?« fragte Laura nervös, als sie nach einer langen heißen Dusche in einen dicken Bademantel gehüllt in den Salon kam, wo Laurenti pausenlos telefoniert hatte. Sie schenkte sich mit zitternder Hand ein Glas Weißwein ein. »An was für einem Fall arbeitest du? Warst du deswegen so besorgt?«

Laurenti legte seinen Arm um ihre Schulter, doch Laura ächzte auf. »Nicht! Mir tut alles weh. Das Schwein hat mich nicht gerade gestreichelt. Also, was hast du mir zu sagen?«

Noch bevor er antworten konnte, vernahmen sie das Stampfen eines Motorboots. Der Lichtkegel eines starken Scheinwerfers fiel auf ihr Haus. Laurenti sprang auf, griff nach der Waffe und rannte zum Fenster. Er riß die Tür zur Terrasse auf und betätigte im gleichen Moment die Notruftaste seines Mobiltelefons. Er suchte Deckung und schilderte in knappen Worten die Situation. Als der Beamte ihn um etwas Geduld bat, fauchte er nur, daß er nicht warten könne und gefälligst zurückgerufen werden wolle. Der Scheinwerferkegel streifte mehrmals über die Fassade, und plötzlich stand Laurenti mitten im Licht. Er warf sich zu Boden, kroch zur Tür hinein und zischte Laura zu, daß sie den Schutz einer Mauer suchen solle. Er rechnete jeden Augenblick damit, daß sie mit einem Kugelhagel überzogen würden. Doch Laura blieb wie gelähmt auf dem Sofa sitzen und starrte ihn nur mit offenem Mund an. Dann glitt der Scheinwerfer noch einmal über die Fassade und durch den Garten vor dem Haus, beleuchtete die Treppe, die zum Meer hinabführte, sowie den Anleger davor, und schließlich drehte das Boot ab und fuhr langsam wieder aufs offene Meer hinaus.

Als Laurenti sich aufrichtete, klingelte endlich sein Mobiltelefon. Es war der Mann von der Einsatzzentrale, in dessen Stimme Erleichterung mitschwang. »Commissario, das sind unsere. Keine Angst. Ich hoffe, Sie haben sich nicht erschreckt. Die wollten nur sichergehen, daß alles in Ordnung ist.«

»Geben Sie mir Ihren Chef«, schnauzte Laurenti, ohne sich zu bedanken. Wenig später hörte Laura, wie er mit lauter Stimme sagte, er verbitte sich solche Scherze und dulde ohne Zustimmung keine Überwachung. Dann schloß er die Terrassentür, legte die Waffe zurück und setzte sich neben Laura. »Hab keine Angst«, sagte er. »Das waren die Kollegen. Sie haben ein Auge auf uns.«

Er ging in die Küche, doch bevor er die Gasflamme anzünden konnte, rief Laura: »Und warum hast du gesagt, sie sollen verschwinden? Was zum Teufel geht hier vor, Laurenti?« Immer wenn sie wütend war, nannte sie ihn beim Nachnamen.

Proteo rieb sich die Hände, als könnte er damit die Tatsachen zerquetschen, über die zu reden ihm unbequem war. »Eine alte Sache, Laura. Ich erzähle es dir später. Hast du keinen Hunger? Ich mache uns etwas zu essen.«

»Ich krieg keinen Bissen runter, Laurenti. Ich will endlich wissen, was los ist. Raus mit der Sprache.« Ihr Glas knallte keinen halben Meter neben ihm gegen die Wand.

»Ist ja gut«, versuchte er sie zu beschwichtigen. »Ich hatte nicht damit gerechnet, daß sie so schnell sind. Vor ein paar Stunden erst wurde ich vom Staatsanwalt gewarnt.« Er versuchte so behutsam wie möglich die Fakten zu schildern und sammelte dabei die Glasscherben auf. Schließlich setzte er sich doch in den Sessel Laura gegenüber. Er wollte sie nicht unnötig beunruhigen, doch herunterspielen konnte er die Sache jetzt nicht mehr. »Ich bin froh, daß unsere Töchter wenigstens aus der Schußlinie sind. Vermutlich wäre es besser, wenn du in Urlaub fahren würdest, bis die Sache vorbei ist. Und Marco auch. Er wird heute abend übrigens im Restaurant abgeholt und heimgebracht. Sie haben inzwischen begriffen, daß diese Drohung uns alle betrifft. Aber ich finde, es genügt, wenn ich mich mit dem Begleitschutz abfinden muß. Ihr solltet euch dieser Sache auf keinen Fall aussetzen. Fahrt weg, weit weg.«

Laura starrte ihn fassungslos an. »Proteo«, sagte sie, »glaub bloß nicht, daß ich dich in solch einer Situation allein lasse. Das kannst du vergessen.«

Er ging in die Küche und bereitete das Muschelsauté zu. Kurz bevor es fertig war, klingelte es zweimal am Gartentor. »Kümmere dich bitte um die Muscheln«, sagte er zu Laura, nahm die Beretta vom Telefontisch und ging zur Terrassentür hinaus. Leise schlich er ums Haus herum und hielt sich im Dunkeln. Da klingelte es noch einmal. Als er endlich das Gartentor durch die Büsche erkannte, sah er eine Gestalt die Treppe hinaufrennen. Er hetzte hinter ihr her, doch bevor er die Straße erreichte, hörte er einen Wagen mit quietschenden Reifen davonfahren. Er schaute sich um. Hier oben war kein Dienstfahrzeug der Kollegen. Vom Meer aus hatten sie die Scheinwerfer auf das Haus gerichtet, doch die Bergseite war unbewacht. Er steckte die Beretta in den

Hosenbund und ging zurück. Vor der Haustür lag eine tote Möwe mit einer Schlinge um den Hals, an der ein Zettel hing. Er riß ihn mit spitzen Fingern ab. Erst im Hausflur konnte er ihn entziffern.

»Vergiß Tatjana Drakič. Denk an die Gesundheit deiner Familie.« Ein Computerausdruck, auf dem ganz sicher keine Fingerabdrücke zu finden waren. Und die Bedeutung der erdrosselten Möwe bedurfte keiner weiteren Entschlüsselung.

Es war dreiundzwanzig Uhr, als Laurenti zum Telefon griff und die Nummer seines Büros wählte. Marietta war sofort am Apparat und verband ihn sogleich mit Pina. Noch gab es keine Neuigkeiten, in dieser Nacht aber würden jede Menge Straßensperren erfolgen und Hunderte von Personen nach dem Zufallsprinzip kontrolliert werden. Die Analysen des Erkennungsdienstes lagen noch nicht vor.

»Geben Sie dem Personenschutz Bescheid«, sagte Laurenti zum Schluß. »Ich bin jetzt einverstanden.«

»Was hast du überhaupt bei Serse gemacht?« fragte Laurenti. Sie aßen gerade die gegrillte Corvina. Warum hatte der Künstler eigentlich nichts bemerkt? fragte sich Laura und druckste an einer Ausrede herum, als sie hörten, wie leise an der Haustür hantiert wurde. Laurenti griff nach seiner Pistole und wartete neben der Tür zum Wohnzimmer, die kurz darauf zögerlich geöffnet wurde. Er versetzte ihr einen harten Stoß mit dem Bein und riß den Eindringling herein, im gleichen Moment setzte er ihm die Waffe an die Stirn – und ließ ihn sofort wieder los.

»Spinnst du, Papà?« rief Marco mit blassem Gesicht. Er hatte noch immer seine Kochmütze auf dem Kopf und die Kopfhörer seines iPod im Ohr. »Was ist hier eigentlich los?«

»Entschuldige bitte«, sagte Proteo. »Ich bin etwas angespannt. Komm rein.«

»Ich suche mir morgen eine eigene Wohnung«, grummelte Marco. »Ich glaube, du bist komplett durchgeknallt. Zuerst werde ich wie ein Verbrecher im Restaurant von zwei uniformierten Bullen abgeholt, die ihre Karre direkt vor dem Haupteingang des ›Scabar‹ parken, hereinstürmen wie der Terminator, meine Chefin fragen, wo ich bin, wie ein Rollkommando in die Küche eindringen und mir befehlen, umgehend mitzukommen. Wie einen Mörder führen sie mich hinaus, setzen mich hinten in den Wagen und fahren mit quietschenden Reifen und eingeschaltetem Blaulicht davon. Acht Kollegen, meine Chefin, vier Kellner und weiß der Teufel wie viele Gäste starren uns nach. Es fehlte nur noch, daß sie mir Handschellen anlegten.« Marco schenkte das Glas seines Vaters nach und leerte es in einem Zug. »Kein Wort darüber, was das ganze Aufheben sollte. Und dann hält mir mein eigener Vater zu Hause auch noch seine Knarre an den Kopf. Mamma, sag was! Mußtest du wirklich solch einen Mann zu meinem Vater machen?«

»Setz dich«, sagte Laura viel strenger als sonst. »Und nimm endlich die Stöpsel aus den Ohren.«

Marco gehorchte widerspruchslos. Er nahm Laurentis Teller und probierte den Fisch. Nach dem zweiten Bissen warf er die Gabel aufs Porzellan. »Kochen kann er auch nicht.«

Angenehme Gesellschaft

Es war ein Tag, an dem Laurenti zuerst die Nummer im Display seines Mobiltelefons ablas, bevor er antwortete oder das Gespräch wegdrückte. Der erste Anruf an diesem Morgen stammte wieder von der Journalistin aus Rom, und obwohl sie eine alte Freundin war, hatte Laurenti keine Lust, mit ihr zu sprechen. Ihre Fragen waren zu tückisch, sie bekam immer heraus, was sie wollte.

»Sie können selbst fahren, dann folgen wir Ihnen, oder sich zu uns in den Wagen setzen, wo wir Sie besser schützen können, Commissario.« Als Proteo Laurenti am Morgen die Treppe zur Straße hinaufgegangen war, erwarteten ihn bereits zwei Beamte in einem BMW mit getönten Scheiben. Hochgewachsene Männer Mitte Dreißig, die trotz der dikken Wolkendecke ihre Sonnenbrillen nicht absetzten. Sie trugen die Hemden lässig über ihren Jeans und verdeckten damit die Pistolen am Gürtel.

»Ich bin Inspektor Sardoč, und das ist Bezzi.« Sie gaben ihm die Hand.

»Und wer beschützt meine Familie?« fragte Laurenti.

Bezzi machte eine Kopfbewegung zu einem zweiten Wagen, der hinter Laurentis Alfa Romeo stand.

»Wir wären Ihnen dankbar, wenn Sie sich an unsere Anweisungen hielten, Commissario«, sagte er. »Dann können wir besser für Ihre Sicherheit garantieren.«

»Ich fahre mit euch«, sagte Laurenti und setzte sich auf den Beifahrersitz, obwohl Bezzi ihm die Tür zum Fond aufhielt. »Ich wollte schon immer einen Chauffeur haben. Wir werden viel Spaß miteinander haben, Signori. Ich hoffe, Sie werden nicht allzulange auf mich aufpassen müssen.«

Der Staatsanwalt hatte also gewonnen. Lange hatten

Laura, Marco und Proteo gestern nacht über die Sache gesprochen. Marco tat sich schwer, sich mit den Einschränkungen abzufinden. Immerhin hatte er durchgesetzt, daß er weiter zur Arbeit gehen konnte. Er hatte eine neue Flamme und wollte auf keinen Fall von ihr ablassen, eine junge Römerin, die derzeit ein Praktikum in der Küche des »Scabar« absolvierte, um ihren ohnehin schon guten Zeugnissen noch mehr Glanz zu geben. Marco hatte sich verplappert, zuerst von viel Arbeit und der Hochsaison gesprochen, dann aber plötzlich gesagt, daß er sich persönlich um die Neue kümmern müßte. Am Ende hatten sie eine für alle tragbare Vereinbarung getroffen. Laura, die sich ihre Arbeitszeit einteilen konnte, wie sie wollte, weil sie ihr eigener Chef war, würde sich von den Beschützern zusammen mit Marco in die Stadt bringen lassen und abends mit ihrem Mann nach Hause fahren. Proteo war der Meinung, daß die Sache nicht lange dauern würde, nachdem sie so schlagartig explodiert war. Er hatte, ohne es zu ahnen, in ein Wespennest gestochen und mußte verdammt nah an der Lösung eines Falls sein, den er nicht im geringsten durchschaute.

Er erntete anerkennende Blicke, als seine beiden Begleiter vor der Questura hielten und ihn bis zur Tür begleiteten. Mit einer solchen Bedrohung und mit dem überstandenen Attentat auf seine Frau stieg man automatisch im Ansehen der Kollegen. Marietta hatte den Blick einer schwer bekümmerten Mutter aufgesetzt und Pina den einer Hundehalterin, die ihren kleinen Liebling soeben vom Tierarzt nach Hause trug, nachdem er von einem bösen schwarzen Köter gebissen worden war. Laurenti gab ihr das Blatt, das er in der Nacht zusammen mit der erdrosselten Möwe gefunden hatte, und bat sie, es vom Erkennungsdienst untersuchen zu lassen. Sie reichte es Marietta weiter, die es ohne Murren annahm. Offensichtlich hatten sich die Machtverhältnisse gestern abend geändert.

»Die Fingerabdrücke vom Wagen Ihrer Frau sind inzwischen analysiert«, sagte Pina und legte ihm den Ausdruck aus der Kundendatei vor. Laurenti staunte. Sie stammten von einem der beiden Schränke, die ihn auf der Via Carducci in die Mangel genommen hatten. Ein gebürtiger Triestiner mit Wohnsitz in Gorizia, den man im Milieu Coco nannte, und der auch den Kollegen im Nachbarstädtchen kein Unbekannter war. Alte Delikte, die alle mit der damals noch stark überwachten Grenze zu tun hatten. Ein Freund von Ezio, dem Schrotthändler, mit dem er alles ins Land geschmuggelt hatte, was nicht legal importiert werden durfte.

»Immerhin sind wir ein Stück weiter«, sagte Laurenti. »Haben Sie ihn schon?«

»Er ist letzte Nacht nicht nach Hause gekommen. Ich habe mit Sgubin gesprochen, der berichtete, daß unter der angegebenen Adresse nur die Schwester wohnt. Und die sagte, daß Coco seit längerem verreist sei. Sgubin läßt sie beobachten und hat bereits den Antrag auf Überwachung ihres Telefons gestellt. Übrigens sind die beiden Kerle mit ihrem Geländewagen auf der Flucht ein bißchen zu eng an der Mauer entlanggefahren. Die Lackspuren werden noch untersucht, aber wir gehen bereits davon aus, daß er aus deutscher Produktion stammt. Ich fresse einen Besenstiel, wenn dies nicht der gleiche Wagen ist, der die Babičs in den Abgrund geschickt hat.«

»Leichtsinnig. Ich würde mich sofort des Fahrzeugs entledigen, wenn ich so etwas getan hätte, und nicht noch eine zweite Schweinerei damit unternehmen.«

»Die Medien kennen nicht die ganze Wahrheit. Sie sprechen immer noch von einem Unfall. Und Sie selbst haben doch von den Vorzügen der Grenze gesprochen, hinter der man sich verstecken kann. Die Übergänge sind alle informiert, die slowenischen Kollegen ebenfalls, sie haben unbürokratische Kooperation zugesichert.«

»Und die Rothaarige aus dem Konsulat? Ist sie inzwischen zu sich gekommen?«

»Nein. Und erstaunlicherweise hat bisher noch niemand eine Vermißtenmeldung aufgegeben. Ihr Bild ist heute in der Presse und geht mehrfach durchs Regionalfernsehen. Wir hoffen, daß wir so wenigstens ihre Identität erfahren.«

Pina legte die Zeitung auf den Tisch. Die Schlagzeile und das Foto waren Laura gewidmet. Der Artikel sprach von einer beeindruckenden Demonstration der Qualität der italienischen Autoindustrie, die selbst auf Straßenbahnschienen eine abenteuerliche Talfahrt mit Vollgas nicht zu einem lebensgefährlichen Risiko machte, selbst wenn sie in einer Kollision mit einem Waggon der Tram d'Opicina endete und die Standseilbahn fürs erste unbenutzbar blieb. Allerdings seien die Gründe dieser Flucht besorgniserregend. Denn die Frau eines hohen Polizeibeamten sei nur knapp einem gewalttätigen Überfall entkommen. Der Artikel endete mit der Frage, ob man in Triest ab jetzt nicht mehr so sorgenfrei wie bisher leben könne. Immerhin hatte die Redaktion darauf verzichtet, Lauras Namen oder den seinen zu nennen und auch sonst keine Andeutungen gemacht, aus denen der aufmerksame Leser seine Schlüsse ziehen konnte. Im Polizeibericht sah Laurenti schließlich das Foto der Rothaarigen. Pina sagte, sie hätte es vorher selbst am Computer bearbeitet, denn mit den schweren Verletzungen könnte sie niemand wiedererkennen.

Er sah die Nummer seiner Frau auf dem Display seines Mobiltelefons und bat die Inspektorin um einen Augenblick Geduld.

»Bist du schon im Büro?« fragte Laurenti.

»Ich warte noch auf Marco, er hat wieder einmal verschlafen. Sag, hast du meine Kamera benutzt? Der Memorychip fehlt.«

Laurenti kratzte sich am Kopf und verdrehte die Augen.

Zögerlich gab er zu, daß er vergessen hatte, einen neuen zu kaufen.

»Und die Bilder, die drauf waren?« fragte Laura. »Die ganze Woche mit unseren Töchtern? Ich wollte heute davon Abzüge machen lassen. Alles weg?«

»Ich kann nichts dafür, Laura.«

»Da sieht man sie einmal im Jahr und freut sich auf die Erinnerungen daran, und dann muß man feststellen, daß der geschätzte Gatte die Fotos löscht.«

Seine Lieblingstochter Patrizia hatte ein paar Tage in Triest Station gemacht, um sich von der Restaurierung der erotischen Fresken in den Freudenhäusern Pompejis zu erholen. Ihre Schwester Livia war aus München angereist, und mit zwei Freundinnen waren sie schließlich weiter auf die dalmatische Insel Hvar gefahren, um Urlaub zu machen. Nun waren die Bilder weg, da war nichts zu machen. Wie der Speicherchip wirklich abhanden gekommen war, behielt Laurenti lieber für sich.

»Die Konsulin macht enormen Druck«, berichtete Pina weiter. »Sie wird noch heute morgen die Akten zurückbekommen. Ich habe sie überflogen, aber nichts Relevantes entdeckt. Allerdings hat das Konsulat nach meiner Einschätzung kaum etwas zu tun. Fast alles betrifft die beiden Firmen, die sich gegenseitig Rechnungen schreiben und Gutachten ausstellen. Komische Sache. Ich wußte übrigens nicht, daß man mit Aushub solche Geschäfte machen kann. Ein Betrieb aus dem SciencePark hat auch damit zu tun. Alle drei Firmennamen beginnen mit Crea.«

»Wir müssen diese Läden genauer unter die Lupe nehmen. Vielleicht hat die Rothaarige etwas gesucht und gefunden, was uns helfen könnte. Ach« – Proteo Laurenti wühlte hektisch zwischen den Akten auf seinem Schreibtisch – »das ist mir völlig durchgerutscht.«

Endlich fand er die flache Digitalkamera, die er der Verletzten abgenommen hatte. Er hatte sie in der Hektik des Nachmittags vergessen, und sie war schließlich unter dem Papierkram verschwunden, der sich auf seinem Schreibtisch türmte. Laurenti fummelte vergeblich daran herum, jedes dieser Spielzeuge funktionierte anders. Schließlich gab er sie an Pina weiter. »Vielleicht kommen Sie damit zurecht. Sie gehört der Rothaarigen.«

Die Inspektorin schüttelte unmerklich den Kopf, schaltete das Gerät mit einem Griff ein und blätterte die Bilder durch. »Wo ist das?« fragte sie und wollte Laurenti die Aufnahme zeigen, doch dann schaute sie selbst noch einmal genauer hin und vergrößerte einen Ausschnitt. »Aber das ist doch dieser Babič«, rief sie. »Wo wurde die Aufnahme gemacht?«

Laurenti riß ihr den Apparat aus der Hand. Das Bild war nachts aufgenommen worden, durch ein Fenster. Ohne Blitz. In einem Raum, an dessen Wänden technische Zeichnungen hingen, stand ein Mann mit einem Fotoapparat in der Hand. Ganz offensichtlich lichtete er die Pläne ab.

»Wo ist das?« fragte Pina aufgeregt.

»Ich glaube, wir werden es bald wissen«, sagte Laurenti und sprang auf. »Kommen Sie mit. Wir machen einen Ausflug. Mit Chauffeur.«

Er stürmte in sein Vorzimmer und gab Marietta die Kamera. »Laß sofort diese Bilder vergrößern. Wie lange dauert das?«

»Ein paar Minuten, Chef«, sagte seine Assistentin mit einem amüsierten Lächeln. Wußte er immer noch nicht, daß man diese Apparate nur an einen Computer anschließen mußte, um die Bilder auszudrucken? Der technische Fortschritt war Laurentis Sache nicht.

»Und sag meinen Gorillas Bescheid, daß ich sie brauche.«

Es klopfte verhalten an der Tür zu Mariettas Büro.

»Avanti«, flötete sie und gab ihrem Computer den Druckbefehl zum ersten Bild, das sie auf ihrem Schirm hatte. Eine technische Zeichnung mit Terminologien, die keinem der drei etwas sagten. Sie vergrößerte das zweite Bild. Es klopfte nochmals. Pina ging zur Tür und öffnete.

»Ist Laurenti da?« Schüchternheit war normalerweise kein Charakterzug Ezios, doch diese Hallen fürchtete er wie der Teufel das Weihwasser. Er atmete auf, als er Proteo neben Marietta entdeckte. »Wann bringst du mir den Fiat von deiner Frau?«

»Zeig mir deine Hände«, sagte Laurenti.

Obwohl der Schrotthändler sie ordentlich geschrubbt hatte, waren schwarze Ränder unter den Fingernägeln, die nur noch durch eine Amputation der Greiforgane beseitigt werden konnten, oder durch mehrjährige Haft. Sogar ein frisches Hemd hatte der Mann angezogen, die Haare allerdings wusch er sich vermutlich nur am Samstagabend. Laurenti gab der kleinen Inspektorin einen Wink, und bevor Ezio sich's versah, schlossen sich bereits die Handschellen um seine Gelenke.

»Was soll das?« raunzte er. »Ich tu dir doch nichts.«

»Du hast dich ja richtig fein gemacht heute. Ein festlicher Anlaß, dein hoher Besuch. Sehr erfreut.« Laurenti schob ihn in sein Büro und zeigte auf einen Stuhl. »Setz dich, Ezio.« Er selbst blieb neben dem Mann stehen und schaute auf ihn herab.

»Also, was hast du mir zu sagen?«

»Ich bin hier, wie du es mir befohlen hast. Mach keinen Blödsinn, Commissario.« Ezio zerrte an den Handschellen.

»Du solltest doch inzwischen gelernt haben, daß man sie nur mit dem Schlüssel wieder öffnen kann. Los, raus mit der Sprache.«

»Ich weiß gar nicht, was du willst.«

»Wo ist Coco?«

»Coco?«

»Dein Freund aus Gorizia.«

»Den habe ich seit Jahren nicht gesehen. Seit damals, als man uns eingebuchtet hatte wegen ein paar Bazookas und

Kalaschnikows. Die verstanden überhaupt keinen Spaß, eine Katastrophe.«

»Du hast ihm den Schrotthaufen von den Babičs geschenkt.«

Ezio machte große Augen. »Ich?«

»Siehst du hier noch jemand anderen?«

»Hab ich nicht. Der wurde gestohlen, wie ich es dir gesagt habe.«

»Mit zwei scharfen Rottweilern auf dem Hof, von denen einer schon einmal den halben Arsch von einem Mann gefressen hat? Verkauf mich nicht für dumm, Ezio. Ich will wissen, wo er ist.«

»Keine Ahnung.«

Laurenti beugte sich zu ihm hinunter und fixierte ihn böse. »Dann will ich dir jetzt mal was erzählen. Gestern abend hat dein Freund Coco versucht, meine Frau zu vergewaltigen. Er hat sie mit einer Pistole bedroht.«

Ezio hörte mit offenem Mund und kreideweißem Gesicht zu, Schweißperlen standen auf seiner Stirn.

»Er fährt mit einem schwarzen Geländewagen herum, vermutlich eine deutsche Marke. Du kennst die Dinger, der reine Viagra-Ersatz. Laura konnte sich um Haaresbreite retten. Ihr Fiat ist Schrott.«

»War sie das, in der Zeitung?« fragte Ezio nach zweimaligem Räuspern. »Dann mußt du ihr Auto wirklich in die Werkstatt bringen.«

Laurenti war kurz davor, den Kerl zu ohrfeigen, doch da kamen Pina und Marietta mit den Ausdrucken der Fotos herein. Laurenti drehte Ezio den Rücken zu und blätterte sie durch.

»Weißt du, wo das ist?« fragte Marietta.

»Ich ahne es zumindest, aber wir müssen es überprüfen«, sagte Laurenti und wurde durch Ezio unterbrochen, der seine Neugier nicht zügeln konnte und ihm über die Schulter linste.

»Das ist doch ganz einfach«, polterte der Schrotthändler los. »Dort am Bildrand. Das ist der Rumpf der *Elettra*. ›AREA SciencePark‹. Das sieht doch jeder.«

Laurenti ließ die Papiere sinken und drehte sich um. Ezio setzte sich blitzartig wieder hin. »Wenn du nicht so wahnsinnig wenig Hirn in deinem Schädel hättest, Ezio, dann wärst du vermutlich saugefährlich. Du wirst jetzt ein bißchen bei uns bleiben und darüber nachdenken, wo ich Coco finde. Marietta wird dir ein schmuckes kleines Zimmerchen von zwei mal zwei Meter anbieten, vor dem sich ein kleines Gitter befindet, damit niemand deine Ruhe stört, und wenn ich zurück bin, dann unterhalten wir uns weiter. Willst du, daß ich deine Frau anrufe, damit sie sich nicht ängstigt?«

»Bloß nicht, Bulle.« Ezio begann bereits zu schmelzen, und wenn Laurenti es darauf angelegt hätte, wäre er in ein paar Minuten mit der Sprache herausgerückt. Doch vorher sollte er schmoren. Für alle Fälle.

»Hatten Sie heute wieder Post?« fragte Laurenti, nachdem er seinen beiden Bewachern das Fahrtziel genannt hatte.

Pina saß neben ihm im Fond. »Ein Papiertaschentuch«, sagte sie.

»Und welcher Kommentar?«

Sie holte tief Luft. »Zum Abwischen, Mäuschen.«

»Und sonst nichts?«

Pina starrte stur geradeaus und rang um Worte. »Es war gebraucht.«

Laurenti hob die Augenbrauen. »Ach so?«

»Es ist bereits im Labor. Wenn es das ist, was ich vermute, dann habe ich jetzt zumindest eine erste Spur. Die DNA wird's zeigen. Es ist übrigens der erste Gegenstand, der nicht aus meinem Müll stammt.«

»Das ist doch schon etwas«, sagte Laurenti. »Haben Sie Galvano heute früh in der Nähe gesehen?«

»Galvano? Warum denn das?«

»Ich glaube, er wollte ein bißchen auf Sie achtgeben.«

»Er war nicht da«, antwortete Pina enttäuscht. »Aber der Hausmeister hat das Schwein fotografiert. Ich hatte ihm eine Wegwerfkamera gekauft, und er gab sie mir heute früh zurück. Hat mich zweimal fünfzig Euro gekostet, obwohl der Mann mir alles andere als sympathisch ist. Am Nachmittag bekomme ich die Bilder.«

Laurenti gab seinen Bodyguards den Befehl, einmal das ganze Areal des Wissenschaftsparks abzufahren und dann vor der Hauptverwaltung zu halten, wo er den Lageplan studierte. Die Räume des Instituts für Solartechnik ISOL lagen im Pavillon L3. Auf einem der fotografierten Pläne hatte er den Stempel der Firma entdeckt. »Wir gehen zu Fuß«, sagte Laurenti.

Er überquerte eine gepflegte Rasenfläche und schaute sich mehrfach um, bis er den Rumpf der *Elettra* sah. Den richtigen Winkel abschätzend, ging er auf einen Pavillon zu und drückte seine Nase gegen das Fenster im Erdgeschoß. Dann winkte er Pina, die sich auf die Zehenspitzen stellte und ebenfalls hineinschaute. Seine beiden Bewacher erschraken heftig, als plötzlich das Fenster aufgerissen wurde, und hatten bereits die Hände an ihre Waffen gelegt.

»Was fällt Ihnen ein?« brüllte ein bärtiger Mann aus dem Fenster heraus.

Laurenti lächelte. »Die Firma ISOL? Richtig?«

»Und? Was haben Sie hier zu suchen?«

Pina zog ihren Dienstausweis aus der Gesäßtasche und hielt ihn dem Forscher unter die Nase. »Können wir Sie einen Augenblick sprechen?«

»Der Eingang ist auf der anderen Seite. Gehen Sie um das Gebäude herum.«

*

»Dem ›Wiener Übereinkommen‹ über konsularische Beziehungen ist dieses Land am 26. Januar 1993 beigetreten. Es regelt für die Vertragsstaaten die Unverletzlichkeit von konsularischen Räumlichkeiten und die persönliche Unverletzbarkeit der Konsularbeamten. Laurenti, wissen Sie, was das im Klartext heißt?« Der Präfekt tobte am Telefon. Es hatte also bereits Druck aus dem Ministerium gegeben, genau wie Konsulin Piskera gestern angekündigt hatte. Laurenti wußte sehr wohl, daß die Frau samt den Räumlichkeiten Immunität genoß, und bisher lag kein belegbarer Verdacht auf ein schweres Verbrechen gegen sie vor, der erlaubt hätte, einen richterlichen Beschluß zu beantragen, um den Schutz aufzuheben. Es hatte auch keinen Sinn, den Präfekten daran zu erinnern, daß Artikel 31,3 regelte, daß der Empfangsstaat die konsularischen Räumlichkeiten vor jedem Eindringen und jeder Beschädigung zu schützen hatte, um zu verhindern, daß der Friede der konsularischen Einrichtung gestört oder seine Würde beeinträchtigt wurde. Die Vorwürfe waren ungerechtfertigt, denn in diesem Sinne hatte Laurenti gehandelt, und so stand es im »Wiener Übereinkommen«, das er gleich konsultiert hatte. Er wußte genau, was er durfte oder nicht, doch da der Präfekt, wie es schien, entschlossen war, seinen Wutanfall bis zum Letzten auszukosten, ließ Laurenti ihn brüllen und schaute nebenher die Tagespost durch. Sicher würde es auch nicht mehr lange dauern, bis der Questore ihn zu sich rief, um ihn zu angemessenem Verhalten gegenüber der Konsulin zu ermahnen.

Doch diesmal hatte er sich getäuscht. Nachdem er dem Statthalter Roms wortreich versichert hatte, die Unterlagen vom Erkennungsdienst innerhalb der nächsten halben Stunde zum Konsulat schaffen zu lassen, öffnete sich die Tür. Der Chef erschien höchstpersönlich. Das hatte es bisher noch nie gegeben, daß der Mann sich einen so langen Weg vom vierten in den dritten Stock zumutete. Er machte ein Gesicht wie ein verregneter Sommer, als er Laurenti sanft die Hand drückte und die andere Hand auf dessen Schulter legte.

»Mein Mitgefühl, Commissario«, sagte er.

»Danke, Questore.« Laurenti paßte seinen Gesichtsausdruck an. »Aber es ist gottlob noch niemand gestorben.«

»Für Ihre Frau muß es schrecklich sein. Traumatische Erfahrungen. Ich hoffe, sie wird gut betreut.«

Konnte man das studieren? Obgleich sie den Mann nebst Gemahlin erst vor kurzem zum Abendessen an die Küste eingeladen hatten, schien er zu glauben, Laura sei ein zerbrechliches Püppchen, das ab sofort ohne psychiatrischen Beistand und eine Schachtel Prozac am Tag lebensunfähig sei, und nicht eine gestandene Geschäftsfrau und Mutter von drei Kindern, die Nerven wie Drahtseile hatte, dank deren sie auch Proteo zu steuern wußte.

»Es geht schon, Chef«, sagte Laurenti und versuchte, seine Stimme bedrückt klingen zu lassen. »Ein harter Schlag. Aber bitte nehmen Sie doch Platz.« Er wies auf einen Stuhl am Besuchertisch und bat Marietta, dem Hausherrn einen Espresso zu bringen.

»Es scheint ein heikler Fall zu sein, Laurenti.«

»Ich habe ihn selbst noch nicht so richtig begriffen. Irgend etwas hat irgend jemanden aufgeschreckt, und dieser Irgendjemand denkt, ich durchschaue ihn, und bedroht mich deswegen. Er wäre besser beraten gewesen, nicht zu reagieren, dann wäre die Sache irgendwann im Sand verlaufen.« Laurenti faßte in knappen Worten den Fall Drakič zusammen, denn der Questore war erst vor einem knappen Jahr nach Triest versetzt worden, um seinen Vorgänger abzulösen, der den Sprung ins Innenministerium geschafft hatte.

»Sind Sie nicht zu sehr in die Sache verstrickt, Laurenti? Sie sprechen von diesem Drakič wie von Fantômas. Wollen Sie nicht jemanden hinzuziehen, der etwas mehr Distanz hat?«

»Meine Abteilung ist groß genug. Und ich wäre Ihnen sehr verbunden, wenn Sie auch den Staatsanwalt dahingehend beeinflussen würden. Ich sag's schon, wenn es Probleme gibt. Jetzt gilt es, sich zu konzentrieren, die Sache zusammenzuhalten, anstatt sie zu verwässern.«

»Ich mußte auch einmal drei Monate lang Personenschutz erdulden. Damals in Catania war ich aus Versehen einem der Bosse zu nahe gekommen. Für Sie ist es das erste Mal?«

Laurenti nickte.

»Unter Freunden gesagt«, der Chef lächelte verwegen, »es ist nicht besonders angenehm. Überlegen Sie doch, ob Sie nicht einfach einen Teil Ihres Resturlaubs in Anspruch nehmen und den Fall einem Kollegen überlassen wollen.«

»Ich werte Ihren Vorschlag als Scherz, Questore. Ich war nie jemand, der bei Spannungen klein beigibt. Genau das wollen die doch. Das Gesetz weicht dem Verbrechen! So weit kommt es noch.« Laurenti winkte unwirsch ab. Darum ging es also: Der Chef wollte die Kosten seiner Überwachung sparen. »Nichts zu machen.«

»Für alle Fälle, Laurenti, scheuen Sie sich nicht, es zu sagen, wenn Sie abgelöst werden wollen.«

Tatjana Drakič? Mit dem Zettel am Hals der toten Möwe wurde er aufgefordert, sie zu vergessen. Das bedeutete doch, daß sie noch in der Stadt war. Wenn er an sie herankam, hatte er vielleicht auch die Chance, mit ihrem Bruder abzurechnen, selbst wenn der jenseits der Grenzen bereits ein gemachter Mann war. Auch Viktor Drakič hatte seine schwachen Stellen. Laurenti kannte sie gut.

»Hier gibt's noch mehr zu sehen«, sagte Marietta, die aufgeregt ins Zimmer kam und einen weiteren Stapel Ausdrucke auf seinen Tisch legte. »Es hat etwas gedauert, aber hier sind sie.«

Laurenti blätterte die Bilder lustlos durch. Die Unterredung im Wissenschaftszentrum war nur bedingt aufschlußreich gewesen. Über das Ehepaar Babič hatten alle nur Gutes berichtet, und die Mitarbeiter des Instituts für Solartechnik ISOL kamen aus dem Staunen nicht heraus, als er ihnen die Fotos vorlegte, die Damjan Babič als Spion zeigten. Laurenti hingegen verstand ihre wissenschaftlichen Erklärungen nicht, nur soviel, daß sie ständig neue Patente zur alternativen Energiegewinnung entwickelten. Aber auf die Spionageaktion konnten sie sich keinen Reim machen, denn ihre Arbeiten waren längst registriert. Sie versprachen, alle Unterlagen darauf zu sichten, ob etwas fehlte.

Und dann richtete sich Laurenti mit einem Schlag auf. Eines der Fotos, die Marietta ausgedruckt hatte, zeigte die Konsulin mit zwei Herren am Tisch eines Restaurants, ein anderes, das sehr dunkel ausgefallen war, im Gespräch mit zwei Personen, die auf verblüffende Weise den Babičs ähnelten. Plötzlich kamen sich also alle noch so entfernt stehenden Personen näher. Er brauchte dringend bessere Abzüge und Vergrößerungen. »Sag Pina, sie soll selbst ins Labor gehen und dafür sorgen. Du hingegen wirst dich um diese beiden Herren kümmern, die mit der Piskera zu Mittag gegessen haben. Rasch.«

Auch wenn der Chef ihm nahegelegt hatte, den Kontakt zu Petra Piskera zu vermeiden: Jetzt nahm die Sache neue Formen an. Zuvor aber mußte er Ezio knacken. Der saß bereits seit drei Stunden in der Zelle, und Laurenti hatte Anweisung gegeben, ihn nicht zu beachten, selbst wenn er den ganzen Trakt zusammenbrüllte. Keinen Schluck Wasser, keine Zigaretten, nichts. Er sollte schmoren.

*

»Ich habe es in den Nachrichten gesehen, Tatjana.« Viktor Drakič saß über einem fast hundert Seiten langen Vertragsentwurf, als ihn seine Schwester informierte. »Ein starker Auftritt, aber warum hast du nicht Milan und Zvonko eingespannt und dich statt dessen dieser beiden Pfeifen aus der Stadt bedient?«

»Ich glaube, der Schreck war groß genug, Viktor.«

»Und was wolltest du bezwecken?«

»Das ist nur der Anfang. Laurenti wird den Fall nicht überleben. Nach allem, was er uns angetan hat, will ich ihn leiden sehen. Du wärst den schweren Verbrennungen damals fast erlegen. Wie viele Operationen mußtest du über dich ergehen lassen? Und auch für meine dreieinhalb Jahre wird er bezahlen. Wenn er erst mal weg ist, haben wir freie Bahn. Durch Triest laufen die großen Geschäfte zwischen dem Westen und dem Rest Europas. Und wir haben sie in der Hand. Ich bin unantastbar hier. Laurenti kann so stur sein, wie er will, doch ich bin sturer. Und wenn er erst einmal weg ist, vergehen Monate, bis ein Nachfolger diese lange Geschichte durchschaut. In dieser Zeit machen wir das Geschäft unseres Lebens. Er ist der einzige, der das gefährden kann. Mach dir keine Sorgen, in ein paar Tagen ist die Sache erledigt.«

»Schnell bist du wirklich, Tatjana«, sagte Viktor Drakič. »Schneller, als die ahnen können. Aber versprich mir, ab jetzt übernehmen Zvonko und Milan die Sache und nicht mehr diese Idioten vor Ort.«

Petra Piskera hatte den Malermeister, der ihr von Laurenti empfohlen worden war, natürlich nicht angerufen, sondern am Morgen einen anderen Betrieb beauftragt, der ihr zuerst ein unverschämt teures Angebot unterbreitete und, nachdem sie bereits einen Vorschuß bezahlt hatte, dann noch behauptete, der früheste Termin für einen Anstrich sei in drei Wochen. Erst als sie den ohnehin schon überzogenen Preis verdoppelte, waren die Handwerker bereit, sich sofort an die Arbeit zu machen. Die Konsulin saß inmitten der mit Plastikfolien abgedeckten Schreibtische und versuchte, die verlorene Zeit aufzuarbeiten. Ihre drei Angestellten konnten es allein nicht mehr schaffen. Die Termine waren fixiert und die Herren aus Reggio Emilia hatten bereits die Bagger zu den illegalen Giftmülldeponien beordert sowie die Transportkapazitäten besorgt. Alles hing jetzt nur noch davon ab, daß die LKWs mit den entsprechenden Frachtdokumenten ausgestattet wurden. Mit der ersten Fahrt war die Anzahlung auf das Konto in Winterthur fällig.

Doch noch einmal wurde die Konsulin von ihrer Arbeit abgehalten. Der Laborleiter der CreaTec Enterprises im Wissenschaftspark bei Padriciano berichtete aufgeregt am Telefon, daß vier Beamte der Polizia di Stato ihn nach der Tätigkeit der Firma auszufragen versucht hatten. Er habe sie freundlich, aber bestimmt abgewimmelt, so viel wissenschaftliches Vokabular verwendet, daß sie ihm gewiß nicht folgen konnten, und schließlich auf die Statuten der »AREA Science-Park« verwiesen und auf die in der Hauptverwaltung hinterlegten Forschungsziele und Busineß-Pläne. Sie seien nicht besonders beglückt abgezogen, aber er glaube nicht, daß sie noch einmal auftauchen würden. Der Kommissar und seine zwergenhafte Begleiterin seien übrigens mit zwei Bodyguards unterwegs gewesen.

Immerhin. Nun war Petra Piskera sicher, daß Laurenti bewacht wurde. Auch ihre Kontrahenten waren schnell. Aber das bereitete ihr keine Sorge. Es gab Möglichkeiten genug, ihn aus dem Weg zu räumen, und wenn alle Stricke rissen, müßte eben Viktors neues Gewehr eingesetzt werden. Es funktionierte so gut, daß die Amerikaner bereits einen Vertrag vorgelegt hatten, der nur noch geprüft und unterschrieben werden mußte. Das war Viktors größter Coup bisher und dazu völlig legal. Seine Erfindung, seine Arbeit, sein Geschäft. Sie waren kurz davor, sich endgültig als respektable Kaufleute zu etablieren. Und Laurenti war dabei nur noch ein winziges Insekt, das zertreten werden mußte.

*

Ezio wand sich und rutschte nervös auf seinem Stuhl herum. Er war völlig fertig, bettelte, der Commissario möge ein Auge zudrücken, und beschrieb seine eigene Situation wie die eines Opfers.

»Du hast keine Ahnung davon, wie schwer das Leben auf dem Karst ist. Jahrzehntelange Unterdrückung. Unterm Faschismus wurde sogar unsere Muttersprache verboten. Und selbst nach dem Krieg ging es weiter. Auf unseren Grundstücken wurden die Siedlungen für die Flüchtlinge aus Istrien und Dalmatien gebaut, doch Geld haben wir dafür nie gesehen. Wir haben ein Recht, uns zu wehren.«

»Halt's Maul, Ezio. In deinem Büro hängt ein Foto vom Duce an der Wand.«

»Das ist doch etwas anderes.«

»Ein Slowene, der Mussolini verehrt? Du spinnst, Ezio.«

»Ihr Italiener wollt uns einfach nicht verstehen.«

»Es reicht. Du bist noch keine vierzig Jahre alt. Der Spuk war längst vorbei, als deine unglückliche Mutter dich geboren hat. Und in deinem Vorstrafenregister findet sich keine einzige politische Tat. Nur Diebstahl, Schmuggel, Waffenhandel, Körperverletzung, Drogenmißbrauch, Trunkenheit am Steuer, Fahren ohne Führerschein, alles, was das Herz begehrt. Du bist für die Legalität einfach nicht gemacht. Vielleicht läßt sich ja ein Knast finden, den du noch nicht kennst. So hast du wenigstens etwas davon.«

Ezio begriff endlich, daß er Laurenti nicht weiter für dumm verkaufen konnte. »Es war doch nur ein Schrottauto. Es war noch nicht beschlagnahmt, als es verschwand. Im Höchstfall wäre es Diebstahl einer Sache ohne Wert. Wenn du mich dafür einlochst, machst du dich lächerlich.«

Das Telefon klingelte. Laurenti staunte, als er die Nummer erkannte, und schickte Ezio in sein Vorzimmer.

»Wie ich erfahre, hast du einige Probleme, Proteo«, sagte Živa mit sachlicher Stimme und ohne ihn zu grüßen. »Ich will dir etwas sagen, bevor du es von deinem Staatsanwalt erfährst. Wir haben ein Telefongespräch abgehört, in dem dein Name erwähnt wird. Du bist zum Abschuß freigegeben. An deiner Stelle würde ich Urlaub nehmen und für eine Zeit verreisen.«

Woher plötzlich diese Sorge um sein Leben? Er konnte das Wort Urlaub schon nicht mehr hören. »Guten Tag, Živa. Bis du dich endlich meldest, könnte ich schon zweimal tot sein. Ich nehme an, du sprichst von Tatjana Drakič.«

»Sie ist offensichtlich in Triest.«

»Und mit wem hat sie gesprochen?«

»Mit ihrem Bruder.«

»Konntet ihr orten, wo er ist?«

»Irgendwo auf hoher See. Aber auch wenn er hier wäre, könnte ich ihn nicht festnehmen, er selbst hat nichts Belastendes gesagt. Bei Tatjana wäre es kein Problem, aber wir wissen nicht, wo sie steckt. Sie telefoniert übrigens unter der Nummer eines anderen Landes.«

Laurenti horchte auf. Es war der Staat, den die Konsulin repräsentierte. Sie hatten also wirklich miteinander zu tun, und die Piskera hatte gelogen, daß sich die Balken bogen. Damit war jetzt Schluß, er würde sich von niemandem mehr zurückhalten lassen. Und er mußte mit dem Staatsanwalt darüber reden, welche Möglichkeiten der Überwachung es gab, ohne gegen das »Wiener Übereinkommen« zu verstoßen.

»Und wie geht es dir sonst?« fragte er schließlich.

»Zuviel Arbeit, Proteo.«

»Wann kommst du nach Triest?«

»So schnell nicht«, sagte Živa. »Ich muß jetzt Schluß machen. Termine. Paß auf dich auf.«

Nachdenklich legte Laurenti den Hörer auf und ging zur Tür, um Ezio hereinzurufen. Doch seine Assistentin war alleine im Vorzimmer.

»Ist er pinkeln gegangen?« fragte Laurenti.

»Er hat gesagt, daß du ihn heimgeschickt hast. Stimmt

das etwa nicht?« fragte Marietta erschrocken. »Weit kann er noch nicht sein.«

»Ruf sofort unten an, er darf das Haus auf keinen Fall verlassen.«

Die Kollegen erwischten Ezio erst, als er schon auf die Via Torbandena hinausgetreten war und sich vor Vergnügen die Hände rieb. Seine Freude währte nicht lange, zwei Uniformierte brachten ihn in Handschellen zurück.

»Ich habe soeben mit deiner Frau gesprochen«, log Laurenti und genoß es, zu sehen, wie Ezio vor Schreck erblaßte. »Ich habe ihr gesagt, daß du mehr an mir als an ihr hängst und es nicht übers Herz bringst, meine Gastfreundschaft auszuschlagen. Sie informiert deinen Anwalt. Und jetzt zurück zur Sache. Zwei klare Fragen, zwei klare Antworten: Wo ist der Wagen der Babičs? Wo ist Coco?«

»Ich dachte immer, wir seien Freunde«, sagte Ezio weinerlich.

»Raus mit der Sprache.«

»Keine Ahnung, warum Coco so scharf auf den Wagen war.« Endlich hatte sich der Schrotthändler entschlossen zu reden. Er rutschte nervös auf seinem Stuhl herum. »Kurz bevor ich an dem Abend zusperren wollte, kam er mit einem Tieflader und hat die Karre aufgeladen, ohne viele Worte zu verlieren. Ich habe ihn nicht gefragt, weshalb sein Herz daran hängt.«

»Und wo ist Coco jetzt?« Laurenti verzog keine Miene. »Red weiter.«

»Ich weiß es wirklich nicht, Commissario. Aber wenn du mich laufen läßt, gebe ich dir seine Telefonnummer. Dann kannst du ihn selbst fragen.«

»Schreib sie auf.« Laurenti schob ihm Stift und Papier zu.

»Du mußt ihm ja nicht unbedingt verraten, wer sie dir gegeben hat«, sagte Ezio und schrieb.

»Und jetzt verschwinde«, sagte Laurenti. »Raus!«

Zwei Minuten später rief der Beamte an, der am Eingang Dienst tat, und fragte zur Sicherheit nach, ob Ezio dieses Mal wirklich gehen durfte.

Sie faßten Coco drei Stunden später in der »Alí Babá Bar« auf der Piazza Garibaldi, obwohl er sein Mobiltelefon stets ausschaltete und sogar die Chipkarte herausnahm, wenn er es nicht benötigte. Der breitschultrige Hüne wußte nicht, daß man es über die Nummernregistrierung trotzdem orten konnte, solange er die Batterie nicht entfernte. Er beobachtete von einem Barhocker am Tresen den Streifenwagen, der vor dem Lokal hielt. »Was wollen die Bullen schon wieder hier? Ein bißchen viel in letzter Zeit«, sagte er zum Kellner. Coco fiel aus allen Wolken, als sich die Stahlfessel um seine Handgelenke schloß. Er protestierte lautstark, doch die beiden Polizisten antworteten ihm nicht einmal. Sie bezahlten korrekt seine Zeche aus seiner Geldbörse, führten ihn gelangweilt zum Wagen, drückten ihn auf die Rückbank und übergaben ihn im Präsidium an Inspektorin Pina, die bereits eine Liste der von ihm geführten Telefonate vor sich hatte. Ihre Kollegen waren dabei, die Nummern zu analysieren, und während sie noch Cocos Personalien aufnahm, wurde ihr ein Zettel zugeschoben, auf dem die Telefonnummer eines Schrottplatzes im slowenischen Grenzort Sežana stand, mit Adresse.

Laurenti hatte recht gehabt, der Kerl wollte den Wagen der Babičs auf der anderen Seite der Grenze verschwinden lassen. Es dauerte nicht lange, bis Coco den Transport zugab. Alles andere stritt er vehement ab. Er behauptete, daß ihn Verwandte der Babičs darum gebeten hatten, um in Italien keine Verschrottungsgebühren für den in Slowenien zugelassenen Wagen bezahlen zu müssen. Sie hätten ihm für die Fahrt fünfzig Euro gegeben. Allerdings wußte er weder, wie sie hießen, noch, wo sie wohnten.

»Wenn es eine statistische Gewißheit gibt, dann die, daß die kleinen Fische stets die dümmsten sind«, sagte die kleine Pina, als sie den Riesen-Coco Laurenti vorführte. »Es dauert nur ein paar Stunden, bis wir das überprüft haben. Und schauen Sie, was das Baby bei sich trug.« Triumphierend hielt sie einen Autoschlüssel hoch. »Unsere Leute vom Erkennungsdienst sind gut. Ein SUV, deutscher Lack, deutsche Automarke. Ich gehe jede Wette ein, daß dieser Wagen schwarz ist.«

»Der gehört mir nicht«, protestierte Coco empört.

»Das glaube ich dir sofort. Solche Autos kauft sich einer wie du nicht, er klaut sie. Wo steht er?«

Laurenti bebte vor Wut und versuchte, es sich nicht anmerken zu lassen. Dies war einer der Männer, die versucht hatten, seine Frau zu vergewaltigen. Einer der beiden, die ihn selbst auf der Via Carducci in die Mangel genommen hatten. Einer der beiden, die ihn mit ihrem Atem betäuben wollten. Einer der beiden, die für den Geldeintreiber auf der Piazza Garibaldi arbeiteten.

»Den Schlüssel habe ich gefunden«, stammelte Coco. »Ich habe nur ein bißchen damit angegeben. Aber mehr weiß ich wirklich nicht.«

Coco war zu Tode erschrocken, als er den Commissario erkannte. Vor zwei Tagen erst hatte er ihm den Speicherchip abgenommen, auf dem die Fotos von der Schwarzarbeiterszene auf der Piazza Garibaldi waren. Bis vor einer Minute noch war er davon überzeugt gewesen, daß der Kerl ein Journalist war. Doch jetzt stand er vor diesem Mann, den diese Miniaturausgabe einer Inspektorin respektvoll Commissario nannte. Und dann erinnerte er sich an das Foto der beiden Frauen, die er ebenfalls auf dem Display der Digitalkamera gesehen hatte. Gestern wußte er noch nicht, daß eine die Frau dieses Polizisten war.

»Ich möchte wetten, daß dieser Wagen irgendwo repariert wird«, sagte Laurenti. Er nahm Pina beiseite und flüsterte ihr etwas ins Ohr. Ihr Blick flackerte auf, sie nickte und ging hinaus.

»So, jetzt sind wir beide allein«, sagte Laurenti.

Bevor Coco es sich versah, hatte ihm der Commissario das Knie in den Unterleib gerammt.

»Verbindlichste Grüße von meiner Frau.«

Coco ging grunzend zu Boden. Der zweite Schlag traf ihn an der Schläfe.

»Und der ist von mir. Gratis. Los, steh auf.« Laurenti ging um ihn herum und wartete, bis der Riese sich aufgerappelt hatte. Dann wies er auf einen Stuhl.

»Das ist der Anfang vom Ende. Wer hat dich geschickt?«

Coco faselte nur etwas von einem Anwalt.

»Wer ist der Mann, der auf der Piazza Garibaldi die Serben abkassiert?«

Coco saß mit stumpfem Blick vor ihm und schwieg.

»Weißt du, wohin meine Kollegin gerade fährt?« fragte Laurenti.

Coco reagierte nicht.

»Zu deinem Freund Ezio. Und was glaubst du, macht sie dort?«

Coco ächzte.

»Sie schaut in seiner Werkstatt nach, ob da ein schwarzes Auto steht, zu dem dieser Schlüssel hier paßt. Es wird vielleicht gerade neu lackiert. Dann werden die Fingerabdrücke genommen, und wie es weitergeht, weißt du ja. Du kannst deine Lage bedeutend verbessern, wenn du mich nicht so lange warten läßt.«

Galvano hielt ihn davon ab, Coco noch eine weitere Lektion zu erteilen. Der alte Gerichtsmediziner platzte mit dem schwarzen Hund an seiner Seite herein, als Laurenti mit geballter Faust vor dem Riesen stand, der auf seinem Stuhl zusammengesunken war.

»Aber, aber«, sagte der Alte. »So habe ich dich noch nie gesehen. Wenn du ihn schon verprügelst, dann hinterlaß wenigstens keine Spuren, sonst handelst du dir nur unnötige Scherereien ein. Wer ist das?«

»Ein Verehrer meiner Frau. Er hat sich ganz von allein gestoßen.«

»Ach so. Das ist betrüblich.« Galvano trat nahe an den Mann heran und beugte sich zu ihm hinab. »Du stinkst aus dem Mund, wie eine Kuh unterm Schwanz.« Bevor Coco sich's versah, zog ihm der Alte mit voller Wucht die Hundeleine über. »Klar, daß du keine Chancen bei Frauen hast. Wirklich ungeschickt«, sagte Galvano. »Der Schussel tut sich ständig selbst weh. Man muß ihn vor sich selbst schützen. Wann hast du für mich Zeit, Laurenti?«

»Bleib hier. Ich bin fürs erste mit ihm fertig. Aber nur fürs erste.« Coco zuckte zusammen, als Galvano noch einmal die Leine hob und ausholte. Diesmal schlug er nicht zu.

*

Volltreffer. Pina hatte den schwarzen Wagen sofort gefunden, doch vom Schrottplatz kam sie erst wieder weg, nachdem sie heftig mit Ezios besserer Hälfte aneinandergeraten war. Es fehlte nicht viel, daß die beiden Frauen sich eine handfeste Schlägerei geliefert hätten, als Ezio zum drittenmal am gleichen Tag Handschellen verpaßt bekam. Die Frau des Mechanikers nannte die kleine Polizistin eine billige Nutte und zeterte, sie möge sich zum Teufel scheren, sonst würde sie in der Schrottpresse landen.

Der Lack an der Frontpartie des Geländewagens war fast trocken und der Zweitschlüssel steckte. Pina hatte den Abschleppwagen angefordert, doch bis er eintraf, mußte sie mit Ezio und dessen Ehefrau ausharren. Während dieser Zeit kochten die Emotionen über. Zuerst hatte die Frau Ezio einen unverbesserlichen Idioten genannt, den sie sofort verlassen würde, falls er schon wieder einfahren mußte. Sie würde dann schon sehen, was die anderen taugten, brummte Ezio halblaut. Keiner wäre je so gut zu ihr, kein anderer würde eine solche Zicke auch nur fünf Minuten ertragen, und außerdem seien alle anderen Männer impotente Schwuchteln. Das wisse sie schließlich, seit sie ihm während seines letzten Aufenthalts im Knast Hörner aufgesetzt habe.

Daraufhin drosch die Frau unvermittelt auf ihren Traummann ein, doch bevor er auf die Tätlichkeiten reagieren konnte, ging Pina dazwischen und zog die Wut der Furie auf sich. Der uniformierte Kollege, der sie begleitet hatte, wollte Verstärkung anfordern und öffnete vorsichtshalber den Verschluß seiner Pistolentasche aus weißem Leder.

»Laß das«, brüllte Pina. »Mit denen werde ich alleine fertig.« Mit einem einzigen Schlag, der von einem kurzen Schrei begleitet wurde, zertrümmerte sie eine dicke Marmorplatte, die an der Hauswand lehnte.

Ezios Frau verstummte schlagartig und verschwand wie der Blitz im Haus, während der Uniformierte ihren Mann auf den Rücksitz des Polizeiautos verfrachtete.

Zurück im Büro berichtete Pina, daß die Leute vom Erkennungsdienst bereits an der Arbeit waren und Ezio einsitze. Galvanos Gegenwart im Büro ihres Chefs nahm sie mit einem schrägen Blick zur Kenntnis und grüßte den Alten nur halb. Sie hörte auch kaum zu, als Galvano von seinem Besuch bei der Rothaarigen auf der Intensivstation erzählte.

»Die Kollegen haben schon recht«, räumte Galvano zu Laurentis Erstaunen ein. »So etwas habe auch ich noch nicht gesehen. Eigenartige Wundmale. Fast so, als hätte jemand mit einem riesigen Nadelkissen auf diese Frau eingeprügelt, spitze Nadeln, die an einem zwar harten, aber nicht starren Gegenstand befestigt waren und nur wenig herausschauten. Stellt euch einfach vor, wie ihr aussehen würdet, wenn jemand mit einer sehr breiten Nähmaschine über euch führe. Die Hautverletzungen sind nicht die Ursache für ihren Zustand, die verursachten lediglich den hohen

Blutverlust. Die Hiebe führten zu den Schädelfrakturen und zum Trauma. Es steht nicht gut um diese Frau. Ob sie jemals wieder zu sich kommt, läßt sich nicht sagen.«

»Und mit was, glaubst du«, fragte Laurenti, »wurde sie zusammengeschlagen?«

Galvano zuckte die Schultern. »Wenn es nicht so idiotisch klänge, würde ich sagen, mit einem getrockneten Stockfisch. Baccalà.« Er machte eine wegwerfende Handbewegung und wandte sich an die Inspektorin. »Schau nicht so bescheuert. Du hältst mich wohl endgültig für verrückt. Vergiß nicht, wer sein Denken einschränkt, kommt nie voran.« Er stand auf und klopfte Laurenti auf die Schulter. »Lustig wäre es aber und die Schlagzeilen nicht zu übertreffen. Triest, die Stadt des Stockfischkillers. Damit ist ein prominenter Platz auf allen Titelseiten sicher.« Galvano ließ sein meckerndes Lachen hören und ging amüsiert hinaus.

»Und dann«, sagte Laurenti trocken, »wüßten wieder alle Bescheid, warum die Psychiatriereform einst hier erfunden wurde. Wen soll man schon einsperren, wenn die ganze Stadt voller Verrückter ist? Aber warum machen Sie denn solch ein Gesicht?«

Pina druckste herum und zog schließlich die Tüte eines Fotogeschäfts hervor. Sie legte Laurenti vier Abzüge hin. »Ich habe soeben die Bilder abgeholt, die der Hausmeister gemacht hat. Schauen Sie selbst.«

»Das sind doch hoffentlich Fotomontagen?« Er traute seinen Augen nicht.

Pina schüttelte traurig den Kopf.

Laurenti griff zum Telefon und rief den Beamten am Eingang an. Er befahl, Galvano umgehend heraufzubringen, selbst wenn er Widerstand leistete.

Letzte Worte

Es war die lange Nacht der Verhöre. Erfolglos hatten sie versucht, Ezio und Coco gegeneinander auszuspielen, erst die Auswertung der Telefonate von Cocos Apparat führte ein Stück weiter. Pina war sehr methodisch vorgegangen und hatte zuerst die Gespräche herausgefiltert, die zu oder von Sim-Cards ausländischer Telefongesellschaften stets zur gleichen Zeit geführt wurden. Dahinter mußten feste Beziehungen stecken, die ein und dasselbe Ziel hatten. Aber Proteo Laurenti hatte keine Lust zu warten, bis eine präzise Ortung der Teilnehmer vorlag. Er hatte ein anderes Ziel und stürmte zu Fuß los. Er war längst am Teatro Romano vorbei, als er hinter sich Rufe hörte. Ein Blick über die Schulter genügte, um ihn daran zu erinnern, daß er zwei ständige Begleiter hatte, die sein Leben schützen sollten. Sardoč rannte hinter ihm her, während Bezzi im Wagen mit quietschenden Reifen neben ihm zu halten kam und aus dem Fahrzeug sprang, als wollte er ihn einbuchten.

»Warum sagen Sie nicht Bescheid, Commissario?« motzte Bezzi. »Wie sollen wir Sie beschützen, wenn Sie uns abzuhängen versuchen?«

»Entschuldigt, Jungs, es ist nicht weit«, sagte Laurenti und setzte sich auf den Beifahrersitz.

»Halt«, sagte Laurenti, kurz bevor sie die Ecke Via Genova und Via San Spiridione erreichten. »Von hier haben wir zwei der drei Ausgänge der serbisch-orthodoxen Kirche im Blick. Sardoč, komm mit«, sagte er zu dem Beamten auf dem Rücksitz.

Die Straße war nur von Menschen frequentiert, die, mit Einkäufen bepackt, auf dem Heimweg waren, die Gläubigen waren bereits zur Messe in San Spiridione versammelt. Ein prachtvoller Bau aus der Mitte des neunzehnten Jahrhunderts mit blauem Kuppeldach, dessen Hauptfassade zur Via Valdirivo hinausging, während auf der Kanalseite das vielstöckige Haus des Patriarchen unsymmetrisch daneben gebaut worden war, so daß die Gläubigen, die diesen Ausgang benutzten, nicht gleich die Fassade von Sant'Antonio sahen, der römisch-katholischen Konkurrenz.

Laurenti stieg die Stufen zum Haupteingang hinauf und schaute durch die Glastür, doch die Spiegelungen ließen kaum etwas erkennen. Er ging hinein und suchte Schutz in einem nur schwach beleuchteten Winkel. Der ausladende Raum war stark besucht. Unter dem Leuchter, von Zar Pawel I., dem Sohn Katharinas der Großen, 1772 anläßlich einer Visite in der Stadt gestiftet, standen die Gläubigen und lauschten den Worten des Priesters. Als Laurentis Augen sich endlich an das Dämmerlicht gewöhnt hatten und er die Szene übersah, faßte er Sardoč am Ärmel.

»Siehst du den im Anzug, der zwischen den anderen herumgeht? Dort hinten.« Der Mann war auffällig besser gekleidet als die meisten Gläubigen.

»Der mit den beiden jungen Männern spricht?« flüsterte ihm Sardoč ins Ohr.

Laurenti nickte. »Sie geben ihm etwas.«

»Geld.«

»Behalte ihn im Auge. Ich will nicht, daß er mich sieht. Versuch herauszufinden, was er macht. Und folge ihm, wenn er hinausgeht. Wenn es die Kanalseite ist, dann gib Bescheid. Ich warte draußen. Aber gib acht, es ist möglich, daß ein stämmiger Kerl deines Alters und deiner Statur um ihn herum ist. Und nimm die Sonnenbrille ab, sonst siehst du wie ein Verbrecher aus.«

Laurenti ging schnell hinaus und setzte sich wieder in den Wagen.

»Die Serben?« fragte Bezzi.

Laurenti nickte.

»Es wird Zeit, daß einmal jemand durchgreift.«

»Warum?« fragte Laurenti.

»Diese Ausländer sollen zu Hause bleiben, anstatt bei uns Unheil anzurichten. Allein die Arbeitsplätze, die sie uns wegnehmen. Und die Diebstähle.« Bezzi war offensichtlich ein strammer Bursche.

»Wo kommst du her?«

»Aus Padanien«, sagte Bezzi. »Es gibt durchaus Konzepte, um sie loszuwerden.«

»Zum Beispiel eine Mauer um unser Land ziehen. Am besten mit Hilfe der Chinesen, die schon hier sind. Glaubst du eigentlich alles, was man dir erzählt?«

Bezzi zuckte nur die Achseln.

»Wer schuftet denn in den Klitschen im Veneto?« Laurenti machte es ihm nicht einfach.

»Neger vor allem.«

»Und?«

»Sie stehlen unsere Arbeitsplätze.«

»Red keinen Mist. Im Nordosten beträgt die Arbeitslosenquote trotz der Wirtschaftskrise knapp drei Prozent, Bulle«, sagte Laurenti. »Wenn du den Straftatbestand illegaler Einwanderung abziehst, begehen Ausländer nicht mehr Straftaten als Inländer.«

»Da bin ich aber anderer Meinung.«

»Denk nach, bevor du das Maul aufmachst. Außerdem weißt du nicht, wen ich suche.«

»Nach der Razzia auf der Piazza Garibaldi kann ich mir das vorstellen.«

»Warst du dort?«

Bezzi verneinte.

»Irgendwann gebe ich dir mal Nachhilfeunterricht in Sachen Kriminalstatistik. Wir Polizisten müssen die Daten mit Nüchternheit interpretieren, verstanden. Vorurteile bringen uns nicht weiter. Du wirst dafür bezahlt, auf mich aufzupassen, nicht fürs Nachplappern von dummem Zeug. Ich verlaß mich auf dich.«

»Zu Befehl«, sagte sein Leibwächter und schwieg.

»Nicht der Rede wert«, antwortete Laurenti. »Schau, die Messe ist endlich zu Ende. Ich will sehen, ob unser Mann dabei ist. Wir nehmen ihn fest, aber es kann sein, daß er nicht allein ist.«

»Wir sind zu dritt«, sagte Bezzi und lächelte. »Wer ist es?«

»Einer der am Unglück der anderen Geld verdient.«

»Dann wird es Zeit, daß wir ihn schnappen«, sagte Bezzi.

»Du bist ein Mann mit Herz«, meinte Laurenti kopfschüttelnd.

Die Portale öffneten sich, und die Gläubigen strömten hinaus, doch der Mann, auf den Laurenti wartete, war nicht unter ihnen. Die Straße hatte sich schon wieder geleert, als endlich der Anruf von Sardoč kam. Laurenti bat Bezzi, zur Brücke über den Kanal zu fahren. Den Rest mußten sie zu Fuß gehen.

Beinahe bildeten sie eine Prozession. Sardoč folgte dem Geldeintreiber mit gehörigem Abstand, und hinter Sardoč lief der zweite Mann, dessen Bekanntschaft Laurenti in der Via Carducci nach dem Brötchenholen gemacht hatte. Sie überquerten die Piazza Sant'Antonio und steuerten auf die gegenüberliegende Pizzeria zu, die nicht zu Laurentis Lieblingsadressen zählte. Wer aus dem Süden stammt, weiß, wie eine Pizza schmecken muß. Die besten Lokale befinden sich selten an den besten Plätzen. Das gilt auch für Triest.

Der Eintreiber winkte jemandem an einem der Tische draußen zu und ging ins Lokal, der andere Mann wartete vor der Tür. Eine Möwe stieß vom Himmel herab und hieb ihren Schnabel in den Hals einer aufflatternden Taube, die flügelschlagend zu Boden fiel, wo unter lautem Geschrei drei andere Möwen über sie herfielen und versuchten, einander die Beute abspenstig zu machen.

Laurenti gab Sardoč ein Zeichen, das dieser mit einem Kopfnicken bestätigte. Bezzi war schon unterwegs. Der Kleiderschrank hatte sich offensichtlich auf ein Duell mit Sardoč eingestellt und ließ ihn auf sich zukommen, er rührte sich nicht vom Fleck und hielt die Hände auf dem Rücken verschränkt. Vermutlich steckte seine Waffe im Hosenbund. Der Mann bemerkte nicht, daß Bezzi sich von hinten anschlich. Noch bevor er reagieren konnte, hatte dieser ihm die Hände gefesselt.

Laurenti war nur noch wenige Meter vom Lokal entfernt und wollte gerade zwischen den Tischen durchgehen, die auf der Piazza standen. Er traute seinen Augen nicht. Gerade fünf Meter von ihm entfernt saß die Konsulin und beobachtete ihn argwöhnisch. Ein Stück Pizza steckte auf der Gabel, die auf dem Weg vom Teller zum Mund bewegungslos in der Luft verharrte. Am Tisch der schönen Dame saß die kleine Inspektorin, die gleich nach ihm das Büro verlassen haben mußte. Sie redete ununterbrochen auf Petra Piskera ein, lachte und plauderte, doch ihre Tischnachbarin schien dafür keinen Sinn zu haben. Ihr Blick folgte dem Kommissar.

Hatte der Eintreiber der Konsulin zugewinkt? Im Vorbeigehen grüßte Laurenti sie höflich und verschwand im Lokal, das kurz hinter ihm auch Sardoč betrat.

Der Mann, den er suchte, sah ihn zuerst. Er stand am Tresen und unterhielt sich mit dem Wirt. Jetzt trat er ein paar Schritte zurück und griff unter sein Jackett.

Laurenti beachtete ihn nicht weiter und bestellte ein kleines Bier. Er drehte ihm den Rücken zu, doch verlor er ihn nicht aus dem Blick. Im Spiegel einer Bierreklame sah er ihn langsam den hinteren Teil der Räumlichkeiten ansteuern und zur Toilette gehen. Kaum war er aus dem Blickfeld, lief Laurenti los.

Er erwischte ihn gerade noch in der Tür zum Hinterausgang. Laurenti schleuderte den Wickeltisch, der neben dem Waschbecken im Flur stand, nach ihm und traf ihn an der Schulter. Die Pistole glitt aus seiner Hand, Laurenti kickte sie weg, bevor er sich bücken konnte. Den Rest überließ er Sardoč.

Der Wirt starrte sie mit großen Augen an, als Laurenti als erster das Lokal verließ und Sardoč den in einer fremden Sprache fluchenden Mann vor sich herschob. Bezzi hatte den Wagen durch die Fußgängerzone vor das Lokal gefahren, auf den Rücksitz hatte er den Kleiderschrank mit auf den Rücken gefesselten Händen verfrachtet, der mit hochrotem Kopf registrierte, daß er gleich Gesellschaft bekommen würde. Sardoč drückte den anderen Kerl in den Wagen und setzte sich mit gezogener Waffe neben die beiden. Laurenti winkte noch einmal freundlich der Konsulin, bevor er allseits einen guten Appetit wünschte und ins Auto stieg.

Es ging alles so schnell, daß nur die wenigsten Gäste den Vorfall mitbekamen. Laurenti war zufrieden, die richtige Person hatte ihn dank eines Zufalls mit Luchsaugen beobachtet. Als verfügte Pina über einen siebten Sinn.

*

»Und wie sind Sie an die Konsulin geraten?« fragte Laurenti, als Pina eine Stunde später ins Büro zurückkam. Draußen war es längst dunkel, überm Meer zuckten Blitze, und ferner Donnerschlag war zu hören. Eine starke Brise zog von Süden auf, der Scirocco jagte eine Regenwand vor sich her, die sich unaufhaltsam der Stadt näherte.

»Ich wollte mir die Füße vertreten, um wieder einen klaren Kopf zu bekommen. Ein bißchen Distanz tut manchmal gut. Als ich die Questura verließ, kam per Zufall meine Wohnungsnachbarin aus dem Konsulat. Sie hatte mich nicht gesehen. Ich ging hundert Meter hinter ihr her, sie wollte offensichtlich nach Hause. Doch bevor sie in die Via Mazzini abbog, rief ich nach ihr und fragte, ob sie Lust auf eine Pizza hätte. Ich brauchte sie nicht lange zu überreden. Sie war ziemlich gestreßt und hatte den ganzen Tag noch nichts zu sich genommen. In dem Moment fuhren Sie an mir vorbei und hielten bei San Spiridione. Ich dachte, Sie hätten uns gesehen und blieben deswegen noch im Wagen sitzen. Ihr Auftritt eine halbe Stunde später war ziemlich gelungen. Sie ließ fast die Hälfte ihrer Pizza stehen. Als ich sie fragte, was plötzlich mit ihr los sei, murmelte sie lediglich etwas von Problemen mit dem Magen. Dann hat sie unvermittelt ihre Handtasche geschnappt, ist aufgestanden und wie von der Tarantel gestochen davongeeilt. Ich habe den Eindruck, daß uns der Zufall sehr geholfen hat.«

»Zufall ist ein Wort ohne Sinn; nichts kann ohne Ursache existieren. Zumindest wenn es nach Voltaire geht. Knöpfen Sie sich den Gorilla vor, ich kümmere mich um den Eintreiber. Unter Gleichaltrigen versteht man sich besser.«

Pina war noch nicht mit ihren Ausführungen am Ende. »Da ist noch etwas«, sagte sie. »Wenn ich die Worte dieser Dame richtig interpretiere, Commissario, dann stehen Sie ab sofort ganz oben auf der Abschußliste. Sie sind in Gefahr.«

Laurenti schaute sie verdutzt an. »Gefahr? Ich habe zwei Beschützer, die zu verhindern haben, daß mir ein Ziegelstein auf den Kopf fällt. Wollen Sie mich aus dem Verkehr ziehen?«

»Das nicht«, antwortete Pina. »Aber es wäre besser, Sie würden nicht mehr in vorderster Reihe stehen. Sie können die Ermittlungen auch aus dem Büro leiten. Wir anderen sind keine Anfänger.«

»Danke für den Ratschlag. Ich denke darüber nach. Wir unterhalten uns, wenn wir mehr wissen. Unsere Patienten warten, und ich habe keine Lust, die Nacht im Büro zu verbringen.«

Und dann kam Pina noch einmal auf Galvano zu sprechen. Sie hatte damit gedroht, ihn wegen Belästigung vor

Gericht zu bringen, doch der Alte stritt vehement ab, Urheber der anonymen Schreiben zu sein. Er verlangte tobend eine sofortige Durchsuchung seiner Wohnung. Er habe nicht einmal einen Computer zu Hause, nur eine alte klapprige Reiseschreibmaschine, mit der er seine Gedanken noch so lange zu Papier bringen würde, bis es keine Farbbänder mehr zu kaufen gäbe. Doch Pina hatte wie wild mit den Fotos gewedelt, die den Gerichtsmediziner zeigten, wie er ihre Mülltüte wieder aus der Tonne zog. Vielleicht war es der Hausmeister selbst, hatte Galvano gebrüllt, der sexuell fehlgeleitet hinter der Kleinen her war. Ein Abartiger, wo es doch genug richtige Frauen gab, denen nachzustellen lohnenswerter war, als solch einer Miniatur-Popeya mit dem Sexappeal einer Kettensäge. Damit war für ihn die Sache fürs erste beendet. Aber nicht für Pina. Die Fotos waren eindeutig, und das sollte er büßen.

»Der Alte ist zu vielen unerwarteten Dingen in der Lage«, sagte Laurenti. »Aber dies ist nicht sein Stil. Und von modernen Technologien hat er keinen Schimmer. Lassen Sie den armen Mann in Ruhe.«

»Er kann sich auch in einem Internetcafé an einen Computer setzen.«

»Galvano weiß nicht einmal, was das ist.«

Laurenti ließ den Geldeintreiber vorführen. Der Mann hieß Giorgio Zenta, war ein paar Jahre älter als er und noch im Territorio Libero di Trieste geboren, doch hatte er offiziell keinen Wohnsitz in Italien, nur noch den Paß, in dem allerdings auch kein ausländischer Wohnort eingetragen war. Sein Mobiltelefon lief auf einen montenegrinischen Betreiber, der auf die Anfrage nach einer Auswertung der Telefongespräche der letzten Monate niemals antworten würde. Diese Mühe konnte man sich sparen, das Land war nach wie vor fest in der Hand der organisierten Kriminalität. Zuerst war es Unterschlupf für viele der meistgesuchten Verbrecher Italiens gewesen, inzwischen aber rollte der Rubel in diesen Zwergstaat, der als erster in Osteuropa die D-Mark übernommen hatte und in dem heute fleißig an der Herstellung gefälschter Euro-Noten gearbeitet wurde. Die Regierung bekräftigte ihren Wunsch nach rascher Aufnahme in die Europäische Union und träumte von einer Partnerschaft für Frieden und Zusammenarbeit, das Land aber war Ziel zweifelhafter Kapitalflüsse dubioser russischer Investoren geworden. Eine Geldwaschanlage und Hort der organisierten europäischen Kriminalität, vermuteten die Fachleute.

Der Polizist, der Zenta hereinführte, blieb auf Laurentis Zeichen einen Meter hinter dem Mann stehen.

»Was liegt gegen mich vor?« fragte der Geldeintreiber und lehnte sich gelassen in seinem Stuhl zurück.

»Ist Zenta ein italienischer Nachname?« fragte Laurenti. Der Mann hatte kein Vorstrafenregister.

»Ich bin italienischer Staatsangehöriger, also ist er es.« Zenta zeigte keine Anzeichen von Unsicherheit. In seinen Antworten dominierte die Arroganz dessen, dem man nichts anhaben konnte.

»Sie kassieren unter den Serben ab.«

»Manchmal leihe ich den armen Schweinen ein bißchen Geld. Irgendwann geben sie es mir zurück. Ohne Zinsen übrigens. Damit das gleich klar ist.«

»Wo wohnen Sie?«

»Ich bin wohnsitzlos.«

»Und wo schlafen Sie?«

»Ich schlafe nie.«

»Sie sind also die ganze Nacht auf den Beinen.« Laurenti machte sich eine Notiz, daß die Meldedaten der Hotels überprüft werden mußten, auch wenn es unwahrscheinlich war, daß der Mann unter seinem richtigen Namen abstieg. Wahrscheinlicher war, daß er einen anderen Unterschlupf gefunden hatte.

»Wenn Sie es so wollen.«

»Und Sie haben zwei ständige Begleiter, die manchmal durchgreifen, wenn einer nicht zahlen will.«

»Die Welt ist schlecht, nicht immer wird Freundlichkeit mit Ehrlichkeit belohnt. Das wissen Sie doch.«

»Tja«, seufzte Laurenti. »Großzügigkeit ist eine immer seltenere Eigenschaft, mein Herr.«

»Sie sagen es.«

»Nennen wir es anders. Sie treiben Schutzgeld ein.«

»Sie verfügen über eine blühende Phantasie, Commissario. Ich gebe, ich nehme nicht. Was ist bei diesen Menschen schon zu holen?« Er grinste.

»Kleinvieh macht auch Mist, Signor Zenta. Ich nehme an, Sie können rechnen: Zehn Euro am Tag, sechsmal die Woche, und das von hundert Personen. Oder von zweihundert«, sagte Laurenti. »Zweiundfünfzig Wochen im Jahr. Davon vermutlich ein Viertel für Sie und der Rest für Ihren Boß. Sie führen ein florierendes Geschäft.«

»Ach, lassen Sie mich in Ruhe«, fauchte Zenta. »Es liegt nichts gegen mich vor.«

Laurenti zog einen Plastikbeutel aus seiner Schreibtischschublade und hielt ihn hoch. »Heckler & Koch MK 23. Eine Fünfundvierziger Automatic mit zwölf Schuß und absoluter Matchpräzision, die selbst den Anforderungskatalog der US-Regierung übertrifft. Ein seltenes Stück bei uns.« Er legte sie in die Schublade zurück. »Die tragen Sie vermutlich nur, weil die Welt zu den Guten nicht mehr freundlich ist. Nicht wahr?«

Zenta schwieg.

»Aber warum bloß haben Sie die Waffe gezogen?«

»Ich wußte nicht, wer Sie sind. Sie haben mir einen heftigen Schreck eingejagt.«

»Oh, das tut mir leid. Entschuldigung. Und wo sagten Sie, ist Ihr Waffenschein?«

»Zu Hause.«

»In Montenegro, Towarisch?«

Zenta nickte.

»Sprechen Sie Serbisch?«

»Kein Wort.«

»Und wo also ist der Waffenschein?«

»Ich sagte es schon.«

»Was glauben Sie wohl, was ich mit Ihnen machen werde. Sie bedrohen einen Polizisten mit einer Profiknarre, haben keinen Wohnsitz und keinen Waffenschein. Die Pistole wird morgen von den Spezialisten untersucht, die Proben dann in einem langwierigen Prozeß mit allen anderen im Land verglichen und an Interpol weitergegeben. Das dauert ewig. Die Bürokratie, schrecklich. Aber was werden Sie wohl so lange unternehmen, Signor Zenta? Nein, nein« – er machte eine beschwichtigende Handbewegung –, »ich sage es Ihnen gleich. Sie wissen doch selbst, wir Italiener sind berühmt für unsere Gastfreundschaft. Speis und Trank und freies Logis! Nur schade, daß kein Anwalt Sie da rausholen kann. Wenn Sie über einen festen Wohnsitz verfügten, hätte er es relativ leicht. Aber so ...«

»Tun Sie, was Sie nicht lassen können.« Zenta schluckte trocken.

»Und in der Zwischenzeit packen die anderen aus. Immer diese Probleme mit dem Personal. Ich kenne das. Man kann sich einfach auf niemanden verlassen. Nicht wahr?«

Er gab dem Uniformierten ein Zeichen, Zenta abzuführen. Bevor sie die Tür erreicht hatten, sagte Laurenti: »Übrigens die herzlichsten Grüße von Petra Piskera, der Konsulin. Sie ist ziemlich sauer auf Sie, weil Ihre Männer versagt haben. Wir haben ein Telefonat aufgezeichnet, in dem sie Sie beim Namen nannte. Dumme Sache. Coco hat schon heute nachmittag gesungen, der andere, wie heißt er noch, Stojan Obod, ist auch weich geworden. Das sind wenigstens Männer, mit denen man noch Geschäfte machen kann, schließlich haben sie mehr zu gewinnen als zu verlieren. Wenn der Preis stimmt, packen alle aus.« Laurenti gab dem Polizisten ein Zeichen, dann schloß sich die Tür hinter Zenta, in dessen Gesicht Zweifel geschrieben standen. Ganz offensichtlich war er sich seiner beiden Gorillas wirklich nicht sicher. Und das war gut so.

*

Bis zur Wand hatte Pina Cardareto ihren Stuhl von dem Tisch weggerückt, an dem sie Stojan Obod ausquetschte. Wegen seiner breiten, vorstehenden Schneidezähne, die einer Axt glichen, trug der Mann seit seiner Kindheit den Spitznamen »Tesla«. Er war der einzige Ausländer in dem Terzett: Aus Belgrad gebürtig, zweiunddreißig Jahre alt und mit einem Mundgeruch gerüstet, für den allein man ihn schon wegen schwerer Umweltverschmutzung einlochen müßte. Wie konnte man in diesem Gestank leben, wie hielten seine Freunde das aus oder gar eine Geliebte? Er hatte neben seiner Funktion als Weichmacher derjenigen, die nicht bezahlen wollten, auch die Funktion des Dolmetschers für Coco. Zenta, sagte er, sprach selbst fließend Serbisch.

Obgleich Tesla sich anfangs sogar weigerte, seine Personalien anzugeben, war die Kleine schneller erfolgreich, als er es sich hätte träumen lassen. Sie malte ihm aus, wie lange er in einer der überfüllten Zellen im Coroneo schmoren müßte, um irgendwann doch auszusagen. Wie alle, die vorher den starken Mann spielten und dann durch ein »Versehen« der Aufseher mit den skrupellosesten homosexuellen Seeleuten in eine Zelle gesperrt wurden, die sich ihrer zärtlich annahmen. Daraufhin ging alles ziemlich schnell. Natürlich hatte der Mann keine gültige Aufenthaltserlaubnis, was ihm per se schon ein paar Monate Gefängnis brächte, und unmittelbar danach würde er abgeschoben werden. Unerlaubter Waffenbesitz wog noch schwerer. Die Inspektorin schlug ihm in Rücksprache mit dem Staatsanwalt einen

Handel vor. Wenn er mit der Sprache herausrückte, könnte er mit schneller Ausweisung davonkommen, und wenn er keine Sperenzchen machte, dann ließe sich sogar darüber reden, daß sie ihm bei der Beschaffung einer Aufenthaltsgenehmigung und einer Tube Zahnpasta behilflich war.

Voller Schwung platzte Pina in Laurentis Büro und berichtete. Tesla hatte, obwohl er Angst vor dem Mann hatte, den Eintreiber schließlich schwer belastet. Endlich ein Zeuge, der Laurentis Beobachtungen auf der Piazza Garibaldi bestätigte – sofern er in den nächsten Tagen, oder später vor Gericht, bei seiner Aussage blieb. Mit diesen Details konnten sie Zenta die Hölle heiß machen. Je hundert Euro hatte er Tesla und Coco für den Angriff auf Laura bezahlt und gesagt, sie sollten die Chance gut nützen, denn günstiger würden sie nie zu einer Edelnutte kommen. Pina errötete leicht und entschuldigte sich sogleich für den Ausdruck. Wer allerdings hinter Zenta stand, wußte Tesla nicht. Auch der Name der Konsulin sagte ihm nichts. Pina Cardareto war davon überzeugt, daß er die Wahrheit sagte.

Die Tatsachen über die Erpressung der Schwarzarbeiter in Balkantown allerdings waren mindestens genauso haarsträubend. Die Sache funktionierte schon seit geraumer Zeit. Zenta hatte ein System von Zuckerbrot und Peitsche aufgebaut. Nach Teslas Aussage zahlten sie lediglich eine Art Versicherungsprämie, denn er trieb auch das Salär von säumigen Arbeitgebern ein, falls einer die Schwarzarbeiter zu bescheißen versuchte. Allerdings verhielt sich das wie mit allen Versicherungen: Man bezahlt viel und bekommt fast nie etwas heraus. Eine Negativbilanz von Hoffnung und Hoffnungslosigkeit.

Als die Inspektorin Tesla klarmachte, daß seine Pistole ballistischen Tests unterzogen würde, kam er ins Schwitzen. Stotternd behauptete er, sie erst vor zwei Tagen von Zenta erhalten zu haben. Pina ahnte, warum.

»Jede Wette, daß mit dieser Waffe auch die beiden Anschläge gegen die Kleinunternehmer verübt wurden«, sagte Pina. »Und dafür brummt man ihm acht Jahre auf.«

Laurenti kam doch noch vor Mitternacht aus dem Büro. Er hatte seine beiden Aufpasser gleich nach der Verhaftung des Eintreibers gebeten, Laura nach Hause zu bringen. Dafür holte er auf der zweiten Fahrt seinen Sohn im Restaurant ab.

Marco murrte diesmal nicht. Ganz im Gegenteil schien er plötzlich stolz darauf zu sein, einen Vater zu haben, der so wichtig war, daß zwei Bodyguards ihn begleiten mußten. Er führte Laurenti in die Küche, wo seine Kollegen den Commissario viel respektvoller als sonst grüßten. Marco stellte ihn der neuen Praktikantin vor und führte ihn schließlich zu seiner Chefin, bei der Laurenti sich für den gestrigen Auftritt der Sicherheitsbeamten im Restaurant entschuldigte.

»Ein Auftritt wie bei Miami Vice«, lachte sie. »Die Gäste haben es genossen.« Sie bot ihm ein Glas Wein an und sagte, er habe vermutlich schon gegessen. Laurenti bejahte so zögerlich, daß sie ihm nicht glaubte. In der Tat hatte er seit der Mittagszeit keine freie Minute gefunden, um nebenbei wenigstens ein Tramezzino zu verschlingen.

»Willst du deinem Vater nicht eine Pasta machen?« fragte sie Marco.

Der verdrehte nur die Augen. Er hatte soeben erst Kochmütze und Schürze abgelegt.

»Ein Stück Brot tut's schon«, sagte Laurenti. »Machen Sie sich bloß keine Umstände.«

Nichts zu machen. Triests berühmteste Küchenchefin war bereits am Werk und stellte einen Teller mit angerührtem Baccalà als Vorspeise auf den Tisch. Ein Gericht, das Laurenti liebte, auch wenn ihm in diesen Tagen die Lust auf Stockfisch ein wenig vergangen war. Und dann kam wie von Zauberhand eine Pasta, wie sie köstlicher nicht sein konnte.

»Phantastisch«, sagte Laurenti. »Was ist das?«

»Profumo d'estate«, sagte Ami Scabar. »Ganz einfach: Ein Pesto aus fünf Sorten Thymian, auch etwas Estragon, geräuchertem Ricotta und Olivenöl, Kalmare und Garnelen ganz kurz auf Kirschholz kalt geräuchert, klein gewürfelte Kartoffeln in Zitronensaft und einer Prise Vanillezucker mariniert und al dente gegart, die Maltagliati, die breiten Nudeln, ebenfalls separat gekocht, und anschließend alles zusammen in einer Pfanne auf den Punkt gegart.«

»Ganz einfach«, sagte Marco mit leicht gequältem Gesichtsausdruck und einem Unterton, der seine Chefin zum Lachen brachte.

»Einfachheit ist eine Kunst, die man lernen muß«, sagte sie und entkorkte eine Flasche Glera von Sancin.

»Wie hältst du es in diesem Jahr mit der Weinlese, Papà?« fragte Marco. »Nimmst du deine Beschützer etwa mit?«

»Pssst«, sagte Laurenti und hielt verschwörerisch den Finger an die Lippen. »Ich werde sie austricksen. An solch einem Tag will ich sie wirklich nicht um mich haben.«

»Und wann?«

»Übermorgen, Marco. Aber sag es niemandem.«

»Was passiert eigentlich, wenn ich nach der Arbeit nicht direkt nach Hause will? Fahren mich die Gorrillas dann die ganze Nacht herum?«

Laurenti kniff mißtrauisch die Augen zusammen. »Sie haben dich zu beschützen, aber sie sind nicht deine Chauffeure. Komm nicht auf krumme Gedanken. Es tut dir ganz gut, wenn du früher nach Hause kommst und zeitig zu Bett gehst, nüchtern und ohne dir vorher zwei Joints reinzuziehen.«

Marco atmete tief durch. In Gegenwart seiner Chefin wollte er seinem Vater nicht widersprechen, dabei hatte er sich schon ausgemalt, sich zusammen mit der neuen Praktikantin nach Ljubljana zum Diskothekenbesuch fahren zu lassen, ohne auf der Rückfahrt den eigenen Führerschein zu riskieren.

»Marco, mach keinen Blödsinn«, sagte sein Vater. »Der Spuk ist bald vorbei. Hab ein paar Tage Geduld. Versprich mir das.«

*

Wieder hatte sich ein Gewitter über dem Zentrum entladen, und innerhalb einer Stunde hatte es so viel geregnet, daß die Kanalisation überlief und das Regenwasser knöchelhoch in den Straßen stand. Im Lauf des Abends hatte der Wind gedreht und sich zu einem Sturm entwickelt. Der Scirocco trieb meterhohe Brecher über die Uferstraßen in die Stadt hinein. Inspektorin Pina Cardareto kämpfte auf ihrem Rennrad um ihr Gleichgewicht, doch wenigstens mußte sie nicht durch die Pfützen waten. Das Licht im Treppenhaus funktionierte nicht, und der Aufzug war außer Betrieb, als sie nach zwei Uhr und langen Verhören endlich das Haus in der Via Mazzini betrat und das Fahrrad an seinen üblichen Platz in der Eingangshalle vor der Portiersloge lehnen wollte. Zu ihrer Verwunderung war ein rotweißes Plastikband zwischen der Tür und den Briefkästen gespannt, an dem ein Zettel hing. Sie entzifferte ihn mühsam. »Fahrräder abstellen verboten!« Ein Computerausdruck, der nur ihr gelten konnte, denn kein anderer Bewohner des Palazzo bediente sich dieses Verkehrsmittels. Lauter Autofahrer, die zu feige waren, sich mit eigener Kraft durch den Verkehr zu bewegen. Pina riß das Plastikband ab und steckte es samt dem Zettel ein. Morgen würde sie sich den Hausmeister vorknöpfen. Dann lehnte sie ihr Rad an den üblichen Platz, versetzte der Aufzugtür einen wütenden Tritt und stieg verärgert die Treppe hinauf. Sie war müde, und ihr Herz schlug heftig, als sie im vierten Stock ankam und den Schlüssel ins Schloß stecken wollte. Die Tür gab nach. Pina trat einen Schritt zurück, zog ihre Dienstwaffe aus dem Hosenbund, entsicherte sie und lud durch. Vorsichtig drückte sie den Lichtschalter neben der Tür, doch blieb es auch in ihrer Wohnung dunkel. Stromausfälle durch Gewitter waren keine Seltenheit, im Polizeipräsidium schalteten sich dann automatisch die Generatoren an. Jetzt aber war es ernst. Wer war in ihrer Wohnung? Sollte sie Verstärkung rufen? Bis die Kollegen kamen, könnte sie längst tot sein.

Gundsätzlich drehte sie den Schlüssel zweimal im Schloß, wenn sie das Haus verließ. Am Türrahmen konnte sie keine Spuren von Gewalteinwirkung ertasten. Nie hatte sie jemandem einen Zweitschlüssel gegeben, den Vormieter kannte sie nicht. Profis? Das Schloß war gängige Standardware. Jeder dürftig ausgerüstete Einbrecher konnte es öffnen, und die Leute vom Schlüsseldienst würden bei solch einer Aufgabe keine fünf Minuten verlieren und trotzdem eine ganze Stunde berechnen. Der Hausmeister? Bei ihrem Einzug hatte der Vermieter beteuert, daß niemand außer ihr Schlüssel zu dem Appartement hatte. Es half nichts, sich den Kopf zu zermartern. Pina Cardareto mußte hinein. Sie schaltete die kleine Taschenlampe ein und warf sie in den Flur. Sie schleuderte sie bis ins vorderste Zimmer. Pina wartete und lauschte. Sie hörte nur ihren eigenen Atem. »Los, Pina, sei kein Feigling«, sagte sie sich, versetzte der Tür einen Tritt, die mit einem Krachen gegen die Wand schlug, und stürzte sich mit einer Vorwärtsrolle hinein. Noch im Fallen zielte sie mit der entsicherten Waffe ins Dunkel, das sich vor ihr auftat. Sie robbte bis zum Sicherungskasten, der sich im toten Winkel der Türen befand, und öffnete ihn. Alle Schalter waren umgelegt. Mit der linken Hand brachte sie sie in Normalstellung, und mit dem Licht sprang auch das Summen des alten Kühlschranks wieder an.

»Pina? Bist du das?« fragte eine Stimme im Treppenhaus.

Ihre Wohnungsnachbarin starrte erschrocken in den Lauf der Beretta. Was war passiert? Pina antwortete nicht, langsam senkte sie die Waffe und ging ins erste Zimmer. Der Boden war mit Papieren übersät, die Bücher aus den Regalwänden gerissen und die Möbel umgestürzt worden. Das Schlafzimmer sah nicht besser aus. Die Matratze ihres Bettes war mit einem Messer aufgeschlitzt, ihre Wäsche im Raum verstreut worden. Die Küche hingegen voller Scherben, kein Stück Porzellan war heil geblieben. Doch außer ihr und Petra Piskera, die sich endlich ein Stück in den Flur vorgewagt hatte, war keine Menschenseele zu sehen. Pina sicherte ihre Pistole und steckte sie zurück in den Bund.

»Hast du jemanden gesehen?« fragte sie. »Oder etwas gehört?«

Die schwarzhaarige Konsulin schüttelte den Kopf. »Ich kam um Mitternacht nach Hause. Da war alles ganz normal.«

»Funktionierte der Aufzug noch?«

»Ja.«

»Das Licht im Treppenhaus?«

»Auch.«

»Und hast du zufällig einen Blick auf meine Wohnungstür geworfen? War sie verschlossen?«

»Es war alles ganz normal.«

»Und du hast wirklich nichts gehört?« Pina zeigte ungläubig auf den Scherbenhaufen in ihrer Küche.

»Ich ging gleich schlafen. Morgen muß ich früh raus.«

»Schminkst du dich nie ab?« fragte Pina und runzelte die Stirn. Die Lippen der Konsulin waren noch immer tief kirschrot geschminkt, und auch ihr Lidschatten schien frisch zu sein.

»Ich war zu müde und bin auf dem Sofa eingeschlafen.« Petra Piskera setzte ein schiefes Lächeln auf. »Ich wußte gar nicht, daß du eine Pistole trägst.«

»Nur für Notfälle. Sag es bitte niemandem. Hat bei dir das Licht funktioniert?«

»Es hat ein paarmal geflackert, wie immer bei Gewittern. Aber sonst war nichts. Warum?«

»Warum, warum! Das Licht im Treppenhaus funktioniert so wenig wie der Aufzug, irgend jemand hat meine Wohnung in einen Trümmerhaufen verwandelt. Und du fragst, warum?« Pina raste wütend durch die Zimmer. Der Boden war mit den Zeichnungen ihres neuen Comic übersät. Viele der Blätter waren zerknittert oder zerrissen, monatelange Arbeit mutwillig zerstört. Ihre Laune sank in den Keller. Der Einbruch, das Eindringen in ihre Privatsphäre, die zerschnittenen Kissen und die Matratze, das Geschirr, alles war halb so schlimm. Doch dieser Angriff auf ihre schöpferische Arbeit der letzten Monate, auf das einzige Vergnügen, das sie sich gönnte, brachte sie fast zum Heulen. Die Konsulin beobachtete sie vom Flur aus, während sie verzweifelt die Blätter aufsammelte und schließlich mutlos auf ihren Schreibtisch warf. Jetzt erst fiel ihr ein Päckchen auf, an dem ein rosaroter Zettel befestigt war. Mit spitzen Fingern faßte sie ihn an einer Ecke und faltete ihn auf.

»Bullensau. Du entkommst mir nicht. Ich krieg dich, wann ich will. Und dann machst du das, was ich dir sage. Viel Spaß beim Vorspiel.«

Pina wog vorsichtig das Päckchen in der Hand und tastete das Klebeband ab, mit dem es verschlossen war. Drähte waren nicht zu fühlen. Sie nahm ein Skalpell aus ihrem Malkasten und schnitt es behutsam auf. Im Zeitlupentempo öffnete sie die Pappkartonklappen. Zusammengeknülltes Zeitungspapier. Sehr langsam nahm sie eines nach dem anderen heraus. So wie sie es bei einem der Lehrgänge gelernt hatte. Schritt für Schritt. Ohne ein Risiko einzugehen oder mögliche Spuren zu löschen. Endlich lag der Inhalt vor ihr. Ein Vibrator, über den ein offensichtlich benutztes Präservativ gestülpt war. Sie zeigte ihn der Konsulin.

»Ich seh schon, es ist besser, wenn ich dich allein lasse«, spöttelte Petra Piskera. »Hast du einen heimlichen Verehrer? Jemand, der dir nette Geschenke macht?«

»Es sieht ganz danach aus.«

»Meine Hochachtung für dein fachmännisches Vorgehen. Ich dachte, du arbeitest im öffentlichen Dienst und nicht bei der Polizei.«

Pina fuhr herum. »Ist das etwas anderes?«

»Kennst du den Bullen, der in der Pizzeria an uns vorbeiging?«

»Welchen Bullen?« fragte Pina Cardareto.

»Er heißt Laurenti.«

»Nur vom Namen. Der ist ein großes Tier. Ich bin Assistentin in der Paßabteilung. Warum?«

»Nur so. Ein entfernter Verwandter hatte vor vielen Jahren mit ihm zu tun. Nichts Besonderes. Jugendsünden. Und in meinem Büro wurde vor kurzem auch eingebrochen. Dieser Laurenti führt die Ermittlungen. Er ist mir nicht besonders sympathisch, und ich habe meine Zweifel, ob ich mich auf ihn verlassen kann.«

»Ach so. Wenn du willst, kann ich mich einmal informell erkundigen. Wir Sekretärinnen gehen oft zusammen zum Mittagessen. Da quatscht man über alles.«

»Laß nur. Es ist nicht so wichtig. Wenn du etwas brauchst, sag es.«

»Eine neue Wohnung wirst du mir kaum anbieten können.«

Die Konsulin ging zur Tür. »Und viel Spaß mit deinem neuen Spielzeug.«

Lustlos sammelte Pina Cardareto ihre Zeichnungen auf und sortierte sie. Mehr als die Hälfte war irreparabel zerstört, sie würde sie über Wochen nachzeichnen müssen. Sie verstaute die Zeichenmappe auf dem Schrank und rief die Kollegen vom Streifendienst, die wenige Minuten später eintrafen. Nicht, daß sich die Inspektorin große Hilfe von ihnen erhoffte. Sie brauchte die Anzeige für die Versicherung. Die Schachtel mit dem Vibrator enthielt sie ihnen vor. Den Kollegen diese Freude zu machen wäre dumm, sie würde keinen Schritt mehr durch die Flure der Questura tun können, ohne hämische Blicke zu ernten. Und was konnten die Kollegen schon ausrichten, wo sie selbst nicht weiterkam? Wer wollte ihr Leben vergiften? Sie würde sich morgen noch einmal mit Laurenti beraten und darauf beharren, daß er die Sache ernster nahm als bisher. Sie war sich nicht mehr sicher, daß Galvano hinter den Botschaften stand. Schwer vorstellbar, daß der Alte auch noch in Wohnungen einbrach und Porzellan zertrümmerte. Aber ausschließen konnte sie es trotzdem nicht, die Fotos sprachen eindeutig gegen ihn. Gegen vier Uhr endlich fiel Pina Cardareto auf der zerrissenen Matratze ihres Bettes in bleiernen Schlaf.

Die Wellen schlagen hoch

Die schwere Müdigkeit, die Proteo Laurenti nur schläfrig dem Bericht Mariettas über die Vorkommnisse der letzten Nacht folgen ließ, kam nicht von der Arbeitsbelastung der letzten Wochen, sondern davon, daß seine Gäste am Vorabend einfach nicht nach Hause gehen wollten. Gerade als sie zum erstenmal aufbrechen wollten, begann das Gewitter sich mit Sturmböen über der Küste zu entladen und ging dann in sintflutartigen Dauerregen über, der sich erst gegen vier Uhr morgens legte. Da konnte man nicht einmal einen Hund auf die Straße jagen.

Als Proteo Laurenti mit Marco nach Hause kam, herrschte trotz der späten Stunde Festbeleuchtung. Fröhliches Gelächter schallte ihnen entgegen. Sie staunten, als sie Laura in Gesellschaft von zwei Männern vorfanden: Serse, dem Maler, und dem alten Galvano. Auf dem Tisch stand eine Menge leerer Flaschen, und die Aschenbecher quollen über.

»So ist das also«, sagte Laurenti zur Begrüßung. »Wir arbeiten bis spät in die Nacht, und hier wird gefeiert. Ist für uns wenigstens noch etwas übrig?«

Galvano und Serse hatten sich zufällig zum Apéritif in der »Malabar« getroffen und dann beschlossen, Laura einen Überraschungsbesuch abzustatten. Serse, der darüber bestürzt war, daß er von dem Überfall vor seiner Haustür nichts mitbekommen hatte, hatte Laura eines seiner Werke zum Geschenk gemacht. Eine riesige, sich brechende Welle lehnte an der Wand, die den Betrachter magisch in sich hineinzog. Laurenti stieß einen leisen Pfiff aus. Das war kein kleines Geschenk!

Galvano breitete mit leichtem Zungenschlag und vielen zweideutigen Übertreibungen die Geschichte Pinas und der anonymen Schreiben vor seinen Zuhörern aus. Von Proteos Präsenz ließ er sich dabei nicht im geringsten stören. Er übertrieb immer schamloser. Serse hatte seine helle Freude an Galvanos Ausschmückungen, Laura hingegen lächelte bemüht. Nach dem Vergewaltigungsversuch war ihr nicht zu solchen Scherzen zumute.

»Dabei hat die Kleine einen Sexappeal wie ein Seeigel«, polterte Galvano. »Da kann ich deine beiden Angreifer viel besser verstehen, Laura. Eine schöne, intelligente und mutige Frau wie dich bekommen zwei solche Drecksäcke nicht mal für viel Geld beim Escort-Service. Daß Laurenti sie allerdings so schnell geschnappt hat, ist überraschend. Normalerweise ist er langsam wie eine Schnecke. Übrigens habe ich dich gerächt. Dem einen habe ich eine saftige Tracht Prügel verpaßt. Mit der Hundeleine, wie er es verdiente.« Proteo dankte den Göttern, als er die beiden Schluckspechte endlich nach Hause schicken durfte.

»Eine Nachricht, die dich sicher interessiert, liegt von den Kollegen aus Treviso vor. Ihnen ist ein spektakulärer Schlag gelungen«, sagte Marietta jetzt. »Die Lastwagen eines Frucht-Importbetriebs aus Belluno wurden zum Transport von serbischen Waffen verwendet. Darunter befand sich eine große Anzahl AK 47-MGs und kistenweise Munition, mit der es auch kein Problem ist, die Panzerungen von Geldtransportfahrzeugen oder das Panzerglas von Schmuckgeschäften zu knacken. Vier Personen wurden festgenommen, zwei Italiener und zwei Serben. Alle ohne Vorstrafen und mit Wohnsitz in Treviso.«

»Laß dir die Namen durchgeben«, sagte Laurenti, »und überprüfe, ob sie sich auf unserer Liste von der Piazza Garibaldi befinden.«

Marietta schmunzelte. »Und noch eine Sache, die du dir vermutlich aus erster Hand berichten lassen wirst. Sie betrifft die Zwergin.«

Laurenti horchte auf. »Was ist passiert?«

Marietta las das Protokoll der Streifenbeamten vor, als genösse sie jedes der wenigen Worte.

Laurenti griff zum Telefon und rief Pina zu sich. Erst auf seine nachdrückliche Aufforderung erhob sich Marietta mißmutig von ihrem Stuhl und ließ sie allein. Zu gern hätte sie gehört, was die Kleine ihrem Chef erzählte. Sie mußte eine ganze Stunde warten, bis die Inspektorin wieder herauskam. Und dann wurde Marietta, die vor Neugier zerfloß, noch bevor sie eine Frage stellen konnte, von Laurenti losgeschickt, um Petra Piskera aus dem Konsulat in die Questura zu begleiten.

*

Trotz des Einbruchs war Pina guter Laune. Geistesgegenwärtig hatte sie in der Nacht die Kollegen vom Erkennungsdienst darum gebeten, auch die Fingerabdrücke von der Tür ihrer Wohnungsnachbarin zu nehmen. Wenn diese Tatjana Drakič im Konsulat Fingerabdrücke hinterlassen hatte, die Laurenti so beunruhigten, warum nicht auch hier? Und wenn Galvano behauptete, daß die meisten Kollegen nur das fanden, wonach sie suchten, dann traf dies noch lange nicht auf Pina Cardareto zu. Noch während sie am frühen Morgen die Mülltüten mit den Scherben aus der Küche füllte, kam der Anruf. Sie hatte ins Schwarze getroffen, einen Coup gelandet, der ihr einige Punkte auf dem Personalkonto bringen würde, mit denen sich eine Beförderung und damit die Versetzung beschleunigen lassen sollten. Allerdings war sie noch unentschieden, ob sie Laurenti gleich von dieser Erkenntnis unterrichten oder, um ihre Karriere zu beschleunigen, erst noch allein an der Sache weiterarbeiten sollte.

»Warum sind Sie fröhlich, nach dem, was Ihnen zugestoßen ist?« fragte Laurenti mißtrauisch.

»Stellen Sie sich vor, was mir hätte passieren können,

wenn ich zu Hause gewesen wäre. Glück im Unglück sollte man zu schätzen wissen.«

»Raus mit der Sprache, Pina. Was ist passiert?«

Die Inspektorin stellte einen Karton auf den Tisch und schob ihn zu ihrem Chef hinüber. »Schauen Sie selbst.«

Laurenti hob den Deckel ab – und traute seinen Augen nicht. Das Präservativ über dem Vibrator war gebraucht.

»Lassen Sie es untersuchen. Es ist benutzt«, sagte Laurenti ungläubig und starrte die Inspektorin an.

»Es sieht nur so aus, das echte ist schon im Labor.« Pina Cardareto winkte amüsiert ab. »Ich wollte nur, daß Sie die Sache sehen, wie ich sie erhalten habe. Verstehen Sie endlich, daß ich Schutz brauche? Dieser Psychopath hat mit dem Einbruch einen neuen Schritt gewagt. Mit dem Briefkasten begnügt er sich nicht mehr. Und wer weiß, ob ich die einzige bin, hinter der er her ist?« Als Laurenti zum Sprechen ansetzte, winkte sie erneut ab. »Nein, er hat keine Fingerabdrücke hinterlassen. Wenn die DNA nicht mit jemandem aus unserem Datenbestand übereinstimmt, dann weiß ich nicht, nach wem ich suchen soll. Ich brauche Ihre Unterstützung und vor allem technisches Gerät.«

»Wollen Sie Ihre Wohnung verwanzen lassen?«

»In dem Haus sind so viele Wohnungen und Büros, daß man es riskieren kann, ohne daß es jemand bemerkt. Vielleicht ist eine Frau in der Abteilung, die weiß besser, wie man das unauffällig macht.«

»Sie könnten nicht einmal mehr unbeobachtet duschen. Pina, Sie erstatten ganz normal Anzeige bei den Kollegen und bringen mir den Vorgang. Ich rede dann mit dem Staatsanwalt. Aber heißt das eigentlich, daß Sie Galvano von der Liste der Verdächtigen gestrichen haben?«

»Nein. Ich streiche nie jemanden, bevor ich nicht den wahren Täter habe. Auf den Fotos ist er klar zu erkennen.«

»Galvano hat ein Alibi. Er war gestern abend bei mir zu Hause und schläft vermutlich noch seinen Rausch aus.«

»Das tut er gewiß nicht. Ich habe ihn heute morgen in der Via Mazzini gesehen, nicht weit von meinem Haus entfernt. Er hatte sich zwar hinter der Säule eines Hauseingangs versteckt, sein Hund aber saß auf dem Gehweg.«

Und nun erzählte Pina, wie sie mit dem Hausmeister aneinandergeraten war: Der Aufzug funktionierte wieder, als Pina Cardareto den Unrat entsorgen und ins Büro gehen wollte. Sie staunte nicht schlecht, als sie im Erdgeschoß ausstieg. Ihr Fahrrad war weg, und wieder war ein weißrotes Plastikband mit einem Zettel vor der Wand aufgespannt. Jetzt reichte es. Wütend hatte sie an der Portiersloge geklopft und den Hausmeister nach ihrem Fahrrad gefragt. Aus dem Kabuff war wieder das Gestöhne aus seinem privaten Frühstücksfernsehen zu hören. Erneut versuchte er, hastig die Tür zu schließen, und wieder stellte Pina ihr Bein dazwischen.

»Wo ist mein Fahrrad?« fragte sie.

»Welches Fahrrad? Ich hab keins.«

»Es stand da an der Wand.« Pina zeigte auf die mit dem Plastikband abgesperrte Stelle.

»Da war keins. Sehen Sie das Schild nicht?«

»Wer hat es angebracht?«

»Ich. Auf Geheiß der Hausbesitzer und der anderen Mieter. Sie fühlten sich von Ihrem Drahtesel gestört. Außerdem verschmutzt der Lenker die Wand. Dieser Eingang soll repräsentativ sein.«

Pina beherrschte sich nur mit Mühe. Ihre Stimme bebte vor Zorn. »Drei von fünf Glühbirnen sind kaputt, die Ekken voller Dreck, der Fahrstuhl ging heute nacht nicht, und aus ihrem Verschlag dringen die Geräusche eines Pornofilms. Das nennen Sie repräsentativ? Ich habe gestern abend das Band entfernt und mein Fahrrad dort an die Wand gelehnt. Wie immer. Also haben Sie es gestohlen.«

Erstaunt wich der Mann einen halben Schritt zurück und holte tief Luft. »Jetzt hör mir mal gut zu, du Zwergin.«

Der Hausmeister versuchte, seine graubemäntelte Autorität auszuspielen, doch kam er nicht weit. Pina sah im Reflex der Glasscheibe der Portiersloge, die halb mit einem schmuddeligen Vorhang verschlossen war, ihr Rad. Sie stieß den Hausmeister rüde zur Seite. Tatsächlich lief ein Pornofilm über den Bildschirm. Eine Flasche billigen Fusels stand auf dem Tisch, daneben lag die Tageszeitung, auf ihr ein angebissenes Schinkenbrötchen. Hinter dem durchgesessenen, fleckenüberzogenen Sofa lehnte ihr Fahrrad. Bevor der Mann reagieren konnte, hatte Pina es geschultert und ihm im Vorbeigehen einen groben Stoß mit dem Lenker verpaßt.

»Das wird dir noch leid tun! Beleidigung und Körperverletzung! Bleib endlich stehen!« Er folgte ihr schimpfend und mit hochrotem Kopf zur Straße, als Pina aufstieg, drohte er auch noch damit, die Polizei zu rufen. Als sie um die Ecke bog, schaute sie sich noch einmal nach ihm um. Wie angewurzelt stand er noch immer vor der Tür und zeterte wie ein Waschweib.

*

»Sie überspannen meine Geduld, Commissario«, schnaubte Petra Piskera Laurenti an. »Mein Außenministerium hat bereits eine entsprechende Note an Ihres gerichtet. Fassen Sie sich also bitte kurz.«

Laurenti ließ sich von der schwarzhaarigen Dame nicht verunsichern und wies auf einen Stuhl. »Bitte nehmen Sie Platz. Ich brauche nicht lange. Aber Sie sollten sich das in Ruhe ansehen.« Er zog zwei Abzüge der Fotos aus der Kamera der schwerverletzten Rothaarigen aus einem Umschlag und legte sie auf den Tisch. »Dieses Ehepaar, mit dem Sie sich im Gespräch befinden, ist vor ein paar Tagen Opfer eines Anschlags geworden. Der Mann ist tot, ob die Frau durchkommt, steht in den Sternen. Ihr Name ist Babič:

Damjan und Jožica Babič. Sie arbeiteten oben im ›AREA Science-Park‹. Sie wurden von der Straße gedrängt und über die Leitplanke geschoben. Wir haben das andere Fahrzeug, und die beiden Fahrer sind verhaftet. Ferner haben diese feinen Herren einen Tag später einen brutalen Vergewaltigungsversuch unternommen, dem das Opfer nur um Haaresbreite entkommen konnte. Ihr Auftraggeber ist ein gewisser Giorgio Zenta. Er kennt Sie nach eigenen Angaben sehr gut, Frau Konsulin.« Laurenti mußte es probieren, auch wenn Zenta bisher eisern das Gegenteil behauptete.

»Und was wollen Sie damit sagen?« fragte sie ungerührt.

»Interessiert Sie gar nicht, wer die Fotos gemacht hat?«

»Sie werden es mir vermutlich gleich mitteilen.«

Laurenti legte ein weiteres Foto auf den Tisch. »Dieselbe Person hat auch diesen Schnappschuß gemacht.«

Petra Piskera starrte ungläubig auf die Vergrößerung, die sie beim Mittagessen mit ihren Geschäftspartnern aus Reggio Emilia zeigte.

»Erstaunlich, daß Sie nicht bemerkt haben, wie Ihnen tagelang jemand hinterherschnüffelte. Die Aufnahmen stammen von der rothaarigen Frau, die ins Konsulat einbrach und die Sie dann erschlagen haben. Mit einem Stockfisch.«

»Mit einem Stockfisch?« prustete die Konsulin. »Sie haben eine reiche Phantasie, Commissario. Oder einen Knall. Wenn Sie das einem Richter erzählen, werden Sie wegen Ihres Geisteszustands in den Vorruhestand versetzt.«

»Keine schlechte Idee, ich werde sie beizeiten beherzigen. Jetzt allerdings ist es mir völlig ernst. Noch immer kennen wir die Identität dieser Frau nicht. Ich dachte, Sie könnten uns helfen, den Einbruch aufzuklären und Ihre Räume zu schützen, wie es das ›Wiener Übereinkommen‹ vorschreibt. Keine Sorge, ich überschreite die Richtlinien nicht. Ich kenne das Gesetz. Und natürlich wüßte ich gerne, warum Sie sich mit einem Hausmeisterehepaar aus Komen getroffen und was Sie bei diesem Treffen gesagt haben. Das allerdings brauchen Sie mir nach dem Gesetz ebensowenig zu beantworten wie die Frage, warum Sie bei schmierigen Figuren wie Zenta so hoch im Kurs stehen.« Laurenti lächelte schief.

Petra Piskera stand auf. »Ich kann Ihnen nicht weiterhelfen. Und ich stehe für keine weiteren Gespräche zur Verfügung.« Grußlos ging sie hinaus.

Laurenti rief Marietta und Pina zu sich und faßte den Vorgang in knappen Worten zusammen. »Ich brauche dringend die Identität dieser beiden Männer, mit denen die Konsulin am Tisch sitzt. Vielleicht reicht es schon, in dem Restaurant nach den Zahlungsbelegen zu fragen. Eventuell hat einer der Herren mit Kreditkarte bezahlt. Ich werde den Staatsanwalt davon zu überzeugen versuchen, daß die Immunität unserer schwarzhaarigen Freundin aufgehoben wird. Die Indizien müßten ausreichen. Außerdem sind da die Fingerabdrücke von Tatjana Drakič. Ich würde allzugerne wissen, wo sie ist.«

Pina rutschte unbehaglich auf ihrem Stuhl herum. Nun mußte sie mit der ganzen Wahrheit heraus. Die Resultate der Fingerabdrücke habe sie erst vor fünf Minuten erhalten, stammelte sie und packte aus.

Laurenti war beeindruckt und eine ganze Weile sprachlos und wie weggetreten. »Gut gemacht, Pina«, sagte er schließlich mit blassem Teint, nachdem er sich von dem Schrecken erholt hatte. »Verdammt guter Instinkt.« Niemals wäre er auf diese Idee gekommen. Zu sehr war er an das alte Bild von Tatjana Drakič gefesselt, das sich ihm vor Jahren eingebrannt hatte. Eine derartige Kaltblütigkeit hätte er dieser Frau, die sich offensichtlich sehr sicher und ihm weit überlegen fühlte, nicht zugetraut. Weder ihr Äußeres noch ihr Ton oder ihr Aufreten hatten etwas mit der Tatjana Drakič zu tun, die er in Erinnerung hatte. Und auch Marietta war nichts aufgefallen. Vielleicht hätten sie die Sache früher durchschaut, wenn Sgubin noch dagewesen wäre. Jetzt aber zog sich die Schlinge zusammen. Um wessen Hals wußte allerdings auch Laurenti noch nicht mit Bestimmtheit zu sagen.

»Wenn ich den Staatsanwalt überzeugen kann, vergeht mindestens ein Tag, bevor eine richterliche Entscheidung vorliegt. Wir können nur hoffen, daß diese Frau nicht auf den Gedanken kommt abzuhauen. Pina, lassen Sie sie überwachen.«

*

»Das sind keine böswilligen Angriffe, sie verteidigen nur ihr Nest und die Jungen, nachdem sie geschlüpft sind. Selbst wenn sie dich picken, handelt es sich um keine ernsthaften Verletzungen. Ein Zwicken, ein kleiner Schnitt, mehr nicht. Ich mag diese schadenfrohen Gesellen.« Der alte Galvano hatte Laurenti auf der Straße erwischt. Sein Jackett wies auf der linken Schulter einen weißen Fleck auf, den er mit dem Taschentuch zu entfernen versuchte, während er eine flammende Rede auf die Möwen hielt, für die er offensichtlich mehr Mitgefühl aufbrachte als für seine Mitmenschen. »Die Möwen versuchen doch nur, uns zu vertreiben. Diese Tiere haben keine Angst mehr vor den Menschen, mit denen sie mittlerweile die Stadt teilen und von denen sie letztlich ihre Nahrung erhalten. Sie werden immer mehr und rücken uns folglich zunehmend auf die Pelle. Die aggressivsten nisten im Zentrum um die Piazza Sant'Antonio. Sie warten schon darauf, daß die Fischgeschäfte schließen, oder sie fressen den streunenden Katzen das Futter weg, das ihnen die betagten Witwen aus dem Viertel hinstellen. Das Meer als Nahrungsquelle ist zu anstrengend geworden. Überall in der Stadt finden sie schmackhaften Müll, den die Überflußgesellschaft zurückläßt. Selbst in Zeiten der Wirtschaftskrise. Sie haben inzwischen das Verhalten von Haustieren angenommen, klopfen sogar mit den Schnäbeln an die Fenster und verlangen Futter. Irgendwo müssen sie das schließlich gelernt haben. Die raffiniertesten nisten in Satellitenschüsseln, denn von dort können sie ihr Nest in alle Richtungen verteidigen.«

»Alle Achtung, Galvano«, lachte Laurenti. »Bist du mittlerweile als Veterinär tätig?«

»Wo gehst du hin?«

»Ich muß zum Staatsanwalt. Begleitest du mich ein Stück?«

»Bis zur ›Malabar‹. Keinen Schritt weiter«, sagte Galvano und zog den schwarzen Hund hinter sich her. »Ich habe heute früh deine Mitarbeiterin dabei beobachtet, wie sie mit dem Hausmeister stritt.«

»Ich weiß«, sagte Laurenti. »Im Versteckspiel bist du nicht besonders originell. Sie hat dich gesehen. Du lauertest wie ein Exhibitionist hinter einer Ecke, aber dein Hund saß auf der Straße.«

»Ich wollte, daß sie mich sieht. Der Kerl ist mir nicht geheuer. Man müßte sie vor ihm warnen.«

»Letzte Nacht wurde bei ihr eingebrochen. Sie ist ziemlich mit den Nerven runter. Warum wolltest du, daß sie dich sieht?«

»Damit sie endlich aufhört, mich zu verdächtigen.«

Laurentis Mobiltelefon klingelte. Marietta meldete, daß einer der beiden Männer, mit denen die Konsulin sich getroffen hatte, identifiziert war. Sie nannte ihm Namen und Wohnort sowie die Firma, für die er arbeitete. Ein Betrieb, der auf die Entsorgung von Sonderabfällen spezialisiert war. Laurenti bat Marietta, bei den Kollegen in Reggio Emilia weitere Auskünfte zu besorgen. Es mußte doch endlich zu erfahren sein, welche Geschäfte Tatjana Drakič alias Petra Piskera betrieb.

Galvano spitzte die Ohren, als er den Namen der Konsulin hörte, und Laurenti faßte in wenigen Worten seine neuesten Erkenntnisse zusammen. »Und warum buchtest du sie nicht ein?«

»Bisher kann ich sie höchstens der illegalen Einreise beschuldigen und vielleicht noch der Benutzung einer falschen Identität.«

»Heißt sie Tatjana Drakič mit richtigem Namen oder Petra Piskera?« fragte Galvano und zündete sich eine Zigarette an, obwohl er sonst niemals auf der Straße rauchte.

»Ich weiß es nicht«, sagte Laurenti verblüfft. »Ich dachte immer . . .«

»Denken, Laurenti, ist nicht jedermanns Sache«, blaffte Galvano und blieb auf der Ecke Via San Niccolò vor der lebensgroßen Bronzeskulptur des Dichters Umberto Saba stehen. Seine brennende Zigarette steckte er zu Laurentis Erstaunen dem Dichter zwischen die Lippen und ging weiter. »Seit ihm zweimal schon die Pfeife gestohlen wurde, bring ich ihm stets eine Zigarette, wenn ich vorbeikomme. Er war ein leidenschaftlicher Raucher.«

Laurenti ersparte sich jeden Kommentar.

»Sie ist immerhin Gesandte eines europäischen Landes«, fuhr Galvano fort. »Niemand kann dir verbieten, einen anderen Namen anzunehmen, solange es gemäß den Gesetzen des jeweiligen Landes erfolgt. Damit wäre nicht einmal ihre Identität falsch. Tatjana Drakič hat Einreiseverbot. Aber gilt das auch für Petra Piskera? Das wäre ein schöner Fall, um Studenten der Jurisprudenz durchs Examen fallen zu lassen.«

»Die Fingerabdrücke teilen sich beide, Galvano. Name ist nicht gleich Identität.«

»Also, was willst du tun?«

»Ich werde so lange den Druck erhöhen, bis es kracht.«

Alles hat seine Zeit

Kleine Schaumkronen zierten die Wellen der stahlblauen See. Viktor Drakič lächelte geheimnisvoll, als er Zvonko, seinem besten Mann, befahl, den flachen Koffer zu tragen, der auf dem Konferenztisch lag. Schwarze Kunststoffschalen, an den Rändern mit Aluminiumschienen eingefaßt, achtzig Zentimeter lang. Zvonko warf ihm einen fragenden Blick zu, der Koffer war nicht so schwer, wie er vermutet hatte. Diensteifrig folgte er Viktor Drakič zum Strand hinunter.

»Komm schon, Zvonko«, rief Drakič. »Ich muß dir etwas zeigen.« Mit großen Schritten eilte er zur Hubschrauberplattform und hielt erst inne, als er exakt auf dem Landesignal stand. Dann zeigte er mit dem ausgestreckten Arm aufs Meer hinaus. »Da draußen sind zwei Bojen. Genau eine Seemeile entfernt. Du kannst sie mit bloßem Auge nur erahnen. Beide tragen eine Zielscheibe. Wenn du ins Schwarze triffst, lösen sie ein Signal aus. Eine kleine Sirene.«

»Treffen? Mit was?« Zvonko verstand nicht, wovon sein Chef sprach. Zu oft schon hatte der dick aufgetragen und mit irgendwelchen Dingen angegeben, die nur in seinem Hirn existierten. Und bei dem Wellengang etwas zu treffen, das dort draußen schwamm, war unmöglich.

»Ich habe die beste Waffe der Welt«, grinste Drakič. Er ging in die Hocke und klappte den Koffer auf. »Ich zeig dir, wie es geht.«

Auf den ersten Blick glichen die Teile im Koffer eher einem Vermessungsgerät als einer Waffe. Erst als Drakič mit geübten Handgriffen die Teile zusammensetzte und das Gerät auf dem Stativ einrastete, war sein Verwendungszweck eindeutig. »Laserentfernungsmesser, Zieleingabe, Spezialfernrohr, auf Infrarot umschaltbar, und extra für diese

Waffe angefertigte Patronen mit äußerst windunempfindlichen Projektilen, das Magazin mit achtzehn Schüssen. Nur ein Trottel kann damit danebenschießen.«

»Woher hast du das?« fragte Zvonko ehrfurchtsvoll. Eine solche Waffe hatte er noch nie gesehen, obwohl er fast alles, was töten konnte, in seinem Leben in Händen gehalten und oft genug auch eingesetzt hatte.

»Da staunst du, was?« Drakič führte das Magazin ein. »Keiner außer mir hat ein solches Gerät. Niemand auf der ganzen Erde. Drei Jahre Entwicklungszeit, weiß der Herrgott, wie viele Vorstufen es gab. Und jedes Jahr hat Millionen gekostet. Jetzt ist es fertig. Swiss made.« Fast zärtlich streichelte er über den Lauf, legte sich dann auf die Plattform, las den Entfernungsmesser ab und stellte die Waffe ein. »Dieses Präzisionsgewehr wird Kriege verändern. Leicht zu transportieren, schnell zu montieren und rasch nachzuladen, handlich, präzise und mit Schalldämpfer leiser als ein Champagnerkorken.« Er schaute durchs Zielfernrohr und drückte ab. Vom Meer her hörten sie das Heulen einer Sirene, die nach zehn Sekunden wieder verstummte. Drakič stand zufrieden auf, klopfte den Staub von den Hosenbeinen und gab Zvonko einen Klaps auf die Schulter. »Jetzt bist du dran. Für jeden verfehlten Treffer zahlst du mir fünfhundert Euro.«

Viktor Drakič winkte der blonden Venus, die am Fuße des Leuchtturms stand und ihnen zuschaute. Drakič hatte ihr schon vor langem verboten, ihre Nase in die Geschäfte zu stecken. »Du bist hier, um mich aufzuheitern«, hatte er einmal zu ihr gesagt, »nicht um mir das Leben noch schwerer zu machen, als es ohnehin schon ist.« Sie begleitete ihn auf seinen Reisen, saß stets still neben ihm, und erst wenn er ihr ein Zeichen gab, daß er entspannt sei, öffnete sie ihren Mund. Aber auf Porer, seiner Insel, war für die junge Frau oft für Wochen Langeweile angesagt. Auch sie hatte nicht mehr als zehn Zehennägel zu lackieren, und die Entfernung überflüssiger Körperhaare füllte die Tage ebenfalls nicht aus. Deshalb war sie froh, daß endlich etwas passierte. Heute war sie stolz auf ihn und zeigte es mit ihrem Lächeln.

Zvonko schoß kein einziges Mal daneben. Er war voller Anerkennung für die Waffe und überschlug sich fast mit seiner Lobhudelei auf den Chef. »Beeindruckend. Bisher ließ sich eine solche Wirkung nur mit schweren und lauten Waffen erzielen, die kaum zu transportieren waren. Wenn ich an den letzten Krieg zurückdenke: Wir hätten einen gewaltigen Vorteil gehabt.«

»Damals kam mir die Idee. Niemand kann nachvollziehen, woher der Schuß kommt. Der Schütze ist sicher und kann die Position wechseln, ohne gesichtet zu werden. Keine andere Waffe ist auf eine solche Entfernung so treffsicher wie diese. Eineinhalb Meilen. Fast drei Kilometer. Damit kannst du alle Sicherheitsmaßnahmen vergessen. Wen du ins Visier nimmst, der ist tot – selbst der bestens abgeschirmte Regierungschef.«

»Wie viele gibt es von diesen Wunderwerken?«

Drakič ließ sich Zeit mit seiner Antwort. »Drei. Bis jetzt. Nur drei auf der ganzen Welt.« Es schien, als genieße er jedes seiner Worte wie einen Schluck besonderen Weins. »Aber nur eines außerhalb des Labors, in dem es streng geheim entwickelt wurde. Und das hältst du in der Hand.«

Zvonko stand stramm wie ein Wachhund, der mit konzentriertem Blick auf einen Befehl seines Herrn wartete.

»Nimm diese Waffe und paß auf sie auf, als wäre es das Hymen deiner Tochter. Du fährst nach Triest. Nimm das Boot, dann hast du keine Probleme an den Grenzen.«

»Und dann?«

»Nimm Milan mit. Du brauchst einen zweiten Mann, der dich abschirmt, damit du dich konzentrieren kannst. Es darf nichts schiefgehen.«

Zvonko nickte.

»Es ist kein Kinderspiel. Dein Opfer wird gut bewacht. Plane den Rückzug genau und komm weder mit einer schlechten Nachricht zurück noch ohne diese Waffe. Verstanden?«

»Verlaß dich auf mich.«

»Bedenke alles genau. Kein Leichtsinn. Keine Schlamperei. Ich will nur eine einzige Nachricht von dir erhalten: Erledigt, Schluß, aus und vorbei.«

»Wann?«

»Morgen ist ein idealer Tag dafür. Die Zeit ist reif.«

*

Wenn es einen Termin im Jahr gab, den Proteo Laurenti so wenig zu versäumen hoffte wie seinen Hochzeitstag, den Geburtstag seiner Frau Laura, die der beiden Töchter Livia und Patrizia, seines Sohnes Marco und den seiner Mutter, dann war es der Tag der Weinlese an den Steilhängen von Santa Croce zur Küste hinab. Im Gegensatz zu den anderen Anlässen würde er dafür sogar seinen letzten Urlaubstag opfern, wozu es aber kaum kommen konnte, denn von Jahr zu Jahr schob er mehr Ferientage vor sich her. »Falls mich keiner abknallt, werde ich dafür früher in Pension gehen können«, hatte er einmal gescherzt. Bis vor vier Jahren hatte er noch Pläne gemacht, was er mit der vielen Freizeit ab Mitte Fünfzig anfangen würde, wenn er den Job endlich an den Nagel hängen könnte, doch dann hatte die letzte Regierung das Rentenalter auch für Staatsdiener heraufgesetzt. Alles Jammern und Fluchen half nichts. Laurenti war für die alte Regelung ein paar Jahre zu jung und durfte noch lange schuften, bevor es ans Däumchendrehen ging.

Wenigstens hatten bisher alle ein Einsehen gehabt, ihn am Tag der Weinlese in Ruhe zu lassen. Wie durch ein Wunder war er noch nie zum Dienst gerufen worden, die

Verbrecher hatten ihre Taten auf andere Tage verschoben oder sich von den Kollegen der Carabinieri oder der Guardia di Finanza jagen lassen, und selbst von Gerichtsterminen war er wie durch ein Wunder verschont geblieben. Und nicht einmal eine der vielen fruchtlosen Sitzungen beim Chef, die sich oft über Stunden hinzogen, war bisher auf diesen Tag gefallen.

Die Griechen hatten hier bereits den »Piktaton« angebaut und die Römer laut Plinius dem Älteren den »Vinum Nobile Pucinum«, von dem eine unbekannte, gewiß nicht geringe tägliche Dosis angeblich die Rage Livias, der dritten Gemahlin Kaisers Augustus, besänftigte und sie weit über achtzig Jahre alt werden ließ. Doch von diesem Elixier gab es heute keine Spur mehr, auch wenn manchmal irgendein Schlaumeier behauptete, als einziger noch im Besitz der alten Weinstöcke zu sein.

Bis vor vierzig Jahren war fast jeder Meter Land an der Küste bestellt worden, egal wie schwer er zu erreichen war. Gepflegte Rebstöcke und Olivenbäume gaben dem schmalen Landstreifen zwischen Meer und Karst den Anschein des Paradieses. Friedlich und üppig schien das Leben hier zu verlaufen. Doch mit der Auswanderung nach dem Zweiten Weltkrieg und späteren Erbteilungen, bei denen es in manchen Fällen mehr Erben als aufzuteilende Quadratmeter gab, wurden die verlassenen Terrassen immer mehr von Efeu, Glyzinien und wilden Brombeeren überwuchert. Rehe hatten die brachliegenden Flurstücke zu ihrem Habitat gemacht, denn hier kam niemals ein Jäger her, der ihnen ein Loch ins Fell brennen würde. Ungestört lebten sie in diesem Dickicht und fraßen zum Ärger der Winzer in trockenen Monaten die jungen Triebe der Rebstöcke nebenan. Manche der Trockenmauern, die vor Hunderten von Jahren mühsam und von Hand mit dem aus dem Fels geschlagenen Stein aufgerichtet worden waren, fielen inzwischen zusammen. Nur ein paar wenige kleine Weinbauern aus Santa Croce hielten noch ihr Land in Schuß. Zehn, zwölf Hektoliter kelterten sie zum Eigenverbrauch, der knapp über das Jahr reichte. Das kleine Fischerdorf am Rande des Abhangs beherbergte eine lebensfrohe und trinkfreudige Gesellschaft, und anders, als es die Ehefrauen dort oben stets behaupteten, sprachen nicht nur die Männer gern ihrem Wein zu.

Wenn im September die Trauben reif waren und die Wettervorhersage zuverlässig schien, wurde rasch der Tag beschlossen und unter den Freunden weitergesagt. Die Weinlese war ein Fest. Aus Arbeit ließ sich ein Vergnügen machen, wenn man sich gegenseitig half. Morgens um neun traf man sich an der Brücke, die von der Via del Pucino über die Gleise der ehemaligen Südbahn führte, und trug das nötige Werkzeug, Eimer, Tragegurte und Bütten gemeinsam in die Weingärten hinunter. Und Wein vom Vorjahr aus dem Keller von Claudio und Voijko, denn Arbeit macht durstig.

Laurenti hatte den Anruf vorgestern bekommen und war besorgt gewesen, zum erstenmal nicht dabeisein zu können. Doch Pina Cardareto hatte recht. Seine Mitarbeiter waren keine Anfänger mehr, und wenn er einen Tag fehlte, dann würde dies die Ermittlungen nicht beeinträchtigen.

Es war nicht einfach gewesen, die Bewacher abzuschütteln. Keiner seiner Freunde wußte, daß er tatsächlich zwei erfahrene Beamte überlisten mußte, um ihrer ständigen Begleitung zu entwischen. Sardoč und Bezzi waren gut ausgebildete Profis und mit allen Wassern gewaschen. Sie folgten ihm auf Schritt und Tritt, und oft genug wiesen sie ihn an, in einem sicheren Winkel zu warten, bis sie einen Ort sondiert hatten. Sie wußten sehr wohl, daß ihre Präsenz eine Beeinträchtigung darstellte. Nicht selten versuchten ihre Schützlinge, sie wenigstens für ein paar Stunden abzuschütteln, als könnten sie damit die Realität verändern. Darin glichen sich fast alle, deren Leben bedroht war. Doch Bezzi und Sardoč wurde man nicht so einfach los. Im Alter von zweiundfünfzig Jahren sollte Laurenti lernen, wie es sich mit Aufpassern lebte. Nicht nur während der Arbeit. Sie blieben auch in der Freizeit an ihm kleben, wie am vergangenen Abend, als er mit seiner Frau zum Essen ausgegangen war, hinauf nach Santa Croce, ins »Pettirosso« zu Emiliano. Laurenti hatte sich vom Büro direkt dorthin bringen lassen und trank, solange er auf Laura wartete, ein Glas Vitovska am Tresen mit den Freunden. So waren, als Laura eintraf, zwei Polizeibeamte in Zivil und mit knurrenden Mägen in ihrem Auto vor dem Lokal postiert, zwei andere folgten den Laurentis hinein und sahen vom Nebentisch aus zu, wie sich diese über ein Thunfischcarpaccio mit wilden Fenchelblüten hermachten und anschließend über einen Scorfano, wie der Drachenkopffisch im Dialekt hieß. Laura hatte auf das grimmig blickende Tier gezeigt und gesagt, daß auch Laurenti so aussähe, wenn ihm etwas nicht in den Kram paßte. Nur, der Fisch kam direkt aus dem Ofen und Laurenti aus dem Büro.

Auf der Heimfahrt hatte Laurenti zu seinen Beschützern gesagt, daß er sie am nächsten Tag nicht brauchte. »Gönnt euch einen freien Tag, wie ich«, sagte er. »Ruht euch aus. Ich bleibe morgen zu Hause und setze keinen Fuß vor die Tür.« Seine Leibwächter nahmen es schweigend zur Kenntnis. Sie kannten ihren Befehl besser als der Commissario.

Kurz vor neun schlich Laurenti aus dem Haus und warf hastig die Vespa seines Sohnes an. Waghalsig fädelte er sich in den fließenden Verkehr auf der Küstenstraße ein und versuchte, den Vorsprung vor seinen Bewachern auszubauen. Nach einem Kilometer bog er in die enge, verwunschene Straße ein, die steil zum Dorf hinaufführte. Er war bester Laune. Fluchend jagten seine Bodyguards hinter ihm her, und trotz all seiner Manöver holten sie unablässig auf. Sie hatten damit gerechnet, daß Laurenti einen Ausbruchsversuch wagen würde, Sardoč war am Abend im »Pettirosso« das Gespräch der Männer am Tresen und die Verabredung nicht entgangen.

Auf der Via del Pucino folgten sie ihm mit einigem Abstand und waren schließlich beruhigt, als sie sahen, wie Laurenti von den Freunden mit fröhlichem Schulterklopfen begrüßt wurde und die Gruppe in den Weinbergen verschwand. Hier konnte ihm nichts passieren, solange sie den Zugang kontrollierten. Sie bezogen Position auf der Fußgängerbrücke, die über die Bahnstrecke führte. Das Gelächter aus dem Weinberg drang zu ihnen hinauf, und sie waren weit davon entfernt, sich vorzustellen, daß dort unten gerackert und geschwitzt wurde. Einmal nahm Bezzi den Wagen, um die kleinen Straßen abzufahren, die sich den Hang entlang zum Dorf hinaufzogen. Auch in anderen Abschnitten war man bei der Weinlese, und so mußte er immer wieder an parkenden Traktoren und Autos vorbeimanövrieren, deren Hecks in den schmalen Fahrweg ragten. Sogar ein schwarzer Audi mit Münchner Kennzeichen war dabei. Er hatte den Wagen schon am Vorabend gesehen. Die Leute kamen oft von weither, nicht nur aus der Stadt, um bei der Arbeit zu helfen, aber daß jetzt schon Touristen darunter waren, hatte er noch nie gehört. Bei einem Blick in den Wagen konnte er nichts Auffälliges erkennen. Auf dem Armaturenbrett lag eine Sonnenbrille, eine deutsche Zeitung auf dem Beifahrersitz. Der Polizist setzte seine Runde beruhigt fort, nachdem die Zentrale gemeldet hatte, daß nichts über diesen Wagen vorlag.

Laurenti und seine Freunde hatten mit der Lese begonnen, ohne daß es Anweisungen brauchte. Jeder kannte das Gelände und die Reblagen, man schnappte sich ein Rebmesser oder eine Schere sowie einen Eimer für die Trauben, suchte sich seinen Platz zwischen den Freunden und machte sich unter dem grünen Blätterdach ans Werk. Richtig ins Schwitzen kamen allerdings nur die stämmigen Kerle, die, mit Tragegurten ausgestattet, die randvollen, auf Brust und Rücken geschnallten Bütten die enge Treppe zur Via del Pucino hinaufschleppten und dort die Trauben in die Bottiche schütteten, die sich auf den Pritschen der dreirädrigen Lastkarren immer höher stapelten.

Gegen halb elf brach endlich die Sonne durch die Wolkendecke, als begrüßte sie die Frauen, die mit gefüllten Körben herunterstiegen: »Merenda« – Zeit für eine Vesper mit Schinken, Salami, Käse und einem deftigen Gulasch, das schon einen Tag vor sich hin geköchelt hatte. Und natürlich Wein, soviel man wollte. Einer machte einen Scherz, über den alle lachten, außer Laurenti: Es könne ja gar nichts schiefgehen, weil schließlich der Commissario dabei war und damit die Lese unter Polizeischutz stand.

Als einer der Freunde sie zum alljährlichen Gruppenfoto aufforderte, drängten sie sich am Rand einer der Stützmauern über der tiefer liegenden Terrasse zusammen und hoben die Gläser.

*

Zvonko hatte gleich am Nachmittag, nachdem Drakič ihn mit seiner Wunderwaffe vertraut gemacht hatte, von Porer abgelegt und Kurs nach Norden genommen. Nach zweistündiger Fahrt entlang der istrischen Küste steuerte er das Boot zu dessen regulärem Liegeplatz im Porto San Rocco bei Muggia. Er meldete sich über Funk bei der Hafenbehörde an und wurde nicht weiter kontrolliert. Eine der Wohnungen in dieser seelenlosen Ferienresidenz gehörte zu Viktor Drakičs Unternehmen und diente als Unterkunft für alle Fälle. Hier fiel niemand besonders auf, vor allem, weil die Nachbarwohnungen noch immer keine Abnehmer gefunden hatten und die anderen nur sporadisch belegt waren. Ein Projekt für Zahnärzte und Notare aus dem Norden, die ihre Immobilien nach dem Prospekt kauften, auf dessen Fotos der gegenüberliegende Industriehafen Triests so wenig auftauchte wie das größte Ölterminal im Mittelmeer.

Drakič hatte ihm genaue Anweisungen gegeben. Noch vor Einbruch der Dunkelheit sollte Zvonko eine Ortsbegehung machen und dann seine Strategie entwerfen. Er holte den schwarzen Audi aus der Tiefgarage und fuhr in die Stadt, um Milan, seinen zweiten Mann, aufzulesen. Eine Viertelstunde später waren sie draußen an der Steilküste und parkten auf dem Belvedere bei einer Trattoria. Weiter unten lag das Haus seines Opfers. Zvonko und Milan stellten sich an das Geländer und versuchten, es auszumachen, doch ein Hain alter Akazien schirmte es zum Berg hin ab. Selbst wenn die Sicht frei gewesen wäre, hätten sie hier Drakičs Scharfschützengewehr nicht einsetzen können. Der Verkehr auf der Küstenstraße war zu dicht, und außerdem stand am anderen Ende des Belvedere ein BMW mit zwei Männern, die sie argwöhnisch beobachteten. Zvonko kannte die Sorte aus der Zeit, als er einer von zweihundert Leibgardisten Tudjmans gewesen war. Es konnten nur die Beschützer sein, vor denen Drakič gewarnt hatte.

Er entschied, die Umgebung unter die Lupe zu nehmen, wo sie am nächsten Morgen zuschlagen würden. Ein paarmal fuhren sie die kleinen Straßen ab, die nach Santa Croce hinaufführten. Und mehrmals stiegen sie aus, gingen die Treppen hinauf und hinunter, die in die Weinberge führten, doch oft genug endeten die Wege in undurchdringbarem Gestrüpp. Erst in der Dämmerung hatten sie die richtige Position für den nächsten Morgen gefunden. Ein abgeernteter Weingarten am obersten Rand des Karsts, von dem aus man freie Sicht über das gesamte tiefer gelegene Gebiet bis zum Meer hatte. Auch auf den Platz, wo Proteo Laurenti am anderen Morgen eintreffen sollte, wie Zvonko von seinem Chef erfahren hatte. »Wir kennen uns schon lange«, hatte Drakič auf den skeptischen Blick seines Killers geantwortet. »Sehr lange. Und ich kenne jeden seiner Schritte der letzten Wochen.«

Zvonko und Milan waren sich einig, die richtige Position gefunden zu haben: freie Schußfläche und ausreichend abgeschirmt. Sie gingen zurück zu ihrem Wagen und fuhren nach Santa Croce hinauf. Als sie an dem Gasthaus vorbeikamen, entschieden sie, dort zu Abend zu essen. Zvonko stockte der Atem, als er eintrat. Am Tresen der »Osteria Il Pettirosso« stand der Mann, auf den Viktor Drakič ihn angesetzt hatte, mit einem Glas in der Hand und im Gespräch mit Freunden. Stämmige Kerle aus dem Dorf, mit Händen wie Baggerschaufeln, die einen Liter Weißwein nach dem anderen bestellten, weil zu Hause ihre Gattinnen den Wein wegtranken. Es wäre ein leichtes gewesen, Laurenti hier mit einer Kugel aus dem Lauf seiner Magnum ein Loch in den Kopf zu pusten. Hier von der Tür aus. Doch schon drehten sich die Männer nach ihm und seinem Begleiter um, und die Bedienung begrüßte sie mit freundlichen Worten. Rasch fragte Zvonko nach einem Tisch und ließ sich an der Trinkgesellschaft vorbei in den Saal führen. Gerade als die Bedienung seine Bestellung entgegennahm, ging die Tür auf. Er sah nicht, daß es Laurenti und seine Frau waren, die nun ebenfalls den Speisesaal betraten und einen Tisch auf der anderen Seite des Raumes wählten, hinter dem riesigen Kachelofen, der mitten im Saal thronte. Dafür setzten sich zwei Männer mit ausgebeulten Jacketts an einen Tisch, von dem aus sie das ganze Lokal übersahen. Zvonko und Milan senkten rasch ihre Stimmen.

*

Laurenti stand am Rand der vier Meter hohen Trockenmauer, unter der die nächste Terrasse mit Rebstöcken lag.

Der Fotograf rief, sie sollten enger zusammenrücken. Die Freunde lachten und hoben die Gläser, als er mehrmals auf den Auslöser drückte. Einer mit einer riesigen roten Nase gab Laurenti einen herzhaften Klaps auf die Schulter, als in der Ferne plötzlich ein Schuß widerhallte. Alle richteten erschrockene Blicke den Berg hinauf. Nur Laurenti nicht. Er wankte und hatte die Augen schreckensweit aufgerissen. Er griff an seine Stirn. Ein dünner Blutfaden zog sich von der Schläfe über seine Wange hinab. Ein erstickter Schrei entrang sich seinem Mund, er wankte und fiel hintenüber. Die beiden Männer neben ihm versuchten vergeblich, ihn aufzufangen. Ein paar Meter tiefer krachte er in die Rebstöcke und verschwand unter dem dichten Blätterdach.

Schreie und helle Aufregung. Schnell hatten sie ihn erreicht, zogen den besinnungslosen Freund behutsam auf den Weg und betteten ihn aufs Gras. Als sie ihn auf den Rücken drehten, sahen sie einen Blutfleck auf seinem Hemd, der langsam größer wurde, und das Blut in seinem Gesicht. Laurenti atmete flach. Panisch schrie einer der Männer ins Mobiltelefon und versuchte, dem Rettungsdienst den umständlichen Weg zu beschreiben. Ein anderer rief, daß ein Hubschrauber gebraucht werde, ein dritter, daß sie eine Trage anfertigen sollten, mit der man den Verletzten zur Straße bringen könnte. Ein vierter, daß es besser sei, ihn nicht anzufassen, denn sie könnten seine Lage auch verschlimmern, und wieder ein anderer erinnerte daran, daß man seine Frau informieren müßte. Und viel schneller, als sie zu hoffen wagten, drang aus der Ferne das Geheul der Sirenen. Sie schienen aus allen Richtungen heranzufahren. Dem Lärm nach war eine Armee im Anmarsch.

Epilog

»Heute vormittag gegen elf Uhr wurde in Triest ein tödliches Attentat auf einen hohen Polizeibeamten verübt«, lautete die Ansage im Nachrichtenüberblick zur Mittagszeit. Die Topmeldung des Tages verdrängte die Nachricht von Platz eins, daß US-Präsident George W. Bush und der britische Premierminister Tony Blair sich durch die eskalierende Gewalt nicht von ihrem festgelegten Kurs in der Irak-Politik abbringen lassen wollten. Und auch der Orkan, der über New Orleans herzufallen drohte, schaffte es nur auf Rang drei. Die Meldung über den Anschlag auf Laurenti verbreitete sich in Windeseile und sollte in den nächsten Tagen alle überregionalen Medien füllen, wie stets, wenn Richter, Staatsanwälte oder Mitglieder der Ordnungskräfte Opfer waren. An ihre Hinterbliebenen wurde bei der Beerdigung zusammen mit der sorgsam gefalteten Tricolore oft ein hoher Verdienstorden überreicht. Ein Archivfoto Laurentis wurde gezeigt, das vor über zehn Jahren geschossen worden war, als der Silberstich in seinem Haar noch nicht zu erkennen war. »Der zweiundfünfzigjährige Kommissar Proteo Laurenti erlag noch während des Transports ins Poliklinikum Cattinara seinen Verletzungen. Bislang sind keine Details über den Anschlag bekannt, außer daß der Chef der Triestiner Kriminalpolizei während der Weinlese an der Steilküste unterhalb des Vororts Santa Croce erschossen wurde. Die Tatwaffe war vermutlich ein Scharfschützengewehr. Die Behörden hüllen sich in Schweigen. So ist im Moment nicht einmal zu erfahren, in welchem Fall der Kommissar aktuell ermittelte und ob dort die Drahtzieher des Attentats zu suchen sind oder ob es sich um einen Racheakt aus der Vergangenheit handelt. Fest steht lediglich, daß unsere Ermittler zunehmend in Gefahr sind und die Hemmschwellen der Verbrecher stetig weiter sinken. In der Mehrzahl der Fälle handelt es sich heute nicht mehr um Taten, die einer klar umrissenen Tätergruppe zugeschrieben werden können. Die grenzüberschreitende Zusammenarbeit des organisierten Verbrechens funktioniert seit langem besser als die auf politischer oder kultureller Ebene. Das gilt für Grenzstädte wie Triest im besonderen.«

Während die Nachrichtensprecherin mit sachlicher Stimme die Meldung verlas, schwenkte die Kamera über das Polizeipräsidium, den Hafen, zeigte die Stadt in einer Luftaufnahme und schließlich den Teil der Steilküste, wo sie Laurentis Haus vermutete. Dann kam die Befragung der Zeugen, Laurentis Freunde von der Weinlese, die niedergeschlagen um einen Tisch versammelt saßen und sich kaum zum Tathergang äußern konnten.

»Er fiel plötzlich um. Wie ein gefällter Baum. Zuerst dachten wir, er hätte das Gleichgewicht verloren. Keiner konnte ihn halten. Wir riefen umgehend den Notarzt. Wir sind sehr betroffen.« Das Bild zeigte die bedrückten Gesichter, sie waren lange zu keinem weiteren Wort zu bewegen, bis einer schließlich das Schweigen brach. »Gott gnade dem Schwein, daß es mir nie zwischen die Finger kommt.« Dann begann er die Melodie eines Trauerlieds zu summen. In slowenischer Sprache stimmten sie das Lied auf den Freund an, und die indiskrete Kamera zeigte die Tränen, die diesen kräftigen Männern über die Wangen liefen.

Schnitt.

Eine Dienstlimousine setzte den Staatsanwalt mit dem schütteren Haar und dem aschgrauen Gesicht vor dem mächtigen, neoklassizistischen Gerichtspalast ab, in dem sich sein Büro befand. Die Reporter drängten ihn zu einer Stellungnahme, doch der Mann verwies lediglich darauf, daß für den Nachmittag eine Pressekonferenz angesetzt sei, eilte kommentarlos weiter und verschwand im Gebäude. Damit war der Weg für die sonstigen Tagesnachrichten frei.

Marco erschien nicht zur Arbeit im Restaurant und Laura nicht in ihrem Versteigerungshaus. Das Haus an der Küste war von den Ordnungskräften hermetisch abgeriegelt worden. Und auch auf dem Meer hielt ein Motorboot der Polizia Marittima unverändert Position. Telefonisch war das Haus der Laurentis nur für jene wenigen erreichbar, denen die sofort eingerichtete Sondernummer bekannt war.

Im Polizeipräsidium jagte eine Sitzung die andere. Der Chef tobte, denn die kleine Inspektorin, die als erste bei ihm vorsprach und ihre Strategie so überzeugend vorstellte, daß er sofort zugestimmt und ihr die Ermittlungen übertragen hatte, blieb für Stunden unauffindbar und meldete sich nicht einmal am Telefon. Erst am Nachmittag tauchte sie wieder auf, sagte lediglich, daß sie einer dringenden Spur gefolgt war, die sich leider als Irrtum herausgestellt habe, und steckte die Abreibung, die ihr der Questore vor allen anderen Kollegen erteilte, ohne mit der Wimper zu zucken, weg. »Ich dulde keine Alleingänge und erwarte einen schriftlichen Bericht zu Ihrer Rechtfertigung. Aber erst nachdem wir hier weiter sind. Jetzt konzentrieren sich alle auf die Ermittlungen. Ich will über die kleinste Erkenntnis informiert werden, auch wenn Sie sie für unwichtig halten. Ist das klar?«

Pina Cardareto war ohne weitere Mitteilungen von der Unglücksstelle verschwunden, sobald der Hubschrauber, mit dem Laurenti abtransportiert wurde, von der Küstenstraße unterhalb des Weinbergs abgehoben hatte. Die Gegend wurde von uniformierten Beamten durchkämmt, und sie hatte rasch bemerkt, daß keiner der Freunde Laurentis zur Aufklärung des Attentats beitragen konnte. Sie hatten neben ihm gestanden, als der Schuß fiel, und waren zuerst der Meinung gewesen, er sei gestürzt, weil einer Laurenti einen zu heftigen Schlag auf den Rücken gegeben hatte. Es kam ihnen überhaupt nicht in den Sinn, daß der Schütze leicht auch einen von ihnen hätte erwischen können. Sardoč und Bezzi, die erfahrenen Profis, die sein Leben schützen sollten, konnten nicht mehr beitragen, als vage die Richtung zu beschreiben, aus der der Schuß abgegeben worden war. Bezzi war sofort mit dem BMW durch die engen Sträßchen gejagt, die sich den Berg hinaufwanden. Weiter oben wurde nach wie vor Wein gelesen, die Leute dort hatten keine Ahnung von dem, was ein paar hundert Meter Luftlinie von ihnen entfernt passiert war, bis auch sie von dem Polizeiaufgebot und durch den Hubschrauberlärm aufgeschreckt wurden. Nur der Audi mit dem Münchner Kennzeichen stand nicht mehr auf seinem Platz. Bezzi gab den Fahndungsbefehl durch und kehrte wenig später zu Sardoč zurück, der versuchte, die eintreffenden Hilfskräfte zu koordinieren. Es war kein Ruhmesblatt, daß sie Laurenti unbewacht gelassen hatten, doch am Ende hätte ihn die Kugel eines Scharfschützen auch treffen können, wenn sie dicht neben ihm gestanden hätten. Sie wußten, daß ihnen vorgeworfen werden würde, ihrer Pflicht nicht nachgekommen zu sein, und daß sie nun eine Menge Beschimpfungen und Drohungen über sich ergehen und lange Berichte schreiben müßten.

Pina Cardareto ging anderes durch den Kopf. Für sie gab es einen unmittelbaren Zusammenhang mit den Festnahmen der letzten Tage, und sie wußte, daß nur schnelles Handeln den Triumph der Attentäter verhindern konnte. Sie jagte den Dienstwagen mit heulender Sirene in die Stadt zurück und raste die Treppen zum Büro hinauf, nachdem sie das Fahrzeug in der zweiten Reihe vor der Questura abgestellt hatte.

»Ruf den Chef an und sag ihm, daß ich ihn umgehend sprechen muß«, rief sie Marietta zu, die mit verheulten Augen an ihrem Schreibtisch saß. Zwei Zigaretten glimmten gleichzeitig im übervollen Aschenbecher vor ihr. »Am besten kommst du auch gleich mit«, sagte die Inspektorin mitfühlend und faßte sie sanft an der Schulter.

Die beiden Frauen liefen durch den Flur. Pina mit ihren Sportschuhen vorneweg und Marietta in Pumps und mit lautem Getacker hinterher. Der Questore erwartete sie im Vorzimmer.

»Es gibt nur eine mögliche Strategie«, hob Pina an, bevor sie sich auf den Stuhl fallen ließ, auf den der Chef wies. Marietta blieb neben ihr stehen. In knappen Worten schilderte Pina ihre Sicht und umriß in beschwörenden Worten die Notwendigkeit einer absoluten Nachrichtensperre, jene gezielten Mitteilungen ausgeschlossen, die allein der Questore verlautbaren sollte.

»Wir müssen es schaffen, daß sich die Gegenseite bewegt und Fehler macht«, sagte Pina. »Nur wenn sie sich in Sicherheit wiegen, haben wir eine Chance, sie zu schnappen.«

Die Vorzimmerdame des Questore kam herein und kündigte den Staatsanwalt an.

»Das trifft sich gut«, antwortete der Questore und wandte sich zur Tür. »Inspektorin, Sie müssen gleich alles noch einmal wiederholen.«

»Laurenti ist einen Schritt zu weit gegangen.« Der Mann mit dem schütteren Haar schüttelte schließlich unwirsch den Kopf. »Es ist nichts zu machen, der Richter hat unser Ersuchen der Totalüberwachung abgelehnt. Er befürchtet zwischenstaatliche Probleme und ist der Meinung, daß die Verdächtigungen nicht ausreichen, um gegen die Konsulin zu ermitteln. Das ›Wiener Abkommen‹ sieht bei schweren Straftaten zwar die Aufhebung der Immunität vor, doch das zusammengetragene Material betrifft wesentlich geringere Delikte, Industriespionage und Anstiftung zur Körperverletzung. Dafür könnte man Frau Piskera höchstens zur Persona non grata erklären und so umgehend loswerden.«

»Um Gottes willen, nein! Bloß das nicht«, entfuhr es der Inspektorin. »Dann erwischen wir sie nie.«

Mit einer scharfen Handbewegung brachte der Staatsanwalt sie zum Schweigen. »Der Richter sagt, daß er Verständnis für Laurentis Ansinnen habe, schließlich wurde seine Frau angegriffen. Aber das habe ihm auch die nötige Distanz geraubt, die er für seine Ermittlungen hätte wahren müssen. Nichts zu machen.«

Marietta war entsetzt. »Unfaßbar. Das Attentat spricht doch für sich.«

»Als er entschied, war Laurenti noch auf den Beinen«, sagte der Staatsanwalt mit belegter Stimme. »Aber ich glaube nicht, daß der Anschlag an der Beweislage etwas verändert hat. Lassen Sie sich etwas einfallen. Ich selbst werde mich mit meiner Kollegin aus Pula beraten. Frau Ravno ist bereits auf dem Weg und wird in einer Stunde eintreffen.«

Marietta horchte auf.

Živa Ravno kam also, um Proteo zu beweinen.

Pina aber witterte eine einmalige Chance. Immerhin war es ihr gelungen, auch den Staatsanwalt von der Notwendigkeit der Nachrichtensperre zu überzeugen. Ausschließlich der Questore sollte die Medien so gezielt informieren, daß sich daraus in den nächsten Tagen vielleicht ein kleiner Vorsprung herausarbeiten ließ. Und ganz gewiß würde sie der Aufforderung des Staatsanwalts nachkommen, sich etwas einfallen zu lassen. Der Ermittlungsapparat lief auf Hochtouren.

Man begegnet sich im Leben mehr als zweimal

Viktor Drakič bebte vor Zorn. Nur selten verlor er seine Maske eiskalter Gleichgültigkeit. Doch nun hatte er das Problem vieler Chefs: Seine Anordnungen waren nicht ausgeführt worden.

Seine rechte Hand hatte ihn mitten aus den Verhandlungen mit den Geschäftspartnern gerufen, die mit dem Hubschrauber vom Flughafen Rijeka übergesetzt hatten. Es ging um Großes. Nach zähem Hin und Her stand Viktor Drakič kurz davor, die gesamte Zulieferung von Unterbaumaterial für die noch zu vollendende Autobahnstrecke von Ljubljana nach Zagreb sowie zwischen Zagreb und Split an sich zu ziehen. Bisher verfügte er lediglich über eine Tranche von einem Drittel des Volumens. Und jetzt das!

»War mein Befehl nicht klar genug?« Er hatte keine andere Wahl, Viktor Drakič mußte durchgreifen. Mit betretenen Gesichtern standen seine beiden Männer vor ihm, schissen sich vor Angst fast in die Hosen und hofften auf sein Verständnis für ihre mißliche Lage.

»Seid ihr nicht ein einziges Mal fähig, eine Sache richtig zu machen? Gab es irgendwelche Unklarheiten? Ich hatte gesagt, daß ihr ihn aus dem Weg schaffen sollt. Für immer.« Drakičs Tonfall war scharf wie ein Skalpell.

»Er ist tot. Zvonko hat ihn erwischt. Er fiel um wie ein Sack.« Milan, ein Hüne von gut zwei Metern, mit schwarzem Bürstenschnitt und Muskelpaketen von der Güte Sylvester Stallones, deutete mit der Hand den Schuß an. Er überragte seinen Chef um gut einen Kopf, doch ehe er es sich versah, landete Drakičs Faust mitten in seinem Gesicht.

»Nach meinen Informationen atmete er noch, als man ihn abtransportierte. Ich mag keine Ungewißheiten.« Drakič war schon wieder hinter seinem Schreibtisch, bevor der Mann sich von dem Treffer erholen konnte, und ließ sich in den tiefen Ledersessel fallen. Er drehte an dem Siegelring mit dem Doppeladler an seiner linken Hand, dann fixierte er lange Zvonko. Die bleierne Stille im Raum wurde nur von Milans schweren Atemzügen durchbrochen. »Von dir bin ich besonders enttäuscht. Seit fünf Jahren ernähre ich dich. Und du wagst es, einen solchen Fehler zu machen? Mit so einer Waffe hättest du ihm den Schädel platzen lassen müssen.«

Mit zusammengekniffenen Augen fixierte er seine beiden Mitarbeiter, die kein Wort mehr herausbrachten. Zwei Killer mit zu wenig Hirn, die ihre Hände vor den Gürtelschnallen verschränkt hatten. Sie standen unbequem. Zvonko schaute verschüchtert zu Boden und wischte sich mit dem Ärmel des grauen Sakkos den Schweiß von der Stirn, der einen dunklen Fleck auf dem Stoff hinterließ. Er wußte nicht, was ihn erwartete. Sein Boß war unkalkulierbar, nie ließ sich an seinem Gesicht ablesen oder aus seiner Stimme heraushören, was er als nächstes tun würde. Alles hatte Zvonko bisher gesehen, bis hin zum Kopfschuß, ausgeführt von Viktor Drakič selbst, der dabei keine Miene verzog, nicht einmal, als die Hirnmasse seines Opfers ihm mitten ins Gesicht spritzte.

Vor kurzem hatten sie ihr Motorboot am Anleger festgemacht, waren mißmutig zum Leuchtturmwärterhaus hinaufgegangen und mißmutig bei Drakič rechter Hand vorstellig geworden. An der Laune einer guten Sekretärin läßt sich stets die des Chefs ablesen: Branka begrüßte sie mit keinem Wort und ließ sie im Entree stehen, ohne den Blick von ihnen zu wenden. Erst nach einer halben Ewigkeit erhob sie sich und ging zum Konferenzzimmer hinüber, um Drakič zu informieren. Sie flüsterte ihm etwas ins Ohr und ging wieder hinaus. Milan und Zvonko standen noch einmal zwanzig Minuten schweigend vor ihr, bis der Chef sie endlich mit einem knappen Befehl in sein Büro beorderte.

»Niemand verrät mich, ohne dafür zu büßen.« Drakič schob das Kinn vor. »Wo ist das Gewehr?«

Der jüngere der beiden Killer räusperte sich verlegen. »Es gab keine andere Möglichkeit. Wir mußten es zurücklassen. Die waren zu schnell. Schlagartig wimmelte es von Polizisten und Hubschraubern. Die Einsatzwagen riegelten alle Zufahrten ab. Wir mußten uns so unauffällig wie möglich verziehen. Bei einer Kontrolle hätten wir schlecht ausgesehen mit der Waffe im Auto.«

»Ich bin mir hundertprozentig sicher, daß ich ihn erwischt habe. Mitten in die Stirn«, sagte Zvonko mit gepreßter Stimme.

Drakič sprang auf, raste auf den Mann zu, riß die Waffe aus dessen Holster, knallte ihm den Lauf der Pistole an die Schläfe und spannte den Hahn. Aber er drückte nicht ab. »Mitten in die Stirn? So, wie ich?« Seine freie Hand lag an Zvonkos Kehle und quetschte den Kehlkopf.

Der Killer hustete und zitterte. Ängstlich schielte er zu seinem Chef, den er um einen Kopf überragte und wie eine Mücke zwischen den Händen hätte zerquetschen können. »Ja«, preßte er heraus. »Ich habe ihn erwischt.«

Drakič senkte die Waffe, als Zvonko aber hörbar aufatmete, traf ihn der Schlag des Metallkolbens mitten ins Gesicht. Blut schoß aus seiner Nase, als er auf die Knie fiel. Ein zweiter Hieb streckte ihn nieder.

»Steh auf«, zischte Drakič und versetzte ihm einen Tritt in den Unterleib. »Steh sofort auf, oder du wirst es nie wieder können.«

Röchelnd robbte der Mann auf allen vieren zum Tisch und zog sich an ihm hoch. Sein Kollege blieb eingeschüchtert stehen und kam ihm nicht zu Hilfe. Drakič ging zu seinem Sessel zurück und setzte sich.

»Wo ist die Waffe?«

»Unmöglich, daß sie jemand findet. Wir wollten sie später holen, wenn sich alles beruhigt hat, aber da erhielten wir den Befehl, sofort zu Ihnen zu kommen.«

»Wo ist das Gewehr?« Drakič trommelte ungeduldig auf die Tischplatte.

»Es steht in einem Weingarten. Luftlinie sechshundert Meter.«

»Mitten in der Weinlese wählt ihr Idioten solch einen Platz? Und laßt das Gewehr dort stehen? Ein Wunder, wenn es noch niemand gefunden hat.« Drakič wollte sich offensichtlich nicht im geringsten an seine eigenen Instruktionen erinnern. Im Erfolgsfall machte er hingegen alles zu seiner genialen Erfindung, und niemand widersprach ihm je.

»Dort waren die Trauben schon gelesen. Es besteht keine Gefahr«, wagte Milan zu sagen.

»Das hoffe ich für euch. Ihr habt die beste Waffe der Welt samt Laserentfernungsmesser, und ihr verfehlt das Ziel. Kein Wunder, daß wir so lange gebraucht haben, mit den Serben fertig zu werden. Über fünf Millionen habe ich in die Entwicklung dieser Waffe gesteckt, drei Exemplare gab es bis heute morgen von der letzten Version. Und ihr laßt sie einfach stehen! Gnade euch Gott, wenn ihr sie bis Mitternacht nicht zurückgebracht habt. Los jetzt.«

Sie rannten beinahe hinaus. Fünf Minuten später legten sie ab.

Kaum waren sie draußen, um sich zurück auf den Weg nach Triest zu machen, griff Viktor Drakič zum Telefon. Es dauerte nicht lange, bis seine Schwester antwortete. »Und, wie sieht es aus?« fragte er. »Weißt du mehr?«

»Keiner kann ihm helfen. Er haucht soeben sein Leben aus.« Tatjana war in der Galleria Tergesteo stehengeblieben, der überdachten Passage, die Opern- und Börsenplatz miteinander verband. Sie hatte ihr Auto auf dem Konsulatsparkplatz in der Via San Carlo geparkt und war auf dem

Weg ins Büro, als ihr Telefon klingelte. Sie stellte sich vor das Schaufenster der Buchhandlung und schaute sich vorsichtig um, ob sie jemand hören konnte. Aber das Geschnatter alter Damen, die im »Caffè Tergesteo« den Digestif nahmen, hallte so sehr in den Gängen, daß Tatjana selbst Mühe hatte, ihren Bruder zu verstehen. Sie hielt das Mobiltelefon mit beiden Händen dicht an Ohr und Mund.

»Das reicht nicht. Wie zuverlässig ist diese Information?« Viktor Drakič starrte auf das offene Meer hinaus, der aufkommende Sturm jagte weiß aufgepeitschte Wellen gegen den Anleger.

»Hundertprozentig. Eines unserer Mädchen arbeitet auf der Station.«

»Zvonko und der andere Idiot kommen zurück und holen das Gewehr. Wenn es jemand vor ihnen findet, bekomme ich ein Problem mit den Amerikanern.«

»Wo ist es?« fragte Tatjana.

»Zu verworren, wie Zvonko den Platz beschrieb. Kümmere du dich um Laurenti, das ist wichtiger. Ich muß zurück zu meinen Gästen, wir haben den Auftrag für die Autobahn.«

*

Im Poliklinikum Cattinara drängten sich die Personenschützer. Sie saßen im siebten Stock des linken der beiden Krankenhaustürme, wo sich die Neurochirurgie befand, vor zwei Türen. Der Polizist, der das Zimmer von Alba Guerra bewachte, langweilte sich. Noch immer kannte niemand ihre Identität, niemand wollte sie besuchen. Anders verhielt es sich mit Jožica Babič. Ihre Kinder hielten sich an die Vorschriften der Ärzte und wechselten sich ab, obgleich sie noch immer nicht ansprechbar war. Zwar hatte sich ihr Zustand leicht verbessert, aber die Lebensgefahr war nicht abgewendet.

Im fünfzehnten Stock war der hintere Teil des Flurs der Chirurgie von einer Polizistin in Zivil und ihrem männlichen uniformierten Kollegen hermetisch abgeriegelt. Hier kam niemand vorbei, ohne vorher eingehend kontrolliert zu werden. Nur ausgewählte Personen aus der Ärzteschaft und vom Pflegepersonal hatten Zugang. Und obwohl die Personenschützer die Gesichter inzwischen kannten, hielten sie sich penibel an die Vorschriften und tasteten jeden sorgfältig ab. Eine allen bestens bekannte Krankenschwester, die ihren Dienstausweis nicht fand, wurde trotz ihres Protestes zurückgewiesen und mußte eine Kollegin bitten, ihre Aufgabe zu übernehmen.

Galvano regte sich furchtbar über diese Sicherheitsmaßnahmen auf, und auch im Krankenhaus selbst jagte ein Gerücht das andere. Keiner wußte, wer oder was so umfänglich beschützt werden mußte. Der alte Gerichtsmediziner war sofort nach Cattinara gefahren, als er von dem Attentat erfahren hatte. Doch weder das Empfangspersonal noch die Leute von der Notaufnahme fanden einen Laurenti in der Patientendatei und schickten Galvano freundlich von Abteilung zu Abteilung.

Schimpfend lief der alte Mann Stockwerk für Stockwerk ab, um seinen Freund zu finden. Keiner konnte ihm helfen. Laurenti tot – er konnte die Nachricht, die er im Radio gehört hatte, einfach nicht fassen. Schließlich traf er auf die beiden Beamten, die im letzten Stock der Chirurgie Wache schoben, und hoffte, an der richtigen Adresse gelandet zu sein. Aber sie antworteten nicht einmal auf seine Frage. Kein Wort brachte er aus ihnen heraus! Kein Laurenti. Galvano ging sogar so weit, es mit einem weißen Mantel zu versuchen, den er in einem Personalzimmer gestohlen hatte. Doch auch dieses Mal: Granit. Empört und müde machte er sich auf den Rückzug. Vielleicht gelänge es ihm, in der Questura mehr zu erfahren.

In Laurentis Büro fand er Marietta und die Inspektorin,

die versuchten, die Arbeit ohne den Chef zu bewältigen. »Pina, warum braucht ein Toter Personenschutz?« rief Galvano aufgeregt, als er, wie es seine Art war, unangemeldet hereinplatzte.

»Wen meinen Sie, Dottore?« Pina schaute ihn mißtrauisch an.

»Wen wohl? Was ist mit ihm? Ist er am Leben?«

»Eine Vorsichtsmaßnahme, Dottore. Die Ärzte forschen noch nach der Todesursache«, antwortete Pina mit der größtmöglichen Sachlichkeit.

»Was? In einem Krankenzimmer? Nicht einmal im Operationssaal? Und warum nicht in der Gerichtsmedizin, wo die Fachleute sind? Da stimmt doch was nicht. Raus mit der Sprache!«

Pina schaute ihn ungerührt an. »Das sind Spezialisten. Nichts zu machen, Galvano. Nachrichtensperre. Bis genaue Resultate vorliegen.«

»Aber ich gehöre doch auch dazu, und außerdem ist Laurenti mein bester Freund. Warum werde ich nicht informiert?« Seine Stimme bebte. Marietta hat ihn noch nie so erlebt. Für sie war Galvano stets ein kluger, zynischer und mitleidloser alter Knacker gewesen, der alles daransetzte, seine Freunde zu vergraulen.

»Ich weiß soviel wie Sie, Dottore. Es tut mir leid. Wir müssen jetzt weiterarbeiten. Entschuldigen Sie uns bitte.« Pinas Tonfall war so bestimmt, daß Galvano deprimiert den Rückzug antrat.

Als sich die Tür hinter ihm geschlossen hatte, bat Pina ihre Kollegin, die Koordination der Kollegen zu übernehmen. Noch immer wurde im Weinberg nach dem Projektil gesucht. Wo die Kugel hätte ins Erdreich eindringen können, wurde mit Metalldetektoren geforscht und sogar die Erde umgegraben, Patrouillen durchkämmten die anderen Grundstücke an der Steilküste, die Grenzkontrollen wurden verstärkt, und der Gerichtsmediziner sollte bald eine erste Diagnose der Wundballistik vorlegen. Die Befragungen aller, die sich zum Zeitpunkt des Attentats im weiteren Umkreis des Tatorts aufgehalten hatten, liefen noch. Schon bald wußte man, daß der schwarze Audi niemandem gehörte, der an der Weinlese beteiligt war. Die Anfrage in München hatte ergeben, daß der Wagen mit dem Kennzeichen M-CH 507 auf einen papierverarbeitenden Hightechbetrieb mit Filialen in Wien und Zürich zugelassen war – ein Firmenwagen. Die Deutschen wollten nach dem Fahrzeug fahnden.

Schließlich verschwand Pina, ohne Marietta zu informieren. Sie hatte entschieden, den ihrer Ansicht nach einzig möglichen Weg zu gehen, selbst wenn sie damit der angestrebten Karriere einen Dämpfer versetzte. Sie würde ihn bald genug wieder ausgleichen können: Auf ihrem Personalkonto standen bereits so viele Pluspunkte, daß sich das Risiko lohnte. Und käme sie zum Erfolg, dann wären am Ende alle zufrieden, der Commissario, der Questore, der Präfekt und die Medien.

In der Via Torbandena drückte sie lange die Klingelknöpfe des Konsulats und stürmte, sobald geöffnet wurde, die Treppen hinauf. Grußlos lief sie an der Sekretärin vorbei, die ihr mit offenem Mund nachstarrte. Petra Piskera schaute erstaunt auf, als die Inspektorin sich vor ihr aufbaute.

»Komm mit«, rief Pina atemlos. »Ich muß dir etwas zeigen, was dich mit Sicherheit interessiert.«

»Bist du privat hier oder als Polizistin?«

»Als deine Freundin. Beeil dich.«

»Dann bin ich ja beruhigt.« Das Lächeln der schwarzhaarigen Konsulin war so falsch wie ihre Haarfarbe. »Und was soll so wichtig sein, daß ich alles liegen- und stehenlassen soll?« Petra Piskera lehnte sich in ihrem Stuhl zurück. Sie war weit davon entfernt, der Aufforderung nachzukommen. Im Flur tratschten ihre drei Mitarbeiterinnen, die sich zur Mittagspause aufmachten. Dann fiel die Tür ins Schloß. Die beiden Frauen waren allein.

»Hast du deine Wohnung heute früh abgeschlossen?«

»Warum?« Jetzt horchte die Schwarzhaarige plötzlich auf. »Ist etwas passiert?«

»Gestern nacht meine und heute morgen deine Wohnung. Irgend jemand schnüffelt uns nach.«

Petra Piskera erhob sich schlagartig. »Natürlich habe ich abgeschlossen. Bist du dir sicher?«

Pina hob zur Antwort nur die Augenbrauen und wartete, bis die Konsulin endlich zum Gehen bereit war. »Hast du Wertsachen zu Hause?« fragte sie.

»Schmuck und Kleider. Sonst nichts Wichtiges.«

»Akten, Geschäftsunterlagen vielleicht?«

»Die sind alle hier. Was wurde eigentlich bei dir gestohlen?«

»Nichts. Eigenartig, aber es fehlt nichts. Als hätte das Schwein etwas gesucht, aber nicht gefunden. Deswegen frage ich. Vielleicht hat er die Wohnungen verwechselt.«

»Schwer vorstellbar. Bei mir ist nichts zu holen. Ich habe keine unersetzlichen Erbstücke, keine Dokumente, kein Geld. Nichts, was sich zu stehlen lohnt.«

Die beiden Frauen bogen in die Via Mazzini ein und mußten zwei Omnibusse vorbeilassen, bevor sie die Straße überqueren konnten. Der Vorhang der Portiersloge wurde rasch zugezogen, als sie den Flur betraten. Pina faßte Petra am Arm und machte ein Zeichen. Dann zog sie ein feinsäuberlich gefaltetes Blatt aus ihrem Briefkasten und runzelte die Stirn.

Es war das Foto eines Slips, wie Pina ihn trug. Zwei kleine Stoffdreiecke, weiß mit roten Punkten in der Größe einer Euro-Münze. Der Dieb hatte ihn vermutlich aus dem Korb mit der Schmutzwäsche gestohlen. »Endlich kommen wir uns näher«, stand daneben. »Ich besuche dich bald.«

Rasch gingen die beiden Frauen zum Aufzug und fuhren hoch.

»Dein Verehrer ist hartnäckig«, sagte die Konsulin schließlich.

»Hast du bemerkt, wie der Vorhang der Portiersloge sich bewegt hat, als ich die Schweinerei aus dem Briefkasten zog?«

»Stimmt, der Mann mag dich wohl«, sagte die Schwarzhaarige, stieß die Aufzugtür auf und ging schnellen Schrittes den Flur hinunter. Die Tür ihrer Wohnung war verschlossen, und Einbruchspuren waren nicht zu sehen. »Hier ist nichts. Was ist los?«

»Die Analyse der Fingerabdrücke war aufschlußreich.« Pina zog die Waffe aus dem Bund, als die Konsulin sich zu ihr umdrehte. Sie starrte in den Lauf der Pistole. Pina öffnete mit der anderen Hand die Tür zu ihrem eigenen Appartement. »Wir gehen hier hinein«, sagte sie und machte eine unmißverständliche Kopfbewegung. Noch war sich die Konsulin nicht über die Absicht der Inspektorin schlüssig, verharrte unbeweglich und taxierte die kleine Frau. Doch der Wink mit der Pistole war so eindeutig, daß sie nachgab. Pina befahl ihr, sich auf einen Stuhl zu setzen und die Hände auf dem Rücken zu verschränken.

»Was soll das?« fauchte Petra Piskera und kam dem Befehl erst nach, als Pina mit der Beretta auf ihren Kopf zielte und den Hahn spannte. Kurz darauf fühlte sie das kalte Metall der Stahlfesseln um ihre Handgelenke.

»Du wirst für eine Weile mein Gast sein, Tatjana«, sagte Pina und setzte sich ihr gegenüber. »So heißt du doch wirklich. Tatjana Drakič. Oder bestehst du noch auf einer weiteren Überprüfung deiner Fingerabdrücke? Ich sag's übrigens nur zur Sicherheit: Mach keine Dummheiten. Sie kämen dich teurer zu stehen als das kleine Geschäft, das ich dir jetzt vorschlage.«

Die Schwarzhaarige biß sich auf die Lippen und wartete ab. Pina leerte den Inhalt ihrer Handtasche auf den Tisch.

»Warum die Weiber immer ihren ganzen Hausstand mit sich tragen, bleibt mir bis heute ein Rätsel«, sagte sie und fand endlich das Mobiltelefon der Dame. »Du tust jetzt, was ich dir sage. Genau das, ist das klar?«

Sie drückte den Knopf des Telefonbuchs, bis sie fündig wurde, gab den Befehl zum Wählen und hielt das Gerät ans Ohr der Konsulin. »Sag, daß du entführt wurdest. Wenn du aber meinen Namen nennst, geht das Ding hier los.« Zur Bekräftigung drückte ihr Pina die Waffe an die Schläfe. »Eine Million Euro bis morgen achtzehn Uhr. Und sag, daß es mir ernst ist. Sollte nur eine einzige gefälschte Note dabeisein, ist dein Leben ohne weitere Verhandlungen verwirkt. Geld gegen Schweigen und Leben. Eigentlich kommst du viel zu billig weg. Weitere Anweisungen folgen.«

»Und mit wem soll ich sprechen?«

»Mit deinem Bruder, du Äffchen.«

*

Zvonko hielt den Kurs auf Triest vorwiegend entlang der Küste. Der aufziehende Sturm mit zunehmend bewegter See ließ keine schnelle Fahrt zu. Er hatte das kleinere Boot gewählt, eine Sea Ray 315, die kaum Tiefgang hatte und mit etwas mehr als neun Metern wendiger war, aber trotzdem fünfunddreißig Knoten lief – sofern das Meer platt wie ein Spiegel war. Ein Gerät zum Abhauen, wie er sich ausdrückte, aber keines für lange Fahrten. Sie brauchten fast doppelt so lang wie beim erstenmal. Milan kämpfte mit Übelkeit und mußte deswegen auch noch den Spott Zvonkos über sich ergehen lassen, der, in Split geboren, sich stets über alle aus dem Binnenland lustig machte. Bei Umago wechselte er den Kurs und zog das Boot gegen Westen hinaus, bevor sie die slowenischen Gewässer erreichten. Die

Linie zwischen der Landzunge von Piran und der Halbinsel Grado durchfuhr er mit Kurs auf die Mitte der Steilküste. Zvonko orientierte sich am weißen Kirchturm von Santa Croce, der mit seinem Zwiebeldach über die Pinien hinausragte, die das Dorf umgaben, und sah mit Genugtuung die grellen Blitze, die aus der pechschwarzen Wolkenwand über dem Karst zuckten. Auch das Meer im Norden hatte sich dunkel verfärbt und schob immer größere Wellenkämme vor sich her. Je miserabler das Wetter, desto leichter für sie.

»Wechsel die Flagge aus«, sagte Zvonko, und Milan kam widerwillig und mit grünem Gesicht dem Befehl nach, die Tricolore am Heck anzubringen.

»Es ist sicherer, auch wenn ich mir kaum vorstellen kann, daß bei diesem Wetter die Bullen freiwillig rausfahren.«

»Und was ist das dort?« fragte Milan und wies nach links.

»Mist«, sagte Zvonko. Jetzt sah auch er das Polizeiboot, das nicht allzuweit von der Steilküste entfernt hinter den Miesmuschelzuchten stand. »Wir nehmen den kleinen Hafen dort drüben.«

»Und dann?« fragte Milan, der sich eine Regenjacke überzog und gut genug wußte, daß man von dort nur zu Fuß weiterkam, zu steil fiel hier die Küste ab.

Sie passierten in strömendem Regen die Boje, die eine halbe Meile vor der Küste blinkend die Hafeneinfahrt signalisierte, und Zvonko drosselte die Turbinen. Er war beruhigt, als er sah, daß sich das Polizeiboot nicht vom Fleck bewegte. Langsam steuerte er die Sea Ray hinter die Mole und machte sie neben einem Segelboot fest. Ein paar Baracken standen hier unten und ein einfaches Steinhaus, das noch von der Zeit der großen Thunfischjagden zeugte, die bis in die fünfziger Jahre hinein eine zuverlässige Erwerbsquelle gewesen waren, bis große Fangflotten die Schwärme bereits weit im Süden abfischten.

Milans Gesicht hellte sich auf, als er auf dem Kai endlich wieder festen Boden unter den Füßen hatte. Sie stiegen die Treppe zur Küstenstraße hinauf, die sie bei der Tenda Rossa überquerten, um sich querfeldein den Hang hinaufzuschlagen.

Zvonko traute seinen Augen nicht, als ihnen bei der engen Bahnunterführung, durch die kein Auto ohne mehrfaches Rangieren paßte, plötzlich ein Wagen der Staatspolizei entgegenkam. Zum Verstecken war es zu spät. Zvonko blieb nichts anderes übrig, als zur Seite zu treten, um das Fahrzeug durchzulassen und den Beamten freundlich zuzuwinken. So durchnäßt konnten sie vielleicht als Wanderer durchgehen, die von dem Gewitter erwischt worden waren. Die Polizisten winkten zurück. Milan atmete so hörbar auf, daß Zvonko ihm einen Stoß in die Rippen versetzte. Zehn Minuten später und ein paar hundert Meter unterhalb des Dorfrands fuhr der Wagen wieder an ihnen vorbei. Wieder grüßte Zvonko freundlich. Das Auto verschwand hinter der nächsten Kurve zwischen den hohen Mauern aus Bruchstein, die den Weg säumten. Zvonko verließ das Sträßchen und ging voraus. Es war ein alter Pfad, der zum Hügel San Primo hinaufführte und dessen Stufen ausgetreten waren. Milan folgte ihm keuchend. Endlich standen sie vor dem Tor, das in den Weingarten führte, wo sie das Gewehr zurückgelassen hatten. Zvonko schob den Riegel zur Seite und ging hinein. Gebückt bahnte er sich den Weg unter dem Blätterdach der Rebstöcke und atmete auf, als er das Gewehr sah, das unverändert auf dem Stativ ruhte.

»Der Chef traut einfach niemandem, er denkt, alle außer ihm selbst seien Idioten«, sagte Milan, als sie die Waffe demontierten und die Teile zurück in den Koffer legten, aus dem sie zuerst das Wasser gießen mußten. »Stell dir vor, was er mit uns anstellen würde, wenn dieses Ding nicht mehr da wäre.«

»Red keinen Unsinn. Ich weiß, was ich tue«, sagte Zvonko knapp. Mit hörbarem Klick drückte er die Bügel des Koffers ins Schloß und stand auf.

»Hände hinter den Kopf und stehen bleiben.« Die Stimme hinter ihnen war hell und klar.

Zvonko und Milan warfen sich einen kurzen Blick zu und stürzten jeder zu seiner Seite. Noch im Fallen zogen sie die Pistolen, drückten ab und suchten Deckung. Fünf Schüsse, zwei davon Querschläger, die an der Trockenmauer zur Bergseite abprallten. Zvonko lag hinter ein paar Stahlfässern, mit denen die Winzer das Regenwasser auffingen. Milan zog den Koffer hinter sich her und hatte noch drei Meter bis zur nächsten, tiefer liegenden Terrasse. Er verständigte sich mit seinem Partner durch Handzeichen, damit dieser ihm Feuerschutz gab. Keiner von beiden konnte die Polizisten sehen, sie kannten nur die Richtung, aus der sie das Feuer eröffnet hatten. Doch im Gegensatz zu den Uniformierten waren sie kriegserfahren. Drei Jahre lang hatten sie unter Tudjman gegen die Serben gekämpft, und in diesen Situationen hatte keiner ihrer Feinde gewonnen. Zvonko lud die Halbautomatik nach und zog den Lauf durch. Er warf einen Stein in Richtung der kleinen Hütte mit dem Wellblechdach, hinter der er die Beamten vermutete, und als er den Aufschlag hörte, feuerte er sieben Schüsse ab, während er seine Position wechselte und Milan mit dem Koffer unter dem Blätterdach weiter unten verschwand. Das Feuer fand eigenartigerweise keine Erwiderung. Es war befremdlich still. Entweder hatte er die Polizisten erwischt, oder sie hatten sich aus Angst verzogen. Zvonko feuerte noch eine Salve in ihre Richtung und setzte zum Sprung an, um Milan zu folgen. Ein brennender Schmerz durchfuhr ihn plötzlich, als er auf der unteren Terrasse abrollen wollte. Zvonko ließ die Pistole fallen und faßte nach seiner Schulter. Seine Hand war blutüberströmt, die Kugel hatte ihn an der Schulter erwischt. Eine Handbreit tiefer wäre schlimmer gewesen. Er hob seine Pistole auf und schlug sich durchs Blätterwerk in die entgegengesetzte Richtung, in der Milan verschwunden war. Sie würden sich später wieder treffen, wie sie es schon oft gemacht hatten. Ihre Verfolger müßten sich ebenfalls aufteilen, wenn sie beide stellen wollten. Zvonko mußte sie ablenken, damit sein Kollege den Koffer in Sicherheit bringen konnte. Trotz des stechenden Schmerzes riß er immer wieder an den Rebstöcken, um auf sich aufmerksam zu machen. Und plötzlich stand er vor einem Zaun. Unverletzt hätte er ihn wie eine Katze überwunden, doch jetzt tastete er sich an ihm entlang und suchte eine Stelle, wo er den Draht zur Seite biegen und durchschlüpfen konnte. Er hörte Schritte hinter sich und legte sich auf den nassen Boden. Endlich sah er die beiden Polizisten, die gebückt unter den Reben einen Weg in seine Richtung suchten. Sie sollten ruhig näher kommen. Zvonko wechselte mit der gesunden Hand das Magazin. Diesmal zog er den Lauf so leise wie möglich durch. Jetzt kam endlich seine Chance. Vier Mal drückte er ab. Der vorderste Mann sank zusammen und blieb bewegungslos liegen, doch der zweite Polizist war plötzlich verschwunden, obwohl Zvonko sicher war, auch ihn getroffen zu haben. Er hob den Zaun so weit an, wie er es mit dem gesunden Arm schaffte, und rutschte unter ihm durch. Auf dieser Seite war das Land nicht bestellt. Er schlug sich in das Gestrüpp, und als er sich sicher fühlte, hielt er den Atem an und horchte. Niemand folgte ihm, das einzige, was er hörte, war das Wimmern des Polizisten, den er niedergestreckt hatte. Vergebens versuchte Zvonko, Milan auf dem Mobiltelefon zu erreichen, als er in der Ferne das Heulen der Sirenen mehrerer Streifenwagen hörte. Zvonko entschied, sich allein zum Boot durchzuschlagen. Hier würde es in Kürze unangenehm werden. Milan würde den Weg schon finden.

*

Als Pina Cardareto ins Büro zurückkam, wurde ihr von Marietta ausgerichtet, daß sie sich umgehend bei einem tobenden Questore melden sollte. Pina platzte mitten in eine Sitzung. Zwei Stühle waren frei geblieben, der von Laurenti und ihrer. Sie murmelte eine Entschuldigung und setzte sich. Zwei Stunden war sie spurlos verschwunden gewesen, und in der Zwischenzeit war die Hölle ausgebrochen. Der Questore putzte sie vor den anwesenden Kollegen derart herunter, daß es ihr schwerfiel, ruhig zu bleiben. Er verlangte ihren schriftlichen Bericht und drohte sogar damit, ihr den Fall zu entziehen und, wie er es formulierte, jemandem zu übertragen, »der zuverlässig ist und professionell, selbst wenn er über weniger Punkte verfügt als die Inspektorin«, deren Diensteifer er ab sofort unter die Lupe nehmen würde.

»Wo zum Teufel haben Sie Ihren Mittagsschlaf gehalten, und weshalb waren Sie auch telefonisch nicht erreichbar?«

Die kleine Inspektorin räusperte sich und blickte in die Runde. »Ich hatte meine Gründe. Aber schließen Sie bitte zuerst Ihren Bericht ab. Ich hasse Unterbrechungen.«

Es fehlte nicht viel, und der Questore hätte Feuer gespuckt. Doch Pina besann sich rechtzeitig und kam ihm zuvor. »Ich befürchte, die Konsulin will sich absetzen.«

»Und worauf stützen Sie sich?«

»Instinkt, Questore. Noch habe ich keine Beweise, aber ich glaube, daß sie Vorbereitungen trifft. Ich wollte das überprüfen.«

»Und wurde Ihr fabelhafter Instinkt bestätigt?«

»Leider nein, Chef. Noch nicht.«

Der Questore erteilte mit einer Handbewegung dem Leiter des Streifendienstes das Wort, der in seinem Bericht durch Pinas Verspätung unterbrochen worden war. Einer seiner Leute wurde soeben in Cattinara operiert, während der andere gerade noch einmal davongekommen war. Auf einem Grundstück unterhalb von San Primo wollten sie zwei Männer überprüfen, die sofort das Feuer eröffneten. Die beiden Täter konnten spurlos verschwinden, obwohl einer von ihnen angeschossen wurde. Die Notaufnahmen der Krankenhäuser im Umland waren informiert. In allen Richtungen, die von der Küste wegführten, waren Straßensperren eingerichtet, und jedes einzelne Fahrzeug wurde durchsucht, weshalb es vor allem auf der Strada Costiera bereits zu einem kilometerlangen Stau gekommen war und in der Questura telefonisch wütende Proteste eintrafen. So etwas hatte es in Triest seit Jahrzehnten nicht gegeben.

Als Pina Cardareto nach einer langen Stunde wieder in ihr Büro kam, saß Galvano bei Marietta und blätterte eine Akte durch.

»Lauter Spezialisten, ohne Ende konsultiert einer den anderen in Umweltfragen und schreibt dafür Rechnungen?« Galvanos Augen funkelten wild. »Ein kleines und verarmtes Land investiert in die Müllentsorgung und Behebung von Schäden, die andere angerichtet haben? Mitten im Staatsbankrott errichten die ein Modell für umweltgerechte Entsorgung, alle Achtung. Dieser Konsulin sollte ein Verdienstorden verliehen werden. Da schau: Schwermetalle, Säuren, Asbest, Klärschlamm, Altbatterien und Reifen. Es wäre das erste Mal in der Weltgeschichte, daß eine Regierung an das Wohl der Bevölkerung denkt. Also, welche Funktion kann dieses Land übernehmen? Oder ein paar exponierte Vertreter des Landes, wenn du genau sein willst?«

»Auch wenn Giftmüllexporte seit Anfang der Neunziger international geächtet und verboten sind, heißt das noch lange nicht, daß sie nicht mehr stattfinden«, sagte Marietta. »Gutachten und Transportgenehmigungen kann sich jeder beschaffen, der ein paar Euro übrig hat. Alles hat seinen Preis.«

»Und die Konsulin kann da sicher einiges beisteuern. Hast du überhaupt eine Ahnung davon, wie teuer es ist, giftige Substanzen legal loszuwerden? Damit läßt sich Geld verdienen, und das Risiko ist überschaubar, die Strafen sind erträglich. Das Zeug wird vom Norden in den Süden geschafft, unterwegs werden die Transportpapiere gefälscht, und damit basta. Oder von Österreich nach Tschechien und von Deutschland nach Polen. Vom Rest der Welt ganz zu schweigen. Die Folgekosten trägt der Steuerzahler.«

»Ist die Antwort aus Reggio Emilia eingetroffen?« unterbrach sie Pina, die sie nicht bemerkt hatten.

Marietta nahm Galvano den Aktendeckel aus der Hand und reichte ihn ihrer neuen Vorgesetzten. »Natale Coltibuono ist ein angesehener Mann in Reggio. Eine graue Eminenz in der Stadt, sagen die Kollegen. Promovierter Chemiker und Inhaber einer Vielzahl von Firmen ganz unterschiedlicher Ausrichtung. Vom Textilbetrieb bis zum Transportunternehmen. Vielleicht sollten ihn die Kollegen vor Ort nach seinen Kontakten zur Konsulin befragen, dann kämen wir eventuell weiter. Du solltest wissen, daß man mit illegaler Müllentsorgung eine Menge Geld ...«

»Muß Ihr Hund nicht mal Gassi geführt werden?« Pina schenkte dem Alten einen ungnädigen Blick. In seiner Anwesenheit konnte sie die wirklich dringenden Fragen nicht stellen.

»Ich freue mich, daß du so nette Gesellschaft hast, Pina«, sagte er mit einem Unterton, der die Inspektorin mißtrauisch machte.

»Ich habe jetzt keine Zeit, um mit Ihnen zu plaudern, Dottore.« Sie führte den alten Gerichtsmediziner zur Tür.

»Und mit der Konsulin bist du wirklich gut befreundet, nicht wahr?«

»Der Zufall will, daß wir Wohnungsnachbarinnen sind.«

»Ich hoffe, sie hilft dir bei der Suche nach deinem Verehrer, diesem Müllschnüffler. Die Nachricht heute war wirklich nicht erbauend. Aber laß dir von einem Arzt raten, wärmere Unterhosen zu tragen, meine Gute, diese kleinen

Stoffetzen führen leicht zu Unterkühlung und Blasenentzündung. Vom Stoffmuster gar nicht zu reden. Rote Punkte ...«

Pina riß ihn am Ellbogen herum, als er sich mit dem letzten Satz davonmachen wollte. »Also doch Sie! Schämen Sie sich eigentlich nicht, Galvano?«

»Du hast mich mißverstanden, Inspektorin.« Der Alte hob seine Stimme. »Anstatt dankbar zu sein, verdächtigst du den, der dir zu helfen versucht. Benimm dich und laß meinen Arm los!« So hatte sie ihn noch nie erlebt. Wenn er weiter so brüllte, stünden in Kürze alle Kollegen auf dem Flur.

»Kommen Sie mit«, herrschte Pina den Alten an und riß die Tür zu Laurentis Büro auf. Der einzige Raum, wo sie ungestört reden konnten. »Also, was haben Sie zu sagen?«

»Ich habe gesehen, daß du die Konsulin abgeholt hast und ihr in der Via Mazzini in eurem Haus verschwunden seid. Ich war bereits vorher dort gewesen und habe etwas entdeckt, das dich interessieren könnte. Später kamst du allein wieder raus. Wo hast du die Konsulin gelassen?«

Die Inspektorin staunte. Wie hatte Galvano es geschafft, ihr unbemerkt zu folgen, wo er doch sonst kein Meister im Verstecken war? »Reden Sie endlich!«

»Zuerst entschuldigst du dich und dann erzählst du mir bis ins Detail, was ich nicht wissen soll, aber bereits ahne. So lange erfährst du von mir kein Sterbenswörtchen. Verstanden. Wo ist die Konsulin? Sie hat mir auf mein Klingeln nicht geöffnet.«

Wie konnte sich dieser Kerl erlauben, sich einzumischen? Pina nagte an ihrer Unterlippe, starrte zum Fenster hinaus und beobachtete eine aufgeregt kreischende Schar Möwen, die sich um einen Brocken Nahrung stritten, während sie fieberhaft darüber nachdachte, wie sie mit dem Alten umgehen sollte. Schließlich bot sie ihm einen Stuhl an und begann, zuerst zögerlich, Galvano mit den nötigsten Informationen zu füttern. Sie taxierte wie ein Goldschmied jedes Gramm, das sie auf die Waage legte, und hoffte, die Neugier des Gerichtsmediziners befriedigen zu können, bevor sie zum Kern der Sache kam. Als er aber nach ein paar Sätzen empört aufstand und sagte, sie möge ihn nicht für blöd verkaufen, änderte Pina Cardareto ihre Strategie. Alles hat seinen Preis, auch Informationen, und manchmal mußte man eben ein Risiko eingehen. Vor allem wenn, nach Pinas Kalkül, der andere eventuell noch von Nutzen sein konnte. Und Galvano war vielleicht nicht einmal die falsche Person.

*

Milan hatte sich unentdeckt mit dem Koffer durchs Gelände geschlagen. Unterhalb des »Narodni Dom Albert Sirk«, dem Kulturhaus von Santa Croce, stieß er auf einen Fußweg, der in den ältesten Teil des Dorfes führte. Schmucke kleine Häuser, die dicht beieinander standen wie eine Herde Schafe, die sich bei einem Unwetter aneinanderdrängten. Durch die engen Gäßchen paßte kein Auto, und Milan fühlte sich schon sicherer, doch bei der Kirche mußte er ein kurzes Stück auf die Hauptstraße. Er wartete einen Augenblick und horchte, aber durch den strömenden Regen ließ sich kein Fahrgeräusch vernehmen. Er rannte los und schaffte es gerade noch, sich hinter ein geparktes Auto zu ducken, als das Blinken eines Blaulichts von einer Hauswand reflektiert wurde. Langsam fuhren die Beamten vorbei. Sobald sie außer Sichtweite waren, rannte er erneut los und verschwand zwischen den alten Häusern im Westen des Dorfes. Er tastete die Taschen seiner Jacke ab, aber er fand sein Mobiltelefon nicht. Er mußte es auf der Flucht verloren haben. Mit etwas Glück würde es nie jemand finden, denn er hatte sich durch meist unbestellte Parzellen geschlagen. Er war völlig durchnäßt und hatte blutende Schrammen an den Händen, als er die Tür zum Landgasthof

»Bibc« öffnete. Bevor ihn jemand in dem am späten Nachmittag noch kaum besuchten Gastraum sah, verschwand er in der Toilette, die gleich rechts des Eingangs lag. Er wusch sich lange die Hände und das Gesicht. Als sein Aussehen wieder menschlichere Züge angenommen hatte, steuerte er mit dem Koffer in der Hand den Tresen an. Freundlich begrüßte ihn Sandro, der Wirt, und bot ihm ein Glas Wein an, das Milan dankend annahm. Auf die Bemerkung Sandros, daß es kein Wetter zum Spazierengehen sei, sprach Milan von einer Autopanne und daß die Werkstatt ihm den Tip gegeben habe, sich wegen eines Zimmers an ihn zu wenden. Er hatte Glück, eines war noch frei. Sandro brachte ihn ohne weitere Formalitäten zu einem kleinen gemütlichen Appartement und fragte, ob Milan später zu Abend essen wollte, denn das Lokal war fast ausgebucht. Milan nahm dankend an und schob den flachen Koffer mit dem Gewehr unter das Bett, sobald der Wirt die Tür hinter sich ins Schloß gezogen hatte. Nach einer langen Dusche ließ er sich auf das breite Bett fallen und überlegte, wie er vorgehen sollte. Unwahrscheinlich, daß Zvonko mit dem Boot noch auf ihn wartete. Das Polizeiaufgebot war zu groß, als daß er ein solches Risiko eingehen konnte. Er mußte unbedingt telefonieren, doch wer Ferien auf dem Bauernhof machte, brauchte ganz offensichtlich kein Telefon auf dem Zimmer. Er zog sich an und ging zurück in den Gastraum, wo er den Wirt fragte, ob er seinen Apparat benutzen durfte.

*

Galvano war fassungslos. Niemals hätte er sich träumen lassen, daß diese einzelgängerische, von Ehrgeiz besessene Einmeterfünfzigfrau ihre Karriere so rigoros aufs Spiel setzen würde. Pina hatte all ihren Mut zusammengenommen und dem Alten zuerst den Schwur abgenommen, kein Sterbenswörtchen von dem verlauten zu lassen, was sie ihm beichtete, ob er es guthieß oder nicht. Er zögerte, bevor er einwilligte, und als sie mit ihrem Bericht fertig war, saß er lange schweigend vor ihr, schaute sie mit großen Augen an und versuchte, sich die Konsequenzen auszumalen, falls die Sache nicht so lief, wie die Inspektorin es sich vorstellte.

»Hast du das von langer Hand geplant?« fragte er schließlich.

»Was tut das zur Sache? Die Logik stimmt, Dottore. Wenn wir nicht ans Übel rankommen, dann müssen wir es anlocken. Ich bin mir sicher, daß es klappt. Die Aktenlage kenne ich in- und auswendig und weiß ganz genau, wie diese Leute reagieren. Tatjana Drakič alias Konsulin Petra Piskera kann ich inzwischen ziemlich gut einschätzen. Eine Mischung aus Intelligenz, stahlharten Nerven und grenzenlosem Hochmut, ausgestattet mit exzellenten Verbindungen. Wie Sie sehen, konnte der Staatsanwalt trotz der Beweislage nicht durchsetzen, daß ihre Immunität aufgehoben wird. Es gibt immer wieder Richter, die Schiß vor den Konsequenzen ihrer eigenen Urteile haben. Also habe ich gehandelt, bevor es zu spät ist und sie uns entwischt. Dieses Mal wohl für immer. Wenn Sie mir helfen, Dottore, schnappen wir sie. Denken Sie an das Ehepaar Babič, denken Sie an Laurentis Frau, und denken Sie an Ihren Freund selbst. Dazu kommt noch ein Polizist, den es heute nachmittag ebenfalls erwischt hat. Wollen Sie etwa zusehen, wie die Liste immer länger wird?«

»Und du solltest nicht vergessen, daß wir glänzende Kontakte zu den kroatischen Kollegen haben. Živa Ravno, die Staatsanwältin, ist eine enge Verbündete. Der Tod Laurentis ist ein herber Schlag für sie. Sie wird alles daransetzen, daß die Täter nicht ungesühnt davonkommen.«

»Auf legalem Weg sind uns die Hände gebunden, während die einfach weitermachen. Selbst wenn sie je vor einem

Gericht landen, kommen sie stets mit bescheidenen Strafen durch, die sie unbekümmert absitzen. Ich will nicht, daß solche Leute uns auch in zehn Jahren noch auf der Nase herumtanzen und sich über uns lustig machen.«

»Du riskierst viel«, sagte der Alte. »Das kann dich deinen Job kosten.«

»Wenn sie mich rauswerfen, gehe ich zum Geheimdienst, dort ist man nicht so zimperlich. Wenn es aber gutgeht, dann werde ich wegbefördert – und das kann ich kaum erwarten. Dann sind auch Sie mich los, samt meinem Briefkasten.«

»Auch ich habe einiges zu verlieren.« Galvano wand sich. Natürlich hatte die Kleine recht, und er bewunderte ihre Kühnheit. Wenn sie aber aufflogen, dann wäre das kein krönender Abschluß seiner langen Karriere.

»Was haben Sie schon zu verlieren, Galvano? Glauben Sie etwa, daß man Ihnen die Rente streicht?« Pina Cardareto stand auf, öffnete das Fenster und knipste das Licht an. Der Regen hatte sich gelegt, jetzt drang der Verkehrslärm von der Straße zwischen Questura und Teatro Romano herauf. Es war Rush-hour in Triest, und die Läden schlossen bald. Die Inspektorin warf einen Blick auf ihre Uhr. Es war Zeit zu handeln.

»Galvano, ja oder nein?«

»Ja«, sagte der alte Gerichtsmediziner schließlich mit belegter Stimme, dann setzte er sich abrupt auf, räusperte sich und wiederholte seine Antwort klar und deutlich. »Also, wie gehen wir vor?«

Pina zog das Telefon der Konsulin aus ihrer Jackentasche und wollte ihm soeben die nächsten Schritte erklären, als Marietta wie ein Donnerschlag hereinplatzte.

»Pina«, sagte sie aufgeregt. »Sie haben einen der beiden Killer geschnappt.«

Galvano sprang auf, doch Pina hielt ihn mit einer Handbewegung zurück.

»Lebend oder tot?«

»Sie haben schon mit dem Verhör begonnen.«

»Die sollen warten«, sagte Pina. »Wir sind gleich fertig. Danke, Marietta.«

»Ich möchte, daß Sie Viktor Drakič mit dem Telefon seiner Schwester anrufen und ihm folgendes sagen.« Pina erklärte dem Gerichtsmediziner den Inhalt der Nachricht und den Tonfall, den er annehmen sollte. Dann betätigte sie Tatjanas Mobiltelefon und reichte es ihm. Sie ließ ihn nicht aus den Augen und atmete schließlich beruhigt auf. Galvano war ein begnadeter Schauspieler, und Viktor Drakič Reaktion ließ darauf hoffen, daß er angebissen hatte. Pina stand auf und öffnete die Tür zu Mariettas Büro.

»Also, was ist passiert?« fragte sie.

»Die Kollegen warten nur auf dich.«

Milan hatte Zvonko telefonisch erreicht, kurz bevor der auf Porer anlegte. Zvonkos Stimme klang matt, aber erleichtert. Er ließ sich von seinem Kollegen beschreiben, wo er sich aufhielt, damit man ihn und den Koffer abholen konnte. Seine Verwundung, die ihm immer mehr zusetzte, erwähnte er mit keinem Wort. Von Minute zu Minute und mit jedem Schlag des Bootes auf die Wellen schmerzte die pochende Wunde, die er notdürftig abgebunden hatte, mehr. Wenigstens würde sich Viktor Drakičs Zorn rasch besänftigen, denn die Wunderwaffe war in Sicherheit. Sie vereinbarten, am späteren Abend wieder voneinander zu hören.

Auch Milan war erleichtert. Zwar saß er noch immer in der Höhle des Löwen, doch hier bei Bibc fühlte er sich geborgen. Er entspannte sich in dem rustikal eingerichteten Gastraum, den meterdickes altes Gemäuer wie eine Festung umgab. Milan saß über einem Teller mit einer Schweinshaxe und Bratkartoffeln, die Sandro empfohlen hatte. Vorher hatte sein neuer Gast hungrig wie ein Wolf den ausgezeichneten Schinken und die hausgemachte Salami verspeist, und er hatte bereits eine Karaffe Rotwein geleert, als eine Gruppe von sechs kräftigen Männern sich am Nebentisch niederließ. Er hörte vor lauter Behagen über das wunderbare Essen nicht, daß ihr Gespräch sich um das Thema des Tages im Dorf drehte, und bemerkte nicht einmal, wie sie schlagartig verstummten. Zwei der Männer gingen hinaus. Sandro stellte ihm noch eine Karaffe Rotwein auf den Tisch, die sei ihm von den beiden offeriert worden, Santa Croce sei ein gastfreundliches Dorf, in dem Fremde stets herzlich willkommen wären. Milan schaute ihnen nach, um sich zu bedanken, doch keiner der beiden drehte sich um. Dann folgte ihnen auch der Wirt, während ihm die vier anderen vom Nebentisch zuprosteten, was Milan gerne erwiderte. Er leerte sein Glas in einem Zug und goß freudig nach. Die vier Männer hoben wieder die Gläser und begannen so lautstark ein fröhliches Lied anzustimmen, daß sie die Aufmerksamkeit aller Gäste auf sich zogen. Sie brachen in Gelächter aus, als einer von ihnen mit einer riesigen, tiefroten Nase ein wildes »Aaaaakiiiii« erschallen ließ, daß die Gläser klirrten. Und dann spürte Milan nur noch ein Krachen auf seinem Schädel und fiel wie ein gefällter Baum vom Stuhl.

Es war eine vollkommene Inszenierung, die ihn zu Boden geschickt hatte. Gefesselt und blutüberströmt kam er in einem dunklen, feuchten und nach vergärendem Traubenmost riechenden Raum wieder zu sich, ohne Kraft, sich zu erheben. Sein Kopf schmerzte bei der kleinsten Bewegung, er schaffte es nicht einmal, seinen trockenen Mund zu öffnen. Er spürte eine fremde Masse über den Lippen und brauchte lange, bis er sie als Klebeband identifizieren konnte. Vergebens versuchte er, an seinen Fesseln zu zerren. Er hörte, wie jemand im Nebenraum sagte, man sollte ihn am besten lebendigen Leibes einem ausgehungerten Rudel Schweine zum Fraß vorwerfen, das ihn zerreißen und bis auf die Knochen beseitigen würde.

Milan rätselte, wie lange er schon im Dunkeln lag, als endlich das Licht angeknipst wurde. Als seine Augen sich an die Helligkeit gewöhnt hatten, sah er vier Uniformierte vor sich. Einer hielt einen transparenten Plastikbeutel mit Milans Pistole in der Hand, ein zweiter den Koffer.

»Ich bin hundertprozentig sicher, daß er einer der beiden ist, denen der schwarze Audi gehört, der uns auf der Straße zum Dorf behinderte. Ich würde zu gerne wissen, wo das andere Schwein ist.« Es war einer der Männer, die ihm vom Nebentisch so freundlich zugeprostet hatten.

»Gut gemacht«, sagte der Polizist mit dem Plastikbeutel und gab seinen Kollegen ein Zeichen. Sie stellten Milan, der sich vergebens aus ihrem Griff zu winden versuchte, auf die Beine, legten ihm Handschellen an und entfernten die dicken Stricke um seine Hand- und Fußgelenke. Milan ächzte, als man ihm das Klebeband vom Mund riß.

»Bringt ihn raus«, sagte der Polizist und wandte sich an Laurentis Freunde. »Das nächste Mal gibt die Polizei einen aus.«

»Das gab's noch nie«, flüsterte einer der Männer.

Schläfer erwacht

Duft nach Rosen und weicher Haut. Sonnengebräunte volle Brüste, die sich ihm fast unerträglich langsam näherten und blitzartig zurückzogen, sobald er den Mund öffnete, um an ihnen zu saugen. Weiche, sanfte Haut unter dem aufgeknöpften weißen Mantel. Ihre Mundwinkel umspielte ein sanftes Lächeln, und ihr sorgenvoller Blick war neugieriger Erwartung gewichen. Der kleine Flaum auf ihren Wangen und das Fältchen, das einen Zentimeter links vom Brustbein herunterlief. Er liebte es, weil es nicht die Mitte zwischen ihren Brüsten zeichnete. Konnte er sogar ihre wunderbare Wärme riechen? Warum konnte dieser Duft nicht für immer bleiben?

Und doch trieb es ihn, seine verklebten Lider einen winzigen Spalt zu öffnen. Helles Licht, fast weiß. Er schloß die Augen wieder und versuchte es kurz darauf noch einmal. Doch der Schattenriß, der sich vor der grellen Fläche abzeichnete, die vermutlich ein Fenster war, durch das gleißendes Sonnenlicht hereindrang, vielleicht aber auch ein Scheinwerfer, der auf ihn gerichtet war, ähnelte dem seiner Frau nicht im geringsten. Wer war das, wenn nicht Laura? Hatte er alles nur geträumt? Diese Person trug eine schwarze, hochgeschlossene Jacke und keinen leichten weißen Mantel, und sie hatte dunkle Haare. Für einen Moment gelang es ihm, dem Drang, sie genauer sehen zu wollen, zu widerstehen und die Augen wieder zu schließen. Nur der Duft der Rosen war Wirklichkeit und das Gefühl des warmen Bettes, in dem er lag. Wie lange befand er sich schon hier?

»Er wacht auf.« Eine tiefe Männerstimme, die ihm bekannt vorkam. »Ich bin mir sicher, daß er es nur hinauszögern will. Dem Faulpelz gefällt es zu gut im Bett, und weiß der Teufel, was er soeben noch geträumt hat.«

Wieder spürte er die Feuchtigkeit an seiner linken Hand, die auf der Bettkante ruhte.

»Proteo.« Auch dieses weiche Flüstern kannte er. Ganz nah an seinem Gesicht hörte er es. »Proteo?«

Was sollte diese Frage, natürlich hieß er Proteo. Und zwar Proteo Laurenti, war Kommissar der Triestiner Kriminalpolizei und seit zwei Jahren Vicequestore. »Ja, er kommt zu sich.« Diesmal sprach die Stimme in eine andere Richtung.

»Mehr Glück als Verstand. Aber das ist bei der geringen Hirnmasse nicht weiter schwer.« Das war wieder die Männerstimme, die am Ende in ein meckerndes Lachen überging.

Er kniff fest die Augen zu. Er wollte nicht in diese Gegenwart zurück. Bis auf die Schmerzen ging es ihm ausgezeichnet. Er ahnte, daß er mit einer Unmenge Fragen überhäuft werden würde, sobald er aus Sicht der anderen ansprechbar schien.

»Proteo, bist du da?« Das war die erste dumme Frage, auch wenn die Stimme diesmal fröhlich klang, erleichtert und sanft. »Ja, Sie haben recht, er wird gleich die Augen aufschlagen. Sie werden sehen.« Heiterkeit schwang mit.

Und jetzt erkannte Proteo Laurenti sie, Živa Ravno, die Staatsanwältin aus Pula, seine Geliebte für vier Jahre.

»Ich mache eine Wette dagegen. Wenn er aufwacht, muß er arbeiten. Das weiß er ganz genau. Der schläft noch lange oder tut wenigstens so.« Wieder dieser Mann. »Ich kenne ihn fast dreißig Jahre. Der ist nicht für die Arbeit gemacht. Da können Sie ihn becircen, wie Sie wollen. Er ist ein fauler Sack.«

Laurenti konnte nicht mehr anders. Er machte zuerst das linke Auge auf, schloß es wieder, dann das rechte, schloß auch dieses wieder, riß dann beide auf und wollte sich mit einem Ruck aufrichten. Der alte Galvano hatte ihn genug provoziert und eine Abreibung verdient. Doch mit schmerzverzerrtem Gesicht fiel Proteo Laurenti ächzend in die Kissen zurück. Warum konnte ihn der alte Gerichtsmediziner nicht wenigstens jetzt in Frieden lassen? Hatte Živa ihn gebeten mitzukommen, damit sie nicht mit ihrem ehemaligen Liebhaber allein sein mußte?

Bevor ihn weitere Fragen umtreiben konnten, spürte er plötzlich ein schweres Gewicht auf seiner Brust, als betastete ihn jemand, und dann fühlte er einen schlechtriechenden Lappen in seinem Gesicht, der immer wieder über ihn wischte. Unter Schmerzen schlug er die Augen auf und starrte auf eine riesige rosarote Zunge, die aus einem struppigen schwarzen Hundekopf über ihn herfiel. So hatte er sich die Rückkehr aus dem Paradies in die Welt der Lebenden nicht vorgestellt. Živa, Galvano und der Hund, eine merkwürdige Trinität.

»Du hast verdammt viel Glück gehabt.« Živa lächelte ihn liebevoll an. »Ich bin so froh, daß du wieder bei uns bist.«

»Ich rufe seine Frau an«, sagte Galvano und drückte die Tasten seines Mobiltelefons. »Sie muß gewarnt werden, daß der Kerl wieder unter den Lebenden ist. Wegen einer banalen Schußwunde so zu stürzen, daß die Verletzungen vom Fall schwerer sind als von der Kugel, bringt nur fertig, wer morgens um elf schon über ein Promille Alkohol im Blut hat.«

»Zuerst will ich wissen, was passiert ist«, flüsterte Laurenti.

Doch der alte Gerichtsmediziner hatte ihm schon den Rücken zugekehrt und tat, als hörte er ihn nicht.

»Es gibt ernsthafte Komplikationen«, meckerte Galvano ins Telefon. Živa und Proteo warfen sich fragende Blicke zu.

»Ja, du hast richtig gehört«, fuhr Galvano nach einer kurzen Pause fort. »Ein ernstes Problem. Du solltest kommen.« Und nach einer kurzen Pause: »Du hast alle Gründe, dich aufzuregen, Liebe. Laurenti ist wieder bei sich. Es geht ihm gut. Er wird überleben. Arme Frau.« Dann legte er auf, drehte sich um und machte ein trauriges Gesicht.

Pina Cardareto hatte ihm am Vorabend gestanden, daß Laurenti entgegen der offiziellen Verlautbarungen noch lebte und seine Verletzungen nicht bedrohlich waren. Ein Streifschuß, der ihm den Scheitel neu gezogen hatte, eine schwere Rippenprellung vom Absturz, eine ordentliche Gehirnerschütterung und einige kräftige Schrammen quer über die Brust. Man hatte ihm ein Medikament gegeben, damit er die Nacht durchschlief. Sie hatte es Galvano erst nach seinem Telefonat mit Viktor Drakič gesteckt, weil sie nicht sicher war, ob der Alte nicht doch noch in letzter Minute einen Rückzieher machen würde. Galvano hatte lediglich kurz gestutzt, die Freude überwog jedoch seine Empörung, und Pina nahm ihm zum zweitenmal das Versprechen ab, mit keiner Seele darüber zu reden. Doch dieses hatte er gleich zweimal gebrochen: gegenüber der Ehefrau und der Geliebten.

»Wer war das?« fragte Proteo.

»Eine Bekannte«, sagte Galvano trotzig.

»Wer?«

»Deine Frau. Sie tut mir aufrichtig leid.«

Živa lachte laut, und wenn die Schmerzen nicht gewesen wären, hätte Laurenti den nächsten greifbaren Gegenstand nach dem Alten geschleudert. So blieb sein Blick nur auf dem Nachttisch neben seinem Bett hängen. »Von wem sind die Blumen?« fragte er.

Živa lächelte.

»Sie sind von deiner Frau«, schnauzte Galvano. »Sie hat Tag und Nacht bei dir gesessen und Händchen gehalten. Heute früh fuhr sie nach Hause, um sich frisch zu machen. Sie wird auch nicht klüger. In einer halben Stunde ist sie da.«

Laurenti tastete vorsichtig nach dem Schlauch, der an seinem linken Unterarm baumelte. »Brauch ich das?«

»Schau mal unter die Decke.« Galvano feixte. »Da hast du noch eine Abwasserleitung. Fühlt sich gut an, oder?«

»Wie lange war ich weg?«

»Nicht mal einen ganzen Tag«, flüsterte Živa und setzte sich auf die Bettkante. Ein Lächeln umspielte ihre Mundwinkel, und sanft wie eine Feder strich sie Laurenti das Haar aus der Stirn. »Hast du starke Schmerzen?«

»Sehr.« Laurenti zog eine Grimasse.

»Wehleidig ist er auch.« Galvano schaute über Živas Schulter auf ihn herab. Der Hund schien der einzige zu sein, der sich unbeschwert freute, daß Laurenti wieder unter den Lebenden weilte.

»Geht es mir sehr schlecht?« fragte Laurenti. »Dumme Frage, ich weiß. Aber kann mir bitte einmal jemand sagen, was los ist? Ich erinnere mich an nichts.«

»Sauf weniger«, schnauzte Galvano. »Du bist sogar zu dämlich, erschossen zu werden.«

»Wenigstens hat er seine alte Herzlichkeit nicht verloren«, stöhnte Laurenti und verdrehte die Augen.

»Du kommst bald wieder auf die Beine«, sagte Živa. Sie beugte sich zu ihm hinunter und gab ihm einen Kuß auf die Stirn. Laurenti schloß die Augen und genoß den Duft ihrer Haare. Doch die Idylle war rasch vorbei. Wieder war es die Stimme Galvanos, der es einfach nicht schaffte, einmal die Klappe zu halten.

»Wie immer, mehr Glück als Verstand, Laurenti. Ein Streifschüßchen. Nur ein Zentimeter weiter rechts, und du hättest den Aufprall nicht gespürt, als du von der Mauer fielst.«

»Streifschuß? Mauer? Was redet er da?«

»Du warst bei der Weinlese in Santa Croce, als auf dich geschossen wurde.«

Laurenti tastete nach dem Verband an seinem Kopf.

»Einer der Killer wurde gefaßt, aber er gibt nicht einmal seine Personalien preis. Nach den Etiketten in seinen Kleidern zu schließen, fällt er in meine Zuständigkeit.«

»Drakič?« flüsterte Laurenti, und Živa hob die Augenbrauen.

»Warum kannst du eigentlich nie stillhalten?« mischte sich Galvano ein.

»Seit wann dürfen eigentlich Hunde ihren Tierarzt ins Krankenhaus mitbringen?« fragte Laurenti. »Wo bin ich hier? Etwa nicht in Cattinara? Schick den Alten raus. Ich will mit dir allein sein.«

»Versuch dich zu erinnern, Proteo«, sagte Živa. »Ich muß zurück nach Pula. Aber ich halte Kontakt mit Pina, deiner Inspektorin, und meinem Kollegen von der hiesigen Staatsanwaltschaft. Und außerdem kommt gleich deine Frau. Übrigens steht eine Wache draußen vor der Tür.«

»Nimm bitte Galvano mit«, ächzte Laurenti. »Sonst werde ich nie gesund.«

*

Viktor Drakič ließ sich, nachdem der Sturm sich in den frühen Morgenstunden gelegt hatte, mit dem Hubschrauber nach Ljubljana bringen und von dort mit dem Wagen über den Loibl-Paß nach Klagenfurt zum Hauptsitz der Bank am Alpe-Adria-Platz, wo bereits ein Koffer mit der geforderten Summe bereitstand. Nur Drakič war in der Lage, ihn von dem zu unterscheiden, den er selbst mitgebracht hatte und in dem sich die gleiche Summe nochmals befand. Diesen ließ er in der Obhut seines Chauffeurs. Die Fünfhunderteuroscheine waren nur ein Bruchteil der aufgedruckten Summe wert und stammten aus einer Fälscherwerkstatt in der Türkei. Selbst der Bankdirektor hätte sie kaum von echten unterscheiden können. Wenn es Drakič gelang, seine Schwester mit dieser Summe freizukaufen, kam er günstig davon.

Er drückte dem Direktor lasch die Hand, bat ihn, verbindlichste Grüße an den obersten Chef des Geldinstituts auszurichten, und saß wenig später wieder im Fond der Limousine, die ihn über die österreichisch-italienische Grenze unbehelligt nach Triest bringen sollte. Seine Assistentin hatte ein Zimmer im sympathischen Hotel »Valeria« im Vorort Opicina für ihn gebucht, von dem es nur ein Katzensprung nach Slowenien war. Man wußte nie.

Viktor Drakič war gut ausgerüstet. Er hatte fünf verschiedene Telefonkarten aus fünf osteuropäischen Ländern zur Verfügung, die er wechseln konnte, wie er wollte und die es seinen Verfolgern schwer machten, ihn in der kurzen Zeit, die er in der Stadt sein wollte, aufzuspüren. Die fünf Apparate unterschied er über die Farben, die er der jeweiligen Nation zugeordnet hatte, die Ansammlung auf dem Tisch mutete an wie die Auslage eines Telefonladens.

Zwei Probleme aber bedrückten ihn. Milan hatte sich gestern abend nicht mehr gemeldet und blieb bis jetzt unauffindbar. Zvonko hatte nichts von ihm gehört, und es blieb nur zu hoffen, daß er den Koffer in Sicherheit gebracht hatte. Vielleicht versuchte er inzwischen, sich auf eigene Faust nach Porer durchzuschlagen. Auf den Kerl selbst kam es nicht an, solche fand man wie Sand am Meer. Und was war mit Tatjana? Nie im Leben wäre Viktor Drakič auf die Idee gekommen, daß seine Schwester gekidnappt werden könnte. Die Schwester eines Bosses, der sich in kürzester Zeit den Respekt seiner Kollegen erkämpft hatte. Man kannte sich, in Italien und Slowenien, in Kroatien, in Serbien, Albanien und Deutschland, der Türkei und in Österreich – und der Aktionsradius der einzelnen Gebietsherren war bisher zuverlässig abgesteckt. Nur so ließ sich eine effiziente grenzüberschreitende Zusammenarbeit gewährleisten, von der alle profitierten. Doch aus der Frauenstimme, die ihn nachdrücklich darauf hinwies, keine Dummheiten zu versuchen, hatte er eindeutig eine süditalienische

Klangfärbung herausgehört. Und der Mann, der den nächsten Anruf tätigte, in dem er Ort und Zeitpunkt der Übergabe nannte, sprach mit leichtem amerikanischem Akzent. Konnte es sein, daß die transatlantische Pizza-Connection etwas von seinem Geschäft mit dem Pentagon erfahren hatte und nun versuchte, ihn hinauszudrängen?

Viktor Drakič ging immer wieder alle Möglichkeiten durch und entschied schließlich, seine Privatarmee einzusetzen. Sechs Leute genügten, um seinen Kontrahenten einen Strich durch die Rechnung zu machen. Zur Mittagszeit sollte er noch einmal einen Anruf erhalten sowie letzte Instruktionen. Gleich danach würde er seine Männer treffen und sie auf den Showdown einstimmen.

*

Als Inspektorin Pina Cardareto am späten Abend endlich nach Hause kam, das Fahrrad trotz der rotweißen Plastikbänder an den üblichen Platz im Treppenhaus lehnte und endlich die beiden Pizzakartons in der Küche abstellte, fand sie die Konsulin mit durchnäßter Wäsche vor.

»Entschuldige«, sagte die Polizistin und nahm Tatjana Drakič die Fußfesseln ab, damit sie aufstehen konnte. »Ich habe keine Erfahrung damit, auf was man beim Kidnapping alles achten muß.«

Die Frau war verstört, zitterte und brummte Unverständliches, aber sicher wenig Freundliches durch das Klebeband, mit dem ihr Mund verschlossen war.

»Ich nehme es dir ab, wenn du leise bleibst«, sagte Pina, und nachdem ihr Opfer nickte, riß sie mit einem herzhaften Ruck das Band ab.

Tatjana entfuhr ein kleiner Schrei, und Tränen traten ihr in die Augen. Sie zerrte an den Handfesseln. »Mach mich los, das Blut hat sich aufgestaut.«

Pina schüttelte den Kopf. »Und dann?«

Tatjana schaute sie wortlos an.

»Komm mit«, sagte Pina und führte Tatjana ins Bad, »du stinkst nach Pisse.« Sie stieß die Frau in die Badewanne, löste die Fessel, die ihr linkes Handgelenk blockierte, und fixierte sie schneller, als die andere es begriff, am Wasserhahn. »Tut mir leid, aber es ist besser, du hast nur die Linke frei. Zieh dich aus und wasch dich. Danach bekommst du etwas zu essen. Ich hole dir frische Wäsche. Und mach keinen Lärm, verstanden?«

Pina ging hinaus, schnitt die Pizze in Stücke und schob sie in den Ofen. Dann ging sie in ihr Schlafzimmer und zog ein Handtuch und einen ihrer Slips aus dem Kleiderschrank. Zwei kleine weiße Stoffdreiecke mit großen roten Punkten.

»Ich hab nur diese Größe«, sagte sie wie zur Entschuldigung, als sie ins Badezimmer trat. »Dir spannt er vermutlich ein bißchen ums Hinterteil.« Weiter kam sie nicht. Der Strahl der Handbrause traf sie mitten ins Gesicht, das Wasser war siedend heiß. Pina taumelte zurück, stieß gegen das Waschbecken hinter ihr und rutschte auf dem nassen Boden aus. Sie krachte mit der Stirn gegen die Badewanne und spürte einen Schlag in ihrem Nacken und eine Hand, die in ihrer Hosentasche nach dem Schlüssel der Handfessel suchte. Instinktiv rollte sie weg und setzte zwei gezielte Schläge mit ihren Beinen in die Richtung der Angreiferin. Sie zog sich an der Kloschüssel hoch. Wieder der Strahl heißen Wassers. Sie griff nach der Badematte, um sich zu schützen, sprang auf und setzte mit drei geschulten Kicks nach. Einer traf das Kinn der Konsulin und schickte sie zu Boden. Ihre nackte Haut glitt mit einem Quietschen über die Wannenbeschichtung. Pina drehte das heiße Wasser ab und öffnete das Ventil des Kaltwasserhahns. Tatjana Drakič kam sehr rasch zu sich. Ihr verängstigter Blick gestand ihre Niederlage ein.

»Steh auf«, herrschte Pina sie an. »Trockne dich ab und

zieh dich an.« Blut rann über ihre Stirn und eine dicke Beule zeichnete sich ab. Ihr Gesicht brannte höllisch, sie warf einen Blick in den Spiegel, doch das Glas war beschlagen. »Und jetzt die Hände auf den Rücken.«

Bis in den Flur hingen die Rauchschwaden, die aus dem Backofen drangen.

»Scheiße.« Pina versetzte ihrer Geisel einen harten Stoß, der sie in die Küche stolpern ließ. »Mit deiner idiotischen Attacke hast du unser Abendessen versaut.« Sie riß das Fenster auf und die Tür des Backofens. Hustend wedelte sie mit der Hand vor ihrem Gesicht, während sie versuchte, die verkohlten Stücke herauszuziehen.

Nach den stundenlangen Verhören hing Pina der Magen bis zu den Knien. Zuletzt hatte Milan vor ihr gesessen, doch der Hüne hatte sich keinen Deut um ihre Fragen und Drohungen geschert. Er hüllte sich in Schweigen und gähnte gelangweilt, obgleich Pina ihm das Inferno auf Erden ausmalte, wenn er nicht redete. Der Mann war offensichtlich ein Profi und geübt darin, auch härtere Verhöre, die das Gesetz nicht zuließ, zu überstehen. Sie würde ihn tagelang ausquetschen müssen. Außerdem hatte der Kerl im Gegensatz zu ihr wenigstens zu essen bekommen, auch wenn der Gefängnisfraß nicht aus einer Drei-Sterne-Küche stammte.

Die Pizza glich einem Stück glimmender Holzkohle, und weit nach Mitternacht war in der Stadt kaum mehr etwas Eßbares aufzutreiben. Pina nahm zwei Flaschen Bier aus dem Kühlschrank, brachte eine der Konsulin, die stumm, mit der rechten Hand ans Tischbein gekettet, dasaß wie ein angeschossener Puma und mit den Augen jedem ihrer Handgriffe argwöhnisch folgte. Pina durchwühlte die Küchenschränke, zog schließlich eine halbe Packung Spaghetti hervor, die sie längst vergessen hatte, getrocknete Peperoncini und aus dem Kühlschrank einige uralte Knoblauchzehen.

»Anderes kann ich dir nicht anbieten, und eigentlich ist das schon zuviel.« Pina schenkte der Konsulin keinen Blick und gab die Spaghetti ins heiße Wasser. Sie zerhackte Knoblauch und Pfefferschoten, goß Olivenöl in die Pfanne und dünstete die Zutaten unter stetem Rühren auf kleiner Flamme. »Du wirst es auch ohne Petersilie essen, sei froh, daß du überhaupt etwas bekommst. Zum Wohl.« Pina nahm einen kräftigen Schluck aus der Bierflasche.

Der Einbrecher hatte in der vergangenen Nacht das Geschirr komplett zertrümmert. Pina nahm zwei kleine Töpfe als Ersatz für Teller und füllte sie. »Guten Appetit«, sagte sie und machte sich wie ein halbverhungertes Raubtier über die Spaghetti her.

»Viktor knallt dich ab«, sagte Tatjana Drakič unvermittelt, während sie lustlos in ihrer Pasta herumstocherte.

Pina lächelte. »Schön, wenn man einen großen Bruder hat, der auf einen aufpaßt. Ich habe nur einen kleinen.«

Die Konsulin lachte bitter auf. »Eine echte Zwergenfamilie also. Ich hätte es mir denken können.«

Pina Cardaretos scharfe Handbewegung und ihr Blick, der sich erschrocken zum Flur wandte, brachte sie sogleich zum Schweigen.

Jetzt hörte auch Tatjana Drakič, daß sich jemand an der Wohnungstür zu schaffen machte. »Das ist Viktor!« zischte sie mit flackerndem Blick.

Pina riß ein Stück Klebeband von der Rolle und verschloß der nervös zur Tür blickenden Konsulin blitzschnell den Mund. Dann huschte sie, so leise sie konnte, in ihr Wohnzimmer, schnappte die Beretta und entsicherte sie. Mit drei Sprüngen war sie an der Tür und riß sie auf, bereit, ihrem Gegenüber das komplette Magazin in den Kopf zu jagen.

Der Mann machte einen mächtigen Sprung zurück, als er in den Lauf der Pistole starrte. Ein dicker Schlüsselbund fiel klirrend zu Boden.

»Sie?« fragte Pina erstaunt und senkte die Waffe ein Stück.

»Ich wollte doch nur nach dem Rechten sehen. Der Rauch«, stammelte er, »es riecht verbrannt.«

Pina schnappte sich den Schlüsselbund. »Sie sind ein widerlicher Schnüffler, und ich werde dafür sorgen, daß Ihnen das Handwerk gelegt wird.«

»Hüte deine Zunge, Zwergin«, zischte der Mann und machte einen Schritt nach vorn. »Und steck diese Waffe weg, sonst dreh ich dir den Hals um.«

Der Lauf der Beretta traf ihn an der Schläfe. Er stolperte über das ausgestreckte Bein der Polizistin und landete mit einem Aufschrei auf den Knien. Pina stand hinter ihm und riß ihn an den Haaren hoch. Aus der Tasche seines Jacketts ragte ein penibel zusammengefaltetes Stück Papier, das sie herauszog und auffaltete. Sie traute ihren Augen nicht.

»Scherben bringen Glück, mein Schatz. Diese Nacht bekommst du mich.« Es war eine Fotografie ihrer Küche, wie sie sie nach dem Einbruch vorgefunden hatte.

»Du bist also das Schwein«, sagte Pina knapp. »Das wird ein Fest. Zieh deine Hosen aus, Wichser. Los.«

Erst als er den kalten Lauf der Pistole im Nacken spürte, kam der Hausmeister ihrem Befehl im Zeitlupentempo nach.

»Und jetzt die anderen Klamotten«, herrschte ihn Pina an.

Nach und nach entledigte er sich seiner Kleidungsstücke und ließ sie zu Boden fallen. Schamhaft versuchte er sich mit den Händen zu bedecken.

»Und jetzt hau ab«, brüllte Pina und versetzte ihm einen Tritt. Sie ging zum Treppenhausfenster und warf zuerst den Schlüsselbund hinaus, dann seine Klamotten. »Los, such. In fünf Minuten ist die Polizei hier. Vielleicht schaffst du es vorher – sonst mußt du nackt in die Zelle.«

Sie hörte, wie sich das Klatschen der nackten Füße auf der steinernen Treppe in den unteren Stockwerken verlor, und ging in die Küche zurück. Die Konsulin hatte beide Portionen Spaghetti verdrückt und auch Pinas Bier ausgetrunken. Sie schaute die Kleine hämisch an. »Wenn du mir das nächste Mal den Mund verklebst, solltest du auch beide Hände fesseln, du Idiotin.«

Pina riß ihr die Hände auf den Rücken und fesselte sie. Wortlos führte sie Tatjana Drakič ins Schlafzimmer hinüber, stieß sie auf die Matratze und fesselte ihr auch die Beine. »Schlaf gut, Süße«, rief sie ihr zu und knipste das Licht aus.

Sie selbst rollte sich auf dem Sessel im Wohnzimmer zusammen und fiel bald in einen tiefen Schlaf.

*

Marco legte seinem Vater eine feine Stoffserviette auf die Brust und befestigte sie mit einer Wäscheklammer, auf der ein hölzerner Marienkäfer saß, am Revers seines Nachthemds. Dann stellte er einen Porzellanteller auf ein Tablett, legte feines Besteck daneben, nahm die Speisebehälter aus dem Korb und servierte, was er aus dem Restaurant mitgebracht hatte. »Eine Trilogie vom Stockfisch: angerührt nach Triestiner Art, dann mariniert mit Honig vom Karst und gerösteten Mandeln, und dieser hier ist pikant, mit einer Soße vom Meerrettich, Wasabi und frischem Ingwer. Das stellt dich schneller auf die Füße, als du glaubst.«

Laurenti lächelte. Aufmerksamkeit und Sorge waren für ihn bisher unentdeckte Züge im Charakter seines Sohnes. Doch ausgerechnet Baccalà? Ein paar Etagen tiefer nur lag immer noch die unbekannte Frau im Koma, die mit einem getrockneten Stockfisch erschlagen worden war. Galvanos Verdacht hatte sich inzwischen bestätigt. Unter anfänglichem Protest war sein Nachfolger in der Gerichtsmedizin endlich seinem Hinweis nachgegangen. Als das Ergebnis vorlag, rechtfertigte er sich vergebens, daß es so etwas in der Kriminalgeschichte der Welt bisher nicht gegeben habe. Galvano hatte es Laurenti soeben mit stolzgeschwellter Brust erzählt.

»Danke, Marco«, ächzte Laurenti, als er sich mit Hilfe des dreieckigen Griffs, der am Galgen über seinem Krankenbett baumelte, aufrichtete. »Stockfisch läßt sich wirklich sehr vielfältig verwenden. Aber bist du der Meinung, daß man Wasser dazu trinken muß?«

»Wasser oder Tee, Laurenti«, sagte Laura. »Du bist erst seit vier Stunden wieder bei dir. Marco ist wie du. Er wollte wirklich Wein mitbringen.«

»Und?«

Marco wühlte in dem Korb auf dem Boden und zog einen Korkenzieher heraus. Er zeigte ihn mit einem Augenzwinkern hinter dem Rücken seiner Mutter.

»Der Tee ist kalt, Laura«, sagte Laurenti. »Kannst du bitte etwas heißes Wasser besorgen?«

Kaum schloß Laura die Tür hinter sich, zog Marco schon eine Flasche Ribolla Gialla von Radikon, die er im Restaurant abgestaubt hatte, hervor und entkorkte sie eilig. Den Rest aus der Teekanne schüttete er ins Waschbecken und spülte sie flüchtig aus. Dann goß er den Wein hinein und stellte ihn vor Laurenti aufs Tablett. »Er ist inzwischen ein bißchen warm.«

Laurenti nahm zwei wundervolle Schlucke und stellte die Tasse rasch zurück, als Laura mit einer dampfenden Kanne zurückkam. Sie tauschte sie gegen die andere aus.

»Hat dir heute schon jemand die Zeitungen gebracht?« fragte Laura.

»Nein. Aber der Tee ist mir zu heiß. Ich will den anderen wieder.«

»Du belegst alle Titelseiten, Commissario.« Laura legte einen Stapel Papier auf die Bettdecke.

»Hier! ›Il Piccolo‹: ›Triest trauert um Proteo Laurenti.

Der hochverdiente Commissario wurde gestern morgen Opfer eines Attentats. Vor der Questura hängen die Flaggen auf halbmast.‹«

Laurenti verschluckte sich vor Lachen. »Das hätte ich mir auch nie träumen lassen, daß ich einmal meine eigenen Nachrufe lesen kann. Wer hat das eingefädelt?«

»Die Inspektorin, der Staatsanwalt und der Questore, soweit ich weiß. Pina ist übrigens auf dem Weg hierher. Sie hat das toll gemacht. Vielleicht kann es ja dabei bleiben. Du nimmst eine neue Identität an, und wir leben in Frieden weiter.«

»Ach, Laura«, sagte Laurenti nur und trank in einem Zug seine Tasse Tee.

*

Pina Cardareto hatte Tatjana Drakič am Morgen lediglich zur Toilette geführt und danach zurück ins Schlafzimmer gebracht. Mehr als zwei Gläser Wasser hatte sie ihrer Geisel nicht zu trinken gestattet, und zu essen sollte sie ebenfalls nichts mehr bekommen. Wenn Viktor Drakič am Abend seine Schwester auslösen wollte, dann war es besser, wenn diese geschwächt war und nicht in der Lage, das Katz-und-Maus-Spiel zu stören. Pina hatte keinen Zweifel daran, daß Drakič eine halbe Armee aufbieten würde. Ihr Plan war gefährlich, aber nicht unmöglich. Galvano würde ihn pünktlich zwölf Uhr mittags anrufen und ihm neue, präzise Anweisungen geben, auf die er sich vorbereiten konnte. Und Pina würde dann eine halbe Stunde vor der Übergabe alles revidieren und einen neuen Ort benennen. Damit müßte er zumindest zu irritieren sein.

Die Portiersloge war verschlossen und kein Laut aus ihr zu vernehmen, als die Inspektorin ihr Fahrrad, das unbehelligt an der Wand lehnte, auf die Straße hinausschob. Die Plastikbänder waren entfernt, und der Leuchter im

Flur mit neuen Glühlampen bestückt. Sein Licht drang bis in die Ecken des jüngst gereinigten Entrees. Und selbst der Stuck an Wänden und Decken war offensichtlich entstaubt worden, wenn auch nicht von Meisterhand. Pina nahm es belustigt zur Kenntnis. Sie hatte in der Nacht darauf verzichtet, die Kollegen zu rufen, um den Hausmeister vernehmen zu lassen. Mit Tatjana Drakič in der Wohnung konnte sie es nicht riskieren, und wenn alles ausgestanden war, könnte sie sich den Mann immer noch vorknöpfen.

Noch auf dem Weg ins Büro klingelte ihr Mobiltelefon, und Pina fuhr an den Straßenrand, um das Gespräch anzunehmen. Es war Galvano, der ihr in knappen Worten sagte, daß Laurenti zu sich gekommen war und sich in viel besserem Zustand befand, als man erwarten durfte. Pina bat auszurichten, daß sie ihn am frühen Nachmittag besuchen käme, sobald sie mit den Berichten durch wäre und in Gegenwart des Staatsanwalts Milan ein weiteres Mal vernommen hätte, auch wenn sie nicht damit rechnete, daß er auspackte. Sie kannte solche Typen. Schweigen war Gold, Reden brachte den Tod.

Sie betrat das Krankenzimmer, als sich Laurentis Frau und sein Sohn von ihm verabschiedeten. Laura fragte, wie lange diese Show noch dauern sollte, denn bereits heute quoll der Briefkasten vor Kondolenzpost über und das Schweigen, um das man sie gebeten hatte, fiel ihr zunehmend schwer. Nicht mehr lange, sagte Pina, was immer das bedeuten sollte.

»Woher stammt dieses Gewehr?« fragte Laurenti, als sie mit ihrem Bericht über die Fahndung fertig war und von dem Gutachten erzählte, das die Schußwaffenexperten erstellt hatten. Diese Waffe war keinem der bisher weltweit bekannten Hersteller zuzuordnen, und niemand hatte jemals ein vergleichbares Gerät gesehen oder bedient. Es war damit zu rechnen, daß der Fund schnell die Runde machte und sich bald auch die Leute vom Geheimdienst meldeten.

»Immerhin habe ich die Ehre, als erster damit getroffen worden zu sein«, sagte Laurenti. »Auch so kann man in die Lehrbücher eingehen.«

»Wissen Sie denn inzwischen, ob Sie gefallen sind, bevor der Schuß fiel?«

Laurenti zuckte die Schultern und stöhnte ob seiner unbedachten Bewegung, als er sich aufzurichten versuchte. »Keine Ahnung.«

»Die Experten sind zumindest dieser Meinung. Sie sagen, daß Sie sonst nicht mehr am Leben wären.«

»Und sonst haben Sie mir nichts zu sagen, Pina?« Sein Blick gefiel ihr nicht.

»Alles geht seinen normalen Gang. Der Kerl, den Ihre Freunde in Santa Croce überwältigt haben, ist nicht zum Reden zu bringen. Geduld ist angesagt.«

»Und die Konsulin?«

»Wie meinen Sie?«

»Ist sie noch in der Stadt?«

»Das nehme ich an.«

Laurentis Mundwinkel zuckten. Er fixierte die Kleine, bis es ihr ungemütlich wurde.

»Es wird Zeit, daß ich ins Büro zurückkomme«, sagte sie nach einem hilflosen Blick auf die Armbanduhr und erhob sich. »Gute Besserung, Chef. Ich komme morgen wieder.«

»Sie lügen.« Laurentis Tonfall war scharf und erwischte sie, bevor sie die Tür öffnen konnte.

Pina fuhr herum. »Ich lüge nicht.«

»Und außerdem sind Sie wahnsinnig. Setzen Sie sich. Ich habe Ihnen einiges zu sagen. Wissen Sie eigentlich, was Ihnen blüht, wenn Ihr Plan scheitert?«

Pina hob die Augenbrauen.

»Wenn Sie Glück haben, dann kommen Sie mit dem Leben davon. Aber Sie werden aus dem Polizeidienst entfernt und müssen sich auf eine langjährige Haftstrafe gefaßt machen. Entführung ist kein Scherz. Acht Jahre sind ohne weiteres drin. Bullen kommen in der Regel schlechter weg als die anderen.«

Pina traute ihren Ohren nicht. Galvano war ihr also doch entgegen all seinen Beteuerungen in den Rücken gefallen.

»Ihre Karriere ist im Eimer. Selbst wenn Sie die Konsulin jetzt noch freilassen, müssen Sie damit rechnen, daß Drakič einen seiner Männer auf Sie ansetzt. Und Sie haben die Aufklärung einer großen Sache verhindert. Das wiegt fast noch schwerer. Die Drakičs bekommen wir nie mehr. Ich bin zutiefst von Ihnen enttäuscht.«

»Hat Galvano mich verraten?« platzte es aus der Kleinen heraus, die sich falsch verstanden fühlte. Sie hatte mit Laurentis Anerkennung gerechnet und nicht erwartet, für ihre Kühnheit heruntergeputzt zu werden. Nach ihrem Geschmack fehlte es den Kollegen in Triest an Entschiedenheit und Mut.

»Wieso? Weiß außer ihm etwa noch jemand Bescheid?« fauchte Laurenti. Mit einem Stöhnen wälzte er sich aus dem Bett und tapste zum Fenster, das seit Monaten nicht gereinigt worden war. Störte es denn niemanden, daß der prächtige Ausblick auf die Stadt von dicken Staubschlieren verschleiert war, oder gab es nach all den Streichungen im Gesundheitswesen nicht einmal mehr ein Budget für Fensterputzer? Wie sollte man da gesund werden?

»Sonst niemand«, sagte Pina. Sie bebte vor Wut. »Der Alte weiß doch ganz genau, daß mein Plan nur dann funktioniert, wenn er geheim bleibt.«

»Und jetzt erzählen Sie mir alles bis ins letzte Detail. Ich will auch den kleinsten Ihrer wahnsinnigen Gedanken hören. Verstanden? Wenn Sie etwas auslassen, dann machen Sie sich auf das Schlimmste gefaßt.«

»Ich habe die Akten studiert und kenne jedes Detail. Ich weiß, wie diese Leute ticken. Und Sie waren lange genug erfolglos hinter den Drakičs her. Entweder wir erwischen sie jetzt – oder nie.«

»Sie wissen ja nicht einmal, ob Viktor Drakič selbst kommt. Lösegeld kann man auch von jemand anderem übergeben lassen.«

»Ich weiß, daß er kommt.«

»Aber nicht, wie er aussieht.«

Pina stutzte. Laurenti hatte recht. Das Foto mit dem Verkehrsminister gab nicht viel her, und die Bilder in seiner Akte waren alle mindestens sieben Jahre alt, und einer der letzten Einträge vermerkte, daß er ein neues Gesicht hatte. Wie seine Schwester, doch aus völlig anderen Gründen. »Wann hat er sich operieren lassen?«

»Das weiß doch ich nicht«, sagte Laurenti und setzte sich vorsichtig auf den Bettrand. »Ich habe ihn zum letztenmal im Frühjahr 2003 gesehen. Da war er schon operiert. In der Klinik auf dem Karst sollte er noch eine neue Niere bekommen, doch wir sind ihm zuvorgekommen. Ich bin der einzige hier, der weiß, wie er heute aussieht.« Laurentis Ärger drückte sich in einer harschen Armbewegung aus, die ihn ächzend in sich zusammensinken ließ. Der Schmerz in seiner Brust trieb ihm Tränen in die Augen. »Gib mir ein Taschentuch«, sagte er zu der Inspektorin. »Und hilf mir beim Aufstehen.«

Er war noch keine zwölf Stunden aus dem Tiefschlaf erwacht, und schon wieder gab es Ärger. Hätte Galvano doch die Klappe gehalten und die Kleine machen lassen, was sie wollte, ohne es ihm zu verraten. Doch entweder hatte der alte Zyniker plötzlich Schiß vor der eigenen Courage, oder es war ihm erst nachträglich bewußt geworden, wie gefährlich die Sache war, auf die er sich eingelassen hatte. Voller Überheblichkeit und sich restlos überschätzend hatte sich die Inspektorin in eine Situation gebracht, aus der es kein Zurück mehr gab. Und er, Proteo Laurenti, konnte ihr beim besten Willen nicht helfen.

»Also, raus mit der Sprache«, sagte er endlich und wagte ein paar vorsichtige Schritte an der Wand entlang. »Wie wollen Sie vorgehen?«

18. 9. 18'09

Pünktlich und mit einem leichten Ruck setzten sich die Waggons in Bewegung. Um diese Uhrzeit war die talfahrende Linie schwach besetzt, während sich die Pendler im Gegenzug drängten, der gemächlich den Anstieg auf den Karst bezwang.

Viktor Drakič schäumte vor Wut. Gerade erst hatte er verärgert die neuen Anweisungen zur Kenntnis genommen und seine Leute davon unterrichtet. Zur Mittagszeit noch hatte die Männerstimme mit dem leichten amerikanischen Akzent ihm befohlen, um 18 Uhr 35 in Villa Opicina, der vernachlässigten Haltestelle des Triestiner Nordbahnhofs, in den aus Ljubljana kommenden Zug nach Venedig einzusteigen. Auf der Fahrt nach Monfalcone, der nächsten Station, sollte die Übergabe stattfinden. Diese Anweisung hatte Drakič mit einem süffisanten Lächeln zur Kenntnis genommen, denn auf dem Karst kannte er sich aus. Er war davon ausgegangen, daß seine Kontrahenten nach der Übergabe versuchen würden, während der langsamen Fahrt auf den alten Gleisen vom Zug abzuspringen oder zumindest den Geldkoffer hinauszubefördern. Hier hätten seine Männer keine Mühe gehabt zuzuschlagen. Doch dann kam vor ein paar Minuten die Programmänderung. Diesmal war es wieder die Frauenstimme mit der süditalienischen Sprachfärbung, die ihm befahl, die Trambahn statt des Zugs zu besteigen. Und nun fehlte die Zeit, seine Privatarmee an den Haltestellen entlang der Trasse in die Stadt aufzustellen. Die Frau hatte ihn reingelegt, Drakič mußte improvisieren. Zum erstenmal seit langem spürte er Verunsicherung. Ein strategischer Vorteil seiner Feinde, die er offensichtlich unterschätzt hatte.

Zwei Muskelmänner waren bei ihm, einer lehnte, einen Aktenkoffer in der Hand, am Heckfenster des ersten Waggons, der andere in dem dahinter. Zwei weitere versuchten, in der Gegenrichtung der bergfahrenden Standseilbahn mit dem Auto zu folgen, so gut sie konnten. Mehrfach kreuzten die Gleise die Via Commerciale, doch oft führte die Trasse abgelegen durch dichten Baumbestand und undurchdringliches Unterholz den Steilhang hinauf. Zwei weitere Männer folgten Drakič von Opicina aus mit dem Auto. Bessere Maßnahmen ließen sich angesichts solch knappen Spielraums nicht treffen. Seine Kontrahentin hatte ihm einen dicken Strich durch die Rechnung gemacht und außerdem barsch davor gewarnt, in Begleitung zu erscheinen. Erst während der Fahrt sollte er erfahren, an welcher Haltestelle er aussteigen müßte. Doch so einfach, wie sie hoffte, würde er es ihr auf gar keinen Fall machen.

Viktor Drakič trug in der rechten Hand ebenfalls einen Koffer, der dem seines Gorillas zum Verwechseln ähnlich sah und das Falschgeld enthielt. Trotz der freien Sitzplätze stand er mitten im Flur und hielt sich mit der Linken an einer Sitzlehne fest, wenn der Waggon ruckelnd über Weichen fuhr. Neben ihm saß, in sich zusammengesunken, eine einfach gekleidete ältere Frau mit dickem und ungepflegtem grauem Haar, das ihr tief ins Gesicht und über die riesige dunkle Brille hing, die sie auch nicht schöner machte. Trotz der Sonne, die den Innenraum aufheizte, trug sie einen viel zu langen, abgetragenen Trenchcoat mit hochgekrempelten Ärmeln. Der Spazierstock paßte so wenig zu ihr wie die Sportschuhe, die ihr zu groß sein mußten. Schon an der Endhaltestelle war sie Drakič aufgefallen, weil der alte schwarze Köter, der ihr die Hand leckte, ihn ständig anstarrte. Er hinkte fast so stark wie sein Frauchen. Jedesmal wenn der Waggon zu heftig ruckelte, entfuhr ihr ein leises Seufzen. Warum nur hatte sie keinen der anderen freien Plätze gewählt? Drakič ärgerte sich über diese Zudringlichkeit. Natürlich hatte die europäische Wirtschaftskrise immer mehr verarmte Menschen auf die Straße geschickt, aber daß diese respektlose Pennerin auch noch mit seiner Straßenbahn fahren mußte, verstärkte seine aufgestaute Wut. Nach fünf Minuten wechselte Viktor Drakič seinen Platz und ging ein paar Meter nach vorne. Angespannt starrte er durch die Fenster auf die Haltestelle beim Obelisk, der sich das rumpelnde Gefährt gemächlich näherte. Ein älteres Paar wartete dort händchenhaltend. Der Kleidung nach zu schließen, waren sie Touristen.

*

Schließlich hatte sie eingesehen, daß es keine andere Möglichkeit gab. Proteo Laurenti krümmte sich zwar mit jeder unachtsamen Bewegung unter den stechenden Schmerzen im Thorax, aber zumindest war der Kopf wieder klar. Die Narkosemittel wirken inzwischen so gezielt, daß das Denkvermögen sturköpfiger Patienten rascher zurückkommt, als es dem Körper recht sein kann. Gereiztheit und Eigensinn vermögen sie noch immer nicht zurechtzurücken, aber in dieser sich unaufhaltsam hysterisierenden Welt betraf dies auch fast alle anderen um Laurenti herum. Pina hatte zumindest so viel Einsicht aufgebracht, daß er inzwischen über alle Details unterrichtet war. Doch erst als Laurenti ihr mit wenigen Worten klargemacht hatte, daß ihr nichts anderes übrigblieb, als seine Anweisungen zu befolgen, lenkte sie widerstrebend ein. Sie saß in der Patsche, in dieser Phase konnte sie sich keinen Rückzieher mehr erlauben. Sie konnte sich weder an Kollegen noch an den Staatsanwalt wenden, ohne umgehend in eine Zelle des Untersuchungsgefängnisses gesperrt zu werden. Ein Skandal, der sich gewaschen hätte! Niedergeschlagen und mürrisch kam sie also Laurentis Befehlen nach. Die Zeit drängte, und nur drei andere Personen durfte sie hinzuziehen: Antonio Sgubin, ihren Vorgänger, der zwar ein netter Kerl war, doch in dessen Temperament sie kein Vertrauen hatte. Bei Galvano würde sie sich widerwillig für ihre Verdächtigungen entschuldigen müssen, obgleich er sich viel ungerechter verhielt. Aber konnte sie sich bei seiner Schwatzsucht auf ihn verlassen? Schließlich Marietta. Der Inspektorin blieb nichts anderes übrig, als Laurenti zu gehorchen. Noch auf der Fahrt ins Büro bestellte sie alle drei zu einer eiligen und streng geheimen Besprechung ein. Sgubin beendete seinen Schichtdienst in Gorizia früher und traf mit seinem Motorrad wenig später im Triestiner Polizeipräsidium ein. Seine ehemaligen Kollegen in den Fluren begrüßten ihn mit freudigem Schulterklopfen und überhäuften ihn mit Fragen. Immer wieder mußte er beteuern, daß er nur zu Besuch kam und um sich nach dem Stand der Ermittlungen im Mordfall Laurenti zu erkundigen.

»Gut, daß du da bist.« Marietta schlang ihre Arme um seinen Hals und küßte ihn zur Begrüßung auf den Mund.

»Weshalb bist du so fröhlich?« fragte Sgubin und wischte sich mit dem Ärmel ab. »Nach allem, was passiert ist.« Sie führte ihn in Laurentis Büro, in dem Pina schon auf Galvano einredete.

*

Ruckelnd nahm die Tram von Opicina die Fahrt wieder auf, nachdem am Obelisk die beiden Touristen mit ihren rotweiß karierten Hemden und den Cordhosen eingestiegen waren und sich direkt auf die Bank hinter dem Fahrer gesetzt hatten. Die Alte mit dem Hund erhob sich und ging ebenfalls nach vorne. Immer wieder seufzte sie auf, wenn sie sich von Banklehne zu Banklehne abstützte. Sie setzte sich zwei Reihen hinter Drakič. Die Sonne stand bereits tief im Westen, ihr grellgelber Schein versprach schlechtes Wetter für den nächsten Tag.

Die Trasse verlief jetzt mehrere Kilometer neben der Straße. Ein Mobiltelefon schmetterte die Töne von Wagners ›Walkürenritt‹ in den Raum, als wäre das ganze eine Szene aus ›Apocalypse Now‹. Die beiden Touristen drehten sich entnervt um, doch der braungebrannte Mann schenkte ihnen keinen Blick, klemmte schließlich den Koffer zwischen die Knie und antwortete einsilbig.

»Schauen Sie nach links«, sagte ihm die Frauenstimme mit dem südlichen Tonfall. »Der weiße Volvo. Hinten sitzt Ihre Schwester. Haben Sie das Geld?«

Viktor Drakič sah sie sofort. Er hob den Koffer in Fensterhöhe. »Ja.«

Die Frau mit dem Mobiltelefon, die auf dem Beifahrersitz saß, war klein, trug eine Sonnenbrille und hatte lange strohblonde Haare. Den Fahrer konnte er nicht erkennen und auch nicht die Frau, die auf der anderen Seite im Fond saß und ebenfalls eine Waffe in der Hand hielt.

»Weitere Anweisungen folgen in Kürze. Führen Sie keine Telefonate. Wir sehen Sie. Machen Sie keine Dummheiten, wenn Sie Tatjana lebend wiedersehen wollen.«

Drakič hörte nur noch das Tuten, das Gespräch war beendet. Er sah seine Schwester zu ihm herüberstarren, grau im Gesicht und mit zerzausten Haaren unter einem altmodischen Männerhut. Sie hob die Hände. Sie waren gefesselt, und über ihrem Mund spannte ein Klebeband. Sein Puls raste vor Wut, er hatte größte Lust, das komplette Magazin seiner Waffe auf die beiden Personen auf den vorderen Sitzen zu jagen – und zwang sich zur Ruhe. Er wußte, daß seine Nervosität ein Vorteil für die anderen war. Dann sah er hinter dem klapprigen Volvo, der über zwanzig Jahre auf dem Buckel haben mußte, den metallicblauen Subaru mit Heckspoiler und extrabreiten Reifen. Auch seine beiden Männer schauten zu ihm hinüber, doch konnte er ihnen kein Zeichen geben, ohne seine Schwester zu gefährden. Er drehte sich zu seinem Gorilla um, der im Fond des Waggons am Fenster lehnte. Eine knappe Kopfbewegung ließ ihn sofort zu seinem Herrn kommen. Mit starrer Miene murmelte Drakič ihm etwas zu, worauf der Mann sich auf die Sitzbank gegenüber der grauhaarigen Pennerin mit dem schwarzen Hund fallen ließ und schließlich zuerst verstohlen zu dem weißen Volvo hinüberschaute und dann zu seinen Waffenbrüdern. Dem Motorradfahrer auf der Cross-Maschine weiter hinten schenkte er keine Beachtung.

*

Pinas Schritte hallten durch den langen Flur im fünfzehnten Stock des Krankenhauses von Cattinara. Galvano mit seinem Hund, Marietta und Sgubin folgten ihr auf den Fersen. Wie eine Corona Chefärzte auf dem Weg zum Transplantationssaal eilten sie zum Zimmer Laurentis, wiesen sich vor den wachhabenden Beamten pflichtgemäß aus, obwohl sie sich persönlich kannten, und gingen in das Krankenzimmer hinein. Marietta und Sgubin stürmten auf den Chef zu und wollten ihn umarmen, doch Laurenti hob warnend die Hand.

»Wir haben keine Zeit für Sentimentalitäten«, sagte er. »Die Zeit läuft. Sgubin, zieh die Uniform aus und die Zivilklamotten an.« Dann wandte er sich an Galvano. »Hast du die Unterwäsche für mich dabei?« Laurenti erhob sich ächzend.

»Und Schmerztabletten und ein Stützkorsett«, sagte der alte Gerichtsmediziner kopfschüttelnd. »Und ein paar Gramm Kokain aus der Hausapotheke, wenn du willst. Wenn du die Zähne zusammenbeißt, dann schaffst du es vielleicht.«

Laurenti nahm kommentarlos die Wäsche, die Galvano aus der Tasche seines Trenchcoats gezogen hatte, und schaute sich verlegen um. Kein Paravent stand im Zimmer, hinter dem er seine Patientenschürze gegen die Altmännerunterhose mit dem ausgeleierten Gummizug hätte tauschen können. »Was soll's«, sagte er schließlich. »Pina kann's in einem ihrer Comics verwenden, und Marietta hat schon kürzere gesehen.«

Mühsam schlüpfte Laurenti in Sgubins Uniform, der längst in Jeans und Hemd neben den anderen stand und skeptisch die langsamen Bewegungen Laurentis beobachtete. Ihre Blicke sprachen für sich. Keiner war recht davon überzeugt, daß Laurenti durchhalten würde. Marietta knöpfte schließlich seine Dienstjacke zu und legte ihm den Gürtel mit der Waffe um.

»Trägst du die jeden Tag?« Er konnte sich nicht mehr daran erinnern, wie viele Jahre vergangen waren, seit er sich zum letztenmal in den blauen dicken Stoff einer Uniform gezwängt hatte, noch dazu mit den Rangabzeichen einer nur mittleren Position. Seine hing, sorgsam in einem mottensicheren Plastiksack verstaut, zu Hause in einem Schrank, wo auch Laura ihre alten Kleider aufbewahrte, die sie nicht mehr trug und dennoch nicht weggeben wollte.

Sgubin nickte.

»Und benutzt du in der Kantine gelegentlich auch eine Serviette?« Laurenti kratzte an einem Fleck, der vermutlich Tomatensoße war.

»Wenn er schon wieder zu Gemeinheiten in der Lage ist«, raunzte Galvano und gab Sgubin einen Klaps auf die Schulter, »dann hält er durch. Auf was warten wir?«

»Also los«, sagte Laurenti und machte zur Probe und so aufrecht er konnte ein paar Schritte durchs Zimmer. »Es geht doch. Lenken Sie die Wachen ab, Pina.«

Die kleine Inspektorin ging voraus und rief die beiden Beamten im Flur zu sich. Sie ermahnte sie eindringlich, niemanden ins Zimmer zu lassen. »Er schläft endlich«, sagte sie, »und darf auf keinen Fall gestört werden.«

Galvano und Sgubin nahmen Laurenti in die Mitte und gingen unbemerkt an den Wachen vorbei, denen nicht auffiel, daß eine Person mehr das Zimmer verließ, als vorher eingetreten waren.

»Und was machen wir, wenn deine Frau dich besuchen kommt?« fragte Galvano, als sie endlich im Aufzug standen, der auf der Fahrt nach unten in allen vierzehn Stockwerken hielt.

»Ruf sie an und sag, daß ich ein Schlafmittel bekommen habe. Sie soll sich ausruhen.« Wenn alles vorbei und überstanden wäre, würde er sich nach Hause fahren lassen und Laura mit einem Blumenstrauß in der Hand überraschen. Ins Krankenhaus würde er gewiß nicht zurückgehen.

*

Tatjana Drakič wußte nicht, wie viele Stunden sie bewegungslos im Halbdunkel gelegen hatte. Nur Möwengeschrei hatte die Nacht durchdrungen und dreimal die Sirene eines Streifenwagens. Irgendwann in den frühen Morgenstunden war sie gegen ihren Willen eingeschlafen, als sie die gleichmäßigen Atemzüge von Pina Cardareto vernahm. Die Kleine hatte sich wie eine Katze auf dem Sessel zusammengerollt und war bald in tiefen Schlaf versunken, als wäre nichts passiert. Wer zum Teufel war diese Frau wirklich, die ihr anfangs so sympathisch gewesen war, daß sie sich unter anderen Umständen sogar mit ihr angefreundet hätte? Sie war zielstrebig, von ungebrochenem Selbstbewußtsein, verfügte sogar über einen eigenwilligen Witz, schien von unbestechlichem Willen zur Unabhängigkeit geleitet und verbiß sich in ihre Arbeit – wie Tatjana selbst. Doch dann hatte sich herausgestellt, daß sie eine größenwahnsinnige, korrupte Polizistin war, die nur versuchte, aus einer zufälligen Begebenheit persönlichen Profit zu schlagen. Sie würde noch sehen, wie schnell sich das Blatt wendete, wenn Viktor die Sache in die Hand nahm. Gegen ihren Bruder hatte diese kleine Schlange keine Chance.

Sie hatte nicht gehört, daß Pina ins Bad gegangen war, anschließend in der Küche hantierte und dann über sie hinweggestiegen war, um frische Kleider aus dem Schrank zu holen. Sie erwachte von einem brennenden Schmerz und riß erschrocken die Augen auf. Das Gesicht der Inspektorin war ihrem ganz nah, fies lächelnd hielt sie das Klebeband in der Hand und stieß Tatjana grob auf die Matratze zurück, als sie sich aufzurichten versuchte. Durch die verschlossenen Fensterläden schob sich das erste Tageslicht.

»Halt's Maul«, knurrte Pina, »sonst bekommst du nicht einmal zu trinken.« Sie führte Tatjana ein Glas an die Lippen, das diese in großen Schlucken austrank. Etwas Wasser lief ihr aus dem Mundwinkel übers Kinn und den Hals entlang. Pina schenkte nach und sagte: »Das muß reichen. Trink schon.«

»Dreckstück«, keuchte Tatjana, als Pina das halbleere Glas von ihren Lippen nahm. »Alt wirst du nicht werden. Dafür werde ich sorgen, du . . .«

Mit grober Hand hatte Pina ihr wieder den Mund verklebt, bevor sie den Satz beenden konnte, löste ihr die Fußfesseln, riß sie auf die Beine und schob sie durch den Flur ins Bad. »Los, piß dich leer.« Sie riß ihr den Slip bis über die Knie und gab Tatjana einen Stoß, der sie auf die Klobrille fallen ließ. »Ich warte.«

Tatjana ließ sich Zeit. Erst als Pina damit drohte, sie ins Zimmer zurückzubringen, gab sie nach. Und wenig später lag sie wieder gefesselt auf der Matratze und hörte erneut den Schlüssel in der Tür. Zweimal wurde er im Schloß gedreht. Tatjana war wieder allein. Das Licht, das durch die Lamellen der Fensterläden fiel, gewann schnell an Kontrast auf Wand und Fußboden. Es mußte ein sonniger Tag sein. Nach langem, ungewissem Warten fiel Tatjana wieder in Halbschlaf. Das Gesicht Laurentis tauchte vor ihr auf, das von Viktor, sonnengebräunt und mit schneeweißen Zähnen, die Zelle im Frauengefängnis.

Tatjana Drakič fragte sich, wie spät es war, als sie wieder aus ihrem Dämmer gerissen wurde. Das Licht, das hereinfiel, war sanfter geworden, doch noch war es Tag. Viele Stunden mußten vergangen sein, denn sie hatte den Verkehrslärm anschwellen hören, danach wieder abklingen, und jetzt nahm er wieder stetig zu. Sie hatte Hunger, und ihr Mund war wie ausgetrocknet. Arme und Beine spürte sie kaum mehr.

Und wieder stand diese Inspektorin vor ihr, und wie am Morgen wiederholte sich der Vorgang. Der Schmerz, als sie das Klebeband von Tatjanas Mund riß, das Wasserglas, der Gang zur Toilette. Und dann der lächerliche Hut, den ihr die Kleine auf den Kopf drückte, die Sonnenbrille und der Schal, mit dem sie unkenntlich gemacht wurde, und der riesige Trench, den sie ihr über die Schultern stülpte und zuknöpfte, obgleich ihre Hände noch immer gefesselt waren. Pina schob sie zur Tür hinaus, die sie diesmal nicht mit dem Schlüssel versperrte, und anschließend in den Aufzug. Rasch führte sie Tatjana durchs Entree auf die Straße hinaus und drückte sie auf die Rückbank eines ehemals weißen, von Möwenkacke überzogenen Volvos, an dessen Steuer ein hochgewachsener alter Mann saß.

»Mein Mantel ist dir vermutlich etwas zu groß«, sagte er nur. »Aber du mußt ihn sowieso bald ablegen. Den braucht jemand anderes.« Er legte den Schalthebel ein und fuhr los, ohne auf den Verkehr zu achten. Und dann sah Tatjana, daß Pina sich auf dem Beifahrersitz eine blonde Langhaarperücke überstülpte und sie im Kosmetikspiegel richtete.

»Sexbombe«, raunzte der Alte am Steuer und verzog sein Gesicht zu einem breiten Grinsen.

Endlich entdeckte Tatjana die Uhr am Armaturenbrett. Der Nachmittag war fast vorbei. Über vierundzwanzig Stunden war sie bereits die Geisel der kleinen Inspektorin. Doch jetzt kam der Moment der Abrechnung.

*

An vier Haltestellen hielt die Tram von Opicina noch und kreuzte zweimal die Via Commerciale, bevor sich die Straße und die Schienentrasse trennten und beide schließlich steil zur Stadt abfielen. Bis dort fuhren die beiden Autos parallel und hielten sich penibel auf der Höhe der Trambahn. Allerdings mußten sie vorher von der Hauptstraße auf einen engen Fahrweg abbiegen, der sich neben den Gleisen den Berg entlangschlängelte. Hier herrschte kaum Verkehr, und Galvano sah im Rückspiegel des Volvo den Subaru mit Drakičs Männern folgen, und dahinter, mit größerem Abstand, Sgubin auf seiner Cross-Maschine, aus deren Auspuff bei jeder Beschleunigung eine blaugraue Abgasfahne stieß.

»Wir sind nicht allein«, sagte er.

»Damit war zu rechnen«, sagte Marietta, die neben der Drakič saß und sie nicht aus den Augen ließ.

Pina nahm es stumm zur Kenntnis. Als sie mit Laurenti die Details ihres Vorgehens besprochen hatte, waren sie davon ausgegangen, daß Viktor Drakič nichts unversucht lassen würde. Es war klar, daß sie es nicht mit Dilettanten zu tun hatten.

Bis sich Straße und Gleise trennten, hielten sich die Gegner eisern im Blick. Die Blonde auf dem Beifahrersitz spielte lässig mit einer schweren Pistole, die Viktor Drakič trotz der Entfernung als 9mm-Parabellum Beretta Steel-I identifizierte. Eine fünfzehnschüssige Profiwaffe, die auch für kleine Hände geeignet war. Er kannte das Beretta-Sortiment auswendig, schließlich hatte er erst vor ein paar Monaten ein Geschäft eingefädelt, mit dem Tausende fabrikneue Pistolen illegal in den Irak transportiert worden waren. Der Skandal um die renommierte Waffenschmiede versandete allerdings schneller, als er vermutet hatte.

Die Art, wie die Blonde mit der Waffe umging, zeigte einen Profi. Auch sein Gorilla, der hinter ihm saß, starrte die ganze Zeit hinüber. Einmal murmelte er seinem Chef etwas zu. Und wie es schien, war auch die grauhaarige Alte mit dem schwarzen Hund an dem Geschehen interessiert. Nur die beiden Touristen freuten sich über den apokalyptisch anmutenden, grellgelben Sonnenuntergang und den Ausblick über die Stadt. Bei Piščanci jedoch, dort, wo Laurentis Freund Silvano Ferluga den Wein der Stadt anbaute, erfüllte der Walkürenritt zum zweitenmal den Straßenbahnwaggon und erregte ihren Unwillen, bis der Mann, der so nahe bei ihnen stand, endlich den Anruf annahm.

»Sie sind nicht wie angewiesen allein gekommen«, sagte die Blonde, während seine Schwester auf der Rückbank zu ihm herüberschaute.

»Das konnten Sie nicht erwarten.« Drakič sprach leise und fixierte seine Gesprächspartnerin durch die Scheiben.

»Sie sind leichtsinnig. Sie haben zwei Aufpasser dabei. Geben Sie dem im hinteren Waggon ein Zeichen, daß er an der nächsten Haltestelle nach vorn kommt.«

Bevor er etwas entgegnen konnte, hatte die Blonde aufgelegt und winkte ihm auch noch eifrig zu, als wäre er ein guter Freund. Drakič gab seinem zweiten Mann ein Zeichen, worauf der sich zur Tür begab und tatsächlich an der nächsten Haltestelle den Waggon wechselte. Er schaute sich mehrmals um. Während das Tram ruckelnd anfuhr, erklang wieder der Walkürenritt. Die beiden Touristen unterhielten sich aufgebracht und warfen Drakič giftige Blicke zu.

»In Cologna, bei den Sportanlagen, das ist die nächste Haltestelle, steigen Sie aus. Allein.« Die Blonde hatte sich halb nach hinten gedreht und ihre Waffe auf Tatjanas Brust gerichtet, während sie mit ihm sprach.

Viktor Drakič nickte zögerlich.

»Sie bringen den Koffer mit, gehen hinter dem Volvo herum auf die andere Seite und steigen ein.«

Drakič schwieg.

»Haben Sie verstanden?«

Er nickte.

»Öffnen Sie Ihr Sakko, und schlagen Sie das Revers zurück.«

Der Volvo hielt sich exakt auf der Höhe der Straßenbahn. Widerwillig kam Drakič der Anweisung nach. Ein Schulterhalfter samt Pistole wurde sichtbar, als er das linke Revers zurückschlug und gleich wieder schloß.

»Geben Sie Ihre Waffe einem Ihrer Männer.«

Er zögerte.

»Jetzt sofort. Wir sind gleich da.«

»Und welche Garantien geben Sie mir?«

»Sie legen die Waffe ab und führen keine Telefonate. Ab jetzt nicht mehr. Auch keiner Ihrer Gorillas. Ihre Schwester steigt zu Ihren Leuten um, während Sie zu uns kommen. Wir prüfen das Geld, und wenn alles in Ordnung ist, dann steigen Sie an der Via Romagna, zwei Haltestellen später, wieder in die Tram und können sich endlich um Tatjana kümmern. Die Arme braucht sie dringend, sie hat den ganzen Tag nichts gegessen. Wenn Sie wollen, nenne ich Ihnen ein nettes Restaurant, wo Sie anschließend auf meine Rechnung dinieren können. Das war's dann. Für einen Mann wie Sie ist das doch alles kein Problem.«

Die Blonde legte auf, behielt aber mit ihrer Waffe unverändert seine Schwester im Visier. Sie sah, wie Drakič mit seinen Männern sprach. Seiner kurzen und heftigen Gestik nach zu schließen, war er extrem aufgebracht. Alle drei warfen verstohlene Blicke auf den blauen Subaru, der dem Volvo folgte. Die Tram schaukelte heftig, während sie die Via Commerciale zum zweitenmal überquerte und an der Haltestelle abbremste. Die grauhaarige Pennerin mit dem schwarzen Hund seufzte so heftig auf, daß sich alle nach ihr umdrehten. Doch die Alte hob beschwichtigend die Hand und tätschelte mit der anderen den schwarzen Köter.

Ihr Spazierstock fiel zu Boden und kam an Drakičs Füßen zu liegen. Er gab seinen Männern ein Zeichen, ihn für die Frau aufzuheben, als sie sich nicht von allein rührten.

*

Nur knapp war Galvano der Kontrolle seiner Papiere und einem Strafzettel entkommen, während er auf Pina vor dem Hauseingang wartete. Die Via Mazzini war nur für öffentliche Fahrzeuge und den Lieferverkehr freigegeben, und die weißbehelmten Stadtpolizisten, die außer von ihren Vorgesetzten und dem Stadtkämmerer von niemandem geschätzt wurden, mußten nur noch eine Kreuzung überqueren, ehe sie ihn kontrollieren würden. Endlich öffnete sich die schwere Eingangstür. Pina drückte ihre Geisel in den Wagen und stülpte die Perücke über, die sie im Kosmetikspiegel richtete.

»Sexbombe«, raunte Galvano grinsend und warf einen Blick auf die Rückbank. »Wenn sie dich rauswerfen, kannst du damit wesentlich mehr Geld verdienen als im Staatsdienst.«

»Ich werd's mir überlegen«, sagte Pina.

Galvano deutete auf Tatjana Drakič. »Du hast die Arme ja ganz schön zugerichtet. Ungeschminkt und ausgehungert macht sie nicht mal die Hälfte her. Wie lange hat sie nichts gegessen?« Er mußte an der Ampel halten.

»Gestern nacht hat sie mir die Spaghetti weggefressen und auch noch mein Bier geleert.« Als Pina die weißbehelmten Vigili sah, die nur noch darauf warteten, daß die letzten Autos auf der Querstraße vorbeifuhren, bevor sie sich auf den Volvo stürzten, ließ sie rasch das Seitenfenster herunter und stellte das Blaulicht auf das Dach der alten Karre. Sie hatte es aus einem Dienstwagen mitgenommen, der die nächsten Stunden hoffentlich nicht zum Einsatz kam.

»Los, geben Sie Gas«, sagte Pina.

»Es ist rot«, antwortete Galvano.

»Fahren Sie, wir sind die Polizei. Sonst halten uns die Idioten an.«

Galvano würgte beinahe den Wagen ab und beschleunigte anschließend so hart, daß er beim Einbiegen beinahe in einen Lieferwagen gekracht wäre.

Die beiden Vigili schauten der alten Karre mit offenem Mund nach.

»Da hast du's. Die Wirtschaftskrise macht auch vor den Bullen nicht halt«, sagte der eine. »Schrottreife Dienstautos.«

»Die perfekte Tarnung, würde ich sagen«, kommentierte der andere mit zusammengebissenen Zähnen. Er hatte sich schon darauf gefreut, einen neuen Strafzettel ausstellen zu können.

»Ich kann's kaum erwarten, daß denen endlich einmal eine Möwe auf den Helm scheißt«, sagte Galvano und bog an der Piazza Goldoni gegen die Fahrtrichtung auf die Busspur ein.

»Übertreiben Sie nicht, auch wenn wir ein Blaulicht haben«, sagte Pina und warf einen Blick auf ihre Uhr. »Wir liegen gut in der Zeit.«

Sie mußten nach Opicina hinauf, wo Sgubin, Marietta und ihr Chef im Hotel »Valeria« auf sie warteten. Das Haus wurde von Freunden geführt und war für ihre Zwecke der ideale Treffpunkt. Die Inhaber stellten keine Fragen, als Galvano, Pina mit der blonden Perücke und die verstörte Schwarzhaarige mit dem Hut und dem viel zu großen Trenchcoat eintraten, und nannten lediglich Stockwerk und Zimmernummer. Als die drei jedoch außer Hörweite waren, konnten sie sich der Kommentare nicht enthalten. Der Karneval von Opicina war jedes Jahr eine fröhliche und gutbesuchte Veranstaltung, doch fing er dieses Jahr wohl schon im September an. Wenige Minuten später kam der braungebrannte, athletische Mann herunter, der erst kurz vor Mittag eingecheckt hatte, und verlangte die Rechnung. Er lächelte nicht, als sie ihn fragten, ob er unzufrieden sei und deshalb schon wieder abreisen wollte, er lehnte selbst das Glas Wein ab, das die Wirte ihm offerierten, als er bezahlte. Grußlos ging er hinaus und stieg in den Wagen, dessen Schlag sein Fahrer hinter ihm schloß.

Sie hatten noch eine Stunde, bevor es zum Showdown ging. Tatjana Drakič saß gefesselt und wie gelähmt in der Ecke und versuchte erfolglos, aus dem Gespräch der anderen Schlüsse zu ziehen. Man hatte ihr den Mantel abgenommen und aus dem Zimmer gebracht, aber ihr Hut und Sonnenbrille gelassen. Pina hatte ihre blonde Perücke abgestreift und verließ mehrmals das Zimmer, während der Alte Tatjana nicht aus den Augen ließ. Sie hörte Stimmen im Flur, konnte aber nicht verstehen, was gesprochen wurde. Die Zeit wollte nicht vergehen. Warten ist schrecklich, wenn man nicht weiß, worauf. Irgendwann kam endlich Bewegung in die Gruppe. Der mürrische Alte streifte Lederhandschuhe über, als sollte er das Steuer eines Jaguar-Cabriolets übernehmen, setzte eine Sherlock-Holmes-Mütze auf, die ihm sicher eine Nummer zu klein war und den Helmen der Stadtpolizisten glich, sowie eine riesige Persol-Sonnenbrille aus den Fünfzigern. Pina hingegen stülpte wieder die Perücke über, stellte sich vor den Spiegel und zog mit Tatjanas Lippenstift ungeschickt ihre Lippen in Kirschrot nach. Wie man sich richtig schminkt, hatte die kleine Bestie offensichtlich nie gelernt. Und die Sonnenbrille, die sie sich schließlich aufsetzte, bevor sie ihre Pistole prüfte, war auch nicht der letzte Schrei. Tatjana kam sich vor wie beim Faschingsball im Irrenhaus.

Als sie endlich das Zimmer verließen, sah sie am Ende des Flurs zwei Frauen und einen Motorradfahrer, dessen Lederkluft voller bunter Aufnäher von Zigarettenmarken und Kraftstoffherstellern war, langsam die Treppe hinuntergehen. Eine der Frauen war schäbig wie eine Pennerin gekleidet, die andere wie eine billige Nutte im viel zu kurzen Rock. Der Trench der grauhaarigen Alten jedoch kam ihr bekannt vor. Und sie hinkte, wie der schwarze Hund an ihrer Seite. Pina befahl, einen Moment im Flur zu warten. Offensichtlich wollte sie diesen Leuten nicht begegnen.

*

»Mamma! Papà ist weg.« Marcos Stimme überschlug sich.

»Was hast du gesagt?« fragte Laura ungläubig.

»Er ist weg. Das Zimmer ist leer. Das Bett ist kalt.«

»Was heißt, sein Bett ist kalt? Galvano hat vor zwei Stunden angerufen und gesagt, er habe ein Schlafmittel bekommen. Er wird bei einer Untersuchung sein.« Laura schaute auf die Uhr. Es war kurz vor fünf. »Was machst du jetzt schon dort?«

»Ich wollte ihm das Abendessen bringen. Später kann ich nicht. Heute hat meine Chefin Geburtstag und erwartet eine Menge Gäste. Also bin ich früher hoch.« Er stand vor dem leeren Krankenbett und zitterte vor Aufregung.

»Hast du die Stationsschwester gefragt?«

»Noch nicht.«

»Und was sagen die Wachen?«

»Ich wollte zuerst dich fragen. Ich dachte, du wüßtest Bescheid.«

»Er kommt bestimmt gleich zurück«, sagte Laura. »Frag die vor der Tür.«

Im Poliklinikum von Cattinara brach pure Hektik aus. Vor dem Haupteingang fragten sich die Leute, weshalb es vor Einsatzwagen wimmelte, deren flackernde Blaulichter von den Scheiben der Krankenhaustürme reflektiert wurden, hinter denen neugierig herabstarrende Patienten zu sehen waren. Sogar ein paar Reporter und ein Kameramann waren aufgetaucht, doch trotz aller guten Verbindungen zu den Ordnungskräften bemühten sie sich umsonst.

Der Questore tobte. Er war an den Journalisten vorbeigeeilt, als wären sie Luft. Er hatte Dringenderes zu tun, als lauwarme Kommentare abzugeben, auf die sich niemand einen Reim machen könnte. Sollten sie spekulieren, worüber sie wollten. Auch er saß in einer Falle. Die kleine Inspektorin und Laurentis Assistentin waren spurlos verschwunden und antworteten nicht einmal auf seine Anrufe. Der Staatsanwalt war so ahnungslos wie er selbst und machte ein ebenso erschüttertes wie wütendes Gesicht. Warum zum Teufel hatten sie sich auf Pinas Vorschlag eingelassen.

Zähneknirschend hatte der Questore den Leiter des Einsatzdienstes zu sich gerufen und zur Geheimhaltung verpflichtet.

»Wenn Sie nichts wissen, können Sie auch nichts finden. Selbst wenn Sie danach suchen.« Der Chef dachte, daß er in seiner Laufbahn schon intelligentere Sätze formuliert hatte. Es war ihm peinlich, einen Fehler eingestehen zu müssen. Warum nur hatte er dieser Inspektorin vertraut und sie nicht besser kontrolliert? »Wir müssen vom Schlimmsten ausgehen, von einer Entführung. Trotz aller Geheimhaltung. Nur die Kollegen vom Personenschutz waren eingeweiht. Niemand sonst. Wir müssen ihn finden, bevor es zu spät ist.«

»Eine Entführung? Wozu?«

Der Questore machte eine unmißverständliche Geste. »Um das zu vollenden, was im Weinberg gescheitert ist.«

»Aber Laurenti ist offiziell doch tot. Selbst ich glaubte es ... bis Sie mich soeben des Gegenteils belehrten.«

»Und? Können wir wirklich ausschließen, daß es in unseren eigenen Reihen eine undichte Stelle gibt? Nein. Aber wie finden wir ihn? Dem Krankenhauspersonal ist nichts aufgefallen, die beiden Nieten, die das Zimmer bewachten, haben erzählt, daß diese größenwahnsinnige Zwerginspektorin zusammen mit dem senilen Galvano Laurenti besucht hat. In Begleitung seiner Assistentin sowie eines uniformierten Beamten, an dessen Namen sie sich aber nicht erinnern konnten und der nicht von der Questura in Triest ist. Die Inspektorin hatte ihnen eingeschärft, daß Laurenti schlafe und nicht gestört werden dürfe. Wir können nur hoffen, daß sie bereits auf den Spuren der Entführer ist. Sie antwortet nicht einmal am Telefon.«

»Von den Grenzübergängen werden lange Rückstaus gemeldet.«

»Ich habe natürlich zuerst die Kollegen dort informiert.« In der Tat hatte er zuallererst seiner Sekretärin die entsprechende Anweisung gegeben.

»Ich werde einen Fahndungsbefehl durchgeben.«

»Und wie wollen Sie das tun? Laurenti ist tot. Offiziell.«

»Ich werde durchgeben, daß sich jemand als Laurenti ausgibt und ihm zum Verwechseln ähnlich sieht.«

»Und was ist, wenn er sich auf eigene Faust verdrückt hat, um draußen ein Glas Wein zu trinken? Trotz seiner Verletzungen?«

»Zuzutrauen wäre es ihm.«

»Allerdings. Vielleicht feiert er zusammen mit Galvano und seinen Leuten die Wiederauferstehung. Er hält nicht viel von Anordnungen. Gut möglich, daß er in einer Stunde wieder auftaucht und sich über die ganze Aufregung lustig macht.«

»Ich werde anweisen, daß sie behutsam mit ihm umgehen. Nur beschatten, beobachten, wohin er geht. Wenn sie ihn finden sollten.«

»Wenn er aber wirklich entführt wurde?«

»Dann ist er bereits tot.« Der Dienstleiter traf ins Schwarze. »Welchen Sinn hätte es, das Risiko einer Entführung einzugehen, anstatt ihn im Krankenhaus zu erledigen?«

»Worauf warten Sie noch? Geben Sie die Fahndung durch. Ich will über jede Kleinigkeit sofort unterrichtet werden.«

Der Chef war wieder allein. »Das gibt noch viel Ärger«, sagte er zu sich selbst. »Wenn Laurenti auf eigene Faust ausgerückt ist, dann gnade ihm Gott. Und diese Zwergpolizistin kann sich jetzt schon darauf verlassen, daß sie an den Arsch der Welt versetzt wird.« Er starrte auf sein Telefon. »Und wenn es Laurenti erwischt, dann bin ich dran.«

*

Der Volvo blockierte den nachfolgenden Verkehr, als er an der Haltestelle stoppte und wartete, bis auch die Tram zum Stehen kam. Den Fahrer schien das wütende Gehupe nicht im geringsten zu kümmern. Viktor Drakič stieg aus und ging langsam auf den weißen Wagen zu. Als er auf der Höhe des Kofferraums war, stieg die Blonde aus und öffnete die hintere Tür. Selbst die österreichischen Touristen sahen jetzt die Pistole in ihrer Hand und wie sie die Frau auf dem Rücksitz, deren Mund verklebt und die Hände gefesselt waren, grob auf die Straße hinausstieß. Als Tatjana sich der Tram näherte, rannten sie aus dem Waggon und flohen ins Unterholz, wo sie Deckung suchten. Einer von Drakičs Männern hatte seine Waffe auf den Trambahnfahrer gerichtet, als der panisch die Türen schließen und abfahren wollte. Und er achtete darauf, daß sich die Hand des Fahrers von der Sprechtaste des Funkgeräts fernhielt. In einem Sekundenbruchteil waren die beiden Gorillas Pinas Alliierte auf Zeit geworden. Tatjana stieg die Stufen hinauf und ließ sich auf eine Sitzbank in ihrer Nähe fallen. Nur die grauhaarige Alte mit dem schwarzen Hund schien sich nicht im geringsten um den Vorgang zu kümmern. Sie saß eine Reihe hinter ihr, tief in sich versunken und die Stirn auf den Arm gelegt, der über der Lehne hing.

Der Subaru blieb an dem Volvo dran, nachdem Viktor Drakič sich wie befohlen hinter den Fahrer gesetzt hatte, und Galvano anfuhr. Die Frau mit dem Minirock kam ihm bekannt vor, doch hatte er keinen blassen Dunst, woher.

»Marietta, prüf das Geld.« Pina machte ein Zeichen mit der Pistole, und Drakič reichte den Koffer wortlos der Frau neben ihm, die ihn auf ihre nackten Schenkel stellte und erst öffnete, nachdem sie der Blondine ihre Pistole gereicht hatte. Nun waren zwei Läufe auf ihn gerichtet. Jetzt fuhr auch die Tram an und nahm am Beginn des extremen Gefälles das Gegenzugkabel auf, das mit dem aufwärts fahrenden Waggon verbunden war. Der Motorradfahrer bog auf die Gleise ab und begann eine holprige Abfahrt über die Bahnschwellen. Er hielt kaum Abstand zur Tram.

Marietta blätterte ein Bündel Fünfhunderter durch. »Leg das Schwein um«, sagte sie, warf das Geld in den Koffer zurück und klappte ihn wieder zu. »Alles falsch. Der glaubt, er hat es mit Idioten zu tun.« Sie knallte Drakič den Koffer auf den Schoß und nahm ihre Pistole wieder an sich.

»Ruf deine Leute an«, sagte die Blondine ganz ruhig. So schnell ließ sie sich nicht aus der Fassung bringen.

»Warum sollte ich?« Drakič grinste. »Meine Schwester ist in Sicherheit. Ihr kann nichts mehr passieren.«

»Das Leben ist kurz«, sagte Pina lakonisch. »Schneller, Galvano. Stellen Sie den Christbaum aufs Dach. Es läuft wie geplant.« Sie ließ Drakič nicht eine Sekunde aus den Augen.

Dank des Blaulichts kam Galvano gut voran, doch gelang es ihm nicht, den Subaru abzuhängen. Der alte Volvo schoß die Straße Richtung Zentrum hinunter, und nur knapp schaffte Galvano es, ohne Totalschaden in die enge Via Ovidio einzubiegen. Er preschte durch das kurvige Sträßchen, ein paarmal berührte Drakičs Bein Mariettas nackten Schenkel, mehrmals schrammte der Wagen an den Begrenzungsmauern entlang, daß das Blech kreischte.

»Ich wollte sowieso einen neuen kaufen«, sagte Galvano und bremste heftig.

Sie stießen auf die Via Romagna und sahen den Bahnübergang vor sich. Galvano stoppte auf den Gleisen. Der Subaru hielt fünfzig Meter Abstand, und die beiden Insassen standen mit der Hand an der Waffe hinter den geöffneten Türen.

Was lief wie geplant? Die Blondine hatte es so formuliert, jetzt befahl sie auszusteigen. Sie drückte ihm die Knarre unters linke Schulterblatt. Die Qualität der Geldscheine war hervorragend, und doch wurden sie auf den ersten Blick als Fälschungen identifiziert. Diese Leute waren vom Fach, so komisch sie aussahen, und der alte Knacker am Steuer mit seinem dämlichen englischen Hut fuhr trotz seines Alters wie ein Teufel. Drakič überlegte fieberhaft, wie er die Situation zu seinen Gunsten wenden konnte. Seine Männer, die der Bergfahrt folgten, mußten jeden Augenblick aus der Gegenrichtung in der Via Romagna auftauchen. Dann wären die anderen eingekeilt, und es ginge Auge um Auge.

Der Trambahnfahrer saß vor Angst zitternd auf seinem Sessel und bremste sein Gefährt ab. Im Schrittempo näherte es sich dem Volvo und hielt eine Wagenlänge entfernt. Hinter ihm standen zwei Männer mit gezückten Waffen und hinter ihnen Tatjana Drakič, die Handgelenke gefesselt. Das Klebeband war von ihrem Mund entfernt worden. Der Tramfahrer drückte auf Befehl einen Knopf, und die Waggontüren öffneten sich mit einem Schmatzen.

Sgubin hatte seine Maschine auf die Gleise gelegt und wartete gebückt hinter der Tram. Noch war die Gruppe zu verstreut, als daß er handeln konnte. Noch war es besser, sich im verborgenen zu halten.

»Sag den Affen da drüben, daß sie abhauen sollen«, sagte Pina und setzte Drakič den Lauf ihrer Pistole an die Schläfe.

Er gehorchte ihr mit einem Wink, zögernd stiegen die beiden Männer in den Subaru und setzten langsam zurück. Dem Motorengeräusch nach hielten sie an, sobald sie außer Sichtweite waren.

»Geh zu deiner Schwester und mach keine Dummheiten.« Pina gab ihm einen Stoß und Drakič setzte, den Koffer in der Linken, langsam ein Bein vor das andere. Was zum Teufel hatte die Kleine vor? Im Wagen waren seine Männer, allein hätte die Puppe wenig Chancen. Behutsam ging er den schmalen Weg neben dem Gleis hinauf, an der Tür griff er mit der Rechten nach der Haltestange und zog sich hoch. Er befand sich einen halben Meter über Pina. Sein Bein schoß in die Luft, er traf ihr Kinn mit dem Absatz. Pina fiel auf den Rücken, rollte zur Seite und versuchte, wieder auf die Beine zu kommen. Noch ein Tritt traf sie und warf sie zurück. Dann riß Drakič einem seiner Männer die Pistole aus der Hand und legte an.

*

Drei Streifenwagen jagten mit eingeschalteten Sirenen vom Zentrum die Via Romagna hinauf. Zwei andere näherten sich von der Via Ovidio, wo der Subaru ihre Durchfahrt behinderte. Die Polizisten handelten wie nach dem Lehrbuch. Die Waffen im Anschlag, näherten sie sich von zwei Seiten dem blauen Auto, dessen Motor laut aufheulte und das einen Satz nach vorn machte, als die Beamten auf Türhöhe waren. Die Kugel traf den Fahrer in die linke Hand. Das Auto prallte gegen eine Garagentür, die unter der Wucht zersplitterte, und knallte gegen die Wand. Der Rest war ein Kinderspiel.

Der Funkspruch war von der bergfahrenden Standseilbahn gekommen. Ein klappriger weißer Volvo stand quer auf den Gleisen vor den talfahrenden Waggons und blokkierte das Standseil, mit dem die beiden Bahnen verbunden waren. Der Fahrer, der den Aufstieg bezwingen sollte, sah es von weitem und verständigte die Zentrale. Hinter ihm murrten die Fahrgäste und schimpften über die häufigen Pannen der Tram d'Opicina und die Unfähigkeit der Verkehrsbetriebe, sie ordentlich instand zu halten. Die Verbindung zum Kollegen oben aber blieb stumm. Als der untere Fahrer sich das zweite Mal meldete und aufgeregt berichtete, daß ein Schuß gefallen war, verständigte man die Ordnungskräfte. Sowohl der Leiter des Streifendienstes wie auch der Questore waren umgehend auf dem laufenden. Der Chef hatte sich sogar in die Funkzentrale begeben und lauschte den Durchsagen. Noch ahnte er nicht, was ihn erwartete.

Laurenti war schneller. Das Loch im Mantel seines Trenchcoats war klein und hatte einen dünnen dunklen Rand. Die ganze Zeit hatte er unter dem Stoff den Finger am Abzug gehalten. Es war ihm nicht schwergefallen, gekrümmt dazusitzen und sich an der vorderen Lehne aufzustützen. Es war die Position, die ihm am wenigsten Schmerzen bereitete. Einmal hatte ihn einer von Drakičs Gorillas angeschrien, sich weiter nach hinten zu setzen, und ihn unsanft an der Schulter gerüttelt. Doch der Aufschrei der grauhaarigen Pennerin ließ ihn sogleich wieder Abstand nehmen. Von dieser Alten ging keine Gefahr aus. Nur der schwarze Köter hatte aggressiv geknurrt und nach ihm zu schnappen versucht. Und dann konzentrierte sich das ganze Geschehen auf den Chef, der von dieser Blondine in Schach gehalten wurde, sich schließlich der Trambahn näherte und der ganz plötzlich die Pistolera mit einem gezielten Tritt auf den Kies neben den Schienen beförderte, nachsetzte und ihr gleich mit der Pistole seines Gorillas eine Kugel in den Schädel jagen würde.

Viktor Drakič ging zu Boden wie ein Sack. Als seine Männer und seine Schwester ihm zu Hilfe zu eilen versuchten, schauten sie in die wütenden roten Augen eines schwarzen, gefährlich knurrenden Hundes mit gefletschten Zähnen und bebenden Flanken, den keine Leine mehr zurückhielt und der sofort zum Sprung anzusetzen bereit war, sobald einer von ihnen sich bewegte. Und sie blickten in den Lauf einer schweren Halbautomatik, die die grauhaarige Pennerin auf sie richtete. Sie war aufgestanden, stand nur wenige Meter vor ihnen und blockierte den schmalen Gang. Und dann tauchte hinter ihr ein Mann mit Helm und bunter Motorradkluft auf, der seine Waffe ebenfalls wie ein Profi führte. Die Blondine war wieder auf die Beine gekommen und schaute verächtlich auf den Boß hinab, der sie anstarrte, als wäre sie der Leibhaftige. Er stammelte unverständliches Zeug. Viktor Drakič lag mit aufgerissenen Augen zu Füßen der grauhaarigen Alten, die seine Männer in Schach hielt, und atmete flach. Unter seinem Schulterblatt breitete sich ein dunkler Blutfleck aus, der dem Gefälle des Bodens folgte und bald den Bug des Waggons erreicht haben würde, wenn nicht jemand etwas unternahm.

»Legt die Waffen auf den Boden«, sagte die grauhaarige Alte.

Tatjana Drakič traute ihren Ohren nicht, als sie die Männerstimme vernahm, und erblaßte. Unmöglich! Sie mußte sich getäuscht haben. Und wieder sprach die Alte, und diesmal war sie sich sicher.

»Einer nach dem anderen. Keine Dummheiten, sonst geht's euch wie dem da.«

Nur Tatjana Drakič machte einen Schritt nach vorne, doch dann versagte ihr der Mut, sich trotz der Pistole ihrem Bruder zu nähern.

»Sgubin, übernimm!« Laurenti warf einen Blick auf die Blondine. »Machen wir dem Spiel ein Ende.« Er nahm langsam die Sonnenbrille ab und zog dann die Perücke vom Kopf. Die kleine Inspektorin tat es ihm nach. Ihr Kinn war schmutzig und geschwollen.

»Tatjana Drakič alias Exkonsulin Petra Piskera«, sagte Laurenti. »Sie haben zu hoch gepokert. Schon König Midas ist an seiner Habgier gescheitert, und auch für Sie ist Schluß.«

Tatjana warf sich mit gefesselten Händen zu Boden und kroch zu ihrem Bruder. Ihr schwarzes Haar bedeckte seine Augen, als er sein Leben aushauchte.

Proteo Laurenti gab seinem Hund einen kurzen Befehl und leinte ihn wieder an, er rief den Tramfahrer zu sich, der die ganze Zeit wie versteinert auf seinem Platz sitzen geblieben war und sich wie in Zeitlupe erhob. Laurenti stützte sich auf seinen Arm, dann stieg er über Tatjana Drakič hinweg, die immer lauter schluchzte. Er schenkte ihr keinen Blick und ging mit dem blassen, sprachlosen Angestellten der Verkehrsbetriebe langsam hinunter bis zu Galvanos Volvo. Er legte den Trench ab und reichte ihn dem Alten.

»Danke«, sagte Laurenti. »Du mußt ihn stopfen lassen. Und ein neues Auto brauchst du auch. Wenn wir Ezio, den Schrotthändler, nicht eingebuchtet hätten, könnte er ihn richten. Entschuldige, der Hund braucht etwas Bewegung, ich bringe ihn dir später zurück.«

Marietta wollte ihn stützen, denn Laurenti kämpfte heftig um sein Gleichgewicht, doch er ging einfach weiter, an allen vorbei, überquerte die Via Romagna und stieg auf der anderen Seite die Treppen neben den Gleisen hinab, die in die Stadt führten. Der schwarze Köter leckte ihm freudig die Hand. Sie sahen aus wie ein betrunkenes Paar, das angestrengt versuchte, sich auf den Beinen zu halten. Und der Hund hinkte wie sein Herrchen. Galvano schaute ihnen kopfschüttelnd nach. So lange hatte er sich noch nie eines Kommentars enthalten. Der aufkommende Wind schob eine schwarze Wolkenwand übers Meer auf die Stadt zu.

Nach dem Regen

Frank Zappas Gesang drang durch das offene Fenster von Serses Palazzo auf die Straße hinaus. Laurenti mußte lange klingeln, bis der Maler endlich öffnete. Er erblaßte, als er Laurenti sah.

»Ich dachte«, stammelte er, »du seist im Himmel.«

»Ich weiß, daß du dich nun liebevoll um Laura kümmern wirst. Dafür wollte ich dir danken, mein Freund, und mich von dir verabschieden.«

Serse kannte die Ironie des Kommissars gut. »Also, bist du deswegen nochmals aus dem Reich der Finsternis zurückgekehrt und führst den schwarzen Teufel, der dich holen soll, an der Leine mit?«

»Der dritte Schöpfungsfehler war die Auferstehung, mein Lieber«, raunzte Laurenti, »denn damit war mit dem Ausschlafen Schluß.«

»Weshalb liegst du nicht im Sarg?«

»Sie müßten mich noch töter töten.«

»Wo kommst du her?«

»A Streetcar named Desire. Un tram che si chiama desiderio. Endstation Sehnsucht. Wenn du schon meiner Frau den Hof machst, könntest du mir zumindest ein Glas Wein anbieten.«

»Und warum hinkst du und gehst so gekrümmt? Hat es dich also doch erwischt?«

»Ganz im Gegenteil. Ich habe selbst einen Mann erschossen. Damit muß ich fertig werden.«

Eine Stunde und eine Flasche Wein später wählte Laurenti auf dem Mobiltelefon, das die ganze Zeit so pausenlos wie erfolglos geklingelt hatte, die Nummer von Omar, Triests berühmtestem Taxifahrer, und bestellte ihn zum letzten Haus in der Via Virgilio. Er bat ihn, vorher noch eine kleine Besorgung zu machen. Erste dicke Regentropfen prasselten gegen die Fensterscheiben.

*

»Wo kommst du denn her?« fragte Laura empört, als sie die Tür öffnete und auf einen riesigen Blumenstrauß schaute, hinter dem Laurenti sich versteckte. Sie hatte bereits auf ihren Mann gewartet, denn Serse hatte sie angerufen, sobald Laurenti im Taxi saß und Omar seine Geschichte erzählte.

»Ich war auf einen Sprung bei Walter in der ›Malabar‹«, log Laurenti. Er war völlig durchnäßt. »Darf ich vielleicht eintreten?«

»Den ganzen Nachmittag?« fragte Laura.

»Ja, den ganzen Nachmittag.«

»Und Galvanos Hund? Warum hast du ihn wieder mitgebracht?«

»Er hat Durst, wie ich. Und Galvano hat zu tun. Er holt ihn morgen ab.«

Sie nahm Laurenti die Blumen ab und legte sie auf den Tisch. Dann zog Laura eine Jacke über und griff nach ihrer Handtasche. »Ich fahr dich zurück ins Krankenhaus.«

»Einen Teufel wirst du tun. Ich bleib hier. Mindestens vier Wochen. Vielleicht schreiben sie mich auch länger krank.« Er ging in den Salon hinüber und ließ sich behutsam in den Sessel fallen. »Wir sollten überlegen, wohin wir in die Ferien fahren.«

Laura brach in Gelächter aus. »Du spinnst, Laurenti«, sagte sie schließlich.

»Der Hund hat Durst und ich auch, bitte, Laura. Und ich muß über einiges nachdenken.« Er schaute seiner Frau nach, die wußte, daß es vergebens war, ihn zur Vernunft zu bringen. Er stützte das Kinn auf die Hände und versuchte, noch einmal das Finale an sich vorbeiziehen zu lassen. Er konnte sich keinen Vorwurf machen, er hatte richtig gehandelt.

Viktor Drakič war der dritte Tote, den Laurenti in seiner fast dreißigjährigen Laufbahn zu verantworten hatte. Er, der meist nicht einmal wußte, wo sich seine Dienstwaffe befand, hatte sie heute nachmittag zum erstenmal wieder benutzt, seit er vor Monaten sein Pflichtprogramm auf dem Schießstand absolviert hatte. Doch dieses Mal belastete es ihn kaum. Ganz im Gegenteil, er fühlte sich befreit, ein Alptraum war von ihm abgefallen. Sechs lange Jahre und durch die vier wichtigsten Fälle dieser Zeit war dieser Kriminelle zu Laurentis Schatten geworden, den er endlich abgestoßen hatte. Und an das Gesicht der falschen Konsulin, als sie ihn erkannte, erinnerte er sich mit Genugtuung. Natürlich würde ein Verfahren gegen ihn eröffnet werden, wie es die Richtlinien vorschrieben, wenn es Tote gab. Und er mußte einen Weg finden, um der kleinen Inspektorin aus der Patsche zu helfen. Laurenti griff zum Telefon, Marietta meldete sich sofort.

*

Der Questore hatte ein Problem. Es war unmöglich gewesen, Laurenti telefonisch zu erreichen. Dessen Frau hatte den Chef jedesmal mit dem Hinweis abgewimmelt, daß der Commissario vor Schmerzen nicht sprechen könnte. Mürrisch hatte er sich schließlich in den Fond seines Dienstwagens gesetzt und sich zur Küste hinausfahren lassen. Er schwitzte, als er die Treppe zu dem Haus der Laurentis hinabstieg. Gelächter schlug ihm entgegen, als auf sein wildes Klingeln geöffnet wurde.

»Ich muß mit ihm sprechen«, sagte der Questore lediglich und wartete nicht ab, ob Laura ihn hereinbat.

»Dein Chef«, rief sie hinter ihm her.

Auf der Terrasse über dem Meer traf er auf eine ausgelassene Runde, deren Gespräch schlagartig verstummte, als der Questore durch die Tür trat. Weinflaschen und Crostini mit angerührtem Baccalà standen auf dem Tisch.

»Damit habe ich gerechnet«, sagte Laurenti, der eine Zigarette aus Mariettas Päckchen zog und sie ansteckte, bevor er mit einer schmerzverzerrten Grimasse und ohne sich zu erheben dem Questore die Hand reichte. »Es ist schön, wenn man weiß, daß sich auch die Vorgesetzten Sorgen machen. Dann ist das Leiden nur halb so schlimm.« Er zeigte auf einen freien Stuhl neben Galvano.

Zögernd setzte sich der Mann und fixierte jeden einzelnen. Sgubin lächelte überlegen, sein oberster Chef war dieser Mann schließlich nicht. Die kleine Inspektorin saß lauernd da und hielt mühelos seinem Blick stand, sie spielte mit ihrem Erbsenbizeps. Und der alte Gerichtsmediziner klopfte ihm zur Begrüßung respektlos auf die Schulter und nannte ihn »altes Haus«. Mariettas Bluse war einen Knopf zu weit aufgeknöpft und zeigte die Spitzen ihres BHs. Im Gegensatz zu Sgubin versuchte der Questore, nicht auf ihre nackten Schenkel zu starren. Und Laurenti nahm er die Leidensmiene nun wirklich nicht ab.

Galvano schenkte auch dem Questore Wein nach, obwohl der nur einmal am Glas nippte, dessen Pegel ständig stieg.

»Es ist mir durchaus ernst, Laurenti. Auch wenn man Sie krankgeschrieben hat, Sie bleiben trotzdem Polizist. Vereidigt auf Vaterland und Verfassung und zur Einhaltung der Gesetze. Und solange Sie reden können, sind Sie dazu verpflichtet, zur Aufklärung des Sachverhalts beizutragen.« Der Chef lockerte seinen Kragen, bevor der oberste Knopf vom Hemd sprang. »Eine Untersuchungskommission wird sich mit der Sache befassen. Eine Entführung mit Todesfolge ist kein Kinderspiel.«

»Die Inspektorin hat ihre Pflicht getan. Sie hat Tatjana Drakič nicht entführt, sondern verhaftet.« Laurenti fixierte den Chef, der seinem Blick auswich.

»Die Drakič behauptet das Gegenteil.«

»Fünf Zeugen gegen eine«, brauste Galvano auf. »Wie, glaubst du wohl, wird ein Richter entscheiden? Ich wette darauf, daß das Verfahren eingestellt wird.« Wieder hatte er den Questore respektlos gedutzt.

»Seien Sie vorsichtig, Dottore«, der Polizeichef konnte das Beben in seiner Stimme nicht länger unterdrücken. »Eine Anzeige wegen Mißbrauchs hoheitsrechtlicher Symbole liegt bereits auf meinem Tisch.«

»Hab ich etwa unsere Fahne befleckt?« Galvano winkte verächtlich ab.

»Das Blaulicht«, spuckte der Questore, »woher hatten Sie das?«

»Jetzt übertreibst du wirklich, mein Alter.« Galvano faßte sich an die Stirn.

»Es tut mir wirklich leid, Chef.« Laurenti faßte sich an die Brust und hüstelte. »Aber ich habe zu große Schmerzen. Die Ärzte haben mir jede Anstrengung strengstens untersagt. Können wir das Gespräch nicht ein andermal fortsetzen? Noch denken alle, ich sei tot. Solang ich krankgeschrieben bin, sollten wir dabei bleiben.«

Mürrisch erhob sich der Questore und gab niemandem die Hand. Nicht einmal Lauras Lächeln erwiderte er, als sie ihn an der Tür verabschiedete. Während er die Treppe zur Straße hinaufstieg, hörte er vom Haus höhnisches Gelächter. Nur die Möwen, die auf dem Meer der Spur eines Fischkutters folgten, überschallten es. Und auch ihr Geschrei hörte sich wie spöttisches Lachen an.

Nachdem sich auch seine Mitarbeiter verabschiedet hatten, setzten Laura und Proteo sich vor den Fernseher.

»Laurenti lebt«, lautete die Schlagzeile der Abendnachrichten. Wer zum Teufel hatte die Meldung in Umlauf gesetzt? Ohne Unterlaß klingelte das Telefon, bis Laurenti endlich den Stecker aus der Dose zog.

»Laß uns morgen nach Hrastovlje fahren. Der Totentanz ist wunderschön. Du solltest ihn sehen.« Er schmiegte sich an die Schulter seiner Frau.

Laura hob die Augenbrauen. »Den habe ich doch schon zu Hause.«